Née en 1985, Hannah Kent vit en Australie, où elle est cofondatrice et rédactrice en chef adjointe d'une revue littéraire. *À la grâce des hommes*, son premier roman, paru en 2014 aux Presses de la Cité, a été récompensé par plusieurs prix littéraires. *Dans la vallée* a paru en 2018 chez le même éditeur.

Retrouvez toute l'actualité de l'auteur sur :
www.hannahkentauthor.com

DANS LA VALLÉE

DU MÊME AUTEUR
CHEZ POCKET

À LA GRÂCE DES HOMMES

DANS LA VALLÉE

HANNAH KENT

DANS LA VALLÉE

*Traduit de l'anglais (Australie)
par Karine Guerre*

Presses
de la Cité

Titre original :
THE GOOD PEOPLE
L'édition originale de cet ouvrage
a paru en 2016 chez Picador,
une marque de Pan Macmillan, Sydney, Australie.

Pocket, une marque d'Univers Poche,
est un éditeur qui s'engage pour la préservation
de l'environnement et qui utilise du papier fabriqué
à partir de bois provenant de forêts gérées
de manière responsable.

Le Code de la propriété intellectuelle n'autorisant, aux termes de l'article L. 122-5, 2ᵉ et 3ᵉ a), d'une part, que les « copies ou reproductions strictement réservées à l'usage privé du copiste et non destinées à une utilisation collective » et, d'autre part, que les analyses et les courtes citations dans un but d'exemple et d'illustration, « toute représentation ou reproduction intégrale ou partielle faite sans le consentement de l'auteur ou de ses ayants droit ou ayants cause est illicite » (art. L. 122-4).
Cette représentation ou reproduction, par quelque procédé que ce soit, constituerait donc une contrefaçon, sanctionnée par les articles L. 335-2 et suivants du Code de la propriété intellectuelle.

© Hannah Kent, 2016

© Presses de la Cité, un département   , 2018
pour la traduction française
ISBN 978-2-266-29178-1
Dépôt légal : septembre 2019

À ma sœur, Briony

Il était une vieille
Weile weile waile
Il était une vieille
Dans le bois de la rivière Saile.

Elle avait un petit de trois mois à peine
Weile weile waile
Elle avait un petit de trois mois à peine
Dans le bois de la rivière Saile.

Elle avait un long canif
Weile weile waile
Elle avait un long canif
Dans le bois de la rivière Saile.

Elle le planta dans le cœur du petit
Weile weile waile
Elle le planta dans le cœur du petit
Dans le bois de la rivière Saile.

On frappa trois grands coups à la porte
Weile weile waile
On frappa trois grands coups à la porte
Dans le bois de la rivière Saile.

« Avez-vous tué le petit ? »
Weile weile waile
« Avez-vous tué le petit
Dans le bois de la rivière Saile ? »

On prit une corde pour la pendre
Weile weile waile
On prit une corde pour la pendre
Dans le bois de la rivière Saile.

Ainsi s'achève l'histoire de la vieille
Weile weile waile
Ainsi s'achève l'histoire de la vieille
Dans le bois de la rivière Saile.

Murder ballad,
ballade irlandaise, vers 1600

« Quand tout est dit et accompli, comment ignorer que notre propre déraison peut être préférable à la vérité d'autrui ? Car elle s'est réchauffée auprès de nos âtres et dans nos âmes, où elle est prête à abriter les abeilles de la vérité pour qu'elles fassent leur doux miel. Abeilles sauvages, revenez dans le monde, abeilles sauvages ! »

W. B. YEATS, *Crépuscule celtique*[1]

---

1. Traduit de l'anglais et annoté par Guy Chain, Rennes, La Part commune, 2013. *(N.d.T.)*

PREMIÈRE PARTIE

Liagh gach boicht bas
La mort est le docteur des pauvres

—

1825

1

Pas-d'âne

Ce n'est pas lui, pensa Nóra quand on lui apporta le corps de son mari. Ce mort hissé sur les épaules moites des hommes qui se tenaient devant sa porte, suffoquant dans l'air glacé, n'était qu'une cruelle imitation – un changelin ! Ses yeux, sa bouche, brutalement ressemblants, étaient grands ouverts, mais sa tête, affaissée sur son torse, semblait sans vie, comme le reste de son corps. Le forgeron et le laboureur lui apportaient du bois mort. Pas son mari. Ce n'était pas lui, absolument pas.

D'après Peter O'Connor, l'accident était arrivé de manière tout à fait inattendue. Martin était en train de creuser un fossé le long d'un champ quand Peter l'avait vu se redresser, poser une main sur son cœur tel un homme qui prête serment, et s'effondrer sur la terre fraîchement retournée. Il n'avait pas eu le temps d'avoir peur. Il était parti sans un cri, sans un adieu.

Les lèvres gercées de Peter se mirent à trembler.

— Toutes mes condoléances, bredouilla-t-il, les yeux rougis de larmes.

Nóra sentit son cœur s'emplir d'une certitude glacée. Ses jambes, soudain, refusèrent de la porter davantage.

Elle tomba dans la cour, à même la poussière et la paille qui jonchaient le sol.

John O'Donoghue, le forgeron du vallon, aux avant-bras puissants, couverts de cicatrices, hissa Martin sur son dos afin que Peter aide Nóra à se redresser. Le chagrin avait assombri le visage des deux hommes. Lorsqu'elle ouvrit la bouche, n'émettant qu'un cri étranglé, ils baissèrent la tête comme s'ils l'avaient entendue hurler.

Peter ouvrit les poings fermés de Nóra pour en faire tomber les graines qu'elle destinait à ses poules, et chassa d'un coup de pied les volatiles qui caquetaient sur le seuil de la chaumière. Puis il la prit par les épaules pour la conduire à l'intérieur. Il la fit asseoir près de l'âtre où dormait Micheál, son petit-fils, les joues rougies par la chaleur du feu de tourbe. L'enfant, étendu sur la banquette dépliée, remua quand ils entrèrent. Nóra vit une lueur de curiosité briller dans les yeux de Peter.

John les suivit, couvrant de boue le sol en terre battue. Mâchoires serrées, ahanant sous le poids du corps de Martin, il le posa sur le lit dans la petite chambre à coucher attenante à la pièce principale. Un nuage de poussière s'éleva du matelas garni de paille séchée. Le forgeron se signa avec soin, puis, baissant la tête pour passer sous le linteau de la porte, il annonça dans un murmure l'arrivée prochaine de son épouse, Áine, et du nouveau curé de la paroisse.

Nóra sentit sa gorge se nouer. Elle se leva pour s'approcher du corps de Martin, mais Peter la retint par le poignet.

— Attendez qu'on l'ait lavé, dit-il doucement.

16

John lança un regard soucieux vers le petit garçon endormi et sortit en refermant la demi-porte derrière lui.

L'obscurité envahit la pièce.

— Vous l'avez vu tomber, n'est-ce pas ? Vous l'avez vraiment vu ? demanda Nóra d'une voix étrange, à peine audible.

Elle serrait si fort la main de Peter que ses doigts lui faisaient mal.

— Oui, affirma-t-il en regardant Micheál. Je l'ai aperçu au bout du champ, j'ai levé la main pour le saluer, et je l'ai vu tomber.

— Ils étaient bien utiles, ces fossés. Hier, il m'a dit qu'il fallait les creuser pour que la pluie...

Nóra s'interrompit, de nouveau terrassée par l'horreur de la situation. Son mari était *mort*. Elle se laissa gagner par cette certitude si glaciale qu'elle se mit à trembler. Peter posa un pardessus sur ses épaules. Nóra reconnut l'odeur qui s'en échappait, celle des feuilles de pas-d'âne séché que son mari fumait en guise de tabac. C'était son pardessus en ratine. Les deux hommes l'avaient sans doute apporté avec son corps.

— Maintenant, faudra que quelqu'un les creuse à sa place, murmura-t-elle en frottant sa joue contre l'épais tissu de laine.

— Ça sert à rien d'y penser, Nóra.

— Et le chaume ? On devait refaire le toit au printemps.

— On s'en chargera, ne vous inquiétez pas.

— Et Micheál ?

Saisie de panique, elle baissa les yeux vers l'enfant, dont les cheveux rougissaient à la lueur des flammes. Par chance, il dormait toujours. Assoupi, il semblait moins étrange. Ses membres raides et repliés sur eux-mêmes se relâchaient, et nul ne pouvait alors soupçonner qu'il était incapable de parler. « C'est quand il dort qu'il ressemble le plus à notre fille », disait souvent Martin. « Regarde ! s'était-il exclamé un soir en désignant leur petit-fils endormi. On le croirait presque en bonne santé ! Il sera comme ça quand cette maladie l'aura quitté. Quand nous l'aurons guéri. »

— Voulez-vous que je fasse venir une de vos amies, Nóra ? s'enquit Peter d'un air soucieux.

— Micheál. Je ne veux pas qu'il reste là. Emmenez-le chez Peg O'Shea !

Peter lui lança un regard perplexe.

— Vous ne préférez pas le garder avec vous ?

— Emmenez-le.

— Ça m'ennuie de vous laisser seule. Attendons qu'Áine soit là.

— Emmenez-le, je vous dis. Je ne veux pas qu'on le regarde comme une bête curieuse.

Nóra glissa ses mains sous les aisselles de l'enfant, le souleva et le tint devant Peter. Le petit garçon ouvrit péniblement ses yeux lourds de sommeil.

— Emmenez-le chez Peg. Avant qu'ils arrivent.

Micheál se mit à hurler. À se démener pour échapper à l'emprise de Nóra. Sa peau, sèche et couverte de rougeurs, semblait collée à ses os.

Peter eut un mouvement de recul.

— C'est l'enfant de votre fille, n'est-ce pas ? Paix à son âme.

— Hâtez-vous, Peter. Je vous en prie !

Il la dévisagea longuement, d'un regard empreint de tristesse.

— Personne ne fera attention à lui dans un moment

pareil, Nóra. Il y aura du monde, c'est sûr. Mais c'est pour vous qu'ils viendront.

— Moi, je dis qu'ils vont le reluquer comme une bête curieuse. Et cancaner à n'en pas finir, voilà ce qu'ils feront.

La tête de Micheál bascula brutalement en arrière et il hurla de plus belle, les poings serrés.

— De quoi souffre-t-il ?

— Pour l'amour de Dieu, Peter, emmenez-le ! Sortez-le d'ici !

Sa voix s'était brisée. Peter acquiesça. Il prit Micheál sur ses genoux et enveloppa le pan usé de sa robe en laine – un vêtement de fille, trop grand pour lui – autour de ses jambes nues.

— Fait froid dehors, expliqua-t-il en veillant à couvrir les orteils de l'enfant. Vous n'auriez pas un châle pour lui ?

Nóra ôta le sien d'une main tremblante et le donna à Peter. Il se leva et posa l'enfant emmailloté contre son torse. Le petit n'avait pas cessé de geindre.

— Je suis navré pour vous, Nóra. Vraiment navré.

La porte de la chaumière battit violemment contre le chambranle après leur départ.

Nóra attendit que les cris de Micheál se soient atténués, signe que Peter avait atteint le sentier au bout de l'allée. Elle quitta la chaise basse dressée près de l'âtre et se dirigea vers la chambre en serrant le pardessus de Martin autour de ses épaules.

— Doux Jésus, murmura-t-elle. Dieu de douleur et de miséricorde !

Son époux reposait sur le lit conjugal, bras tendus le long du corps. Ses mains calleuses étaient tachées d'herbe et de boue. Le rai de lumière qui filtrait par la porte ouverte faisait briller le blanc de ses yeux sous ses paupières mi-closes.

La vision de son corps immobile dans cette pièce silencieuse fit résonner la cloche de détresse qui logeait dans sa poitrine. Elle se laissa tomber sur le lit et posa son front sur la pommette de Martin. Sa peau hérissée d'un léger chaume était déjà froide. Elle tira le manteau au-dessus de leurs têtes et ferma les yeux. Ses poumons se vidèrent. Le chagrin s'abattit sur elle comme une lame, si violente qu'elle eut l'impression de se noyer. Saisie de sanglots, elle s'accrocha au cou de son mari, le visage enfoui dans ses vêtements qui sentaient la terre, le purin, le vent d'automne et la fumée de tourbe. Elle pleura comme un chien abandonné, laissant échapper de petits cris plaintifs mêlés à de longs gémissements éperdus.

Dire que, ce matin encore, ils étaient couchés là tous les deux ! Éveillés à l'aube, ils demeuraient sous les draps, serrés l'un contre l'autre. Martin avait posé sa main sur son ventre, une main chaude encore.

« Je crois qu'il va pleuvoir aujourd'hui », avait-il annoncé en l'enlaçant par les épaules. Plaquée contre son torse, large comme un tonneau, elle avait mis sa respiration à l'unisson de la sienne.

« Le vent a soufflé fort cette nuit.
— Il t'a réveillée ?
— C'est le petit qui m'a réveillée. Il pleurait. Le vent lui faisait peur. »

Martin avait tendu l'oreille. « On ne l'entend plus, à présent.
— Tu iras aux pommes de terre, aujourd'hui ?
— Non. Je vais creuser un fossé.

— En rentrant, tu parleras de Micheál au nouveau curé ?

— Promis. »

Allongée près du corps inerte de Martin, Nóra songea à toutes les nuits qu'ils avaient passées ensemble, à sa manière de poser son pied sur le sien, sans rien dire – une des multiples coutumes tacites de leur vie conjugale – et ses larmes redoublèrent.

Seule la crainte que ses sanglots n'attirent les démons qui attendaient dans l'ombre, prêts à s'emparer de l'âme errante de son mari, la fit s'arrêter. Elle fourra la manche du manteau dans sa bouche et continua de trembler, agitée de convulsions muettes.

Et toujours cette question, qui tournait en boucle dans sa tête : comment avait-il pu l'abandonner ?

— Nóra ?

Elle s'était assoupie. Entrouvrant ses paupières gonflées de larmes, elle aperçut la fine silhouette de l'épouse du forgeron dans l'embrasure de la porte.

— Áine ! lança-t-elle d'une voix rauque.

La femme entra et se signa à la vue du corps de Martin.

— Que Dieu ait pitié de son âme ! Toutes mes condoléances, Nóra. Martin était…

Elle s'interrompit pour s'agenouiller près d'elle.

— C'était un grand homme, reprit-elle. Un homme rare.

Gênée, Nóra s'assit sur le lit et s'essuya les yeux dans son tablier.

— La douleur vous accable, Nóra. Je le vois. Voulez-vous que je lave votre mari et que je m'occupe des préparatifs ? Il mérite une belle veillée ! On a prévenu le père Healy. Il ne devrait plus tarder.

Áine posa gentiment une main sur le genou de Nóra. Son visage, qui s'étirait en longueur sous ses larges pommettes, semblait spectral dans la pénombre. Horrifiée, Nóra eut un mouvement de recul.

— Allons, calmez-vous. Tenez, voici votre chapelet. Martin est auprès de Dieu, à présent. Pensez-y, Nóra. Il est auprès de Dieu.

Elle promena un long regard à travers la pièce.

— Vous êtes seule ? N'aviez-vous pas un enfant… ?

Nóra crispa le poing sur son rosaire.

— Je suis seule.

Áine lava Martin aussi tendrement que s'il avait été son mari. Nóra la regarda faire en serrant si fort les perles en bois du rosaire qu'elles s'imprimèrent dans sa peau. Était-ce bien son époux, étendu là devant elles ? Sa nudité, son ventre trop blanc… Elle avait peine à y croire. Quelle honte d'exposer ainsi les pâles secrets de son corps aux regards d'une autre femme ! N'y tenant plus, elle se leva et tendit la main vers le linge savonneux. Áine le lui donna sans un mot. Nóra acheva seule la toilette du mort, faisant de chaque geste un adieu, caressant une dernière fois le creux formé par les os de sa cage thoracique, les rondeurs de ses bras et de ses jambes. Comme je te connais bien ! songea-t-elle, la gorge nouée. Elle prit une profonde inspiration et se força à poser les yeux sur le haut de ses cuisses, traversées de fines veinules bleutées, puis sur sa toison bouclée, si familière. Pourquoi le corps de Martin lui paraissait-il si frêle ? C'était incompréhensible. Lui qui était fort comme un ours ! Le soir de leur mariage, il l'avait soulevée dans ses bras avec une telle aisance qu'elle s'était sentie légère comme l'air.

Brillants d'humidité, les poils sombres qui couvraient son torse collaient à sa peau.

— Nóra ? Il est propre maintenant, dit Áine.

— Encore un peu.

Elle fit courir ses mains sur sa poitrine comme si elle espérait la voir se gonfler d'air.

Áine déplia doucement ses doigts crispés pour lui reprendre le linge grisâtre.

L'après-midi s'assombrit. Un vent mordant se mit à souffler autour de la chaumière. Nóra demeura assise près du corps de Martin, laissant à Áine le soin de ranimer le feu dans l'âtre et de fixer les brûle-joncs sur leurs pinces. Elle s'affairait en silence quand un coup frappé à la porte les fit sursauter. Dans la chambre, Nóra sentit son cœur bondir dans sa poitrine. Était-ce le véritable Martin, miraculeusement revenu à la tombée du jour ?

— Bénie soit cette demeure.

Un jeune homme poussa la porte, précédé par les pans de sa soutane que la bise faisait claquer sur le seuil. C'est le père Healy, comprit Nóra. Le nouveau curé de la paroisse. Brun, les joues rouges, il avait un air poupin, une moue presque boudeuse qui semblaient étranges sur son grand corps d'adulte. Ses dents de devant étaient très espacées, remarqua aussi Nóra. Son chapeau dégoulinait d'eau de pluie. John et Peter entrèrent après lui, les épaules trempées. Il s'était mis à pleuvoir, mais Nóra ne s'en était pas aperçue.

— Bonsoir, mon père, dit Áine en prenant son manteau qu'elle accrocha aussitôt à la charpente, au-dessus de la cheminée.

Le prêtre promena un long regard sur les lieux avant d'apercevoir Nóra, assise dans la chambre. Il s'approcha d'elle, baissant la tête pour passer sous le linteau de la porte.

— Que la paix du Seigneur soit avec vous, madame Leahy, déclara-t-il d'un ton solennel. Je vous présente toutes mes condoléances.

Il prit sa main dans la sienne et appuya son pouce dans la chair de sa paume.

— Quel choc ce doit être pour vous !

Nóra acquiesça, la gorge sèche.

— Dieu rappelle toujours les siens, nous le savons bien – mais quelle tristesse quand vient l'heure de la séparation !

Le père Healy lâcha sa main pour se tourner vers Martin. Il posa ses longs doigts sur sa gorge, attendit un instant, puis secoua doucement la tête.

— Il s'est éteint. Je ne peux pas administrer les derniers sacrements.

— Il n'a pas vu venir sa mort, intervint Peter. Ne pourriez-vous pas lui donner l'extrême-onction ? Son âme n'a peut-être pas encore quitté son corps.

Le jeune prêtre essuya son front mouillé d'un revers de manche.

— Les saints sacrements sont destinés aux vivants, expliqua-t-il d'un air navré. Ils n'ont aucun effet sur les morts.

Nóra serrait si fort les perles de son rosaire que ses jointures pâlissaient.

— Priez pour lui, mon père, je vous en supplie !

Il baissa les yeux vers elle.

— C'était un bon croyant, insista-t-elle en levant le menton. Priez pour lui.

Le père Healy hocha la tête en soupirant. Il sortit de son sac un flacon d'huile et une petite bougie noircie par l'usage. Après avoir allumé la mèche de la bougie en la tendant vers la tourbe qui brûlait dans l'âtre, il la plaça maladroitement dans la main de Martin. Puis il énonça à haute voix les prières requises et traça fermement un signe de croix sur le front du défunt.

À genoux près du lit, Nóra entreprit de réciter son rosaire, faisant glisser ses doigts d'une perle à l'autre d'un geste machinal, mais les prières lui parurent si vides, si froides, qu'elle cessa bientôt de les murmurer, se contentant de demeurer immobile au côté du père Healy.

Je ne suis pas faite pour vivre seule, songea-t-elle.

Son office terminé, le prêtre se leva, frotta ses genoux gris de terre, tendit la main vers son manteau et empocha la pièce que lui offrit John.

— Que Dieu soulage votre détresse, dit-il à Nóra.

Il secoua son chapeau encore mouillé et le posa sur sa tête, avant de reprendre la main de Nóra dans la sienne. Elle frémit en sentant ses os sous la peau fine de ses doigts.

— Que le Seigneur vous protège ! Quêtez Son amour et Sa miséricorde. Gardez foi en Lui, madame Leahy. Je prierai pour vous.

— Merci, mon père.

Rassemblés sur le seuil, ils le regardèrent enfourcher son âne, attaché dans la cour. Plissant les yeux pour se protéger de l'averse, le père Healy les salua d'un geste de la main, puis partit en fouettant les flancs de l'animal avec une branche de saule. Sa silhouette sombre et fuyante disparut un moment plus tard, engloutie par le rideau de pluie qui descendait sur la vallée.

À la tombée du jour, la maison s'emplit de voisins et de proches alertés par la triste nouvelle. On racontait que Martin était tombé au croisement des routes, près de la forge, à l'instant même où le forgeron abattait son marteau sur l'enclume – à croire que le fracas avait porté le coup fatal. Massés devant la cheminée, les hommes se consolaient en fumant la pipe après avoir présenté leurs condoléances à Nóra. Dehors, les rafales de pluie s'abattaient sans discontinuer sur le toit de chaume.

Accaparée par ce flot soudain de visiteurs, Nóra se concentra, avec Áine, sur les préparatifs de la veillée. Elle n'eut guère le loisir de pleurer son mari, affairée à réunir assez de poitín, de pipes en terre, de tabac et de chaises pour les invités. La mort, elle le savait, éveillait un puissant désir de boire, de fumer et de manger, comme si, en s'emplissant la panse et les poumons, les vivants se rassuraient sur le bon fonctionnement de leur corps et la poursuite de leur existence.

Lorsque le poids de son chagrin menaça de la plaquer au sol, Nóra s'adossa contre un mur pour se remettre d'aplomb. La fraîcheur de la chaux lui fit du bien. Elle respira profondément et se força à observer ses hôtes. La plupart d'entre eux étaient originaires de la vallée. Unis par les liens du sang et du labeur, ils l'étaient aussi par le respect des traditions imprimées dans la terre par ceux qui l'avaient foulée avant eux. Essaimés sur le versant ombragé de Crohane, dans le creuset fertile dessiné par les collines et les formations rocheuses de Foiladuane, Derreenacullig et Clonkeen, ils constituaient un groupe de gens calmes et soudés. Habitués à côtoyer la mort, ils surent attribuer au chagrin la place qui lui revenait dans la petite chaumière de Nóra. Ils empilèrent les briquettes de tourbe dans l'âtre, firent monter les flammes dans la cheminée, emplirent l'air de fumée et se racontèrent toutes sortes d'histoires et d'anecdotes. L'heure n'était pas aux larmes – pas encore.

Un coup de tonnerre retentit dans la vallée, et les hommes se rapprochèrent du feu en frissonnant. Nóra, qui disposait des brocs d'eau dans la pièce pour étancher la soif de ses invités, surprit une de leurs discussions : ils parlaient à voix basse de divination et de mauvais augures, invoquant le brusque changement de temps, le comportement étrange des pies et de certaines bécassines, qu'ils interprétaient comme autant d'annonces de la mort de Martin. Sa chute, à l'endroit précis où l'on avait coutume d'enterrer les suicidés, fit également l'objet de nombreux commentaires. Certains évoquèrent la masse de nuages sombres qui avait brusquement obscurci le ciel à l'ouest en début d'après-midi – nuages qui, ils en étaient convaincus, ne présageaient rien de bon. Et que dire de l'orage qui s'abattait sur eux à présent ?

Peter O'Connor renchérit sans s'apercevoir que Nóra l'écoutait : il avait vu quatre pies se poser dans un champ quelques instants avant que Martin porte la main à son cœur.

— Je longeais le sentier près du champ. Les pies m'ont vu venir. Pensez-vous qu'elles se seraient envolées ? Pas du tout. Pourtant, je n'avais qu'à tendre le bras pour les toucher ! Mais non, elles ne bougeaient pas. Comme c'est étrange, je me suis dit, et j'ai continué mon chemin. Elles ne bronchaient toujours pas. On aurait cru qu'elles complotaient un mauvais coup. Alors, un frisson m'a saisi. Quelqu'un est mort, j'ai pensé. Et pour sûr, voilà qu'en arrivant au croisement, je vois là Martin Leahy, par terre, du ciel plein les yeux, et cet amoncellement de nuages sombres là-bas sur les montagnes !

Un coup de tonnerre vint ponctuer ses propos, les faisant sursauter.

— Alors, comme ça, c'est toi qui l'as trouvé au carrefour ? s'enquit Daniel, le neveu de Nóra, en tirant sur sa pipe.

— C'est moi. Et j'en ai eu bien du chagrin. J'ai vu ce géant tomber d'un coup d'un seul, comme un arbre qu'on abat. Le froid ne l'avait pas encore saisi quand je suis arrivé – paix à son âme.

Il promena un long regard sur ses compagnons, avant de poursuivre dans un murmure :

— Et ce n'est pas tout. Quand on a amené le corps jusqu'ici, John et moi, en remontant la colline depuis le carrefour – et, vu le poids de Martin, on n'allait pas vite –, on s'est arrêté un instant pour reprendre notre souffle. Là, on a baissé les yeux vers la vallée, et on a vu briller des lumières.

Pendus à ses lèvres, ses auditeurs écarquillèrent les yeux.

— Parfaitement ! reprit Peter. Des lumières. Elles venaient de l'endroit où se tiennent les Fairies, près de Piper's Grave. J'y vois peut-être moins bien qu'avant, mais je vous promets qu'une lueur s'échappait du bosquet d'aubépines. Cette famille n'en a pas fini avec la mort, croyez-moi ! Je ne serais pas étonné qu'elle revienne les frapper sous peu. La fille est partie la première. Maintenant, c'est au tour du mari. Jamais deux sans trois, comme on dit. Et si les Bonnes Gens sont de la partie...

La gorge nouée, Nóra tourna les talons pour rejoindre Áine. Elle la trouva penchée au-dessus d'un *ciseán* en paille, dont elle sortait des pipes en terre et quelques feuilles de tabac séchées.

— Vous avez entendu l'orage ? murmura-t-elle aussitôt, puis, désignant le panier : Regardez ce que vous a apporté la femme de votre neveu !

Nóra prit le petit paquet qu'elle lui tendait, dénoua la ficelle d'une main tremblante et souleva un coin du torchon. Du sel, trempé par l'averse.

— Où est-elle ?

— Dans votre chambre. Elle prie pour Martin.

La petite pièce était pleine de monde ; le corps de Martin disparaissait sous la fumée bleutée que les plus vieux, hommes et femmes confondus, tiraient de leurs pipes en terre. Nóra remarqua qu'ils avaient tourné son mari dans l'autre sens, posant sa tête au bout du lit afin de déjouer le mauvais œil. Sa bouche s'était ouverte et sa peau avait déjà pris l'aspect cireux des cadavres. Son front brillait, là où le père Healy avait tracé un signe de croix de ses doigts trempés d'huile.

La chandelle noircie, désormais éteinte, gisait sur les draps. Agenouillée près de lui, les yeux clos, une jeune femme récitait l'*Ave Maria*.

Nóra lui tapota l'épaule.

— Brigid ?

L'intéressée leva les yeux.

— Oh, Nóra ! murmura-t-elle en se hissant péniblement sur ses jambes.

Elle était presque au terme de sa grossesse. Son ventre proéminent soulevait le devant de sa robe et de son tablier, révélant ses chevilles nues.

— Toutes mes condoléances. Martin était un homme extraordinaire. Ce doit être terrible… Comment vous sentez-vous ?

Nóra ouvrit la bouche pour répondre, puis se ravisa.

— Lui et moi, reprit Brigid en désignant Daniel, toujours assis près de Peter, on vous a apporté de quoi voir venir… J'ai posé le panier sur la table.

— Je sais. Áine me l'a montré. C'est très gentil de votre part à tous les deux. Je vous le rendrai.

— L'année n'a pas été tendre avec vous !

Là encore, Nóra préféra ne pas répondre.

— Savez-vous qui s'est chargé de la boisson ? demanda-t-elle.

— Seán vient d'apporter du poitín.

Brigid désigna la pièce principale, où Seán Lynch, l'oncle de Daniel, posait deux jarres d'alcool sur le sol. Kate, son épouse, se tenait encore sur le seuil. Recroquevillée sur elle-même, le regard fuyant et les dents de travers, elle observait l'assemblée avec nervosité. Ils venaient d'arriver : leurs vêtements noirs de pluie répandaient autour d'eux une odeur de froid et de terre humide.

— Bonsoir, Nóra. Bonsoir, Brigid, énonça Kate en saluant les deux femmes d'un hochement de tête lorsqu'elles regagnèrent la pièce principale. Quelle triste journée ! Le curé est-il venu ? Faut-il cacher nos jarres d'alcool ?

— Le père Healy est venu et reparti.

Seán tourna vers elles un visage austère, aux lèvres serrées. Plissant ses yeux durs, il enfonça d'un pouce calleux un peu de tabac dans le fourneau de sa pipe en terre, avant de s'adresser à Nóra :

— Toutes mes condoléances.

— Que Dieu te garde, Seán.

— Méfie-toi : il y a quelqu'un qui rôde dans la cour, reprit-il en désignant la porte, tandis qu'un des hommes assis près du feu saisissait une braise rougeoyante à l'aide d'une pince et la lui tendait pour qu'il allume sa pipe.

Seán s'exécuta, puis chuchota la formule rituelle :

— « Dieu de miséricorde, prends pitié de l'âme des morts ! » Je l'ai reconnue tout de suite, poursuivit-il, soufflant la fumée entre ses dents. C'est la vieille herboriste. Elle attend près du tas de fumier.

Nóra lui lança un regard interrogateur.

— Nance Roche ?

Il cracha au sol.

— Elle-même. Cette sale bique fourre son nez partout.

— Comment l'a-t-elle appris, pour Martin ?

Seán fronça les sourcils.

— Pas par moi. Plutôt mourir que de lui adresser la parole !

Kate lui lança un regard inquiet.

— Nance Roche ? intervint Brigid d'une voix claire. Je croyais que c'était une pauvre glaneuse ?

— Je me demande ce qu'elle veut, murmura Nóra. Ça fait du chemin depuis chez elle, surtout par un temps pareil… Un soir comme ça, je ne sortirais pas le chien de mon pire ennemi !

— Cette sorcière ? Elle cherche juste à se faire offrir un coup à boire, commenta Kate d'un ton acerbe. Ne la laisse pas entrer, Nóra. C'est rien qu'une vieille crapule !

La nuit était tombée. Nóra entrouvrit la porte de sa maison et jeta un œil dans la cour en baissant la tête pour rester à l'abri du toit du chaume, dont les tiges gorgées d'eau descendaient très bas. Il pleuvait si fort qu'on ne voyait rien, hormis une fine ligne argentée à l'horizon, où s'éteignaient les dernières lueurs du jour. Soudain, un mouvement furtif lui fit tourner la tête. Une frêle silhouette venait de quitter le renfoncement du mur, à l'autre extrémité de la maison, là où s'élevait le tas de fumier de leur petite ferme. Nóra ferma la porte derrière elle pour ne pas laisser entrer l'air froid, et fit un pas dans la cour. La boue jaillit aussitôt entre ses orteils nus.

— Qui va là ? demanda-t-elle d'une voix étouffée par les grondements du tonnerre. Est-ce vous, Nance Roche ?

La visiteuse la rejoignit sur le seuil, à l'abri du toit de chaume, et repoussa d'un geste vif le châle enroulé sur sa tête.

— C'est bien moi, Nóra.

À cet instant, un éclair déchira le ciel nocturne,

offrant à Nóra le spectacle d'une très vieille femme trempée jusqu'aux os. L'averse avait plaqué ses longs cheveux blancs sur son crâne. Elle battit des paupières pour chasser la pluie qui coulait sur son front et renifla bruyamment. Petite, ridée comme une vieille pomme, elle leva vers Nóra ses yeux voilés par le grand âge.

— Toutes mes condoléances.

— Merci, Nance.

— Martin a quitté cette vie. Il ne souffrira plus, à présent.

— Non, il ne souffrira plus.

— Votre homme est sur le chemin de la vérité.

Nance sourit, révélant les quelques dents qui restaient accrochées à ses gencives.

— Je suis venue vous proposer mes services. J'aimerais participer à la veillée funèbre. Votre Martin était un brave homme. Ce serait un honneur de chanter pour lui.

Nóra dévisagea la femme ruisselante qui lui faisait face. Brillants de pluie, ses vêtements de laine pendaient lourdement sur ses maigres épaules. Elle n'en était pas moins digne, presque altière. Il émanait d'elle une odeur acide, semblable à celle des orties coupées. Ou des feuilles mortes, songea Nóra. L'odeur de quelqu'un qui vit à même le sol, en pleine forêt.

— Qui vous a appris qu'il y aurait une veillée ici ? demanda Nóra.

— J'ai aperçu le nouveau curé sur son âne. Fallait voir comme il lui battait les flancs ! Seul un mourant, ou le diable en personne, ferait sortir un curé par une nuit pareille.

— C'était le père Healy.

— J'ai compris que votre homme avait succombé. Paix à son âme.

Un frisson glacé parcourut l'échine de Nóra. Le tonnerre gronda de nouveau.

— Vous l'avez *compris* ?

Nance acquiesça et tendit la main vers elle. Une main froide, étonnamment douce. Des doigts de guérisseuse, pensa Nóra.

— Et vous êtes sortie en pleine nuit, sous la pluie, pour venir jusqu'ici ?

— Une bonne averse n'a jamais tué personne. Et j'en ferais beaucoup plus pour votre homme, s'il le fallait.

Nóra ouvrit la porte et essuya ses pieds boueux sur le sol.

— Entrez donc, puisque vous êtes là.

— Volontiers.

Les conversations cessèrent. Les regards se tournèrent vers la vieille femme, qui s'était figée sur le seuil de la pièce. Menton levé, elle promena un long regard sur l'assemblée.

— Que Dieu vous protège, dit-elle d'une voix rauque, assourdie par le tabac et le grand âge.

La plupart des hommes la saluèrent avec respect. Certaines femmes l'observèrent d'un air désapprobateur des pieds à la tête – le bas de sa jupe maculé de boue, son visage buriné, son châle trempé. Seán Lynch lui lança un regard noir avant de se tourner vers la cheminée.

John O'Donoghue se leva. La pièce, soudain, sembla trop exiguë pour ses larges épaules de forgeron.

— Merci, Nance. Que Dieu vous protège également.

D'un geste, il l'invita à s'approcher du feu. Les

hommes se serrèrent aussitôt pour lui faire une place. Peter, sa pipe coincée entre les lèvres, attrapa un petit tabouret et le posa devant la cheminée, près des braises, tandis qu'Áine apportait de l'eau pour lui laver les pieds. Puis Daniel lui proposa une gorgée de poitín, mais Nance secoua résolument la tête.

— Allons ! Y a même pas de quoi remplir le gosier d'un passereau, bougonna-t-il en lui mettant la tasse entre les mains.

Sitôt assurés que la visiteuse avait été bien accueillie, les invités reprirent le fil de leurs conversations. Bientôt, chacun discutait et buvait de nouveau son whisky à petites gorgées. Seuls Seán et Kate Lynch continuèrent à faire grise mine, retranchés dans l'ombre de la pièce.

Nance tendit ses pieds nus vers les braises et porta sa tasse à ses lèvres. Un filet de vapeur s'élevait déjà de ses vêtements mouillés. Nóra s'assit près d'elle, le ventre noué. Comment la vieille femme avait-elle deviné que Martin était mort ?

Nance tendit la main vers la chambre à coucher.

— C'est là qu'il est ?

Nóra sentit son cœur s'accélérer.

— Oui.

— À quelle heure a-t-il trépassé ?

— Il faisait encore jour quand John et Peter me l'ont amené.

Nóra baissa les yeux, prise de nausée. Elle manquait d'air dans la pièce encombrée. Trop de fumée. Trop de bruit. Dehors, il faisait si frais ! Elle aurait aimé retourner seule dans la cour, se coucher dans la boue, humer l'odeur de la pluie. Et mourir foudroyée sous l'orage, peut-être bien ?

Elle tressaillit : Nance venait de refermer ses doigts sur les siens. La douceur de sa peau, la tendresse de son étreinte ajoutèrent à son angoisse. Elle dut lutter pour ne pas la repousser.

— Nóra, écoutez-moi. Le monde est peuplé de morts, et chacun de nous les pleure à sa manière. Pourtant, une chose est sûre : dans un an, plus personne ne voudra vous voir pleurer votre mari. C'est ainsi. Bientôt, vos amis reprendront le cours de leur existence. Alors pleurons Martin cette nuit, pendant qu'ils ont le cœur à nous écouter.

Nóra acquiesça. Elle avait l'impression qu'elle allait vomir.

— Encore une chose, Nóra. J'ai entendu dire que Martin était mort au croisement des deux routes. Est-ce vrai ?

— Oui.

La réponse venait de Brigid, qui coupait du tabac sur la table derrière elles.

— Peter O'Connor l'a trouvé là, étendu par terre. C'est affreux, n'est-ce pas ?

Nance tourna la tête vers elle.

— Comment t'appelles-tu ?

— Brigid Lynch.

— C'est la femme de Daniel, mon neveu, précisa Nóra.

Nance fronça les sourcils.

— Tu attends un enfant, ma fille. Tu ne devrais pas rester dans la maison d'un mort.

Brigid cessa de couper les feuilles de tabac et la fixa d'un air effaré.

— Tu devrais partir. Avant de faire entrer la mort dans tes poumons et de la transmettre à ton enfant.

— C'est vrai ? dit Brigid en posant le couteau sur la table. Je savais que je devais éviter les cimetières, mais...

— Les cimetières, les maisons des morts, les tombes, énuméra Nance, puis elle cracha dans le feu.

Brigid se pencha vers Nóra.

— Je ne veux pas quitter Daniel, chuchota-t-elle. Il fait nuit. L'orage gronde. Je ne veux pas rentrer seule.

— Tout juste, approuva Nance. Faut pas sortir seule par une nuit pareille. Pas dans ton état.

Brigid plaqua les mains sur son ventre rond.

La vieille herboriste interpella Áine, qui distribuait aux hommes des pipes bourrées de tabac.

— Pourriez-vous emmener cette jeune fille chez une voisine ? Partez avec son mari. Il fait trop mauvais pour marcher seule sur les chemins.

— Emmenez-la chez Peg O'Shea, ajouta Nóra à voix basse. C'est tout près d'ici.

Áine les regarda tour à tour.

— Pourquoi ? Que se passe-t-il ?

— C'est pour le bien de l'enfant qu'elle porte, expliqua Nance en posant une main ridée sur le ventre de Brigid. Hâte-toi, ma belle. Glisse un peu de sel au fond de ta poche et file. L'orage approche.

La nuit venant, l'atmosphère devint oppressante dans la petite pièce encombrée de monde : l'odeur de laine mouillée et de transpiration prenait à la gorge. Un voisin avait posé deux pennies sur les paupières closes de Martin Leahy ; une soucoupe remplie de sel oscillait sur son torse, et sur son ventre reposait une assiette garnie de feuilles de tabac et de pas-d'âne.

Nimbés dans un nuage de fumée, une pipe en terre fichée entre les dents, les hommes se servaient des aiguilles à tricoter de Nóra pour vider les cendres, qu'ils essuyaient sur leur pantalon.

Peu avant minuit, John O'Donoghue récita un rosaire en l'honneur du défunt. L'assistance s'agenouilla, marmonnant les réponses appropriées aux moments voulus. Puis les hommes s'adossèrent aux murs de la pièce pour faire place aux femmes, qu'ils regardèrent officier à la pâle lueur des brûle-joncs, trop vite consumés et suintant la mauvaise graisse sur leurs supports métalliques.

Nance Roche dirigea le chœur des pleureuses. Au loin, le tonnerre continuait de gronder à intervalles réguliers. Le front gris de cendres, la vieille entreprit de noircir ceux des autres femmes à l'aide d'un morceau de bois calciné. Un flot de larmes roula sur le visage de Nóra, traçant un chemin tiède dans la cendre qui poudrait ses joues. Agenouillée, elle jeta un regard au cercle de visages familiers qui l'entouraient. Tous sombres et solennels.

C'est un cauchemar, pensa-t-elle.

Nance ferma les yeux, ouvrit la bouche et entonna un long lamento qui réduisit les hommes au silence comme une pièce privée d'air éteint la flamme d'une bougie. Accroupie sur le sol en terre battue, elle oscillait sur elle-même, ses longs cheveux fins dénoués sur ses épaules. Elle pleura longtemps, sans pause, sans parole. Son chant caverneux bruissant de mille terreurs évoqua à Nóra celui d'une *bean sidhe*, l'esprit féminin qui annonce une mort imminente, ou le long cri silencieux et désespéré d'un homme qui se noie.

Tout en l'écoutant chanter, les autres femmes

priaient à voix basse, suppliant Dieu d'accueillir l'âme errante du défunt. Kate Lynch, ses cheveux d'un brun terne lâchés sur ses épaules, était agenouillée près de sa fille Sorcha, qui chuchotait, creusant deux fossettes dans ses joues rondes. À son côté, Éilís O'Hare, l'épouse du maître d'école, se signait sans discontinuer : dessinant devant elle un treillis de prières invisibles sans quitter Nance du regard, elle semblait griffer la lumière du bout des doigts. Nóra ferma les yeux. Elles étaient toutes venues. Ses voisines et leurs filles. Les femmes de la vallée, rassemblées près du feu, occupées à se tordre les mains. Et pas une qui comprenait ce qu'elle ressentait – pas une !

Guidée par la voix sourde de la *bean feasa*, Nóra fit taire sa gêne et ses peurs. Elle ouvrit la bouche et laissa libre cours à son désespoir. Délivrée des contraintes du langage, sa propre voix lui parut méconnaissable. Le son de son chagrin la glaça jusqu'aux os.

Émus par les pleurs des femmes, plusieurs hommes baissèrent la tête pour dissimuler leurs joues humides à leurs compagnons. Là aussi, les langues se délièrent : échauffés par l'alcool, ils chantèrent les louanges de Martin Leahy, énumérant les nombreuses qualités qui lui avaient ouvert le cœur de Dieu et celui des hommes : bon mari et bon père d'une fille qui avait rejoint le royaume des cieux quelques mois plus tôt, il savait soigner les fractures ou les entorses, et calmer les chevaux pris de panique d'une simple pression de ses larges mains.

La mélopée de Nance se mua en halètements plaintifs. Elle saisit une pleine poignée de cendres, se redressa d'un bond et la lança vers la porte qui ouvrait sur la cour. Des cendres pour bannir les forces du mal, désireuses d'empêcher le passage de l'âme dans l'au-delà ; des cendres pour sanctifier le deuil des proches de Martin et en exalter la pureté.

Après avoir repris place près du feu, Nance laissa tomber sa tête vers ses genoux, essuya son visage dans sa jupe et se releva. Le rituel était terminé. Elle attendit que s'éteignent les pleurs, que les éloges funèbres fassent place à un silence respectueux, puis elle adressa un signe de tête à Nóra et se retira dans un coin sombre de la pièce. Là, elle noua ses cheveux blancs au creux de sa nuque et prit sans un mot la pipe garnie de tabac qu'on lui tendait. Elle passa le reste de la nuit à fumer, l'air pensif, tandis que les femmes de la vallée et les proches du défunt fondaient sur Nóra comme des oiseaux sur un champ fraîchement moissonné.

Les heures s'égrenaient lentement. La plupart des invités, engourdis et apaisés par les fumées entêtantes des feuilles de pas-d'âne, finirent par s'endormir, couchés sur d'épais matelas de bruyère, d'ajoncs et de prières balbutiées d'une voix pâteuse. De grosses gouttes de pluie tombaient dans la cheminée et s'abattaient en sifflant sur les braises rougeoyantes. Ceux qui ne dormaient pas échangeaient des ragots et se relayaient pour veiller le défunt ; beaucoup commentaient la violence de l'orage – un mauvais présage, disaient-ils. Seule Nóra vit la vieille femme se lever : elle remit son châle sur sa tête, ouvrit la porte et rejoignit les ténèbres mugissantes.

2

Ajoncs

Nance Roche s'éveilla tôt le lendemain matin. Un épais brouillard s'accrochait encore au sommet des collines. Rentrée au milieu de la nuit, elle s'était endormie tout habillée, dans ses vêtements humides. À présent, elle se sentait glacée. Elle se redressa sur son matelas de bruyère, plissant les yeux pour s'accoutumer à la faible lueur du petit jour, et massa ses membres engourdis par le froid. Le feu s'était éteint dans la cheminée – elle ne perçut qu'une infime tiédeur lorsqu'elle tendit la main vers les tisons noircis. Elle s'était assoupie devant les braises encore chaudes sans prendre la peine de les ranimer.

Elle saisit son châle pendu au mur, s'enveloppa dans la laine rugueuse, imprégnée de l'odeur familière du feu de cheminée, et sortit en attrapant le broc au passage.

L'orage s'était poursuivi toute la nuit, noyant la vallée sous des trombes d'eau. Elle ruisselait encore dans les bois qui s'étendaient derrière sa pauvre cahute. On entendait aussi, à défaut de les voir tant le brouillard était dense, les eaux gonflées de la Flesk, la rivière qui sillonnait cette partie du comté de Kerry.

Située au fond de la vallée, où les prés et les collines parsemées de gros rochers faisaient place à une forêt épaisse et peu exploitée, la chaumière de Nance se dressait à courte distance de Piper's Grave, le cercle de pierre, ancien tombeau d'un joueur de flûte, où les Fairies avaient élu domicile. Nance salua ceux-ci d'un signe de tête respectueux, tournée vers le buisson d'aubépines dont la silhouette courbée surgissait, tel un fantôme, au milieu des pierres, des ronces et des herbes folles.

Elle resserra son châle sur ses épaules et s'approcha d'un fossé gorgé d'eau, dernier vestige d'un terrier de blaireaux abandonné. Accroupie au-dessus du vide, elle pissa les yeux fermés, en s'agrippant à une poignée de fougères pour ne pas tomber. Elle avait mal partout, comme souvent après une veillée mortuaire. Une terrible migraine l'assaillait aussitôt sortie de la maison du défunt, et ses membres demeuraient endoloris longtemps après la cérémonie.

C'est tout ce chagrin, songea-t-elle. Ce chagrin qui n'était pas le sien et dont elle se chargeait pendant la veillée. Se tenir au seuil de la mort met le corps et l'esprit au supplice.

Une boue épaisse couvrait le sentier qui descendait vers la rivière. Nance avançait prudemment sur les feuilles d'automne détrempées qui collaient à ses pieds nus. Pas question de tomber. L'hiver précédent, elle avait glissé et s'était cogné le dos. Il lui avait fallu une semaine pour s'en remettre. Couchée devant le feu, meurtrie par la douleur, mais surtout par la solitude. Elle pensait pourtant s'être habituée à vivre seule, avec le pépiement des oiseaux pour unique compagnie. Mais, sans visiteurs, sans rien d'autre à faire que somnoler dans l'obscurité de sa maison, elle s'était sentie si esseulée qu'elle en avait pleuré.

« S'il y a bien une chose qui vous cheville la tristesse au corps, c'est la solitude. »

C'est ce que pensait Maggie. Elle avait prononcé cette phrase il y a très longtemps. Nance était encore une enfant. Et son père était encore en vie.

« Crois-moi, Nance. Regarde l'homme qui vient de passer. Pas de femme. Peu d'amis. Pas de frères et sœurs. La boisson est sa seule compagne, et c'est la solitude qui les a mariés. »

Cette folle de Maggie ! Assise à la table de la ferme, une pipe serrée entre les dents, occupée à plumer un poulet. Des plumes partout. Dehors, une pluie battante. Les plumes tourbillonnaient et s'accrochaient à ses cheveux en bataille.

Cette chute est un appel à la prudence, avait pensé Nance. Méfie-toi. Tu vieillis. Et tu ne peux compter que sur toi-même. Depuis lors, elle avait veillé sur son corps avec davantage de tendresse. Marcher à petits pas sur l'herbe mouillée de pluie. Ne plus aller couper la bruyère en plein vent au sommet des montagnes. Garder l'œil sur le feu et ses braises rougeoyantes, toujours prêtes à vous tomber sur les genoux. Manier le couteau avec précaution.

Le grondement des eaux de la Flesk s'amplifia à mesure que Nance s'enfonçait dans le sous-bois. La rivière apparut au détour du sentier, long trait d'écume argentée dévalant la pente entre les grands chênes, les aulnes et les frênes. L'orage avait privé les arbres de leurs dernières feuilles : détrempée, gorgée de tannins, la forêt semblait plus sombre que d'ordinaire.

Seuls les bouleaux, d'une pâleur lunaire, brillaient dans l'air humide.

Nance se fraya un passage entre les branches brisées, les longues tiges de lierre et les fougères flétries qui encombraient la berge. Rares étaient ceux qui s'aventuraient au fond de la vallée. Les femmes des environs ne venaient pas remplir leurs seaux ou laver leur linge à cet endroit de la rivière, jugé trop proche de Piper's Grave. Les pierres plates verdissaient sous la mousse : nul n'y brossait ses chemises. Les ronces proliféraient : personne ne les coupait pour éviter qu'elles ne déchirent le linge. Nance était seule à venir. Seule à vivre si près de la forêt qui engloutissait cette partie de la rivière.

L'orage avait décuplé la force des eaux ; les grosses pierres sur lesquelles Nance prenait appui d'ordinaire avaient été délogées par le courant. Fragilisée, la berge s'effritait sous ses pas. La rivière n'était ni très large ni très profonde à cet endroit, mais elle devenait violente après de fortes pluies : Nance avait déjà vu des renards à la panse gonflée, tirés de leurs terriers par une crue soudaine et emportés par ses eaux bouillonnantes. Elle craignait de se noyer.

Elle ôta son châle, le posa sur une branche basse, puis s'agenouilla et s'approcha de la rivière. Alors seulement, elle plongea son broc dans l'eau. Il se remplit aussitôt, entraînant son bras vers le fond.

Elle regagna sa demeure un instant plus tard, après avoir frotté ses jupes du plat de la main pour en ôter la terre et les feuilles mortes. En chemin, elle tenta de s'éclaircir les idées. Elle avait encore l'esprit embrumé. Le long du sentier, de minuscules roitelets voltigeaient dans les herbes et les massifs de ronces, surgissant de la brume pour y retourner aussitôt, en quête de lumière ; des champignons poussaient sur le sol détrempé du sous-bois ; l'odeur de terre mouillée était omniprésente. Nance la huma à pleins poumons, ravie d'être dehors, la tête levée vers l'immensité du ciel, les pieds plantés dans le sol fourmillant de vie. Comparée aux arbres majestueux qui l'environnaient, sa cahute trapue, à moitié enfouie dans le sol, affalée à l'orée de la forêt, semblait hideuse et sordide avec ses murs de clayonnage enduits de torchis, son toit couvert de bruyère et de feuilles séchées. Elle tourna son regard vers la vallée. Les fermes des paysans, dressées en lisière des terres cultivées, maintenant moissonnées et noircies, avaient meilleure allure : blanchies à la chaux, la plupart d'entre elles étaient flanquées de parcelles de pommes de terre bien entretenues, abritées par de longs murets en pierre sèche, et surmontées d'un panache de fumée qui jaillissait de leur toit de chaume. Les chaumières bâties sur les flancs nus de la colline étaient plus modestes, et plus profondément ancrées dans le sol pour mieux résister au vent. Leurs façades chaulées semblaient bleutées dans la lumière matinale. Nance jeta un œil à la ferme des Leahy, qui se dressait à mi-pente sur le versant de la colline. C'était la demeure la plus proche de la sienne. Comme elle paraissait loin, pourtant !

Aucun voisin à portée de voix. Les murs de sa chaumine dépourvue de fenêtres, autrefois chaulés, s'étaient écaillés au fil du temps. Couverte de mousse et de moisissures, la demeure semblait désormais faire partie intégrante de la forêt.

L'intérieur n'en était pas moins propre et bien rangé – autant que Nance le pouvait, en tout cas. Le plafond était noir de suie et l'un des murs luisait d'humidité, mais le sol en terre battue était balayé avec soin ; des brassées de bruyère et de joncs tempéraient l'odeur fétide qui s'élevait de la paille sur laquelle dormait sa chèvre, attachée au fond de la pièce.

Nance remua les braises pour ranimer le feu dans l'âtre. Elle jugea préférable de ne pas utiliser tout de suite l'eau qu'elle venait de puiser. La rivière s'était chargée de boue sous l'orage : mieux valait la laisser reposer avant de la boire.

Jamais elle ne s'était sentie aussi épuisée après une veillée funèbre. La fatigue s'était glissée jusque dans ses os. Il fallait qu'elle mange quelque chose, ne serait-ce qu'une bouchée, pour reprendre des forces.

Elle était encore secouée par la violente plainte qui avait jailli de sa gorge au cours de la cérémonie. Un cri auquel elle s'était abandonnée, le visage gris de cendres. Elle avait eu la sensation que l'univers tremblait sur ses bases et que la pièce emplie d'hommes et de femmes vêtus de noir tournait autour d'elle ; prise de vertige, elle avait poursuivi sa mélopée, jusqu'à ne plus voir devant elle que les flammes dans la cheminée. Et une succession d'images : un chêne en feu au milieu d'une forêt ; une rivière bordée d'iris sauvages aux cœurs aussi jaunes que leurs pétales ; sa mère, le regard fou, les cheveux en désordre, qui lui faisait signe de la rejoindre dans l'obscurité.

Elle avait l'impression de porter le deuil du monde entier.

Il arrivait qu'elle éprouve des sensations étranges au contact de la souffrance – ce que Maggie appelait ses visions intérieures. D'autres parlaient d'un don. Parfois, lorsqu'elle guidait des nouveau-nés hors du ventre de leur mère, elle devinait leur existence à venir. Et dans certains cas, ce qu'elle pressentait l'effrayait. Elle se souvenait d'avoir mis au monde un bébé que sa mère avait copieusement injurié pendant l'accouchement, parce qu'elle souffrait le martyre. Nance avait senti qu'un voile sombre tombait sur ce petit corps. Elle l'avait baigné et langé, puis, une fois la mère endormie, elle avait écrasé un ver de terre dans sa paume plissée pour le protéger.

Les visions appelaient certaines réponses, des réponses précises que Nance connaissait.

Pourtant, l'orage l'avait troublée. Lorsqu'elle avait quitté la ferme des Leahy au milieu de la nuit et descendu la colline pour rejoindre son logis sous un ciel zébré d'éclairs, elle avait perçu des mouvements furtifs. Quelque chose, ou quelqu'un, se déplaçait dans les ténèbres. Pour la convoquer ? Ou pour l'avertir ? Elle s'était arrêtée près du fort aux fées, elle avait attendu sous la pluie battante, le cœur gonflé de crainte et d'espérance. Le vent mugissait sans relâche, soufflant en rafales sur le buisson d'aubépines, quand, soudain, un éclat violet avait illuminé l'une des pierres du fort. Terrifiée, Nance s'était presque attendue à voir surgir le diable en personne. Elle qui n'avait jamais craint de quitter seule la maison d'un mort ! D'ordinaire, protégée par le sel et les cendres qu'elle glissait dans ses poches avant de partir, elle se savait en sécurité. Mais, à cet instant, seule devant Piper's Grave, elle s'était sentie vulnérable. Apeurée par une présence invisible et frémissante. Combien de temps était-elle restée là, à attendre ? Il avait fallu qu'un éclair s'abatte sur la montagne, enflammant un buisson de bruyères au-dessus de sa chaumine, pour qu'elle mesure enfin le danger qu'elle courait à rester dehors. Elle s'était alors empressée de regagner sa maison, son feu et ses animaux.

Nance lança un regard à sa chèvre qui s'impatientait dans son coin, près des pondoirs à poules. Elle avait creusé un petit fossé dans le sol pour séparer les animaux et leurs déjections de ses propres quartiers, tout en bénéficiant de la chaleur qu'ils produisaient. Elle franchit l'étroit ruisseau d'eau et d'urine pour s'approcher de la chèvre. Elle plaça d'abord une main sur sa tête, puis lissa les poils qui couvraient ses joues et ôta les brins de paille accrochés à sa barbiche.

— Là... Tout doux. Tu es une brave fille, Mora. Pour vrai, une bonne petite chèvre.

Elle attrapa le tabouret poussé le long du mur et le posa près de la chèvre, en même temps qu'une grosse brassée d'ajoncs séchés et pilés.

— Tu as faim, ma belle ? Il a venté toute la nuit. Tu l'as entendu, ce grand vent ? Il t'a fait peur ?

Nance tendit lentement la main vers le seau en fer-blanc tout en chantonnant pour détourner l'attention de l'animal. Elle appuya ensuite son front sur son pelage un peu rêche, humant son odeur tiède, mêlée à celle du purin et des ajoncs séchés. Nerveuse, Mora trépignait, frappant la paille et la terre battue du bout de ses sabots. Nance continua de fredonner et l'animal, se calmant peu à peu, se mit à mâchonner quelques tiges d'ajoncs pilés. Nance put la traire – sans cesser de chantonner d'une voix brisée par les lamentos de la veille.

Quand le jet cessa de couler, Nance s'essuya les mains sur sa jupe, saisit l'anse du seau et s'approcha de la porte. Là, elle versa un peu de lait sur le seuil pour les Bonnes Gens, avant de boire le reste du liquide chaud, doux, sucré et pailleté de grains de poussière.

Nance n'aurait pas de visites aujourd'hui, elle le savait. Les habitants de la vallée se presseraient chez Nóra Leahy pour rendre hommage au défunt. De toute façon, les gens venaient rarement la voir quand la mort frappait leur petite communauté : Nance leur rappelait trop qu'ils étaient, eux aussi, promis à une fin certaine.

La pleureuse. La sage-femme. Lorsque Nance ouvrait la bouche, les villageois songeaient que tout peut aller de travers, que tout passe d'un état à un autre. Ils regardaient ses cheveux blancs et voyaient le crépuscule. Elle était à la fois le capitaine qui mène un nouveau-né à bon port, et la sirène qui largue les amarres d'un bateau et le pousse vers les ténèbres.

Nance en était convaincue, la seule raison pour laquelle les habitants de la vallée l'avaient laissée s'installer une vingtaine d'années plus tôt dans cette cahute humide, coincée entre montagne, forêt et rivière, était sa capacité à exprimer ce qui n'a pas, et ne peut pas avoir, d'explication. Elle était le portier qui se tient à la lisière des mondes ; l'ultime voix humaine qu'on entend avant de basculer dans l'inconnu, d'être livré au vent, aux ténèbres et au crissement des étoiles ; un chant païen, un chœur immémorial.

Les gens ont toujours un peu peur de ce qu'ils ne connaissent pas, songeait-elle souvent.

Réchauffée et réconfortée par le lait de chèvre, Nance s'essuya la bouche d'un revers de manche et s'appuya contre le chambranle de la porte, les yeux tournés vers la vallée. Le ciel s'étendait au-dessus de sa maison comme une grande toison de laine grisâtre.

Il se dégagerait dans la journée, elle n'en doutait pas. Ce matin, elle mettrait sa solitude à profit pour dormir et se reposer. Peut-être irait-elle arpenter les sentiers et explorer les fossés aux heures calmes de l'après-midi, afin de cueillir les dernières achillées et herbes de Saint-Jacques en fleurs, les quelques mûres et prunelles qu'offrait encore la terre avant l'arrivée de l'hiver. Il ne pleuvrait pas : l'eau qui alourdissait les nuages massés sur la vallée s'en irait avec eux, de l'autre côté des collines.

Nance s'en remettait au ciel pour tout. Elle connaissait ses multiples visages.

La veillée mortuaire dura deux jours. Les habitants du vallon arrivaient par le sentier boueux qui conduisait à la ferme de Nóra, bâtie sur les hauteurs. Certains avaient une bouteille de whisky à la main et un rosaire au fond de leur poche, d'autres apportaient leurs propres tabourets et leurs chaises grossièrement paillées. Le ciel qui s'était dégagé le premier jour se couvrit le lendemain, et la pluie s'abattit de nouveau sur la vallée. L'eau ruisselait sur les casquettes et les chapeaux en feutre des hommes. Ils venaient avec des tisons refroidis plein les poches, des branches de coudrier à la main, et s'asseyaient sur de petits tas de fougères, au milieu des joncs éparpillés au sol. L'air grisâtre, chargé de tabac et asséché par les brûle-joncs, devenait vite irrespirable. On toussait, les voix s'éraillaient. Quand ils ne discutaient pas devant la cheminée, les invités allaient se recueillir auprès de Martin : agenouillés devant son corps couvert d'un drap, ils priaient en l'effleurant du bout des doigts. Les femmes et les enfants, qui n'avaient pas l'habitude de fumer la pipe, toussaient et enveloppaient son corps sous les volutes de tabac, masquant l'odeur entêtante de la mort.

Nóra crut qu'ils ne partiraient jamais. Elle en avait assez de leur compagnie, assez d'entendre crisser les joncs sous leurs pieds, assez de les entendre parler de Martin comme s'ils le connaissaient mieux que quiconque.

Je suis son épouse ! pensait-elle en se retenant de crier. Personne ne le connaissait aussi bien que moi.

Elle ne supportait pas la manière dont les femmes se mouvaient dans la pièce comme des ombres, formant de petits groupes dans les coins pour échanger des ragots, avant de se disperser pour s'approcher d'elle tour à tour et l'entretenir du passage des années, de Dieu et de la foi. Elle détestait la façon qu'avaient les hommes de se plaindre continuellement de cette saleté de pluie d'octobre, et de lever leur verre en hommage à Martin avec une désinvolture qui la heurtait. « Que le Seigneur ait pitié de ton âme, Leahy, et de toutes celles des fidèles qui ont rejoint le royaume des cieux ! » lançaient-ils d'une voix pâteuse avant de reprendre en ricanant le fil de leurs conversations.

Nóra profita de la première averse pour sortir se soulager derrière la maison et respirer l'air frais à grandes goulées. Après s'être frotté les mains dans l'herbe mouillée près du tas de fumier, elle se les passa sur le visage, puis resta un moment à observer les gamins qui jouaient dans la cour. Les mollets ruisselants de boue, les yeux brillants d'excitation, ils empilaient des pierres les unes sur les autres pour former des cairns qu'ils démolissaient à tour de rôle, d'un habile lancer de caillou. Même les filles les plus timides semblaient s'amuser : accroupies au sol, elles jouaient à *Poor Snipeen* par groupes de deux : l'une joignait les mains en prière, faisant mine de tenir un oiseau blessé entre ses paumes, tandis que l'autre lui caressait doucement les doigts. « Pauvre petite bécassine », murmurait-elle d'un ton compatissant, avant de frapper brusquement les mains jointes de sa camarade si celle-ci ne les retirait pas à temps. Leurs cris de surprise, de douleur et de plaisir mêlés résonnaient à travers la vallée.

Nóra sentit sa gorge se nouer. Voilà à quoi jouerait Micheál s'il n'était pas malade, songea-t-elle, submergée d'un chagrin si vif qu'elle laissa échapper un cri : oui, tout serait différent. Il s'amuserait dans la cour avec les autres. Et j'aurais moins de peine.

Elle sentit une petite main tirer sur ses jupes et baissa les yeux. Un bambin de quatre ou cinq ans la regardait en souriant, un œuf à la main.

— J'ai trouvé ça, dit-il en posant l'œuf dans sa paume, avant de détaler, pieds nus dans la boue.

Nóra le regarda fixement. Voilà à quoi doit ressembler un enfant ! se répéta-t-elle tandis que lui revenait en mémoire l'image de Martin assis devant le feu, Micheál sur ses genoux. Martin lui massait doucement les jambes, tout à l'espoir de les ramener à la vie ; apaisé, le petit garçon fermait les yeux au contact des larges mains de son grand-père.

Nóra cligna des yeux pour chasser les larmes qui affleuraient à ses paupières et porta son regard au loin, vers la ligne d'horizon.

À l'extrémité de la vallée, un rideau de pluie

passait lentement d'une colline à l'autre, épargnant la plaine qui s'étendait à ses pieds, le lit de la rivière, et la forêt tapie à l'est. Hormis les quelques frênes qui entouraient les modestes chaumières peintes en blanc disséminées sur les terres non labourées de la vallée, et le bosquet de chênes et d'aulnes visible en contrebas, derrière la cahute verdissante de Nance Roche, le vallon comptait peu de grands arbres : vaste étendue de champs bordés de fossés d'évacuation et de longs murets en pierre, il était flanqué d'un côté par de grandes tourbières, de l'autre, par des coteaux venteux où rien ne poussait parmi les rochers, hormis des joncs et de la bruyère.

Même sous les nuages, ce spectacle avait le don d'apaiser Nóra. La vallée était splendide. La lente entrée dans l'hiver avait bruni les hautes herbes et le chaume laissé dans les champs après les moissons ; en s'effilochant, les nuages formaient des taches d'ombre sur le sol. C'était un monde en soi. Seule la route étroite qui serpentait au fond de la vallée évoquait le reste du pays – à l'ouest, les hautes maisons, les mines de cuivre et les rues encombrées de Killarney, hérissées de mendiants et de bâtisses au toit d'ardoises ; à l'est, les lointains marchés de Cork. On voyait passer de temps à autre des marchands en route pour Macroom, montés sur des chevaux aux flancs chargés de paniers à beurre, rappelant qu'il existait d'autres vallées, d'autres villes, où les gens menaient d'autres vies que les leurs.

Soudain, les enfants éclatèrent de rire, arrachant Nóra à sa contemplation. Elle se retourna. Une vieille femme approchait, appuyée sur une canne en bois de prunellier. Elle venait de la ferme la plus proche, située sur le même versant de la colline.

C'était Peg O'Shea.

La voisine sourit aux enfants en entrant dans la cour, puis s'avança vers Nóra d'un pas traînant.

— *Dia dhuit*, la salua-t-elle. Que Dieu soit avec toi. Toutes mes condoléances.

Si les joues tombantes et les mâchoires édentées de Peg signalaient son grand âge, ses yeux brillants, d'un noir de jais, frappaient par leur vivacité. Nóra les sentit s'attarder sur son visage, la scruter en quête d'une émotion ou d'une information.

— *Dia is Muire dhuit*. Que Dieu et Marie soient avec toi, Peg. Merci d'avoir veillé sur Micheál.

— Ça ne m'a pas causé de soucis.

— Je ne voulais pas qu'il reste ici. La maison est pleine de monde. J'ai pensé qu'il... Qu'il risquait de prendre peur.

Peg ne répondit pas. Ses lèvres se repliaient sur ses mâchoires vides.

— Il n'a pas l'habitude du monde, renchérit Nóra. Martin et moi, on pensait qu'il valait mieux le tenir à l'écart. Le garder au calme, avec nous.

— Oui, en effet.

— Tu l'as confié à qui, en partant ?

— Oh ! J'ai du monde à la maison, ne t'en fais pas. Mes enfants et leurs petits courent en tous sens. Micheál ne les gêne pas le moins du monde. Et puis, c'est pas comme s'il allait s'enfuir... Je ne savais pas qu'il était si mal en point, ajouta-t-elle en se penchant vers Nóra. Depuis le temps que tu t'occupes de lui...

— On s'en occupait tous les deux, Martin et moi.

À tour de rôle. Quand l'un de nous partait travailler, l'autre se chargeait du petit.

— Quel âge a-t-il ?
— Quatre ans.
— Quatre ans et toujours incapable de prononcer un mot ?

Nóra baissa les yeux vers l'œuf de poule que venait de lui donner le petit garçon, et le frôla du bout des doigts.

— C'est la maladie qui veut ça, marmonna-t-elle.

Peg ne dit rien.

— Il n'a pas toujours été comme ça, insista Nóra. Je l'ai entendu parler. Quand Johanna était encore en vie.
— Tu l'as vu marcher aussi ?

Nóra se raidit, incapable de répondre. La tête lui tournait. Elle se sentait mal. Peg posa une main sur son épaule.

— On dirait qu'il va pleuvoir. Allons nous abriter. J'irai me recueillir au chevet de ton mari.

À l'intérieur, les flammes du feu de tourbe montaient haut dans la cheminée, et les conversations allaient bon train. Quelques personnes riaient à gorge déployée dans un coin de la pièce.

Peg leur jeta un regard réprobateur.

— Hum. Qui a apporté à boire ?
— Seán Lynch et quelques autres – mais surtout Seán.

La vieille femme haussa les sourcils.

— Je sais, reprit Nóra. Je ne m'y attendais pas. Ce n'est pas un homme généreux.

— Il n'y a que les coups de poing qu'il distribue avec générosité.

Peg lança un regard entendu vers Kate, qui se curait les dents, assise avec les autres femmes.

— Seán serait capable de décortiquer un pou dans l'espoir de vendre sa carapace au marché ! poursuivit-elle. Je me demande ce qu'il a derrière la tête.

Nóra haussa les épaules.

— N'oublie pas que nous sommes de la même famille, lui et moi. Ma sœur avait épousé son frère – paix à leurs âmes.

Peg se rembrunit.

— N'empêche. Il a une idée en tête. Je garderais l'œil sur lui, si j'étais toi. Il cherchera sûrement à obtenir quelque chose, maintenant que Martin n'est plus là. C'est le genre d'homme pour qui tout a un prix et rien n'a de valeur.

Les yeux braqués sur la cheminée, elles observèrent Seán en silence. Assis près de l'âtre, il fumait la pipe.

— Crois-moi, Nóra. Tu sais ce que dit le proverbe ? Balai neuf balaie bien, mais balai vieux connaît mieux les recoins.

Ils enterrèrent Martin le lendemain après-midi sous un ciel incolore. Les neveux et les amis du défunt hissèrent le cercueil en bois brut sur leurs épaules et s'engagèrent sur le sentier familier, suivis par d'autres hommes de la vallée, chargés de les relayer. La route était longue jusqu'au cimetière. Ils marchaient lentement, à pas prudents sur le sol détrempé, de peur de s'enfoncer dans la boue et d'y laisser leurs bottes. Puis venaient les femmes, massées les unes contre les autres. Leurs cris de douleur s'élevaient dans l'air automnal, tissé de courants froids. Tous savaient comment conduire un corps à sa dernière demeure.

Nóra resserra les pans de son châle sur sa tête.

Elle refusait de regarder le cercueil qui se balançait au rythme des pas de ses porteurs, en tête du cortège, préférant garder les yeux rivés sur les oiseaux qui survolaient les branches dénudées des arbres. Elle avait les yeux étrangement secs. Tout en traversant les grandes flaques miroitantes remplies de ciel, elle se demanda si une petite partie d'elle-même n'était pas morte en même temps que Martin. Les pleurs et les lamentations des femmes qui l'entouraient lui paraissaient ridicules. Elles criaient toutes, leurs jupes mouillées collées à leurs jambes nues. Nóra restait coite et laissait son chagrin se muer en pierre au fond d'elle-même.

Les habitants des maisons situées au bord de la route s'approchaient à la vue du cortège, délaissant leurs bêtes pour le suivre sur quelques dizaines de mètres. Leurs enfants les observaient, un doigt dans la bouche. Au premier virage, ces nouveaux venus faisaient un pas de côté et attendaient solennellement que le cortège soit passé pour rejoindre leurs cochons, qu'ils rassemblaient à coups de baguette, leur frappant les flancs pour les faire avancer.

Les yeux levés vers le ciel, Nóra se laissait entraîner par la foule. Elle vit quelques aigles tournoyer au-dessus des montagnes qui barraient l'horizon.

Le cimetière affalé près de la petite église, à l'ombre d'un vieil if, était envahi d'herbes folles. En entrant, les hommes faillirent trébucher sur de grosses mottes de terre humide. Ils posèrent avec précaution le cercueil près de la fosse creusée pour la circonstance. Le père Healy les attendait, la bouche flasque, le dos courbé par l'étude des textes sacrés. Devinant qu'il la cherchait du regard, Nóra tira son châle sur son front et baissa les yeux vers le sol.

La cérémonie fut de courte durée. Le prêtre récita les prières de sa voix saccadée. Lorsqu'il fallut s'agenouiller, Nóra sentit ses jupes se gorger d'eau de pluie. Elle ne détourna pas les yeux quand on descendit son mari dans le caveau, ni quand les fossoyeurs jetèrent des touffes d'herbe sur le cercueil pour amortir le bruit des pelletées de terre.

Quand tout fut terminé, quand il n'y eut plus rien à dire, quand la terre noire et granuleuse de la vallée eut comblé la fosse, les hommes posèrent leurs pipes sur la tombe de Martin et reprirent la route en sens inverse. Entraînée par le cortège, Nóra regagna lentement le fond du vallon. Parvenue au premier virage, elle jeta un regard vers le cimetière. À cette distance, les manches de pipe ressemblaient à un amas de petits os nettoyés par les oiseaux.

Le vent se leva tandis que Nóra rentrait chez elle après l'enterrement, d'abord au sein d'une petite foule, puis, à mesure que chacun quittait la route pour regagner sa ferme, dans un groupe de plus en plus restreint, de plus en plus silencieux. Lorsqu'elle parvint aux frênes qui se dressaient à l'entrée du chemin boueux menant à sa propre demeure, elle était seule. Un vent violent entraînait de gros rochers au bas de la colline. Il s'était mis à pleuvoir, et la douleur qui s'était réveillée dans ses genoux annonçait un autre orage.

En approchant de la maison, elle entendit des cris perçants. Micheál. Elle poussa la porte entrouverte. La maison avait été rangée et balayée en son absence :

il ne restait aucune trace de la veillée funèbre. Des brassées de joncs fraîchement cueillis recouvraient le sol, un bon feu brûlait dans l'âtre, près duquel se tenaient Peg O'Shea et la jeune Brigid. Micheál hurlait sur les genoux de Peg, qui se moquait de Brigid, visiblement horrifiée par sa voix aiguë.

— Tu ferais bien de t'y habituer ! lança la vieille femme d'une voix moqueuse en berçant l'enfant, qui continuait de s'époumoner, rouge de colère.

Son sourire s'effaça à la vue de Nóra.

— Te voilà de retour, dit-elle. Vous avez enterré Martin.

Nóra se laissa choir sur la banquette, à côté de Brigid. Elle était soulagée de ne plus devoir partager sa maison avec une foule de proches et de voisins.

— J'ai vu le cortège, reprit Peg. Il y avait beaucoup de monde. Quelle bénédiction ! Approche-toi du feu. Tu vas mourir de froid.

Nóra se pencha pour prendre Micheál dans ses bras, et appuya sa joue contre sa tête. Le faible poids de son corps, le flot tiède de ses larmes sur sa peau lui rappelèrent les soucis qui la rongeaient. Rouges de froid, ses orteils nus lui faisaient mal.

Peg l'observait.

— Les enfants, ça réconforte.

Nóra ferma les yeux et enfouit son visage dans le creux tendre de sa nuque. Elle sentit la poitrine de Micheál se raidir sous ses mains lorsqu'il reprit son souffle avant de recommencer à hurler.

— Merci de t'être occupée de lui.

— Allons ! Tu me l'as déjà dit. J'ai prié pour toi, Nóra. Dieu sait que la vie n'a pas été tendre avec toi cette année !

Nóra allongea Micheál sur ses genoux. Son petit visage ruisselait de larmes. Elle entreprit de lui masser les jambes et les bras, comme elle avait vu Martin le faire, lissant ses poignets repliés sur eux-mêmes pour les inviter à se détendre. Ses doigts trop raides ressemblaient à de petits bâtons. Ses pleurs s'estompèrent peu à peu et, l'espace d'un instant, elle eut l'impression qu'il la regardait. Ses pupilles, si sombres dans ses prunelles bleues, semblaient rivées aux siennes. Nóra frémit. Son cœur bondit dans sa poitrine. Puis le regard de Micheál glissa vers le bas et il se remit à gémir, courbant de nouveau les poignets.

Nóra cessa de lui masser les jambes et le regarda fixement. Une image venait de lui revenir en mémoire – Martin tenant fermement Micheál dans ses bras et enfournant une grande cuillerée de crème dans sa bouche ouverte.

Comment as-tu pu me laisser seule avec cet enfant ? songea-t-elle, la gorge nouée.

Peg tendit la main vers Micheál et lui caressa doucement les cheveux.

— Ils sont de la même couleur que ceux de Johanna, c'est sûr.

Brigid observa Nóra sans rien dire.

— Je sais qu'elle te manque, poursuivit Peg. C'est une perte terrible. Tu connais le proverbe ? « Ton fils est ton fils jusqu'au jour de ses noces, mais ta fille est ta fille pour la vie. » Et maintenant, voilà que tu perds aussi ton homme... Faut-il que Dieu soit cruel pour nous ravir ceux que nous aimons le plus !

— Chacun de nous porte sa croix, murmura Nóra,

puis, se penchant vers l'enfant : Qu'as-tu donc, mon petit ? Dis-moi : qu'est-ce qui ne va pas ?

— Oh, Nóra ! Il braille à réveiller les morts, pauvre créature. Il n'est que cris et larmes, et pour quoi ? Comment fais-tu pour dormir ? Il pleure nuit et jour !

Micheál hurlait de plus belle. De grosses larmes coulaient sur ses joues rouges.

— Vous lui avez donné à manger ? demanda Brigid en prenant le châle de Nóra pour le suspendre près du feu.

— Si je lui ai donné à manger ? répéta Peg d'un ton railleur. J'en ai eu cinq, et crois-moi, jeune Brigid, c'est un miracle qu'ils aient survécu assez longtemps pour faire des enfants à leur tour, car je ne les ai jamais nourris. Pas une fois, tu m'entends ? Et je les laissais dehors, en plein vent ! Enfin... Tu as l'air de savoir à quoi t'attendre, et c'est une bonne chose, car tu approches du terme. Regarde-toi : on dirait la pleine lune !

Elle lança un regard complice à Nóra, avant de reprendre :

— Je te remercie, ma chère. Le soir de la veillée, tu m'as envoyé des compagnons de premier choix ! Mais bon... Nous avons bien fait de les mettre à l'abri chez moi.

— J'espère qu'il ne risque rien, déclara Brigid en posant une main sur son ventre d'un air protecteur. Dan ne veut pas que je revienne à la maison. Ils vont tuer le cochon, et faut pas que je m'approche.

— Il a raison, approuva Peg. J'ai connu une jeune femme autrefois. Une forte tête – elle ne voulait rien faire comme tout le monde, et quel orgueil ! Eh bien, voilà-t-il pas qu'elle s'affaire pendant sa grossesse à recueillir le sang qui coulait sur la table pendant qu'on égorgeait le cochon ? Son mari a tenté de l'en empêcher. Et il était costaud, vous pouvez me croire ! Elle n'a rien voulu entendre. Naturellement, elle en a payé le prix : l'enfant qu'elle portait est né avec une face d'écorché vif, et l'humeur qui va avec.

Un grondement de tonnerre se fit entendre au-dessus de la maison. Brigid fit la grimace.

— C'est vrai ?

— Faut pas tenter le diable, je te dis. Les morts et le sang, ce n'est pas recommandé dans ton état.

— J'ai pris peur en entendant parler cette vieille bonne femme l'autre soir. Celle qui a les cheveux blancs.

— La *bean feasa* ? Je te comprends. Pour vrai, Nance Roche n'est pas comme tout le monde.

— Je ne savais pas qu'elle était guérisseuse. Je croyais que c'était une pauvre femme qui s'emploie à droite à gauche... Et je ne l'avais jamais vue avant la veillée.

— Jamais ? Ah, c'est vrai qu'elle ne se mêle pas à nous autres... Elle préfère se tenir à l'écart. Jusqu'à ce qu'on vienne la chercher. Ou qu'elle se sente appelée.

— Surtout s'il y a un bon repas à la clé devant la cheminée, ajouta Nóra avec ironie. Je n'ai jamais fait appel à ses services, mais elle a soigné Martin une ou deux fois. Pas plus. Pourtant, elle est venue à la veillée. Et elle m'a proposé de chanter.

Peg couvait Nóra d'un regard pénétrant.

— Nance le sent quand on a besoin d'elle, commenta-t-elle posément.

— Dans ce cas, pourquoi personne ne m'a jamais dit qu'elle avait le don ? demanda Brigid.

— Par Dieu, qui voudrait parler d'une chose pareille ? La plupart des gens vont la voir pour des maux qu'ils ne confieraient pas au curé et refuseraient de montrer à leur propre mère. Et pour vrai, certains d'entre nous répugnent à prononcer son nom. Ils sont persuadés qu'elle porte malchance. Nance leur fiche la frousse.

Brigid se pencha vers Peg, les yeux brillants de curiosité.

— Pourquoi donc ? Quel crime a-t-elle commis ?
— Oh, un crime terrible, pour sûr ! affirma Peg en retenant un sourire. Faut dire qu'elle vit seule dans les bois. Ça suffit à faire jaser. Ils sont nombreux à aller la consulter, pourtant. Semblerait bien qu'elle ait le don. Et le vrai – pas comme ceux qui prétendent l'avoir pour te soutirer un flacon de poitín !

— J'ai connu un Cahill, un cousin de ma mère. On disait qu'il avait le don de guérir le zona.

Micheál s'était enfin endormi sur les genoux de sa grand-mère, qui le berçait doucement. Exténué, l'enfant gémissait dans son sommeil.

— On raconte que certains viennent de très loin pour voir Nance Roche, renchérit Nóra. Même de Ballyvourney, à ce qu'on m'a dit ! Ces gens font huit heures de marche aller et retour pour l'entendre chuchoter quelques formules et lui montrer leurs verrues.

Peg hocha la tête.

— Nance du fort aux fées, c'est son surnom. Ils sont nombreux à la fuir pour cette raison, mais plus nombreux encore à lui rendre visite. Parce qu'ils y croient dur comme fer.

— Et vous, Nóra, vous y croyez ? reprit Brigid.

— Je n'aime pas en parler. Le monde est plein de mystères que je ne cherche pas à comprendre. J'ai entendu dire qu'elle était liée aux Fairies – vrai ou faux, je n'en sais rien.

— Peg, chuchota Brigid en lançant un regard vers la porte, comme si elle s'attendait à la voir s'ouvrir à la volée, croyez-vous que Nance Roche soit de mèche avec Eux ? Qu'en pense le curé ?

— Le père O'Reilly avait toujours un mot gentil pour elle quand il était encore de ce monde. Certains hommes d'Église te diraient peut-être que Nance n'est pas une enfant de Dieu, mais ceux qui sont allés la voir assurent qu'elle les a toujours soignés au nom de la sainte Trinité. Oh ! Vous avez entendu ?

Nóra avait frémi en entendant le roulement de tonnerre.

— Que Dieu nous protège ! murmura-t-elle.

— Nance n'a donc pas de mari ? Pas d'enfants ?

— Jamais entendu parler d'un mari. Peg ?

La vieille femme sourit.

— Moi non plus. À moins qu'elle s'en soit trouvé un dans le fort aux fées ? Ou que sa vieille chèvre soit en fait son mari, maléficié par les Fairies ?

Elle rit à cette pensée, mais Brigid demeura songeuse.

— Quand elle est arrivée avec ses cheveux mouillés et ses lèvres pâles, j'ai cru voir un fantôme. On aurait dit que quelqu'un avait essayé de la noyer dans une mare. Et ses yeux ! Voilés, pleins de brume... Comment une femme qui a le don peut-elle sortir de chez elle avec des yeux pareils ?

— Tu ferais mieux de t'attirer ses bonnes grâces, répliqua Nóra.

Peg eut un petit rire. Elle s'essuya la bouche dans un coin de son tablier, avant de reprendre :

— Jeune Brigid, sache que Nance est née au cœur de la nuit. Elle ne voit donc pas les choses comme nous.

— A-t-elle toujours vécu par ici ?

— Oh, assez longtemps pour faire peur à mes enfants et aux enfants de mes enfants. Mais elle n'est pas née ici, ça non. Je me souviens de son arrivée. Il y avait beaucoup de monde sur la route, à l'époque. Toutes sortes de pauvres gens, en quête d'un toit et d'un peu de pain. Nance en faisait partie. Le curé l'a prise en pitié – elle était jeune encore, et personne pour l'aider ! Il a demandé aux hommes de lui construire un abri en terre. Un petit *bothán* d'une seule pièce, en lisière de la forêt. Elle n'a pas assez de terrain pour planter des patates, mais elle a des poules. Et une chèvre. Elle a toujours fait grand cas de ces bêtes-là ! Et elle a bien raison. C'est bien joli de se nourrir de prunelles, de noisettes et de gruau d'avoine à la belle saison, mais si tu n'as rien prévu, tu risques de te trouver le ventre vide aux premiers frimas ! Au début, nous nous attendions à ce qu'elle vienne mendier à la morte-saison. Eh non ! Elle a passé l'hiver chez elle, et le suivant, et celui d'après, sans rien nous réclamer. Si bien que les gens ont commencé à jaser. À dire que ce n'était pas normal, qu'une jeune femme ne pouvait pas survivre en ne mangeant que des baies et des racines. Certains pensaient qu'elle venait nous chaparder de quoi manger pendant la nuit. D'autres racontaient qu'elle était de mèche avec Lui.

— Le diable ?

Un grondement de tonnerre ponctua sa question. Elles sursautèrent.

— Ce n'est pas une nuit pour dire des choses pareilles ! s'exclama Nóra.

— Pour vrai, continua Peg, Nance a toujours été différente. Une femme étrange, c'est sûr !

— N'est-ce pas l'heure de manger ? Avez-vous faim ? Peg, Brigid, voulez-vous rester souper ? Ce ne serait pas raisonnable de sortir par une nuit pareille !

Pendant la veillée, Nóra aspirait à la solitude, agacée par ses nombreux visiteurs. À présent, elle brûlait de retenir ses amies auprès d'elle. Elle sentait son estomac se nouer à la perspective de rester seule avec Micheál tandis que l'orage grondait au-dehors.

Peg promena un regard sur la pièce silencieuse, et acquiesça, comme si elle devinait les craintes de Nóra.

— Je resterai volontiers, si ça ne te dérange pas.

— Voulez-vous que je prenne Micheál sur mes genoux ? proposa Brigid.

— Je vais le coucher.

Nóra étendit le petit garçon dans un berceau en paille grossièrement tressée.

— Il est un peu grand pour dormir là, non ? remarqua Peg. Il n'a pas la place d'étendre les jambes.

Nóra fit mine de ne pas avoir entendu.

— Je vais chercher du lait, puis je préparerai à manger.

Elle fut interrompue par un autre grondement de tonnerre. Plus sonore que les précédents, il étouffa un instant le bruit de l'averse et le crépitement du feu de tourbe.

— Quelle sale nuit ! commenta Nóra en soupirant.

Peg tapota gentiment le ventre rond de Brigid.

— C'est une bonne chose que tu sois ici, bien à l'abri chez la tante de ton mari. Ne t'avise pas de sortir sous l'orage ! Le tonnerre tue les oisillons dans l'œuf.

— Peg ! Inutile de l'effrayer avec de telles horreurs.

Plissant les yeux pour se protéger de la fumée, Nóra suspendit un chaudron rempli d'eau à la crémaillère fixée dans la cheminée.

— Va vite, Nóra. Les cieux sont déchaînés. La vache doit être dans tous ses états. Sais-tu, jeune Brigid, que les éclairs gâchent le lait ? Crois-moi, le beurre ne sera pas facile à baratter après une nuit pareille !

Nóra lui lança un regard réprobateur. Elle attrapa son châle sans un mot et le mit sur sa tête, puis elle saisit un seau et sortit. Surprise par la violence du vent et de la pluie, elle trébucha, puis traversa la cour à la hâte, pressée d'échapper à l'averse.

Lorsqu'elle entra dans l'étable plongée dans l'obscurité, la vache tourna vers elle des yeux agrandis par l'effroi.

— Là, Brownie. Du calme.

Nóra fit courir ses mains sur les flancs de l'animal, cherchant à l'apaiser. En pure perte : quand elle attrapa le tabouret et posa le seau par terre, Brownie sursauta et tira sur sa corde.

— Tout doux. Tu ne risques rien, ma fille, assura Nóra d'une voix caressante. Tout va bien.

Un long gémissement lui répondit. Elle a pris peur, songea Nóra. Elle saisit une brassée de foin et la jeta dans la mangeoire. La vache ne daigna même pas le renifler. Elle haletait, à présent. Nóra serra doucement ses pis gonflés de lait entre ses doigts, espérant parvenir à ses fins. Las ! Brownie fit un bond de côté et piétina son entrave. Le seau se renversa avec fracas tandis qu'un éclair illuminait brièvement la cour. Nóra se leva, furieuse.

— Très bien. Fais comme tu veux ! grinça-t-elle en prenant le seau d'un geste vif.

Elle rabattit son châle détrempé sur son front, et traversa de nouveau la cour sous la pluie battante. Arrivée sous le toit de chaume, elle marqua une pause, le temps de nettoyer ses pieds noirs de boue. Elle venait d'essuyer son talon sur le perron quand la voix de Peg lui parvint aux oreilles. Une voix assourdie, lourde de conspiration.

« Ce qu'il est malingre, ce gosse ! »

Nóra se figea.

« On m'avait dit que Martin et Nóra s'occupaient d'un petit infirme. Est-il vrai qu'il n'a pas encore fait ses premiers pas ? »

C'était Brigid.

Nóra sentit son cœur tambouriner dans sa poitrine.

« Je doute qu'il les fasse un jour... Il a quatre ans, qu'elle m'a dit. Si c'est pas malheureux d'être dans un état pareil ! Je savais que Nóra et Martin avaient recueilli le fils de Johanna, et qu'il avait à peine la peau sur les os quand il est arrivé chez eux, mais j'étais loin d'imaginer que c'était à ce point... Pour vrai, il n'est pas dans son bon sens, ce petit-là. »

Nóra sentit ses joues s'enflammer dans l'air froid. Retenant son souffle, elle posa son œil sur la porte, là où le bois fendu laissait voir l'intérieur de la pièce. Peg et Brigid étaient penchées sur le berceau.

« A-t-elle fait venir le curé ? demanda la jeune femme.

— Pour soigner Micheál ? Ce serait possible, si le prêtre y mettait du sien. Ils ont le pouvoir de guérir, ces hommes-là, quand ils acceptent de s'en servir. Mais le père Healy est très occupé. C'est un gars de la ville – je suis sûre qu'il a passé sa vie à Tralee ou à Killarney avant d'être nommé chez nous. Ça m'étonnerait qu'il se donne du mal pour un pauvre gamin aux pattes folles !

— Pourvu que le mien se porte bien ! commenta Brigid après un silence.

— Oui, plaise à Dieu qu'il soit en bonne santé. Reste à l'abri, et au chaud. C'est le plus important. À ce que j'en sais, c'est seulement quand sa mère est tombée malade que Micheál s'est affaibli et que ses jambes sont devenues fines comme des baguettes. Je n'ai jamais entendu dire que l'enfant était un problème quand Johanna était de ce monde. »

Nóra avait peine à y croire. Peg, qui était sa parente, dénigrait son petit-fils sous son propre toit ! Sentant son pouls battre violemment à ses tempes, elle appuya son front contre la porte.

« C'est Nóra qui vous a raconté tout ça ?

— Nóra ? s'esclaffa Peg. Elle refuse d'en parler, au contraire ! Pourquoi crois-tu qu'elle couve ce môme comme une poule pondeuse sans le montrer à quiconque ? Et pourquoi a-t-elle demandé à Peter O'Connor de m'amener le petit, alors que son mari venait de mourir et qu'il fallait préparer la veillée ? Rares sont ceux qui l'ont vu, tu peux me croire ! Même moi, qui suis sa parente et voisine, je ne l'avais pas approché avant ces jours-ci. Et j'en ai été toute commotionnée, pour sûr.

— Elle a honte de lui.

— Je pense bien. C'est pas normal, tout ça. Et quel fardeau pour Nóra ! Comme si la mort de sa fille – paix à son âme – ne suffisait pas, la voilà maintenant seule avec ce gamin malade.

— Elle est seule, mais vaillante. Elle y arrivera. »

Peg s'appuya contre le dossier de sa chaise et fit passer sa langue sur ses mâchoires.

« C'est vrai qu'elle a du courage, cette femme-là ! Et de l'orgueil. Quand même, je me fais du souci pour elle. Quelle saison de deuils et de souffrances ! D'abord sa fille, puis Martin, et ce gosse qui ne guérit pas... On dirait qu'il porte le poids de leurs malheurs.

— L'autre soir, Peter O'Connor nous a raconté qu'il avait vu briller une lumière près du fort aux fées à l'instant de la mort de Martin. Il dit qu'il y aura un troisième mort. »

Peg se signa, puis lança une briquette de tourbe dans le feu.

« Que Dieu nous préserve. Ce ne serait pas la première fois ni la dernière. »

Toujours postée derrière la porte, Nóra hésita. Son visage ruisselait de pluie et ses vêtements prenaient l'eau sous son châle trempé. Tant pis. L'œil collé au battant, elle tendit l'oreille pour tenter d'entendre la suite de la conversation.

« Nance est-elle venue chanter à la veillée funèbre de Johanna ? » demanda Brigid.

Peg soupira.

« Hélas, non. La fille de Nóra avait épousé un gars du comté de Cork il y a quelques années. Elle est enterrée là-bas, près de Macroom. Nóra n'a appris la mort de Johanna qu'en voyant arriver son gendre avec le petit. Il venait le lui confier. Oh, c'était terrible ! Il est arrivé un soir au crépuscule, juste après les moissons. Il avait attaché Micheál sur son âne. Il a annoncé à Nóra que Johanna avait dépéri, et qu'il était veuf. Morte de consomption, à ce qu'il a dit. Elle avait attrapé une terrible migraine, s'était couchée et ne s'était jamais relevée. Ses forces l'avaient quittée peu à peu, jusqu'à ce qu'il ne reste rien d'elle. Maintenant qu'il était seul, il ne pouvait pas s'occuper du petit. C'est ce qu'il a dit à Nóra. Moi, je sais que ses proches trouvaient normal qu'il le confie à Martin et à Nóra. Ce n'était que justice, d'après eux. Nóra n'en a jamais parlé, mais on m'a dit que Micheál était à demi mort de faim quand il est arrivé. Un petit sac d'os prêt pour la fosse commune. »

Comment ose-t-elle ? pensa Nóra. Jaser à mon propos le jour où j'enterre mon mari. Colporter des rumeurs sur ma fille.

Un flot de larmes jaillit de ses paupières. Elle recula d'un pas, bouleversée.

« Il n'y a pas de honte à être pauvre. (La voix haut perchée de Brigid tinta de nouveau à ses oreilles :) Nous en connaissons tous le prix.

— Certains n'y voient pas de honte, mais Nóra, elle, a toujours gardé la tête haute. As-tu remarqué qu'elle ne parle jamais des morts ? Mon mari a rejoint Notre-Seigneur depuis longtemps, mais j'en parle comme s'il était toujours vivant. C'est ma façon de le garder près de moi. Eh bien, du jour où Johanna est morte, Nóra n'a plus jamais prononcé son nom. Comme si elle se l'était ôté de la bouche ! Je suis certaine qu'elle souffre de sa disparition, mais elle ne partage ses souvenirs avec personne. Sauf peut-être avec sa bouteille.

— Vous croyez qu'elle s'achète de l'alcool sous le manteau ? chuchota Brigid.

— Allons, je n'ai pas dit ça. Je ne sais pas où Nóra trouve du réconfort, mais si la boisson peut l'aider à oublier ses soucis, qui sommes-nous pour la juger ? »

C'en était trop. Nóra essuya ses larmes d'un revers de main et poussa la porte de la cuisine. Mâchoires serrées, le visage luisant de pluie sous son châle mouillé, elle posa le seau sur la table dressée sous la fenêtre, qu'elle avait garnie de paille pour ne pas laisser entrer l'air froid.

Peg et Brigid s'étaient tues. Avaient-elles compris que Nóra avait surpris leur conversation ?

— La traite a été bonne ? finit par demander Peg.

— Pas une goutte. La bête est terrifiée.

Nóra ôta son châle et s'accroupit devant le feu pour se réchauffer les mains.

— Quand je pense que le beurre abondait dans cette vallée ! murmura Peg. Maintenant, une vache sur deux est ensorcelée.

Micheál se mit à geindre. Soulagée de pouvoir s'occuper, Nóra se pencha et l'arracha à son berceau trop étroit.

— Viens, mon joli. Oh, ce qu'il est lourd !

Peg et Brigid échangèrent un regard entendu.

— De quoi parliez-vous ? demanda Nóra.

L'échange de regard entre les deux femmes se fit inquiet – Nóra en eut l'impression, du moins.

— La jeune Brigid me posait des questions sur Nance.

— Vraiment ?

— Oui. Elle veut tout savoir.

— Ne vous interrompez pas pour moi, répliqua Nóra. Continue donc, Peg !

— Eh bien, comme je le disais, quand Nance est arrivée dans le vallon, les gens trouvaient bougrement étrange qu'une femme puisse vivre de pissenlits et d'eau fraîche. Ils sont allés trouver le prêtre pour en parler avec lui. Ce n'était pas le père Healy, mais celui d'avant, le père O'Reilly – paix à son âme ! Eh bien, le père n'a rien voulu entendre. Ni les soupçons ni les commérages. « Laissez cette pauvre femme tranquille », qu'il leur a dit. Pour vrai, jeune Brigid, il avait du tempérament, notre curé ! Il était toujours prêt à défendre les pauvres gens, ceux qui n'avaient pas de toit et ne pouvaient pas parler par eux-mêmes. C'est lui qui a demandé aux hommes de construire un abri pour Nance. Et il les envoyait chez elle pour se faire soigner. Il y allait aussi, du reste. Nance faisait merveille sur ses rhumatismes. Faut dire qu'elle connaît les plantes et les potions mieux que personne !

L'eau frémissait dans le chaudron. Nóra fixait sans les voir les gouttes de pluie qui jaillissaient du conduit de la cheminée et s'écrasaient sur la fonte brûlante. Elle n'avait pas desserré les lèvres depuis qu'elle était revenue de l'étable.

— Qu'est-il arrivé ensuite ? s'enquit Brigid, rompant le silence.

Peg se cala contre le dossier de sa chaise, regarda Nóra, et continua son récit :

— Ensuite ? Eh bien, Nance a vite fait parler d'elle. Elle était installée depuis peu dans sa cahute quand elle s'est pris le bec avec l'un d'entre nous.

Voilà ce qui s'est passé : un soir, alors que j'assistais à une veillée chez la vieille Hanna, on s'est mis à parler des Bonnes Gens. « Savez-vous, nous dit Hanna, qu'un arbre aux fées risque d'être coupé près d'ici ? » C'était l'oncle de ton Daniel, Seán Lynch, qui s'était mis en tête d'abattre une très vieille aubépine. Pour le seul plaisir de défier les Fairies, je crois bien. Il était jeune, alors, mais quel imbécile ! Hanna l'avait entendu fanfaronner avec ses camarades près de la forge. Seán parlait d'aller couper cet arbre, et ses amis le mettaient en garde. Nance Roche a eu vent du projet. Brigid, tu as certainement déjà vu cette aubépine, celle qui pousse près du fort aux fées ? Eh bien, cette nuit-là, notre Nance s'est rendue à la ferme de Seán. Pour vrai, elle les a terrifiés, Kate et lui, en apparaissant sur le seuil dans la nuit noire ! Elle a ordonné à Seán de laisser l'aubépine tranquille, sans quoi Ils risquaient de s'en prendre à lui. « C'est leur arbre, qu'elle a dit. Ne t'avise pas de poser la main dessus. Tu m'entends ? Ne commets pas de violence, ou tu souffriras à ton tour, crois-moi ! » Évidemment, Seán a éclaté de rire et lui a jeté des noms d'oiseaux à la figure. Puis il s'est empressé d'aller couper l'arbre aux fées. La vieille Hanna m'a raconté qu'elle l'avait vu de ses propres yeux soulever sa hache et l'abattre de toutes ses forces sur le tronc de l'aubépine. Mais au lieu de le trancher net, Seán a complètement manqué sa cible. La hache lui a échappé des mains et lui est retombée sur la jambe. Pour un peu, elle le coupait en deux ! Il a gardé sa jambe, pour sûr, mais il est resté boiteux.

Un gargouillis se fit entendre. C'était Micheál.

Étendu sur le dos parmi les joncs séchés, il fixait le plafond, un sourire au coin des lèvres.

Peg se pencha et l'observa avec attention.

— Il aime les histoires, conclut-elle.

— La suite, Peg, supplia Brigid. Racontez-nous la suite !

Tout au plaisir du récit, elle s'était perchée sur la banquette, le visage tourné vers la vieille femme. Les flammes rougeoyantes du feu de tourbe dansaient sur son visage.

— Ma foi, cette affaire d'aubépine a forgé la réputation de Nance. Quand les gens de la vallée ont appris que la hache s'était retournée contre Seán, ils se sont dit que Nance avait le don. Et qu'elle pouvait intercéder auprès des Bonnes Gens. Ils ont commencé à aller la trouver quand ils s'estimaient victimes d'un de leurs mauvais tours. Certains racontaient que Nance s'en était peut-être allée avec Eux autrefois, une nuit ou l'autre, et qu'elle en était revenue avec le don.

— Je n'ai jamais rencontré quelqu'un que les Bonnes Gens auraient emporté. C'est la première fois, avoua Brigid en frissonnant.

— Je vais te dire une chose, ma fille. Ce vallon est peuplé de très anciennes familles. Nos routes sont remplies de voyageurs, mais nous ne faisons pas toujours place à ceux qui ne sont pas unis à nous par les liens du sang. Nance s'est enracinée dans cette terre par la seule grâce de ses potions, de ses mélopées funèbres et de son habileté à aider les femmes quand vient l'heure de mettre leur enfant au monde. Pour sûr, ils sont nombreux à la craindre depuis cette histoire d'aubépine, mais plus nombreux encore à avoir besoin d'elle. Et tant qu'il en sera ainsi, Nance vivra dans sa chaumine et restera parmi nous. Quand il était encore de ce monde, mon mari s'est réveillé un jour avec l'œil tout gonflé. Pas moyen d'y voir de ce côté-là ! Il s'est aussitôt rendu chez Nance. Elle lui a dit que c'était la conséquence d'un coup porté par les Fairies. Peut-être bien qu'il les avait vus sur la route, et il n'aurait pas dû. C'est pourquoi ils avaient ôté la vue à l'œil qui les avait aperçus. « Ils ont craché dans ton œil pendant ton sommeil », qu'elle lui a dit. Heureusement, elle savait contrer le maléfice : elle a frotté son œil avec une herbe – je crois bien que c'était de l'euphraise – et le crachat des Fairies est parti. Pour vrai, je ne sais pas si Nance a été emportée ou non, mais je peux t'assurer qu'elle a un don. Maintenant, est-ce un cadeau de Notre-Seigneur ou un souvenir que lui ont laissé les Bonnes Gens ? M'est avis que nous n'avons pas à le savoir.

— Nance viendra-t-elle m'aider quand je serai en couches ?

— Pour sûr. C'est Nance qui s'occupera de toi.

Nóra tendit Micheál à Brigid.

— Tiens-le pendant que je prépare le dîner, dit-elle froidement.

Brigid posa gauchement l'enfant contre son ventre rond. Micheál se raidit comme s'il percevait l'étrangeté de son corps. Visiblement contrarié, il écarta les bras, la bouche plissée, prêt à crier.

— Il aime les plumes, précisa Nóra en versant les pommes de terre dans l'eau bouillante. Attends… En voilà une !

Elle attrapa une petite plume blanche qui voletait

dans la pièce – échappée du perchoir à poules, sans doute.

— Martin lui faisait souvent des chatouillements sous le menton, ajouta-t-elle.

Brigid prit la plume et caressa le menton rebondi de l'enfant. Il se mit à rire, encore et encore, le torse agité de convulsions. Brigid ne tarda pas à rire à son tour.

— Oh ! Regardez-moi ça !
— C'est un bon signe, décréta Peg.

Le sourire de Nóra s'évanouit.

— Signe de quoi ?

Peg s'empara de la pince et remua les briquettes dans l'âtre.

— Es-tu devenue sourde ? Un signe de quoi, Peg ?

La vieille dame poussa un soupir.

— Le signe que ton Micheál est peut-être moins souffrant que tu le crains.

Nóra pinça les lèvres et versa les dernières pommes de terre dans le chaudron. Un peu d'eau chaude jaillit sur ses mains. Elle tressaillit.

— Crois-moi, nous ne voulons que son bien, murmura Peg.

— Ah oui ?

— Nóra… L'avez-vous emmené chez Nance ? demanda Brigid avec hésitation. J'étais en train de me dire qu'il… Qu'il a peut-être été frappé par les Fairies, lui aussi.

Un lourd silence accueillit sa remarque.

Nóra se laissa brusquement tomber au sol. Elle enfouit son visage dans son tablier et prit une inspiration tremblante. L'odeur familière de purin et d'herbe mouillée emplit ses narines.

— Te voilà toute retournée, murmura Peg. Faut dire que la journée a été rude ! Nous n'aurions pas dû parler de ces choses-là. Que Dieu bénisse ton petit-fils afin qu'il devienne un bel homme, grand et fort. Comme ton Martin.

Nóra gémit à l'énoncé du prénom de son mari. Peg posa une main sur son épaule, mais la veuve la repoussa d'un geste brusque.

— Pardonne-nous, continua Peg. Nous ne pensions pas à mal. Après la pluie, le beau temps, comme on dit. Sois patiente. Nous connaîtrons bientôt des jours meilleurs.

— Pour vrai, l'aide de Dieu est à portée de main ! renchérit Brigid de sa voix flûtée.

Les chevrons grincèrent sous l'assaut du vent. Micheál riait toujours.

3

Herbe de Saint-Jacques

La fête des morts, que les Irlandais nomment *Samhain*, approchait. Le vent qui s'engouffrait dans la vallée sentait les feuilles mortes et les pommes, une odeur douceâtre, à peine vinaigrée, que Nóra connaissait bien. L'odeur de Samhain. Ce jour-là, elle entendit les cris ravis d'une bande d'enfants qui longeaient, en lisière des champs, les longs murets de pierre habillés de ronces pour y cueillir les dernières mûres avant que le *púca*, ce farfadet malicieux, ne vienne les flétrir en soufflant dessus, comme il le faisait toujours pendant la nuit de la Toussaint. Les gamins ressurgirent quelques heures plus tard, dans la paix brumeuse du crépuscule, les mains et la bouche barbouillées de rouge, telle une bande d'assassins. Nóra les regarda gravir en courant les sentiers qui retournaient chez eux. Certains garçons s'étaient déguisés en filles pour tromper les fées. Comme tous les habitants du vallon, les enfants savaient qu'il ne fallait pas rester seul sur les chemins par une nuit pareille. Le danger – et les fantômes – rôdait. Les morts n'étaient pas loin, et tous ceux qui seraient surpris entre le paradis et l'enfer seraient aussitôt condamnés à fouler les terres froides de l'au-delà.

Ils approchent, songeait Nóra. Surgis des cimetières, des ténèbres et du froid, ils viennent se réchauffer à la lueur de nos foyers.

Le soir tombait. Nóra vit une jeune mère entraîner à la hâte ses deux bambins vers sa chaumière. Ce n'était pas le moment de tenter le diable ou les Fairies. Tant de gens disparaissaient pendant la nuit de Samhain ! Les petits, surtout. Ils s'aventuraient dans les tourbières, les montagnes ou les forts circulaires, attirés par des chants ou des feux follets. Leurs parents ne les revoyaient jamais.

Nóra se souvenait encore de la terreur qui l'avait saisie, une nuit de Samhain, lorsqu'elle avait entendu ses parents raconter qu'un habitant du vallon n'avait pas regagné l'exploitation familiale. Elle n'était qu'une fillette, alors. On avait retrouvé le jeune homme le lendemain matin. Nu et couvert d'écorchures, recroquevillé à même le sol, il tenait une fleur d'herbe de Saint-Jacques dans ses doigts crispés. Il a été enlevé, avait expliqué la mère de Nóra à sa fille. Emporté par les Fairies, il avait chevauché avec Eux jusqu'aux premières lueurs du jour, puis Ils l'avaient abandonné en route.

Assise dans l'ombre de la pièce, la petite Nóra ne perdait pas une miette des chuchotements animés des adultes réunis ce soir-là autour du feu :

« Si c'est pas une pitié d'être retrouvé dans un état pareil ! Pour vrai, sa mère pourrait bien en mourir de honte. Un garçon dans la fleur de l'âge, tremblant et marmottant comme un pauvre diable ! »

« Ils m'ont emporté, avait-il bredouillé aux hommes

de la vallée qui l'avaient découvert. Ils m'ont emporté ! »

L'un des fermiers lui avait prêté son manteau, et il s'en était retourné chez lui, les jambes tremblantes, en s'appuyant sur eux pour ne pas tomber.

Le lendemain soir, les habitants de la vallée, hommes et femmes mêlés, avaient entrepris de brûler toutes les herbes de Saint-Jacques des champs pour priver les Bonnes Gens de leur plante favorite – on racontait qu'Ils aimaient s'y nicher. Depuis le seuil de la ferme familiale, Nóra avait vu s'allumer des dizaines de petits feux épars sur le versant opposé de la vallée, plongé dans les ténèbres. L'image de ces lueurs vacillantes était restée gravée dans son esprit.

Les deux bambins et leur mère étaient maintenant arrivés devant leur logis. La jeune femme entra, les poussa à l'intérieur et referma la porte derrière eux. Nóra jeta un dernier regard à la forêt nichée au creux du vallon qu'éclairait un pâle croissant de lune, encore bas dans le ciel sombre. Elle fit un signe de croix et rentra dans sa maison.

Celle-ci lui parut étrangement exiguë, peut-être parce qu'elle venait de passer un long moment sous l'immensité du ciel. Depuis le seuil de la pièce, elle observa ses meubles, ses ustensiles, ses rares bibelots – ce qui lui restait en ce bas monde. Comme tout semblait différent depuis que Martin n'était plus là ! Comme tout semblait vide et sans âme ! À peine un mois qu'il était mort, et elle avait du mal à reconnaître son décor familier : la cheminée aux parois noircies de suie ; la marmite en fonte pendue à la crémaillère ; la corbeille en osier posée contre le mur, près du bâton de la baratte ; la petite table dressée sous la fenêtre calfeutrée pour l'hiver, et, sur cette table, deux pauvres assiettes en faïence de Delft, des pots et des cruches pour le lait et la crème. Même les quelques trésors qui restaient de sa dot – la boîte à sel fixée au mur, la banquette au bois poli par l'usage – lui paraissaient sinistres, à présent. Ne devinait-on pas, sitôt franchi le seuil, qu'on se trouvait dans la maison d'une veuve ? Le tabac et la pipe de Martin, rangés dans une niche pratiquée sur le côté du foyer, étaient déjà couverts de cendres. Personne ne s'asseyait sur les tabourets disposés devant l'âtre ; les ajoncs qui couvraient le sol en terre battue avaient séché et tombaient en poussière, mais Nóra ne voyait pas l'utilité de les remplacer. Pour qui l'aurait-elle fait ? Il n'y avait plus guère de vie en ces lieux, hormis le crépitement paresseux du feu de tourbe, le murmure des poules qui somnolaient sur leur perchoir, et les mouvements saccadés que faisait Micheál dans son sommeil.

On croirait voir Johanna, pensa Nóra en s'approchant de son petit-fils, couché sur un matelas de bruyère dans un coin de la pièce.

Son visage paraissait affreusement lisse quand il dormait : ses joues blêmes, son teint cireux lui donnaient l'air exsangue. Il avait, comme son père, un sillon entre le menton et la lèvre inférieure qui donnait à sa bouche une moue boudeuse ; de sa mère, il tenait ses beaux cheveux fins et cuivrés. Martin les adorait. Nóra l'avait vu une fois ou deux caresser les cheveux de l'enfant pour l'apaiser, comme il le faisait à Johanna quand elle était petite.

Tendant la main vers Micheál, elle repoussa doucement les fines boucles de cheveux qui tombaient sur son front. Sa vision se brouilla et, l'espace d'un instant, elle se crut revenue des années plus tôt, lorsqu'elle était une jeune mère penchée sur sa fille endormie. Son beau bébé roux. Le seul de ses enfants qu'elle avait porté à terme. Accroché à la vie, soupirant d'aise dans son sommeil. Une petite fille placide, à la tête couronnée d'un fin duvet d'or.

Elle se souvint des propos éméchés que Martin avait tenus la nuit de sa naissance, quand il l'avait prise dans ses bras pour la première fois, grisé par le whisky et le manque de sommeil, vacillant presque de terreur et d'excitation : « Prends garde à ton aigrette, petit pissenlit, avait-il chuchoté en lui caressant les cheveux, ou le vent mauvais la dispersera au sommet des montagnes ! »

Nóra frémit, le cœur lourd. Ne dit-on pas qu'il est plus facile de disperser que d'assembler ? Sa fille et son mari avaient disparu. Emportés, dispersés, inatteignables. Partis vers Dieu, partis vers des contrées qu'elle aurait dû rejoindre avant eux, toute vieillissante qu'elle était, encombrée du poids de ses os et de sa longue existence ! Son souffle se bloqua dans sa gorge. Elle fit un pas en arrière, lâchant le front de Micheál.

Johanna devrait être encore en vie, songea-t-elle. Si rien de tout cela n'était arrivé, elle serait chez elle, auprès de son fils et de Tadgh, son mari, aussi radieuse que le jour où Martin et Nóra lui avaient rendu visite – la première depuis son mariage. Ils avaient cheminé une journée entière avant d'arriver à leur chaumière sur la lande. Comme Johanna semblait heureuse, alors ! Elle les attendait en haut du sentier bordé d'ajoncs en fleur, solidement campée sous l'immensité du ciel, son fils dans ses bras.

Son sourire s'était élargi lorsqu'elle les avait aperçus. Fière d'être une épouse. Fière d'être une mère.

« Je vous présente le petit Micheál », avait-elle dit, et Nóra avait pris le bambin dans ses bras en s'efforçant de chasser les larmes de joie qui perlaient à ses paupières. Quel âge avait-il alors ? Deux ans, guère plus. Mais en pleine croissance, éclatant de vie et de santé. Lorsque Johanna l'avait posé sur le sol humide de son logis, n'avait-il pas trottiné derrière le porcelet qui s'était enfui en couinant ?

« Ma foi, c'est ton portrait tout craché ! » s'était exclamé Martin.

Soucieux d'attirer l'attention de sa mère, Micheál tirait sur ses jupes. « Maman ? Maman ? »

Sans interrompre leur conversation, Johanna avait calé son fils sur sa hanche, puis elle l'avait chatouillé sous le menton, provoquant ses cris de ravissement. Nóra l'avait regardée faire, terrassée par l'émotion.

« Les années filent au galop », avait-elle murmuré d'une voix rauque, et Johanna avait souri.

« Encore ! réclamait Micheál. Encore ! »

Nóra se laissa choir sur un tabouret et fixa le gamin qui se trouvait maintenant chez elle. Hormis ses cheveux et sa moue boudeuse, il ne ressemblait en rien au petit-fils dont elle se souvenait. Mortifiée, elle observa sa bouche, entrouverte dans son sommeil ; ses bras, tendus au-dessus de sa tête ; ses poignets étrangement tordus ; ses jambes qui refusaient de porter son poids.

— Que t'est-il arrivé ? chuchota-t-elle.

Seul lui répondit le silence épouvantable qui régnait dans la maison.

Depuis la mort de Martin, Nóra avait le sentiment de ne faire rien d'autre qu'attendre son retour, terrassée par la certitude qu'il ne reviendrait pas. L'absence de bruits continuait de la surprendre : le sifflement joyeux de Martin lorsqu'il enfilait ses bottes, son rire sonore, lui manquaient atrocement. Le sommeil avait déserté ses nuits. Elle tentait d'endurer ses longues heures d'insomnie en se pelotonnant dans le creux formé par le corps de Martin dans la paille, lovant si exactement ses courbes dans cette empreinte qu'elle parvenait presque à se croire dans ses bras.

Il n'aurait pas dû en être ainsi. Pas du tout. Martin semblait si bien portant ! Il vieillissait, bien sûr, tout comme elle, mais il portait fièrement le poids de ses hivers : le dos droit, campé sur des jambes solides aux muscles noueux – des jambes de paysan. Son corps ne l'avait jamais fait souffrir. Même lorsque leurs cheveux avaient commencé à grisonner et leurs visages à se rider, modelés par les années et la vie au grand air, Martin était resté égal à lui-même : débordant de vie. Il nous enterrera tous, songeait-elle parfois, persuadée qu'elle partirait avant lui, s'éteignant sous son regard aimant et attentif. Lorsqu'elle était d'humeur morose, elle allait jusqu'à l'imaginer à son enterrement, jetant une poignée de terre sur son cercueil.

Le soir de la veillée funèbre, les femmes du vallon avaient affirmé à Nóra que son chagrin s'atténuerait avec le temps. Comme elle les avait haïes, alors ! Un grand vide s'était ouvert en elle, dont elle ignorait l'existence jusque-là. Un océan de solitude l'appelait de sa voix de sirène. Qu'il serait doux d'y succomber et de chavirer dans l'abysse ! Rien de plus facile : il suffisait de se laisser glisser.

Une fois déjà, elle avait cru chavirer, emportée par le chagrin. C'était à la fin de l'été. Tadgh était arrivé à la ferme un après-midi, le regard vide et les cheveux couverts de poussière dorée – on moissonnait depuis quelques jours.

« Johanna est morte, avait-il annoncé. Ma femme est morte. »

Johanna, l'enfant à l'aigrette, dispersée par le vent comme une fleur de pissenlit. Tandis qu'elle lâchait sa faux et basculait tête la première dans le champ d'avoine, Nóra avait cru son heure venue. Voilà. C'est maintenant, avait-elle pensé. Je vais laisser la marée m'emporter.

Qu'aurait-elle fait sans Martin ? Il s'était aussitôt penché vers Micheál, réconforté par ce petit orphelin que Tadgh leur avait amené dans un panier à tourbe. Il avait insisté pour que Nóra s'occupe de lui, pour qu'elle emplisse de lait sa bouche affamée. Martin l'avait aimé. Il avait trouvé en lui des raisons d'être heureux.

« On dirait qu'il va mourir », avait commenté Nóra ce soir-là, alors qu'ils étaient assis côte à côte, ivres de chagrin.

Le soleil se couchait sur les champs moissonnés. Ils avaient ouvert la demi-porte pour laisser entrer ses dernières lueurs rosées dans la pièce.

Martin avait pris l'enfant dans le panier et l'avait posé avec précaution sur ses genoux, comme un oiseau blessé.

« Il est famélique. Regarde ses jambes !
— Tadgh nous a dit qu'il ne parlait plus, avait ajouté Nóra. Voilà six mois qu'il n'a pas prononcé un mot. »

Micheál, qui gémissait depuis un moment, s'était calmé dans les bras de son grand-père.

« Nous ferons venir le médecin et nous lui rendrons la santé. Nóra ? Tu m'écoutes ?

— Nous n'avons pas les moyens de payer un médecin. »

Elle revit les grandes mains de Martin, la terre logée dans les plis de ses paumes abîmées par le travail. Avec quelle douceur il caressait les cheveux du petit ! Il s'adressait à lui d'une voix tranquille, comme il le faisait pour rassurer un cheval qui s'emballe. Oui, même ce soir-là, transpercé par la douleur d'avoir perdu leur fille, Martin était resté calme.

« Nous ferons venir le médecin », avait-il répété. Alors seulement, sa voix s'était brisée. « Ce que nous n'avons pas pu faire pour Johanna, nous le ferons pour son fils. Pour notre petit-fils. »

Nóra fixa le tabouret sur lequel Martin était assis ce soir-là.

Pourquoi Dieu n'avait-il pas emporté Micheál ? Pourquoi lui avait-Il laissé un enfant malade à la place d'un bon mari et d'une bonne fille ?

Je jetterais volontiers ce gamin contre un mur si ça pouvait me ramener Martin et Johanna ! songea-t-elle brutalement.

À peine formulée, cette pensée la fit frémir. Elle lança un regard à l'enfant endormi et se signa, le rouge aux joues.

Allons, se dit-elle. Reprends-toi. Est-ce ainsi qu'on accueille les morts le soir de Samhain ? Avachie devant l'âtre, des idées noires plein la tête ? Certainement pas.

Elle jeta un coup d'œil par-dessus son épaule. Triste et désolée, sa maison ferait fuir l'esprit de sa fille et l'âme de son défunt mari, s'il leur prenait l'envie de revenir !

Micheál dormait toujours. Nóra se leva, versa dans la marmite l'eau du seau qu'elle était allée remplir au puits, et y plongea une grande quantité de pommes de terre – autant qu'elle pouvait se le permettre. Une fois la marmite accrochée à la crémaillère au-dessus des flammes, elle entreprit de disposer les tabourets bas autour du foyer : un pour Martin, à sa place habituelle, la plus près du feu, et un pour Johanna. Ils s'en sont allés, pensa-t-elle, mais, par la grâce de Dieu, je peux les recevoir une nuit dans l'année.

Quand les patates furent cuites, Nóra les égoutta dans la corbeille en osier et versa un petit pichet d'eau salée sur leur chair brûlante. Elle en mangea quelques-unes, en les débarrassant aussi vite que possible de leur enveloppe fumante. Puis elle attrapa la pipe de Martin dans la niche, la dépoussiéra et souffla dans le tuyau pour le nettoyer. Ensuite, elle la posa sur le tabouret.

Tout en parcourant son logis pour le remettre en ordre (elle ôta les toiles d'araignée accrochées aux poutres et redressa la croix fixée au mur près de la fenêtre), Nóra s'autorisa à penser aux heures délicieuses qu'ils avaient vécues en famille, quand Johanna était enfant. Elle se souvint des premières années, de sa petite fille aux joues rondes, de l'application qu'elle mettait à jouer avec les noisettes, les glands et les marrons amassés dans la journée ; elle revit les lanternes que l'enfant fabriquait avec son père dans de grosses pommes de terre : Martin les creusait avec soin, avant de les tendre à Johanna pour qu'elle ajoute les yeux et une bouche grande ouverte.

Lorsque tout fut prêt pour la nuit de Samhain, les bruits habituels de la vallée avaient cessé depuis longtemps : les hommes avaient rentré les bêtes et regagné leurs chaumières, désertant les champs et les sentiers qui avaient résonné de cris, de rires et d'appels jusqu'à la tombée du jour. Chez Nóra, tout était calme et silencieux. Seuls le crépitement du feu et la respiration régulière de Micheál troublaient le silence. Nóra remplit deux pichets de babeurre, un pour Martin, un pour Johanna, et les posa au pied des deux tabourets, avant de s'agenouiller pour réciter ses prières du soir. Le cri strident d'un chat-huant la fit sursauter. Par chance, l'enfant ne se réveilla pas. Elle laissa les brûle-joncs allumés et partit se coucher avec un flacon de poitín, qu'elle vida à petites lampées, jusqu'à avoir l'impression de se dissoudre dans la chaleur de l'alcool. Le feu qui avait brûlé toute la soirée avait asséché l'air. La tête lui tournait. Nóra ferma les yeux et sombra dans un profond sommeil.

Elle fut réveillée à minuit par un bruit étrange. Un choc sourd, pareil à celui d'un coup de poing. Elle se redressa dans son lit et tendit l'oreille. Ce n'était pas Micheál. Le bruit venait de l'extérieur de la maison. Elle n'avait pas rêvé. L'entendrait-elle de nouveau ?

Elle se pencha en grimaçant (sa tête lui faisait affreusement mal) et aperçut la silhouette endormie de son petit-fils dans l'angle de la grande pièce ; les briquettes de tourbe rougeoyaient dans l'âtre. Tout prenait une teinte lie-de-vin.

Le bruit résonna de nouveau. Il y avait quelqu'un dans la cour. Quelqu'un qui cherchait à entrer dans la maison. Quelqu'un qui jetait des cailloux sur le toit, comprit-elle en entendant un autre bruit, plus distinct, celui-là.

Était-ce Martin ? Johanna ? La peur lui noua la gorge. Elle posa les pieds au sol et se leva en vacillant. Elle était saoule.

Puis une sorte de tintement se fit entendre – on aurait dit un ongle tapotant sur un seau en fer-blanc. Nóra entra dans la grande pièce. Personne.

Encore ce bruit étouffé. Nóra laissa échapper un cri. Si seulement elle s'était abstenue de boire !

Le silence revint, vite interrompu par un éclat de rire.

— Qui va là ?

Sa voix lui sembla à peine audible.

Un rire, de nouveau. Un rire d'homme.

— Martin ? chuchota-t-elle.

— Toc, toc. La Samhain t'envoie de la visite ! répondit une voix rauque.

Nóra sentit son souffle se bloquer dans sa gorge.

— *Toc, toc, frappons à toutes les portes. Un penny et un biscuit. Si tu ne nous fais pas entrer, je continuerai de frapper. Toc, toc !*

À la comptine succéda une série de coups, martelés sur le mur en tourbe de la chaumière.

Nóra ouvrit brusquement la porte. Trois hommes se tenaient sur le seuil, éclairés par le pâle croissant de lune. Le visage couvert d'un masque taillé dans un tissu grossier, ne laissant voir que leurs yeux et leur bouche, ils la dévisageaient d'un air menaçant. Effrayée, Nóra recula d'un pas. L'homme qui se tenait au milieu du groupe se glissa dans l'entrée en riant.

— *Toc, toc, frappons à toutes les portes !*

Il exécuta une gigue maladroite, faisant cliqueter le collier de noisettes qui pendait à son cou. Ses camarades se mirent à rire, avant de s'interrompre quand Nóra fondit en larmes. Le danseur se figea et ôta son masque. Nóra reconnut John O'Shea, le petit-fils de Peg.

— Veuve Leahy, j'suis...

— Allez au diable ! cria Nóra. Tous autant que vous êtes !

Le sang avait quitté son visage, la laissant blême de colère.

John lança un regard malaisé à ses compagnons. Ils observaient la scène, bouche bée sous le tissu épais de leurs masques.

— Sors d'ici, John.

— Nous ne voulions pas vous causer une telle frayeur.

Nóra laissa échapper un petit rire acerbe. Les deux autres garçons quittèrent leurs masques et se tournèrent vers John. Ils n'avaient plus rien de menaçant à présent. Ce n'étaient ni son mari, ni sa fille. Seulement trois gamins de la vallée, effrontés et grimés pour la fête des morts.

— On fait peur aux veuves maintenant, John ?

Elle tremblait comme une feuille.

L'intéressé baissa les yeux.

— C'est la Samhain. On venait réclamer les biscuits des morts.

— Et quelques pièces, ajouta l'un de ses amis.

— C'était pour rire, j'vous jure.

— Parce que vous trouvez ça drôle ?

Nóra leva la main comme pour les frapper. Les jeunes gens reculèrent vers la porte, visiblement apeurés.

— Sales gosses ! Vous n'avez pas honte de terroriser une femme qui vient de perdre son mari ? De nous jouer des mauvais tours au milieu de la nuit, comme une bande d'impies que vous êtes ?

— Vous ne le direz pas à *mamó* ? balbutia John.

Mortifié, il tordait nerveusement son masque entre ses mains.

— Oh, que si ! Peg en entendra parler, tu peux me croire. Allez, ouste ! Sortez d'ici !

Nóra prit un tabouret et le lança vers les jeunes gens, qui s'enfuirent en courant dans l'obscurité. Elle referma violemment la porte, poussa le verrou et appuya son front contre le battant. L'espace d'un instant, elle avait cru son rêve devenu réalité : Martin et Johanna lui rendaient visite. Ils l'attendaient sur le seuil ! Elle avait ouvert la porte, pleine d'espoir et d'appréhension. Bien sûr, elle avait pris peur en découvrant les gamins et leurs masques hideux – mais ce n'était pas le plus blessant. Ce qui continuait de lui faire mal, c'était la déception. L'effondrement de son rêve.

Je suis une vieille ivrogne qui attend en vain le retour de ses fantômes, songea-t-elle.

Micheál s'était réveillé. Il gémissait sur son matelas de bruyère, les yeux ronds, d'un noir d'encre dans les ténèbres. Nóra se dirigea vers lui en chancelant. Allongée à même le sol, elle lui caressa les cheveux et tenta de chanter pour le calmer comme le faisait Martin, mais elle manquait d'entrain et sa voix se brisa sur le refrain. Elle se releva, partit chercher le manteau de son mari dans la chambre et le drapa sur ses épaules. Puis, enveloppée dans l'odeur familière des feuilles de pas-d'âne, elle s'étendit de nouveau près de son petit-fils.

— Bonjour, Nance. Que Dieu et Marie soient avec vous.

Nance, qui ciselait une brassée de plantes fraîches, tourna les yeux vers la porte. Une femme se tenait sur le seuil, la tête et les épaules couvertes d'un châle.

— La vieille Hanna ?

— Elle-même. Et chaque jour un peu plus vieille.

— Entrez. Soyez la bienvenue, dit Nance en la faisant asseoir sur un tabouret près du feu. Que vous arrive-t-il ? Êtes-vous souffrante ?

Hanna grimaça en pliant les genoux pour s'asseoir.

— Non, c'est ma sœur qui n'est pas bien. Elle a de la fièvre.

Nance lui tendit une tasse remplie de lait de chèvre.

— Buvez, ordonna-t-elle. Depuis combien de temps votre sœur est-elle malade ? A-t-elle cessé de manger ?

— Elle ne veut rien manger, mais elle accepte de boire. Un peu d'eau de temps en temps. Elle transpire à grosses gouttes et tremble comme si elle était glacée. Pourtant, il y a un bon feu dans la cheminée !

— Je vous donnerai ce qu'il faut pour la soigner.

— Dieu soit loué !

Hanna but une gorgée de lait, puis désigna le couteau que Nance avait gardé à la main.

— J'vous ai interrompue. Vous étiez en train de travailler quand je suis arrivée.

— Ne vous mettez pas en peine pour ça. Je coupais des chardons pour mes poules. Mon travail, c'est de soigner les fièvres. Alors, si je peux vous aider...

Nance posa le couteau sur la table et se dirigea dans l'angle de la pièce. Là, elle prit un sachet en tissu, dénoua le lien qui le fermait, et versa une partie de son contenu dans un petit flacon en verre brun, tout en récitant une formule à voix basse.

— Qu'est-ce que c'est ? demanda Hanna quand la bouteille fut remplie.

— De la reine-des-prés. J'ai réduit les fleurs en poudre.

— Ma sœur se portera mieux ?

— Mettez cette poudre dans de l'eau bouillante dès votre retour. Faites-lui boire trois tasses de cette préparation – seulement le dessus, pas le fond. Elle sera vite rétablie, croyez-moi.

La vieille Hanna sourit, visiblement soulagée.

— Merci, Nance.

— Surtout, ne regardez pas derrière vous avant d'avoir atteint le sentier. Si vous jetez un œil à l'aubépine ou à Piper's Grave, le flacon sera vide quand vous arriverez chez vous.

— Entendu, acquiesça Hanna avec gravité. Je ferai comme vous dites.

— Maintenant, finissez votre lait, et que Dieu soit avec vous.

La visiteuse vida sa tasse, s'essuya la bouche d'un revers de main et prit le flacon, prête à partir.

— Surtout, ne regardez pas derrière vous, répéta l'herboriste.

— J'ai bien compris. Merci, Nance. Que Dieu vous bénisse.

Nance l'accompagna jusqu'à la porte.

— Tenez bien le flacon, recommanda-t-elle encore. Près du goulot. Parfait.

Elle lui fit un signe de la main et la regarda descendre vers la vallée, les yeux baissés, le châle tiré sur son front pour rétrécir son champ de vision – avec de telles œillères, elle ne risquait pas d'apercevoir le fort aux fées ni l'aubépine aux branches chargées de cenelles rouge sang.

Il était rare que des femmes viennent lui demander un remède. La plupart des paysannes de la vallée en savaient assez pour soigner seules les petits maux du quotidien : une goutte de miel sauvage pour apaiser un œil enflammé et purulent, de la consoude pour soulager une entorse, quelques feuilles d'achillée dans les narines pour provoquer des saignements et dissiper une violente migraine. Et s'il fallait recourir à des méthodes plus violentes, c'est vers John O'Donoghue que se tournaient les villageois : ils faisaient confiance à ses mains de forgeron pour extraire une dent cariée ou replacer une épaule démise. Ils ne consultaient Nance qu'en dernier ressort, quand leurs cataplasmes à la fiente d'oie et à la moutarde échouaient à juguler une infection, quand leurs tisanes de fougères ne parvenaient pas à apaiser une toux, quand la panique les gagnait, quand leurs enfants demeuraient inertes dans leurs bras, quand ils admettaient que la chicorée sauvage, l'écuelle d'eau ou la langue de renard séchée ne viendraient pas à bout des maux dont ils souffraient.

« Cette fois, c'est autre chose, disaient-ils en respirant à grand-peine ou en montrant à Nance une cheville foulée et enflée. C'est le mauvais œil. Ou les Bonnes Gens. »

L'herboriste avait pris l'habitude de recevoir principalement des hommes : cultivateurs effrayés à la vue de leur propre sang, artisans fâchés avec le médecin ou bergers trop pauvres pour s'offrir ses potions étiquetées, tous étaient soulagés de voir leurs douleurs atténuées par des plantes qu'ils connaissaient depuis toujours, délivrées par une main aussi ridée que celles des grand-mères qui somnolaient près du feu dans la maison de leur enfance.

Ceux qui souffraient d'une entorse ou d'une fracture venaient au grand jour, en compagnie de leur épouse ou de leurs enfants. Les autres, victimes d'un mal inexpliqué ou inavouable, surgissaient aux premières ou aux dernières lueurs du jour, ces heures troubles où ils pouvaient se fondre dans la pénombre, où personne ne les chercherait. Ils venaient seuls, emmitouflés dans de grands manteaux pour se protéger du froid, les traits tirés par l'angoisse. C'étaient ceux-là, Nance le savait, qui lui permettaient de rester dans sa chaumine. Si les habitants de la vallée appréciaient l'efficacité de ses tisanes, de ses pommades au saindoux et à l'herbe de Saint-Jacques, ils l'acceptaient avant tout parce qu'elle leur accordait son temps, sa voix, ses mains ; ils regardaient son âge et sa solitude comme une preuve de ses talents de guérisseuse.

N'était-ce pas remarquable de vivre seule avec une chèvre sous un toit d'herbes sèches ? Ne fallait-il pas être un peu étrange pour se contenter de la compagnie des oiseaux et des animaux de la clairière ? Pour se passer de la protection d'un homme, de l'amour d'un enfant ? Oui, Nance était une femme étrange. Et son mode de vie faisait sa réputation. Seule une élue, choisie pour franchir les frontières invisibles qui séparent le connu de l'inconnu, pouvait se satisfaire d'une telle existence ; seule une véritable voyante pouvait discerner l'écriture de Dieu dans un buisson de ronces.

Nance prit une profonde inspiration, savourant la fraîcheur de l'air automnal. Puis elle adressa un signe de tête aux Fairies retranchés dans le fort circulaire, et rentra couper ses chardons près du feu.

Comme chaque année en novembre, une grande foire se tenait dans la ville de Killarney. Nóra partit tôt, munie d'une bannette où reposaient ses chaussures, qu'elle ne voulait pas crotter dans la boue des chemins. La nuit fit bientôt place à une aube blanchâtre, saluée par le cri strident des choucas.

Nóra marchait d'un bon pas dans l'air matinal. Qu'il était étrange de savoir qu'elle effectuerait le trajet du retour en compagnie d'une inconnue ! Quelqu'un à qui parler. Quelqu'un qui partagerait la chaleur de son feu. Quelqu'un qui l'aiderait à supporter les longues soirées d'hiver, mornes et désœuvrées : une jeune fille qui vivrait avec elle jusqu'au retour des oiseaux et des travaux des champs.

C'est Peg O'Shea qui lui avait suggéré d'embaucher une servante. Le lendemain de Samhain, Nóra était entrée comme une furie dans la chaumière de Peg.

« Je crois bien que je vais me faire un harnais de ton John ! s'était-elle écriée. Depuis quand notre jeunesse s'amuse-t-elle à faire peur aux veuves et aux orphelins ? Je n'ai pas fermé l'œil de la nuit à cause de ton petit-fils ! Il pourrait avoir un peu de respect, tu ne crois pas ? Quand je pense que la terre est encore fraîche sur la tombe de Martin... Me voilà veuve, toute seule à la ferme, sans autre aide que celle de mes neveux, et ton John vient tambouriner à ma porte avec ses deux compères masqués comme des bandits de grand chemin ! »

Nóra grimaça au souvenir des propos furieux qu'elle avait tenus à Peg.

« Ses canailleries le mèneront à la potence, crois-moi ! Ils veulent ma mort, sans doute ? C'est pour me tuer qu'ils me jouent des sales tours ?

— Mais non. Pas du tout. (Peg avait pris la main de Nóra dans la sienne, avant de poursuivre :) Pour vrai, ces gamins n'effraient pas que les veuves. Si tu les avais vus sans masque, tu aurais eu plus peur encore. As-tu bien regardé sa figure, à notre John ? Une vraie tranche de lard grillé ! Les filles s'enfuient à sa vue, c'est dire. Allons, Nóra. Calme-toi. Nous sommes de la même famille, n'est-ce pas ? Je lui dirai ce que je pense de sa conduite. »

C'est alors que Peg avait gentiment conseillé à Nóra de s'adjoindre un peu de compagnie. Pourquoi ne pas aller s'installer quelque temps chez Daniel et Brigid, par exemple ? Nóra avait grimacé. La suggestion ne l'enthousiasmait guère.

« Dans ce cas, avait repris Peg, rends-toi à Killarney pendant la foire à la louée et embauche une fille de ferme. Pour quelques mois, le temps de passer l'hiver. Réfléchis. La louée commence demain. Une servante te serait d'une grande aide, surtout avec Micheál. Comment comptes-tu faire toute seule, avec un petit infirme ? Quand ton homme était de ce monde, il pouvait aller aux champs pendant que tu restais avec le gamin à la maison – mais maintenant ? Qui veillera sur lui pendant que tu iras vendre tes œufs et ton beurre ?

— Je les vendrai à ceux qui viendront les chercher à la ferme.

— Et quand tu seras dans les champs cet été ? Et

qu'il te faudra travailler deux fois plus pour remplacer Martin et garder un toit au-dessus de ta tête l'hiver prochain ?

— Ce n'est pas l'heure d'y penser.

— Oh que si. Il faut penser à tout, Nóra. Et aux longues soirées qui s'en viennent ! Veux-tu vraiment les passer seule, assise près du feu ? Sans compter que tu rendrais service à une pauvre fille au ventre vide. Elles seront des dizaines à venir se louer à Killarney cette semaine. Les gens ont faim dans le nord du pays, tu le sais bien. Ce serait réconfortant de prendre une de ces gamines chez toi, tu ne crois pas ? Et d'avoir une âme de plus à la maison cet hiver ! »

Le raisonnement de Peg avait fait mouche. Plus tard ce jour-là, alors qu'elle pleurait tout son saoul sur le lit, tandis que l'enfant braillait devant le feu, Nóra s'était sentie sombrer. Contrairement à Martin, elle ne puisait aucun réconfort dans la présence de leur petit-fils : elle le percevait comme un fardeau. Peg avait raison : elle avait besoin d'aide. Une jeune fille qui parviendrait à apaiser les pleurs du petit lui serait d'un grand secours. Sa présence lui permettrait peut-être aussi de refaire surface, après cette succession de grands chagrins qui l'avaient entraînée vers le fond... Une chose était sûre, cependant : il lui fallait quelqu'un qui ne soit pas de la vallée, une servante discrète et dévouée qui ne raconterait à personne que les jambes de Micheál ne le portaient plus et qu'il n'avait pas toute sa tête.

Une quinzaine de kilomètres la séparait de Killarney. La route traversait une lande sauvage et désolée, bordée de chaumières en tourbe d'où s'échappaient les caquètements des poules pressées de sortir à l'air libre. Nóra se rangea à plusieurs reprises sur le bas-côté envahi de ronces et de houx pour laisser passer une carriole tirée par un âne. Les hommes, qui tenaient les rênes, la saluaient d'un signe de tête ; leurs épouses ensommeillées, emmitouflées dans de grands châles, fixaient l'horizon hérissé des monts familiers, teintés de pourpre au soleil levant : Mangerton, Crohane, Torc.

Nóra avait quitté sa maison avec soulagement. Le grand air lui ferait du bien, la marche aussi. Elle n'était quasiment pas sortie depuis la mort de Martin, refusant de se joindre aux veillées organisées dans le voisinage, ces soirées où l'on bavardait, dansait, chantait et jouait de la musique près du feu. Bien qu'elle rechignât à l'admettre, elle se sentait pleine d'amertume envers les femmes de la vallée. Leur sympathie, surtout, l'écœurait. Elle la jugeait affectée et dénuée de sincérité. Après l'enterrement, plusieurs d'entre elles lui avaient apporté à manger, désireuses de lui offrir leurs condoléances et un peu de distraction, mais Nóra, qui avait honte de Micheál, ne les avait pas invitées à se réchauffer auprès du feu. Depuis lors, avec la cruauté imperceptible des femmes mûres, ses voisines l'avaient lentement exclue de leur cercle – sans jamais manifester de franche hostilité à son égard, bien sûr. Elles continuaient de la saluer chaque matin lorsqu'elles se croisaient devant le puits, mais elles reprenaient aussitôt leurs conversations, penchées l'une vers l'autre comme pour signifier à Nóra que sa présence n'était pas désirée. Sans doute lui faisaient-elles payer son attitude peu chaleureuse – sa réclusion, aussi : ne dit-on pas qu'une femme cloîtrée chez elle cache forcément quelque chose ? Un corps couvert de bleus, une maladie, une trop grande pauvreté... Ou un enfant difforme. Les femmes de la vallée avaient-elles compris que Micheál n'était pas tout à fait normal ? Peut-être. Et Nóra ne faisait rien pour dissiper leur méfiance.

Elle-même se sentait oppressée par l'enfant, par ses cris, par les soins constants qu'il requérait. Il la mettait mal à l'aise. La veille au soir, elle avait tenté de le faire marcher en le soulevant par les aisselles de manière que ses pieds effleurent le sol. Il avait rejeté la tête en arrière, dévoilant la peau pâle de sa gorge et les arêtes trop vives de sa clavicule, et hurlé comme si Nóra lui enfonçait des épingles dans les talons. Elle l'avait observé avec inquiétude. Fallait-il consulter un autre médecin ? Il y en avait plusieurs à Killarney, mais, eux qui soignaient à longueur d'année les voyageurs fortunés venus admirer les lacs de la région, seraient-ils disposés à ausculter un pauvre infirme pour quelques pennies ? Certainement pas. Et puis, le premier docteur n'avait rien pu faire. À quoi bon en appeler un autre ? Il leur ôterait le pain de la bouche sans pour autant soigner Micheál. Mieux valait garder l'argent pour se nourrir, et nourrir le petit.

De toute façon, dans la vallée, ceux qui tombaient malades se voyaient contraints de choisir entre le prêtre, le forgeron ou le cimetière.

Ou Nance, ajouta une petite voix intérieure.

La petite ville de Killarney était pleine de monde et de fumée. New Street et High Street, les artères principales, bruissaient de vagabonds et de gamins quémandant des piécettes aux passants. Nóra se sentit vite oppressée par la foule, la hauteur et la densité des bâtiments serrés les uns contre les autres le long des ruelles crasseuses. Les paysans venus vendre leurs récoltes se disputaient les meilleurs emplacements près des épiceries, des tonnelleries et des tanneries, glissant leurs charrettes contre les sacs, les tonneaux ou les carrioles à cheval des autres marchands. Si la plupart des fermiers souhaitaient louer des ouvriers agricoles et des domestiques pour la saison froide, certains d'entre eux cherchaient aussi à vendre des cochons engraissés pour l'abattage d'automne et de petites vaches à cornes qui se traînaient lourdement d'une rue à l'autre, couvrant de boue la chaussée en terre battue. D'autres transportaient des paniers de pêche remplis de tourbe, récoltée au cœur de l'été près des montagnes ; derrière de modestes étals, leurs femmes vendaient des pommes de terre, du beurre et du saumon frais. L'air cristallin, parcouru de courants glacés, annonçait l'hiver ; au sol, les flaques reflétaient le bleu du ciel. Une certaine gravité se lisait sur les visages, comme souvent à la louée de novembre. C'est qu'il fallait tout vendre, tout acheter, tout empiler, ranger, stocker et enterrer avant que le froid et le vent ne fassent grincer les dents de la terre. Les paysans plus fortunés déambulaient, canne à la main, et s'achetaient de nouvelles chaussures ; des jeunes gens pris de boisson traînaient leurs manteaux derrière eux, les poings fermés, prêts à se battre avec le premier venu ; penchées sur des paniers d'osier, des femmes comptaient leurs œufs en effleurant du bout des doigts leurs coquilles crémeuses ; et dans chaque ruelle, dans chaque coin sombre, ceux qui cherchaient à se louer attendaient sans rien dire.

Ils se tenaient à l'écart des marchands et de leurs

victuailles, quêtant du regard chaque homme, chaque femme qui passait. Il y avait plus de garçons que de filles, et les plus jeunes n'avaient pas huit ans ; debout en plein vent depuis le matin, ils frissonnaient, alignés les uns contre les autres. Si certains semblaient pleins d'espérance, d'autres affichaient leur mauvaise volonté. Tous étaient munis d'un petit paquet ou d'un objet montrant qu'ils cherchaient du travail : un baluchon de vêtements ou de nourriture, un fagot de bois. Certains baluchons étaient vides, Nóra le savait bien. Les plus jeunes étaient accompagnés de leurs parents, qui se tenaient derrière eux, l'œil aux aguets, prêts à vanter les mérites de leurs enfants aux fermiers intéressés : « Prenez-le. C'est un honnête travailleur. Et il a une solide constitution. » Nóra ne pouvait entendre leurs conversations, mais elle en devinait la teneur à leurs sourires figés. Les mères crispaient les doigts sur les épaules de leurs fils. S'ils partaient avec un fermier, ils ne se reverraient pas de sitôt.

À l'entrée d'une ruelle, une femme au teint gris se dressait près de sa fille, âgée de douze ou treize ans. Secouée par une quinte de toux, l'enfant avait la respiration sifflante des souffreteux. Nóra vit la mère mettre une main devant sa bouche pour étouffer le bruit de sa toux. Elle le savait : aucun fermier ne voudrait embaucher une enfant malade. Personne ne souhaitait faire entrer le mal sous son toit. Personne ne voulait payer les obsèques d'une étrangère.

Nóra se figea : une grande jeune fille au visage anguleux avait attiré son regard. Elle se tenait à l'écart des autres, un paquet sous le bras. Adossée contre une charrette, sourcils froncés, elle regardait un paysan examiner les dents d'un garçon aux cheveux roux.

Sans être jolie, elle dégageait un charme indéniable – du fait de ses taches de rousseur, peut-être ? Ou de sa manière d'arrondir le dos, comme si elle craignait de grandir davantage ?

Nóra s'approcha. Cette enfant exerçait sur elle une étrange attraction.

— Bonjour, dit-elle.

La gamine se redressa, rejetant les épaules en arrière pour se tenir bien droite devant Nóra.

— Comment t'appelles-tu ?

— Mary Clifford.

Elle parlait bas, d'une voix rauque.

— Dis-moi, Mary, cherches-tu du travail ?

— Oui, m'dame.

— D'où viens-tu ? Où sont tes parents ?

— Je suis d'Annamore. Près de la grande tourbière.

— Quel âge as-tu ?

— Je ne sais pas, m'dame.

— Tu es déjà bien grande... Tu dois avoir treize ou quatorze ans.

— Oui, m'dame. Quatorze ans, c'est sûr. Quinze l'an prochain, si Dieu le veut.

Nóra hocha la tête. Elle avait d'abord pensé que la gamine était plus âgée, vu sa taille, mais elle se réjouissait de la savoir plus jeune. À quatorze ans, on ne songe pas encore au mariage.

— As-tu des frères et sœurs ?

— Oui, m'dame. J'en ai huit.

— Tu es l'aînée de la famille ?

— L'aînée des filles. Mon grand frère est venu avec moi. Il est là-bas, dit-elle en montrant le rouquin du doigt.

Le fermier venait de soulever la casquette du gamin

pour vérifier qu'il n'avait pas de poux. Penché vers lui, il passa les doigts dans ses cheveux, les balaya d'un côté, puis de l'autre. Les joues rouges d'humiliation, le frère de Mary se laissait faire sans rien dire.

— Ta mère ou ton père vous ont-ils accompagnés ?
— Non. Mon frère et moi, on a fait la route sans eux. Ma' et Pa' sont restés à la maison avec les petits. Le travail de la ferme ne se fait pas tout seul, pour sûr !
— Es-tu en bonne santé ? Y a-t-il des personnes malades dans ta famille ?

La jeune fille s'empourpra.

— Je me porte bien, m'dame.

Elle ouvrit la bouche pour lui montrer ses dents, mais Nóra secoua la tête, embarrassée.

— Sais-tu traire une vache et baratter le beurre, Mary ?
— Oui. J'ai la main sûre pour ces travaux-là.

Elle tendit les paumes, exhibant avec fierté ses cals et ses doigts rougis comme autant de preuves de ses capacités et de son ardeur au travail.

— As-tu l'habitude de veiller sur les plus jeunes ?
— J'ai toujours aidé Ma' avec les petits. On est neuf, comme je vous ai dit.

Elle fit un pas en avant, visiblement soucieuse de retenir l'attention de Nóra.

— Je sais aussi filer et tisser. Et je suis toujours la première levée. Ma' dit que je me réveille avant les oiseaux ! Je fais la lessive, je carde et j'ai le dos solide. Je peux marteler une étoffe toute la journée s'il le faut.

Nóra ne put retenir un sourire, amusée par le sérieux avec lequel la jeune fille tentait de se mettre en valeur.

— Est-ce la première fois que tu viens à la louée ?

— Non. Je me suis gagée tout l'été dans une ferme au nord d'ici.

— Le travail t'a plu ?

Mary passa sa langue sur ses lèvres sèches. Pour la première fois depuis le début de la conversation, elle parut hésiter.

— Ce n'était pas une place facile, m'dame.

— Tu n'as pas souhaité rester, alors ?

— J'ai préféré chercher une autre ferme.

Nóra porta la main à ses tempes. Une brusque migraine l'avait saisie. Elle n'avait pas l'habitude d'interroger si abruptement une parfaite inconnue : Martin s'était toujours chargé de louer les ouvriers agricoles dont ils avaient besoin – des hommes frustes et réservés, durs à la tâche, qui gardaient les bras le long du corps lorsqu'ils entraient dans la chaumière, comme s'ils craignaient de briser quelque chose. Ils mangeaient vite, épluchant leurs pommes de terre du bout des doigts tout en dévorant des yeux celles qui restaient dans le chaudron ; puis ils marmonnaient leurs prières, s'endormaient à même le sol et se réveillaient avant l'aube. Ces hommes aux ongles noirs, au dos courbé sous le joug, qui sentaient le foin et la matricaire, dévoilaient rarement leurs dents. Certains revenaient d'une année sur l'autre, d'autres non. Ils partaient à la fin des moissons. Pour le reste, Martin et Nóra n'avaient pas besoin d'aide : il n'avait jamais été question d'embaucher une fille de ferme.

Nóra prit le temps d'observer le visage de Mary, qui la fixait de ses yeux clairs en serrant les mâchoires sous la bise. Ses vêtements trop légers étaient aussi trop petits pour elle (la blouse se tendait sur ses épaules, et ses bras jaillissaient de ses manches, révélant ses poignets), mais elle semblait propre. Ses cheveux étaient coupés au carré et bien peignés, sans trace de poux. Elle paraissait réellement soucieuse de trouver une nouvelle place. Nóra pensa à ses sept frères et sœurs restés dans la case humide qui l'avait vue naître, près d'Annamore. Elle pensa à Johanna, à ce qu'on chuchotait dans la vallée à son propos – avant sa mort, sa fille était si pauvre qu'elle quémandait de quoi manger à ses voisins. Les cheveux de Mary lui rappelaient ceux de Johanna. Et de Micheál. D'un brun tirant sur le roux, ils évoquaient le pelage d'un lièvre. Ou un tapis d'épines de pin séchées et roussies au soleil.

— Eh bien, Mary, j'aurai besoin d'aide à la ferme cet hiver. Pour veiller sur le fils de ma fille. Veux-tu venir avec moi ? À combien se montent tes gages pour six mois ?

— Deux livres, répondit la gamine avec empressement.

Nóra plissa les yeux.

— Tu es trop jeune pour disposer d'une somme pareille. Une livre et demie.

Mary acquiesça. Nóra posa un shilling au creux de sa paume. L'enfant glissa rapidement la pièce dans son baluchon, et se tourna vers son frère pour lui adresser un bref signe de tête. Le fermier qui l'avait abordé était parti sans le recruter, le laissant seul au milieu des passants et de la fumée. Le gamin les regarda s'éloigner, attendant le dernier moment pour saluer sa sœur d'un geste de la main.

Le trajet du retour se déroula sans histoire. Le soleil émergea des nuages, faisant scintiller l'eau dans les ornières creusées par les roues des carrioles. Piétiné par les marchands, les visiteurs et le bétail en route vers Killarney, le sentier était une mare de boue. Mary et Nóra marchaient lentement, veillant à ne pas glisser. Nóra était soulagée d'avoir mené à bien la mission qu'elle s'était assignée et de regagner son logis avec une servante gagée pour l'hiver. Elle marchait au bord du sentier, se penchant de temps à autre pour cueillir des touffes de morgeline, cette plante à fleurs blanches dont raffolaient ses poules. La voyant faire, Mary l'imita sans rien dire. Elle passait prudemment d'un rocher à l'autre pour ne pas s'enfoncer dans la boue et évitait avec soin de se faire mordre les mollets ou les poignets par les orties.

— La nuit dernière, tu n'as pas eu peur de faire tout ce chemin dans le noir ? demanda Nóra. La route est longue d'Annamore à Killarney !

— J'avais mon frère, répondit sobrement Mary.

— Tu es une fille courageuse.

La gamine haussa les épaules.

— On est si nombreux à la louée ! J'aurais pas osé bouger de toute la journée de peur de passer à côté d'une bonne place. J'serais restée jusqu'au soir si nécessaire.

Elles cheminèrent en silence à travers la lande hérissée de rares bosquets d'arbres que dénudait déjà l'approche de l'hiver. Seuls les buissons de houx conservaient leurs feuilles sombres et laquées. Les bas-côtés brunissaient sous les herbes hautes ternies par les premiers frimas. Au loin, les montagnes couvertes de bruyère et de gros rochers se hissaient en silence vers le ciel. Les volutes de fumée qui montaient des cheminées se dissipaient lentement dans l'air froid, et semblaient les accompagner.

L'après-midi touchait à sa fin quand les deux femmes arrivèrent à la chaumière de Nóra. Elles demeurèrent un moment dans la cour à reprendre leur souffle, après avoir gravi péniblement la montée jusqu'à la ferme. Nóra observa Mary à la dérobée, guettant ses réactions. La jeune fille promena un long regard autour d'elle, examinant la chaumière, puis l'étable et les poules. Les lieux répondaient-ils à son attente ? Ou espérait-elle davantage ? Une maison plus grande, couverte de chaume de blé, et non de roseaux ? Un cochon bien gras, un âne ? Nóra ne possédait rien de tel. Mary devrait se contenter de sa chaumière silencieuse, avec ses murs chaulés dévorés par l'humidité, son unique fenêtre calfeutrée avec de la paille et son petit lopin de pommes de terre envahi de cailloux.

— J'ai une vache. Pour le lait et le purin.

Nóra emmena Mary dans l'étable. Les contours imposants de la vache se devinaient dans la pénombre. L'air tiède sentait la paille, le flanchet et l'urine.

— Tu t'en occuperas chaque matin. Pour la nourrir, l'abreuver et la traire. Et tu baratteras une fois la semaine. Moi, je me chargerai de la traite du soir.

— Comment s'appelle-t-elle ? demanda Mary en désignant la vache.

— Brownie. C'est comme ça que nous... Que je l'appelle.

Mary posa ses mains gercées sur la tête de la vache et lui caressa les oreilles. Brownie passa lentement d'une patte sur l'autre, faisant rouler ses hanches osseuses.

— Donne-t-elle beaucoup de lait ?

— Suffisamment, répondit Nóra. Plaise à Dieu qu'elle reste en bonne santé !

Elles ressortirent dans la cour baignée d'une lumière déclinante et prirent l'allée boueuse qui menait à la chaumière. Les poules accoururent vers elles.

— Elles sont braves, elles aussi, dit Nóra. Donne-leur donc de la morgeline. Tu vois, elles en sont folles ! Elles pondent moins qu'avant, mais je peux compter sur les plus fidèles pour nous donner des œufs tout l'hiver.

Elle décocha un regard sévère à Mary, avant de reprendre :

— Pas question de me chaparder des œufs ou du beurre, tu m'entends ? Ce serait manger notre fermage. As-tu bon appétit ?

— Pas plus que ce qu'il faut.

— Bien. Suis-moi, à présent.

Nóra poussa la demi-porte de la chaumière et salua Peg O'Shea, qui était assise devant l'âtre, Micheál sur ses genoux.

— Peg, voici Mary.

— Que Dieu te bénisse. Bienvenue, dit Peg à la jeune fille en la couvant d'un regard appréciateur. Tu dois être une Clancy, avec ces cheveux-là !

— J'suis une Clifford. Mary Clifford, précisa-t-elle.

Lançant un regard curieux vers Micheál, Mary demeura bouche bée.

— Une Clifford, alors ? reprit Peg comme si de rien n'était. Eh bien, que Dieu bénisse les Clancy et les Clifford. Viens-tu de loin ?

— Elle a marché une vingtaine de kilomètres pour se rendre à la louée, répondit Nóra. Partie au milieu de la nuit pour arriver au petit jour.

— Tu as parcouru tout ce chemin à pied ? Seigneur, tu dois être épuisée !

— Elle a de bonnes jambes, assura Nóra.

— Et des bras solides, à ce que je vois, renchérit Peg. Tiens, ma fille. Prends le petit. Il s'appelle Micheál. J'imagine que Nóra t'en a parlé ?

Mary ne répondit pas. Elle semblait pétrifiée. Les narines de Micheál étaient incrustées de morve. Un filet de bave blanchissait à la commissure de ses lèvres. Lorsque Peg le souleva pour le lui tendre, il se mit à gémir comme un homme qu'on a roué de coups.

La servante eut un mouvement de recul.

— Qu'est-ce qu'il a ?

Un profond silence, entrecoupé par les râles de l'enfant, s'abattit sur la demeure.

Peg reprit l'enfant sur ses genoux. Elle jeta un regard entendu à Nóra, puis gratta du bout de l'index la salive qui avait séché sur le visage de Micheál.

— Que veux-tu dire, ma fille ? lança Nóra d'une voix tranchante.

— Eh bien, murmura Mary, je… j'aimerais savoir : de quoi souffre-t-il ? Il fait de drôles de bruits. Pourquoi gémit-il ? N'est-il pas capable de parler ?

— C'est un enfant fragile, répondit doucement Peg.

— Fragile ? répéta Mary.

Elle fit quelques pas en arrière, jusqu'à ce que ses mains rencontrent le chambranle de la porte, auquel elle s'adossa.

— Ça s'attrape ? demanda-t-elle d'une voix sourde.

Nóra laissa échapper le gémissement d'un animal blessé.

— En voilà une question ! Je te trouve bien effrontée, de m'interroger de la sorte.

— Nóra...

— « Ça s'attrape ? » Non mais, Peg, tu l'as entendue ? Quel toupet !

— Pardonnez-moi, balbutia Mary. Je ne voulais pas... C'est juste qu'il ne paraît pas...

— Il ne paraît pas quoi ?

— Nóra, intervint Peg. Ce n'est qu'une gamine. Elle a le droit de savoir, tu ne crois pas ?

La vieille femme cracha dans un coin de son tablier pour nettoyer le menton de l'enfant.

— C'est juste que... reprit timidement Mary.

Ses lèvres tremblaient. Elle montra du doigt les jambes de Micheál, qui jaillissaient de sa robe trop courte, entortillée autour de son ventre.

— Est-ce qu'il peut marcher ?

Peg se tourna vers elle.

— Approche donc, Mary. Viens en juger par toi-même. Le petit n'a rien de contagieux. Il ne te fera aucun mal. Ce n'est qu'un enfant ! Un pauvre enfant sans défense.

Mary hocha la tête, mais demeura près de la porte.

— Allons, viens par ici. Tu le verras mieux ! C'est un bon petit gars, vraiment.

La servante fit quelques pas et se pencha sur l'épaule de Peg pour observer Micheál. Les yeux mi-clos, l'enfant semblait fixer l'arête de son nez retroussé. Il respirait bruyamment, la bouche entrouverte.

— Est-il en souffrance ? demanda Mary.

— Pas que je sache. Il lui arrive de rire et de s'asseoir tout seul. De remuer les bras, aussi, pour jouer avec des petits riens qu'on lui donne.

— Quel âge a-t-il ?

— Eh bien... Il a passé quatre ans, n'est-ce pas, Nóra ?

Nóra prit une inspiration tremblante.

— Il aime les plumes, précisa-t-elle d'une voix éteinte en s'asseyant sur un tabouret près du feu. Il aime les plumes.

— Il a quatre ans, comme je disais. Et il aime les plumes, les glands et les osselets ! poursuivit Peg avec un entrain forcé. Ses jambes sont trop faibles pour le porter, rien d'autre.

— C'est vrai : il ne peut pas marcher, admit Nóra. Il en était capable quand il était plus jeune, mais maintenant, il n'y arrive plus.

Mary lança un regard apeuré vers l'enfant.

— Micheál ? Je m'appelle Mary. A-t-il peur de moi ? demanda-t-elle à Nóra, voyant que l'enfant ne réagissait pas.

— S'il a peur, il ne le dira pas. Il ne s'exprime pas comme toi et moi. Je... J'aurais dû t'en parler.

Mary secoua la tête. Ses cheveux avaient bouclé dans l'air humide de la fin de journée. Elle semblait à la fois très jeune et complètement terrifiée. Ce n'est qu'une gamine, songea Nóra, saisie de culpabilité. Une parfaite inconnue que j'ai fait venir chez moi. Et voilà que je la houspille, la pauvre petite !

— Allons, ma fille. Tu as fait tout ce chemin et je ne t'ai même pas offert à boire. Tu dois être assoiffée.

Nóra se leva pour transvaser l'eau du seau qu'elle avait puisée la veille dans le pot dressé au coin de l'âtre.

Peg tapota gentiment l'épaule de Mary.

— Aide-moi à le coucher. Ici, sur la bruyère. Il n'ira pas bien loin.

— Je peux le prendre, si vous voulez.

Mary s'assit près de Peg et souleva le petit garçon pour le poser sur ses genoux.

— Ce qu'il est maigre ! s'exclama-t-elle. Un vrai moineau.

Sous le regard attentif des deux femmes, la servante tira sur la robe de l'enfant pour couvrir ses jambes, puis elle ôta son châle, qu'elle enroula autour des pieds nus de Micheál.

— Là... murmura-t-elle. Te voilà bien au chaud.

— Bon, fit Peg en se levant. C'est un plaisir de t'accueillir parmi nous, Mary. Que Dieu te garde ! Je ferais mieux de rentrer, maintenant. Il se fait tard.

Elle lança à Nóra un regard entendu et sortit en traînant les pieds, les laissant seules.

Mary nicha la tête de Micheál au creux de son cou et le serra contre elle.

— Il tremble, remarqua-t-elle.

Nóra emplit deux tasses de babeurre et mit de l'eau à chauffer pour les pommes de terre. Elle avait la gorge si sèche qu'elle préférait se taire. Plusieurs minutes s'écoulèrent avant que la voix tremblante de Mary ne s'élève derrière elle.

— Je ferai de mon mieux pour vous aider, m'dame.

— Je n'en doute pas, convint Nóra d'une voix éraillée. Je n'en doute pas.

Plus tard ce soir-là, après que Nóra et Mary eurent dîné en silence et fait rentrer les poules pour la nuit, elles ouvrirent la banquette pour en faire un lit d'appoint, sur lequel Nóra posa un matelas en paille et une couverture.

114

— Ici au moins, tu n'auras pas froid. Le feu brûlera jusqu'au petit matin.

— Merci, m'dame.

— Et Micheál te tiendra chaud sous la couverture.

— Il ne dort pas dans son berceau ? demanda Mary.

— Non. Il est trop grand, maintenant. Il serait à l'étroit ! Surtout, enroule-le bien dans la couverture. Sinon, il se découvrira pendant la nuit.

Mary lança un regard à Micheál, qu'elles avaient calé contre le mur. Sa tête tombait mollement sur le côté, frôlant son épaule.

— S'il fait beau demain, nous sortirons, reprit Nóra. Je te montrerai le puits et je t'emmènerai au bord de la rivière, là où nous lavons le linge. Ça te fera peut-être du bien de rencontrer des filles de ton âge, tu ne crois pas ?

— Micheál viendra-t-il avec nous ?

Nóra plissa les yeux d'un air soupçonneux. Mary se troubla.

— Je veux dire... Est-ce que vous l'emmenez quand vous sortez ? Vu qu'il n'a pas l'usage de ses jambes, je me demandais si...

— Je n'aime pas l'emmener.

— Alors vous le laissez seul ici ?

— On n'asperge pas une souris noyée, répliqua sèchement Nóra.

Elle s'empara du seau dans lequel elles s'étaient lavé les pieds, entrouvrit la porte et jeta l'eau sale dans la cour – non sans avoir crié pour avertir les Fairies tapis dans l'obscurité.

4

Frêne

— Qui va là ? Un mort ou un vivant ?

Une bouteille de poitín à la main, Peter O'Connor poussa la porte de la chaumine et se pencha pour passer la tête à l'intérieur.

— Un mort de soif, répondit-il.

Nance lui fit signe d'entrer.

— Venez donc vous asseoir. Je suis ravie de vous voir, Peter.

— Notre Martin a eu droit à une belle veillée. Et vous lui avez offert un bel hommage, Nance.

Il prit place devant l'âtre, saisit une braise à l'aide d'une vieille pince noircie et l'approcha de sa pipe afin de la rallumer.

— Seigneur, prends pitié de l'âme des morts ! murmura-t-il avant de coincer le tuyau entre ses lèvres.

Il fit rougeoyer le tabac dans le fourneau. Une volute de fumée s'éleva dans l'air.

— Qu'est-ce qui vous amène aujourd'hui, Peter ? Votre épaule vous fait des misères ?

Il secoua la tête.

— Non. Je me porte bien de ce côté-là.

— Vous avez mal aux yeux, alors ?

Peter ne répondit pas. Nance s'installa plus confortablement et attendit qu'il soit prêt à lui parler.

— Je fais des mauvais rêves en ce moment, avoua-t-il enfin.

— Des mauvais rêves ?

Il serra les mâchoires.

— Je ne sais pas ce qui les amène, Nance. Mais ils sont terribles, pour sûr.

— Et ils vous causent du souci ?

Peter tira une longue bouffée de sa pipe.

— Ils me hantent depuis que j'ai trouvé Martin mort au carrefour.

— Vous dites qu'ils sont pleins de trouble ?

— Pleins de trouble et d'horreur.

Il se redressa, offrant son visage sombre au regard de Nance.

— Je ne peux pas m'ôter de l'idée qu'un grand malheur est sur le point d'arriver, reprit-il. Je rêve d'animaux morts. La gorge tranchée, la terre rouge de sang. Je rêve aussi que je me noie. Ou que je croise un pendu. Je me réveille en suffoquant.

Nance laissa passer un silence pour l'inviter à poursuivre son récit, mais il demeura silencieux, les genoux repliés sur sa poitrine. Elle désigna la bouteille qu'il avait apportée.

— Si nous buvions ?

Elle ôta le bouchon et lui tendit la bouteille. Il avala une grande lampée d'alcool, grimaça et s'essuya la bouche.

— Il est fort, ce poitín ! murmura Nance en buvant à son tour.

Elle s'assit de nouveau sur le tabouret. Elle savait attendre le temps nécessaire. Une oreille compatissante, voilà ce dont certains de ses visiteurs avaient besoin. Une oreille, du silence et du temps dans une chaumière isolée, loin du brouhaha qui emplissait les leurs. Une demeure qui n'abritait rien ni personne, hormis un bon feu et une femme. Une femme qu'ils ne désiraient pas. Une femme qui n'irait pas raconter leurs secrets aux commères de la vallée. Une vieille femme capable de les écouter, de boire et de fumer en leur compagnie. C'était peu, mais assez pour leur faire quitter le logis au crépuscule et se rendre à pied jusque chez elle, entre les longs murs de pierre moussus. Car Nance connaissait le pouvoir du silence.

Le feu crépitait dans l'âtre. Peter continua de tirer sur sa pipe jusqu'à ce qu'il ne reste qu'un petit tas de cendres dans le fourneau, qu'il tapota ensuite contre son genou. Ils se passèrent la bouteille sans rien dire, buvant chacun à son tour, jusqu'à ce qu'un vent glacé se glisse sous la porte, annonçant l'arrivée de la nuit.

Visiblement nerveux, Peter se décida à reprendre son récit.

— Savez-vous que j'ai vu quatre pies avant la mort de notre Martin – paix à son âme ? Je vous en ai parlé ?

Nance se pencha vers lui.

— Non, Peter. Vous ne m'en avez rien dit.

— Elles étaient quatre, pour vrai ! Ces oiseaux-là annoncent une mort prochaine, non ? Sans parler des lumières que j'ai vu briller près de Piper's Grave, dans le fort. C'est cette nuit-là que j'ai commencé à faire des mauvais rêves.

— Moi, j'ai vu un éclair s'abattre sur la montagne.

— La nuit de la mort de Martin ?

— Celle-là même. Il souffle un vent étrange, vous ne trouvez pas ?

— Ils sont de sortie, répliqua Peter. Oui, les Bonnes Gens sont de sortie. Et si c'étaient Eux qui me causaient ces mauvais rêves ?

Devinant son trouble, Nance lui tapota gentiment l'épaule. Elle se représenta la banquette étroite, poussée le long du mur, sur laquelle il dormait, et les longues heures qu'il passait à fumer dans sa chaumière en attendant anxieusement le lever du jour.

— On raconte que vous êtes né coiffé, Peter. Les hommes comme vous n'ont-ils pas le don de voir ce qui reste invisible pour les autres ? Je le crois, en tout cas. Mais je crois aussi qu'il n'est pas bon de rester trop longtemps assis seul dans le noir. C'est souvent dans ces moments-là que surgissent nos plus grandes peurs, ne l'oubliez pas !

Peter eut un petit rire.

— Quelle importance, ma foi ? Je ferais mieux de rentrer. Il se fait tard.

— Pour sûr, Peter. Rentrez chez vous.

Il aida Nance à se remettre debout. Puis, lui faisant signe d'attendre, elle saisit un tison rougeoyant dans l'âtre avec les pinces et le plongea dans le seau d'eau, où il s'éteignit dans un crissement. Elle essuya ensuite le tison refroidi sur sa jupe, cracha par terre, et le tendit à son hôte.

— Vous ne croiserez pas de *púca* cette nuit. Allons, mettez-vous en route. Que Dieu vous garde !

Peter glissa le tison dans sa poche.

— Merci, Nance. Vous êtes une bonne âme, quoi qu'en dise le nouveau curé.

Elle haussa les sourcils.

— Le curé a médit de moi ?

Il laissa échapper un petit rire.

— Pour vrai, vous auriez dû l'entendre à la messe l'autre dimanche ! Il cherche à nous « ouvrir les yeux sur le monde moderne », comme il dit. Faudrait qu'on se défasse de nos habitudes, qu'on renonce aux « vieilles coutumes qui nous enlisent et maintiennent l'Irlande au bas de l'échelle ». D'après lui, nous sommes « à l'aube d'une ère nouvelle pour le pays et pour l'Église ». Et, pour cette raison, c'est aux bonnes sociétés catholiques, pas aux impies, pleureuses ou guérisseuses, qu'on devrait distribuer nos petites économies !

— Les « vieilles coutumes qui nous enlisent » ? Il parle bien, dites-moi !

— Pas si bien que ça, répliqua Peter. Je serais vous, je l'éviterais à tout prix. Faut le laisser s'installer. Il finira par comprendre comment ça se passe ici.

— Je suppose qu'il me reproche de favoriser les « vieilles coutumes » ?

Le sourire de Peter s'effaça.

— Il va plus loin, Nance. D'après lui, vous encouragez les traditions païennes et barbares. Il sait que nous sommes nombreux à vous rendre visite, et il nous a ordonné de ne plus le faire. Il dit que vous êtes pleine de diablerie et prête à tout pour chanter aux veillées funèbres contre un peu d'argent.

— Eh bien, il ne m'aime guère, ce nouveau curé !

— Le père Healy est peut-être contre vous, mais je suis là, moi. Et sur mon âme, je vous assure que je ne vois aucune diablerie chez vous.

— Merci, Peter. Que Dieu vous garde.

Il lui sourit et posa son chapeau sur sa tête.

— Nous avons encore besoin de vous, Nance. Nous ne sommes pas prêts à nous passer de vos connaissances et de vos vieilles coutumes ! (Il marqua une pause et reprit sans sourire :) J'y pense, Nance. Il y a un gamin là-haut, chez Nóra Leahy... Un petit infirme. Je vous le dis, parce que vous pourriez sans doute lui être utile.

— Je n'ai pas vu d'infirme quand je suis allée chez elle pour la veillée funèbre.

— Elle l'avait confié à sa voisine.

— De quoi souffre-t-il, ce petit ?

Peter lança un regard vers le sentier plongé dans l'obscurité.

— J'saurais pas vous le dire, mais c'est une maladie terrible, pour sûr.

Après le départ de Peter, Nance resta longtemps courbée devant le feu, passant et repassant sa langue sur ses dents. Une certaine agitation régnait au-dehors : les grenouilles coassaient sans répit, et un petit animal, sans doute un rat ou un choucas, grattait le chaume du toit.

Aux heures mornes de la nuit, calmes et désœuvrées, le temps semblait cesser d'aller de l'avant. Qu'elle carde de la laine ou attende près de l'âtre tandis que quelques pommes de terre cuisaient dans la marmite, Nance s'imaginait souvent que sa tante Maggie se trouvait avec elle, occupée à faire sécher des plantes ou à dépouiller un lapin. Maggie, marquée par son destin ; Maggie, tranquille et terrifiante à la fois, sa pipe serrée entre les dents, toujours affairée, et toujours prête à lui faire écouter les battements secrets du monde. À son côté, Nance apprenait à sauver la vie d'autrui, à défaut d'avoir pu sauver celle de sa mère.

Elle ferma les yeux. L'air s'était brusquement chargé de fantômes.

« Certains êtres sont différents, Nance, disait Maggie. Ils sont nés comme ça, sur le bord du monde. Ils ont la peau un peu plus fine, les yeux un peu plus perçants. Ils savent voir ce que d'autres ne voient pas. Leur cœur a besoin de plus de sang qu'un cœur ordinaire ; et, pour eux, les rivières ne coulent pas de la même façon. »

Nance sourit au souvenir du jour où elle avait, pour la première fois, aidé une femme à mettre son enfant au monde. Ensuite, elles étaient rentrées au logis, Maggie et elle. Elles s'étaient assises pour se laver les pieds, crottés par la boue des sentiers. Nance avait encore le cœur battant, des images plein les yeux – quelle émotion lorsqu'elle avait vu paraître la tête de l'enfant ! Le septième fils du cocher et de son épouse avait atterri entre ses mains, petit corps frémissant et cireux dont le cri l'avait fait trembler de tout son être.

Après s'être essuyé les pieds, Maggie avait allumé sa pipe en souriant.

« Je me souviens très bien de ta naissance, avait-elle dit à Nance. Ta mère écumait de douleur. La pauvre femme luttait de toutes ses forces, mais la nature était plus forte qu'elle ! Je suis arrivée en plein chaos. Ton père était au trente-sixième dessous parce que tu refusais énergiquement de venir au monde. Qu'ai-je fait, d'après toi ? J'ai ouvert les portes, déverrouillé les serrures et ôté la paille qui bouchait la fenêtre. J'ai dénoué mon châle, défait les rubans des vêtements de ta mère et demandé aux hommes de détacher la vache. Ils l'ont poussée dehors, sous les étoiles. Alors seulement, une fois toutes les portes ouvertes, tu t'es glissée parmi nous comme un poisson se faufile hors des mailles du filet.

— Quand tu m'as vue, as-tu compris que j'étais différente ? »

Sa tante avait souri.

« Tu es née comme cela arrive parfois, Nance. Aux heures les plus sombres de la nuit. Les poings serrés, déjà prête à te battre contre le monde entier. »

Un long silence avait suivi, puis Nance avait repris :

« Je ne veux pas être différente. Je ne veux pas de cette solitude trop lourde à porter. »

Maggie s'était penchée vers elle. Ses yeux brillaient d'un éclat farouche.

« Il est très difficile d'effacer ce qui est inscrit dans nos os. Tu le comprendras bien assez tôt. »

Mary s'éveilla en sursaut, saisie de panique. Elle se redressa dans ses vêtements moites et jeta un regard autour d'elle. Les braises encore rougeoyantes éclairaient faiblement la pièce peu familière. Il lui fallut un moment pour se rappeler où elle se trouvait.

Je suis chez la veuve Leahy, se dit-elle.

Elle baissa les yeux vers l'enfant endormi près d'elle. Tourné contre le mur, il appuyait doucement son dos contre sa jambe.

Je suis chez la veuve Leahy, se répéta-t-elle. Et voici l'enfant dont je dois m'occuper.

Elle se recoucha et tenta de se rendormir. En vain. Tout lui semblait étrange – les odeurs, les bruits – et cette étrangeté creusait un vide en elle. Comme elle aurait voulu être à Annamore ! Étendue près de ses frères et sœurs, tous endormis devant le feu sur des brassées d'ajoncs doucement parfumés. Ses yeux s'emplirent de larmes à cette pensée. Elle les chassa rageusement, coinça ses poings sous son menton et enfouit son visage dans le coussin garni de vieux chiffons.

Un gargouillis monta de son estomac. Elle avait trop mangé. Ici au moins, je ne mourrai pas de faim ! songea-t-elle. Certes, la veuve lui avait interdit de chaparder les œufs et le beurre, mais elle lui avait servi une assiette bien remplie au dîner. Ce n'était pas une mauvaise place. Il y avait pire, c'est sûr. David lui avait parlé de la ferme où il avait travaillé l'automne précédent, une petite chaumière située sur la péninsule, où il passait ses journées à couper et à transporter du varech pour fertiliser les champs. Des journées entières les pieds dans les flaques, le dos courbé sous la bise marine. Quand les paniers étaient pleins, il fallait les porter jusqu'à la ferme : lourds et gorgés d'eau de mer, ils lui éraflaient la peau du dos.

« Prie pour trouver une place où tu seras bien nourrie », avait recommandé son frère.

David ne se plaignait pas tant du travail, auquel tous prenaient part avec ardeur, que des conditions dans lesquelles ils l'effectuaient, le dos treillissé de sel sous le panier, les pieds écorchés par les rochers, le ventre vide et gonflé d'air marin.

Son frère n'avait rien dit devant leur mère. La pauvre femme se serait fait un sang d'encre, elle qui croulait déjà sous les soucis, toujours à s'inquiéter pour les petits quand l'un d'eux se mettait à tousser. À quoi bon l'accabler davantage ? Il n'y avait jamais assez de patates et toujours trop de bouches à nourrir – sans parler des rumeurs d'expulsion ! Les parents de David et Mary vivaient dans la crainte constante de voir surgir les hommes de main du propriétaire, armés de barres de fer qu'ils croisaient en travers des portes après en avoir chassé les fermiers et leurs enfants. Voilà pourquoi David avait attendu qu'ils soient dehors, Mary et lui, pour tout lui raconter.

« Trouve une place où tu seras bien nourrie, avait-il insisté tandis qu'ils cherchaient des œufs abandonnés dans les touffes d'herbe. Et tant pis si c'est sale ! Tu verras, certains maîtres ne sont pas mieux lotis que nous. Ils dorment par terre, sur des joncs séchés, tout comme nous autres. Et pourtant, ils embauchent ! L'important, c'est de trouver un fermier qui veillera à ce que tu manges à ta faim. »

On l'avait nourrie tout l'été dans la ferme où elle avait travaillé, au nord du comté. Patates et gruau d'avoine. Mais seulement après que la famille avait dîné. On lui laissait alors terminer le pot de babeurre et racler le fond de la marmite.

Mary se tourna sur le côté. Oui, vraiment, il y a pire, se dit-elle pour se rassurer. Une femme et un enfant, une chaumière, une vache et un lopin de pommes de terre : que demander de plus ? Pourtant, elle ne parvenait pas à se défaire de l'angoisse qui étreignait sa poitrine. Il y avait quelque chose d'étrange dans cette maison – mais quoi ? Elle n'aurait su le dire. Cela tenait peut-être à la solitude de cette femme, la veuve qui l'avait recrutée. Nóra Leahy. Les joues creuses, les tempes grisonnantes, elle semblait abîmée jusque dans son corps : elle avait les chevilles enflées et le visage sillonné de rides. Mary l'avait observée avec attention pendant la louée. Sa peau hâlée, son visage parcheminé ne témoignaient-ils pas d'une vie bien remplie ?

David lui avait conseillé de les regarder attentivement, tous ces fermiers et leurs épouses qui s'approcheraient d'elle pour l'embaucher. « Ceux qui ont le nez rouge ? Méfie-toi. Ceux-là s'adonnent à la boisson. Mieux vaut les éviter : tu peux être sûre qu'ils se paieront à boire avant de nourrir ceux qui vivent sous leur toit. Les femmes aux lèvres pincées ? De vraies langues de vipère. Elles épieront tes moindres gestes. Mieux vaut se fier à celles qui n'ont pas le front plissé, mais des pattes-d'oie au coin des yeux. Tu sais ce que ça veut dire ? Soit elles ont passé leur vie dans les champs à regarder le soleil en face, soit elles l'ont passée à sourire parce qu'elles ont bon cœur. Dans les deux cas, crois-moi, tu seras bien lotie chez elles. »

Nóra Leahy avait des pattes-d'oie au coin des yeux. À Killarney, Mary l'avait jugée avenante et bien mise. Mais Nóra s'était gardée de préciser qu'elle était veuve, et elle lui avait menti au sujet du petit.

Qu'avait-elle dit, exactement ?

Eh bien, Mary, j'aurai besoin d'aide à la ferme cet hiver. Pour veiller sur le fils de ma fille.

Pas un mot sur l'enfant lui-même. Son corps décharné et souffrant, ses cris, les mots qu'il ne parvenait pas à former – Nóra n'en avait rien dit. Rien non plus sur la maladie et la mort qui avaient frappé sa maison. Et rien sur la nécessité de garder le secret.

Mary n'avait jamais vu un enfant pareil. Lorsqu'il dormait, Micheál pouvait passer pour un gamin normal, un pauvre diable au teint pâle et aux joues creuses comme on en voit partout dans les campagnes. Mais dès qu'il s'éveillait, le doute n'était plus permis : cet enfant-là n'était pas comme les autres. Il souffrait d'un mal terrible. Ses prunelles bleues semblaient se poser sur le monde sans le voir. Sous son regard indifférent, que rien n'accrochait, Mary avait l'impression d'être invisible. Il tordait ses poignets et laissait pendre ses lèvres de manière bizarre ; surtout, il avait l'air d'un vieillard : sa peau sèche, tendue sur ses os, semblait aussi fine que les pages de la sainte Bible. Il était à mille lieues des gamins aux yeux rieurs que Mary connaissait. Lorsqu'elle était entrée dans la chaumière, elle avait d'abord pensé que la créature couchée sur les genoux de la voisine n'était pas un enfant, mais une poupée fabriquée avec des bâtons et revêtue d'une robe élimée, comme l'effigie de sainte Brigid qu'on emmène en procession à l'église le jour de sa fête. Elle s'était souvenue de sa tête ridée, de ses membres anguleux dissimulés sous de vieux chiffons. En s'approchant, elle avait compris que la poupée était vivante. Elle s'était figée, terrifiée par le spectacle de cet enfant malingre, emporté par une maladie dévorante qui le laissait exsangue, telle une plante flétrie qu'un parasite a privée de sève. La vérité lui avait éclaté au visage : la veuve Leahy l'avait conduite dans une maison frappée par un mal qui la frapperait à son tour.

Mais non. Le petit n'est pas malade, avait assuré la voisine. Il est un peu lent, voilà tout. Il bataille pour grandir comme les autres.

Mary l'avait bien regardé. Peg O'Shea avait peut-être raison ? N'empêche, Micheál n'était pas normal. Avorton aux cheveux cuivrés et au nez en trompette, tas d'os couvert de peau et de rougeurs, il hurlait à la mort du matin au soir.

Elle posa doucement une main sur le front du petit et repoussa ses cheveux en arrière. Un filet de bave coulait de la commissure de ses lèvres jusqu'à son menton. Elle l'essuya d'un geste vif, puis sécha sa paume humide sur la couverture.

La veuve Leahy avait honte de lui. Voilà pourquoi elle ne lui en avait pas parlé à la louée.

Qu'avait donc fait sa fille pour mettre au monde un tel avorton ?

Si une femme pouvait gratifier son bébé d'un bec-de-lièvre du seul fait d'avoir croisé l'animal pendant sa grossesse, quelle horrible créature fallait-il croiser pour engendrer un garçon aussi malingre et tordu que Micheál ? Quel terrible péché fallait-il commettre pour contrarier ainsi le cours de la nature ?

Sauf que, d'après la veuve Leahy, Micheál était bien portant à la naissance.

Le mal mystérieux l'avait donc frappé par la suite. Mais comment ? Pourquoi ?

Peu importe, jugea Mary. Si l'enfant n'était pas contagieux, elle n'avait pas de raison de rentrer chez elle. C'est ici, dans cette ferme, au cœur de cette vallée, petit cratère creusé à la surface de la terre, enfoui entre de hautes montagnes rocailleuses, qu'elle passerait les six mois à venir. Elle n'avait pas le choix. Elle devait se retrousser les manches et se mettre au travail pour gagner quelques sous et les apporter à ses parents à la sortie de l'hiver. Tant que David et elle trouveraient à se louer aux quatre coins du comté, leurs parents pourraient payer le fermage. Ils ne seraient pas expulsés. Et si Mary devait pour cela endurer les ordres d'une femme contrariante et les cris d'un gamin squelettique, elle s'en accommoderait. Six mois sont vite passés ! Ensuite, elle retournerait chez elle, à Annamore. Le soir venu, elle s'étendrait de nouveau sur les brassées d'ajoncs au milieu de ses frères et sœurs ; les yeux clos, bien au chaud devant le feu, ils écouteraient leur père réciter le rosaire de sa voix grave, sombrant peu à peu dans un sommeil si doux, si profond, que même les mugissements du vent ne parviendraient pas à les réveiller.

Nóra s'éveilla le cœur battant d'excitation. Elle n'était plus seule : il y avait une inconnue dans la maison ! Une jeune fille nommée Mary. Elle enfila hâtivement ses vêtements de dessus et se rendit dans la pièce principale.

Personne.

La banquette avait été repliée, le feu tisonné dans l'âtre. Micheál dormait dans un panier vide, posé à l'angle de la pièce. Les lourdes pinces que Nóra utilisait pour entretenir le feu étaient posées en croix sur le panier, à quelques centimètres de son crâne immobile.

La jeune fille avait disparu.

Les poules avaient quitté leur perchoir. Nóra tendit la main pour prendre les œufs. Il y en avait quatre, encore tièdes. Elle venait de les poser délicatement dans la corbeille quand elle entendit la porte grincer sur ses gonds. Elle se retourna. Mary se tenait sur le seuil, enveloppée dans son châle, les joues rosies par l'air matinal. Un seau rempli de lait fumant, soigneusement recouvert d'un linge propre, oscillait à son bras.

— Mary ! s'exclama Nóra.

— Bonjour, m'dame.

La jeune fille posa le seau sur la table et entreprit de verser son contenu, au travers du linge, dans un pot en terre.

— J'ai cru que tu étais partie.

— Partie ? Non. Mais j'me lève tôt. Comme je l'ai dit à la louée. Et puis, vous m'aviez demandé de me charger de la traite du matin, alors... (Sa voix se mit à trembler :) Ai-je fait quelque chose de mal ?

Soulagée, Nóra éclata de rire.

— Pas du tout. Seulement, je sais qu'hier soir je n'ai pas été très... (Elle marqua une pause, avant de reprendre :) Où as-tu posé l'entrave ?

— Je ne l'ai pas trouvée.

— Tu as réussi à traire Brownie quand même ?

— Oui. C'est une brave bête.

— Regarde, l'entrave est là. Dans le coin. Je la range ici, pour qu'aucun voleur de beurre ne puisse l'utiliser contre moi dans l'étable. (Elle désigna les pinces posées en croix sur le panier.) Il y avait longtemps que je n'avais pas vu ça.

Mary les prit en rougissant et les reposa près du feu.

— C'est à cause des Fairies, m'dame. Pour qu'ils ne puissent pas emporter le petit. C'est la coutume, à Annamore.

— Je sais bien à quoi elles servent ! Nous faisons pareil ici. Je disais seulement que ça fait longtemps que je ne me suis pas souciée de voir mon petit emporté par les Fairies.

Mary s'empourpra de plus belle.

— J'voulais vous dire... Micheál s'est mouillé

pendant la nuit. Je l'aurais langé, mais il n'y avait plus d'eau.

— Je vais te montrer le puits.

L'air matinal, froid et gorgé d'humidité, nimbait les prés de lumière et ricochait sur les murets couverts de mousse, d'un vert vif sous la rosée. Un doux soleil s'élevait dans le ciel clair. Sa pâle clarté dorée faisait scintiller les volutes de fumée qui s'élevaient des toits. En contrebas, la vallée était encore noyée sous la brume.

Nóra et Mary se tenaient dans la cour de la ferme. Elles avaient laissé Micheál à l'intérieur, couché dans le panier à pommes de terre, qu'elles avaient prudemment éloigné du feu.

— La rivière est tout en bas, dit Nóra en pointant le doigt vers le fond de la vallée. Elle s'appelle la Flesk. Tu peux aller y puiser de l'eau, si tu veux, mais le retour n'est pas facile, avec les seaux qu'il faut remonter jusqu'ici. Et le chemin devient très glissant sous la pluie. Dès qu'il fera meilleur, tu pourras y aller pour battre le linge. Le puits est plus loin, mais le sentier est moins glissant et plus doux pour mes vieux os. Toutes les femmes du vallon préfèrent se rendre au puits. L'eau est plus claire.

— Il y en a beaucoup par ici ?

— Des femmes ? Autant qu'il y a d'hommes, bien que quelques fermiers soient restés vieux garçons. Tu vois cette maison ? dit-elle en désignant la chaumière la plus proche de la sienne. C'est celle de Peg O'Shea, que tu as rencontrée hier soir. Elle vit en famille – une grande et belle nichée, pour sûr ! Cinq enfants, déjà parents à leur tour.

Elles s'engagèrent sur le sentier, et Nóra montra à Mary une maison située en contrebas.

— Tu vois les deux bâtiments et le four à chaux ? Là-bas, au milieu du vallon ? C'est l'atelier et le logis du forgeron. John O'Donoghue et sa femme, Áine. Tout le monde aime aller veiller chez eux : on est toujours bien reçu ! Ils sont mariés depuis dix ans, mais ils n'ont pas d'enfants. Personne n'en parle, bien sûr. Mon neveu habite la maison voisine, un peu plus loin dans la vallée. Tu ne peux pas la voir à cause de la brume. Il s'appelle Daniel Lynch. Sa femme attend leur premier enfant. Tu les verras peut-être chez nous, lui et son frère. Ils me donnent la main pour les travaux de la ferme. Il y a peu de temps que mon mari est mort.

— Toutes mes condoléances, m'dame.

Un rire résonna derrière elles. Nóra, qui luttait soudain contre les larmes, fut soulagée de voir arriver deux femmes au détour du sentier. Munies de seaux, elles accélérèrent le pas pour les rejoindre.

— Que Dieu vous bénisse, Nóra ! lança l'une d'elles en tirant sur son châle pour dégager son visage.

Des mèches blondes s'échappaient de sa longue tresse.

— Qu'il te bénisse aussi, Sorcha. Bonjour, Éilís. Je vous présente Mary Clifford.

Les deux femmes examinèrent Mary avec curiosité, les yeux plissés.

— Vous allez au puits ?

— Oui.

— Mary, Éilís est l'épouse de William O'Hare, notre maître d'école. Il fait du mieux possible la leçon à nos enfants – dehors, quand le temps est sec, dans une grange, quand il pleut. Et Sorcha est la fille de l'épouse du frère de mon beau-frère.

Mary lui lança un regard perplexe.

— Ne t'inquiète pas, répliqua Nóra. Tu les rencontreras en temps voulu. Nul ne peut se cacher par ici. Tout le monde se connaît !

— Nous sommes tous liés les uns aux autres, que ça nous plaise ou non, ajouta Éilís en haussant les sourcils.

Petite et massive, les épaules carrées, elle avait un physique de taureau et des yeux alourdis de cernes noirs.

— Vous connaissez la dernière, Nóra ? À propos du père Healy ?

— Le père Healy ? Non. Qu'a-t-il fait ?

Sorcha roula des yeux faussement indignés.

— Il a entendu parler de la veillée funèbre que vous avez organisée pour votre Martin. Et ça l'a mis dans une colère noire – pas vrai, Éilís ? Vous auriez dû l'entendre à la messe, l'autre dimanche ! poursuivit-elle en riant. Oh, il fulminait, pour sûr.

Nóra secoua la tête avec irritation.

— Comment cela ?

Sorcha se pencha, plaquant son seau contre sa jambe.

— Il s'en est pris à la pleureuse, Nance Roche. Un vrai sermon ! Il disait qu'il ne faut plus l'inviter à chanter aux veillées funèbres. Que c'est contraire aux principes de l'Église.

— C'est ridicule ! s'exclama Nóra. À quoi ressemblerait une veillée sans pleureuse ? On n'a jamais vu ça !

— Il s'étranglait de rage, ajouta Éilís avec une mine gourmande. Et avec ça, des postillons ! Toute l'assemblée en était inondée. J'ai dû m'essuyer les joues à la fin du sermon.

— Nous avons un nouveau curé, expliqua Nóra à Mary. Le père Healy.

Sorcha se courba pour cueillir un pissenlit, dont elle mâcha distraitement les feuilles.

— Il n'aime pas grand monde, reprit-elle. Je me demande comment il a su que Nance était chez vous ce soir-là. Il était déjà parti quand elle est arrivée. Et il pleuvait à torrents.

— Quelqu'un a dû vendre la mèche, avança Éilís d'un air sombre.

Creusé au pied de la montagne, le puits se dressait au milieu des ajoncs et des bruyères, non loin d'un frêne, planté là pour servir de repère et pour adoucir le goût de l'eau qu'on venait puiser. Le vent faisait battre les longs rubans déchirés que les habitants de la vallée avaient accrochés il y a longtemps sur son tronc et ses branches basses. Plusieurs femmes bavardaient près de la margelle, leurs seaux posés à leurs pieds. Elles levèrent la tête en entendant arriver Éilís et Sorcha, saluèrent Nóra, et observèrent Mary avec curiosité, s'attardant sur ses vêtements trop petits et sur les mèches rousses qui dépassaient de son fichu. Quelques femmes crachèrent par terre. « Que Dieu nous préserve du mal », chuchota une autre.

— C'est à cause de tes cheveux, murmura Nóra à Mary.
— Mes cheveux ?
— Ça ne t'est jamais arrivé à Annamore ?
— Jamais de ma vie.

— Eh bien, ne leur prête pas attention.

Nóra s'approcha de deux femmes, qu'elle salua d'un hochement de tête.

— Je vous présente Mary Clifford, dit-elle. Elle travaillera pour moi cet hiver. Je lui montre le puits. Mary, tu viens de rencontrer Éilís et Sorcha. Voici Hanna et Biddy.

Les intéressées murmurèrent un mot de bienvenue et se retournèrent vers leur petit groupe, pressées de poursuivre leur conversation. Elles aussi parlaient du père Healy.

— Il pense que les barbares sont parmi nous, lança une femme.

— Il n'a pas dit ça ! Pour lui, nos traditions ne sont que des superstitions. Il refuse de les encourager.

— En tant que curé du village, il devrait être le premier à les respecter, au contraire, fit remarquer Hanna.

— Il pense que le diable est parmi nous de bien des façons. Ce sont ses mots, pour sûr !

Nóra sentit les regards peser sur elle lorsqu'elle se pencha pour puiser de l'eau. Quelques femmes lui tapotèrent gentiment le dos, mais la plupart d'entre elles ne daignèrent même pas lui adresser la parole. Et ce fut sans un adieu que Mary et elle se remirent en route, oscillant sous le poids des seaux remplis.

— Ce sont vos amies ? demanda Mary.

— Nous sommes toutes parentes, si c'est ce que tu veux savoir.

— Pourquoi ont-elles craché au sol quand elles m'ont vue ?

— Elles pensent que les rouquins attirent le mauvais œil.

135

Mary pâlit, visiblement gênée, mais ne dit rien.

— Ne le prends pas mal. C'est une croyance répandue dans la vallée, voilà tout.

— Sorcha semble pleine d'entrain.

— Sorcha? Ce qu'elle sait à l'heure de la traite, tout le pays le saura avant le coucher du soleil !

— Et ce qu'elles ont dit à propos du nouveau curé, vous croyez que c'est vrai ? Il veut vraiment interdire les pleureuses aux veillées funèbres ?

Nóra haussa les épaules.

— Je ne sais pas ce qu'on leur apprend au séminaire ces derniers temps ! Pourquoi faudrait-il renoncer à nos traditions ? Elles sont aussi chrétiennes que toi et moi.

— Ce curé a-t-il vu Micheál ?

— Écoute, ma fille, il te reste encore un certain nombre de choses à découvrir sur les habitants de la vallée, mais, concernant le curé, autant te le dire tout de suite : ces gens-là ne se déplacent pas chez nous si on ne leur glisse pas une pièce dans la paume.

Une odeur abominable accueillit les deux femmes lorsqu'elles ouvrirent la porte de la chaumière. Mary s'approcha du panier à pommes de terre : Micheál était assis dans son caca, les mains collantes, l'air stupéfait.

— Il s'en est mis dans les cheveux ! s'exclama-t-elle en se bouchant le nez.

— Va donc le laver dehors, suggéra Nóra.

Mary traîna le panier et son contenu jusque dans la cour. Elle tenta d'abord de frotter Micheál avec une poignée de bruyère séchée et roulée en boule – en vain : les excréments restaient collés à son visage. Nóra apporta alors un morceau de savon fabriqué avec de la suie, du crin et des cendres de fougère, grâce auquel Mary parvint à nettoyer l'enfant. L'eau glacée et les frottements vigoureux le mirent au supplice : il hurlait quand la jeune fille l'enveloppa dans son châle et le prit dans ses bras. Elle arpenta la cour de long en large en chantonnant pour le calmer. Les poules caquetaient à ses pieds, espérant une poignée de grains. Lorsque Micheál s'endormit enfin, elle était épuisée.

— Donne-le-moi, dit Nóra en revenant vers elle quand les cris du petit se furent apaisés. (Avisant le seau vide, elle s'étonna :) Tu n'as pas utilisé l'eau de la barrique ?

— La quoi ?

— L'eau de pluie qui est dans le tonneau, précisa Nóra en lui montrant une vieille barrique près de l'étable. Dommage, nous allons manquer d'eau potable. Peux-tu retourner en chercher au puits ? Si on te demande pourquoi tu es déjà de retour, dis que tu t'es lancée dans un grand nettoyage – mais pas un mot sur Micheál, d'accord ?

Mary retourna au puits en s'efforçant d'oublier l'odeur d'excréments qui imprégnait encore ses mains et ses vêtements. Elle espérait trouver la clairière déserte, mais elle n'eut pas cette chance : Éilís O'Hare se trouvait près du grand frêne en compagnie d'une femme que Mary n'avait pas encore rencontrée.

— Tiens, revoilà la servante ! s'écria Éilís en levant la main pour saluer Mary. Kate, je te présente... Comment t'appelles-tu déjà, ma fille ?

— Mary Clifford.

— Mary Clifford. Celle-là même dont je te parlais, Kate. La veuve Leahy l'a embauchée pour l'hiver.

Éilís haussa les sourcils, incitant sa compagne à se présenter. Ce qu'elle fit sans sourire, en dévisageant Mary avec froideur.

— Je m'appelle Kate Lynch, dit-elle. Éilís était en train de me parler de toi. Tu es venue travailler dans la vallée, c'est ça ?

— Oui. J'suis d'Annamore. Au nord du comté.

— Je sais où se trouve Annamore, répliqua Kate. Il y a plein de filles aux cheveux roux là-bas, non ?

— Pas tant que ça, répondit Mary.

Elle voulut s'approcher du puits, mais Kate fit un pas vers elle pour l'en empêcher.

— On sait très bien pourquoi la veuve Leahy t'a fait venir. Je suis une de ses parentes, Éilís est ma sœur. Mon mari est le frère du mari défunt de la défunte sœur de Nóra.

— Toutes mes condoléances, murmura Mary.

— Tu es venue t'occuper du petit, pas vrai ? Le gamin qui est resté orphelin après que la fille de Nóra a été emportée.

— Emportée ?

Kate s'empara du seau que Mary tenait à la main. Baissant les yeux, la jeune fille remarqua que ses jointures rougies par le froid étaient très enflées.

— Il est pas normal ce petit, non ? reprit Kate.

— Je ne vois pas de quoi vous parlez.

Éilís éclata de rire.

— La veuve l'enferme chez elle, mais on a compris. On a tout compris.

Kate tenait toujours le seau d'une main ferme. Elle se pencha pour regarder Mary dans les yeux.

— Je vais te dire une chose, ma fille, et je te conseille de m'écouter : Martin Leahy se portait comme un charme avant que sa fille soit emportée et que ce gamin arrive dans la vallée. Il a bien fallu que *quelqu'un* intervienne, tu comprends, pour qu'il tombe raide mort à la croisée des chemins l'autre soir. Et moi, je dis que les ennuis ont commencé quand ce changelin… (Elle cracha au sol, avant de reprendre :) quand cette maudite créature est arrivée chez Nóra ! Parce que Martin est mort, maintenant, pas vrai ?

— Tu viens d'arriver, ma fille, renchérit Éilís. On ne te demande pas de savoir tout sur tout le monde. Pas encore. Ce qu'on peut te dire, c'est qu'il y a ici des personnes qui complotent avec Eux. Et que ces complots ont jeté une ombre sur la vallée.

— Dis-moi, reprit Kate entre ses dents, ce gamin que Nóra enferme chez elle, tu ne le trouves pas un peu étrange ?

— Bien sûr, marmonna Mary. C'est un infirme.

Elle tira sur le seau, que Kate lui rendit en grimaçant.

— Un infirme, dis-tu ? insista Éilís.

— Tu as beaucoup à apprendre, ma fille. La veuve Leahy n'aurait pas dû demander à une étrangère de s'occuper de ce gamin. Pas après le malheur qu'il a causé à sa fille et à son mari.

— Elle t'a parlé de sa fille ? demanda Éilís.

— Je sais qu'elle est morte l'été dernier, répondit la servante.

Kate secoua lentement la tête.

— Non, ma fille. Non. Johanna n'est pas morte. Elle a été emportée. Enlevée. Emmenée par les Bonnes Gens. Oh, ça te fait rire, peut-être ?

Mary recula d'un pas. L'haleine de cette femme lui chauffait les joues.

— Je suis bien contente de voir que tu n'as pas peur, reprit Kate. Pourtant, il vaudrait mieux que tu te fasses du souci. Je rentrerais à Annamore, si j'étais toi. Tu n'as pas trouvé une bonne place en venant dans cette maison, crois-moi ! Maintenant, retourne chez la veuve Leahy et dis-lui que j'ai tout compris. Je sais ce qu'il en est du gamin. Elle ferait mieux de le renvoyer d'où il vient, avant que quelqu'un ne s'en charge pour elle.

5

Aulne

Quand Nóra entendit frapper à la demi-porte de la ferme, elle crut que c'était Peg. « Entre ! » cria-t-elle sans lever les yeux. Elle acheva de langer Micheál, puis se redressa, étonnée par le silence qui régnait dans la pièce. Peg n'était donc pas entrée ? À cet instant, la porte grinça sur ses gonds. Un homme franchit le seuil, ôtant d'une main son chapeau élimé. Nóra sentit son cœur se serrer.

C'était Tadgh.

Bouleversée, elle fit un pas vers lui. Comme il avait changé ! Ils ne s'étaient pas revus depuis que Tadgh lui avait amené son fils affamé, attaché sur un âne. Il avait toujours été petit et maigre ; à présent, il semblait recroquevillé sur lui-même. Il s'était laissé pousser la barbe, mais une barbe fine et clairsemée. Hagard, mal mis, il paraissait misérable.

Le chagrin l'a anéanti, songea-t-elle.

— J'ai appris la mort de Martin, dit-il. Toutes mes condoléances.

— Bonjour, Tadgh. Je suis contente de te voir.

— C'est vrai ?

— Comment vas-tu ? Quelles sont les nouvelles ?

Nóra l'invita à s'asseoir sur la banquette, puis se laissa choir sur un tabouret. Ses jambes ne la portaient plus.

— Les temps sont durs, répondit sobrement son gendre. Et vous ? Comment va le petit ?

— Très bien, vraiment très bien.

Tadgh esquissa un sourire distrait.

— Vous êtes bien installée, reprit-il en promenant un regard autour de lui. J'ai vu la vache. Vous lui donnez du lait, alors ?

— À Micheál ? Oui. Il mange à sa faim.

Elle pointa le doigt vers l'angle de la pièce, où elle avait posé l'enfant sur un lit de bruyère après l'avoir langé.

Tadgh s'approcha de son fils et l'observa sans se pencher vers lui.

— Il n'a pas changé, alors, dit-il soudain. Il a toujours cette expression étrange… Il est malade, vous croyez ?

Nóra ne répondit pas. Son souffle s'était bloqué dans sa gorge.

— Quand il a cessé de marcher, Johanna a cru qu'il avait attrapé le mal dont elle souffrait.

— Pour vrai, c'est un mal qui va se guérir. Encore quelques mois, et il n'y paraîtra plus ! assura Nóra en s'efforçant de maîtriser le ton de sa voix que l'émotion faisait trembler.

Tadgh se gratta la tête, faisant crisser ses ongles trop longs sur son crâne. Il semblait troublé.

— C'était un si bel enfant. Un si joli bébé.

— Il a changé, c'est sûr, mais c'est encore un beau p'tit gars.

— Non, répliqua Tadgh d'une voix tranchante.

Il chercha Nóra du regard avant de reprendre :
— Il allait très bien les deux premières années. Ensuite... J'ai cru qu'il souffrait de la faim, vous comprenez. J'ai cru que c'était de notre faute. Il faisait terriblement froid et nous n'avions pas grand-chose à lui donner. Et moi, je lui donnais tout ce que je...

Sa voix se brisa. Il s'efforçait, lui aussi, de ne pas laisser paraître son émotion.

— J'ai cru que c'était de ma faute, murmura-t-il, le regard vide.

— Tadgh !

— J'ai pensé qu'il serait mieux ici, avec vous. C'est ce qu'on m'a dit. Comme quoi, il lui manquait juste un peu de lait et de quoi manger.

— Je prends bien soin de lui. J'ai embauché une jeune servante pour m'aider.

— Mais il est toujours aussi malade, n'est-ce pas ?

Tadgh s'agenouilla près de l'enfant et agita la main devant son visage. Micheál ne réagit pas.

— Vous croyez qu'il a perdu l'esprit ?

Nóra ne répondit pas.

— Johanna refusait de croire que c'était à cause du froid. Ou de la faim.

— Elle pensait qu'il avait attrapé son mal ?

Tadgh acquiesça.

— Oui, c'est ce qu'elle a d'abord pensé. Elle se disait que la maladie s'était attaquée aux jambes du petit après lui avoir causé ses affreuses migraines. Et c'est vrai qu'il avait cessé de marcher. Tout comme elle avait cessé de...

Il se mordit la lèvre et s'assit en tailleur à même le sol, près de Micheál.

— Mon petit bonhomme, murmura-t-il. Ton papa est là.

Micheál arqua le dos et tendit le bras en l'air, comme pour attraper un objet invisible.

— Regardez-le ! s'écria Tadgh, attendri. Le voilà prêt à se battre.

— Il fait ça de temps en temps. Il peut encore bouger, tu vois.

Tadgh sourit tristement.

— Je vois surtout qu'il ne peut plus marcher.

— J'essaie, parfois. Je le soulève et je pose ses pieds par terre. Comme on le fait avec les petits qui commencent à marcher. Mais il n'a pas la force de se tenir debout.

Ils observèrent Micheál en silence. L'enfant fixait un point au plafond. Intrigués, ils levèrent les yeux. Micheál partit alors d'un rire aigu.

— Le voilà qui rit, à présent ! s'exclama Tadgh avec un sourire. Un rire pour son papa... Il va peut-être bientôt nous parler, qui sait ?

Nóra sourit à son tour.

— C'est vraiment bon de te revoir, Tadgh. Tu as changé, pour sûr.

Baissant les yeux, le jeune homme parut s'absorber dans la contemplation de ses ongles noirs de terre.

— Ça fait un moment que je voulais vous rendre visite.

— Tu avais fort à faire, je pense bien !

— Non. Y a pas de travail par chez nous.

— Tu avais trop de chagrin, alors.

— La vérité, Nóra, c'est que j'avais peur de venir. Peur de ce que j'allais trouver en arrivant ici. Il a fallu que j'apprenne la mort de Martin – paix à son âme ! – pour que je me décide à vous rendre visite.

— Tu m'effraies, Tadgh. De quoi avais-tu peur, exactement ?

Le jeune homme soupira.

— Je m'étais promis de ne pas vous en parler, Nóra. Je ne voulais pas... Johanna disait que...

Il la regardait par en dessous, comme le ferait un homme traqué.

— Quoi donc ? insista Nóra. Que disait-elle ?

— Elle... Elle n'avait plus que quelques jours à vivre alors. Elle était couchée, avec cette terrible migraine. Elle luttait tant qu'elle pouvait, mais la douleur l'accablait, et lui faisait dire des choses... Des choses terribles, Nóra. Je ne peux pas vous les répéter.

— Allons, Tadgh. Tu me fais vraiment peur, à présent. Parle donc, pour l'amour de Dieu !

— Un jour, elle était au lit, les yeux fermés. Pour vrai, j'étais persuadé qu'elle dormait, mais je l'ai entendue chuchoter. Alors je me suis approché. « Tu es réveillée, Johanna ? » je lui ai demandé. « Tu souffres ? » Elle a secoué la tête, tout doucement, comme ça...

Il tourna la tête de droite à gauche sans quitter Nóra des yeux, avant de poursuivre :

— Puis elle m'a demandé de lui amener Micheál. J'ai pris le petit dans mes bras et je l'ai posé sur le lit. Johanna a ouvert les yeux, juste ce qu'il fallait pour le regarder, et son front s'est plissé. Elle semblait vraiment étonnée. Comme si elle ne l'avait jamais vu de sa vie. « Ce n'est pas mon enfant », qu'elle a dit. Elle m'a regardé en secouant la tête, et elle a répété : « Ce n'est pas mon enfant. »

Nóra sentit sa gorge se dessécher. Elle déglutit péniblement.

— « Mais si, j'ai dit. C'est ton fils, enfin ! Ton propre fils. Tu ne le reconnais pas ? » Elle a essayé de s'asseoir, et elle m'a de nouveau regardé. « Ce n'est pas mon fils, qu'elle a dit. Amène-moi mon fils. » Moi, je ne savais pas quoi faire, vous pensez bien ! Je lui ai répété que son fils était là, près d'elle, et j'ai fini par le poser sur ses genoux tant elle me faisait peur avec ses protestations. J'aurais mieux fait de m'abstenir, parce qu'elle s'est mise à hurler. « Ce n'est pas mon fils ! Ramène-moi Micheál ! » Tout en criant, elle poussait le petit si rudement qu'il serait tombé si je ne l'avais pas attrapé. Je ne savais vraiment plus quoi faire, répéta-t-il d'une voix entrecoupée, alors j'ai emmené Micheál à l'écart, de façon qu'elle ne le voie plus. Elle ne s'est pas calmée, hélas. Toute la nuit, elle m'a supplié de lui ramener son fils. « On me l'a volé, disait-elle. On me l'a pris ! » Elle s'agrippait à mon bras, elle me conjurait d'aller trouver la police, d'organiser une battue, de faire le guet dans la campagne. Elle voulait que je jette le petit dehors. « Débarrasse-toi de cette créature ! criait-elle. Mets-la sur le tas de fumier et ramène-moi mon fils ! » Ce sont les derniers mots qu'elle m'a adressés, Nóra. Après ça, elle n'a plus rien dit. Elle a fini par s'endormir, et elle ne s'est plus vraiment réveillée. Le lendemain, elle respirait encore, mais elle était déjà partie vers Notre-Seigneur.

Nóra fixait Tadgh sans ciller. Il lui semblait qu'elle allait s'étouffer ou s'effondrer au moindre mouvement.

— Je ne voulais pas vous en parler, Nóra, reprit

Tadgh en portant les mains à ses tempes. Puis, aujourd'hui, en regardant Micheál...

Nóra baissa les yeux vers le petit garçon. Il s'agitait sur son lit de bruyère comme s'il était martelé de coups par un agresseur invisible.

— En le regardant, je me suis questionné, Nóra. J'ai repensé aux derniers mots de Johanna. Je sais bien que c'est mon fils, mais, pour vrai, je ne le reconnais pas.

— Je sais pourquoi, affirma une voix derrière eux.

Ils se tournèrent vers la porte. Mary se tenait sur le seuil, les doigts crispés sur le seau rempli d'eau qu'elle tenait contre sa poitrine. Son tablier trempé gouttait sur le sol en terre battue. Elle était pâle comme un linge.

— C'est un changelin, dit-elle. Tout le monde le sait, sauf vous.

La forge aux murs de pierre noircis se trouvait au cœur de la vallée, près du carrefour qui délimitait les différents quartiers. Il était rare qu'elle soit inactive : le fracas cadencé du marteau sur l'enclume résonnait chaque jour ou presque aux quatre coins du pays. Et la fumée qui s'échappait de l'atelier offrait un bon point de repère aux villageois désireux d'y porter un outil à réparer ou de se faire arracher une dent. Le soir, après avoir achevé le labeur de la journée, tous aimaient à s'y réunir : les hommes bavardaient dans la forge, tandis que les femmes se massaient dans la petite chaumière attenante. Il y avait presque toujours quelqu'un avec qui parler, chanter ou boire un coup.

Si la nuit était claire, les jeunes gens sortaient pour danser au carrefour, sur les os enfouis des suicidés, à l'endroit précis où Martin Leahy avait trouvé la mort.

Nance venait rarement chez le forgeron. Elle possédait peu d'outils susceptibles d'être chauffés à blanc par des hommes au visage dégoulinant de sueur, et préférait s'adresser aux rétameurs ambulants, dont elle appréciait le savoir-faire et les gestes mesurés. Cela tenait aussi au fait qu'elle sentait, à la forge plus qu'ailleurs, les regards peser sur elle. Le vaste atelier était souvent rempli de laboureurs venus avec leurs chevaux de trait pour remplacer un fer, soulager les douleurs causées par l'éparvin ou le farcin. Installée dans la vallée depuis plusieurs décennies, Nance ne s'était jamais habituée au silence qui s'abattait sur l'assistance quand elle franchissait le seuil de la forge – un silence bien différent de celui qui l'accueillait lorsqu'elle arrivait dans une maison endeuillée pour animer la veillée funèbre. On la saluait avec respect, alors. Tandis qu'à la forge elle devait se frayer un passage parmi les hommes rassemblés dans la cour, des hommes aux regards soupçonneux qui riaient dans son dos. Pour eux, elle n'était qu'une vieille glaneuse aux prunelles voilées par les années et la fumée de son mauvais feu de cheminée. Peu importaient les visites furtives que lui rendaient ces mêmes hommes lorsqu'ils souffraient d'un furoncle, d'une inflammation des poumons ou qu'ils s'inquiétaient de la respiration sifflante de leur petit dernier : au grand jour, dans le fracas de la forge, elle se sentait faible et méprisable sous le poids de leurs regards.

— Bonjour, John O'Donoghue. Que Dieu vous

bénisse, vous et votre travail ! lança-t-elle en entrant dans l'atelier.

Elle avait attendu que la cour se vide de ses occupants pour traverser la route. Puis, serrant les dents, elle s'était dirigée vers la forge.

John s'interrompit, le bras levé, prêt à abattre son marteau sur l'enclume.

— Nance Roche, dit-il simplement.

Le jeune garçon qu'il employait pour actionner le soufflet tourna la tête vers Nance – et demeura bouche bée.

— Je me demandais si vous seriez d'accord pour que je prenne un peu de votre eau. Celle dans laquelle vous plongez les fers.

John posa le marteau et passa un chiffon noir de suie sur son visage en sueur.

— Un peu de mon eau ? répéta-t-il, le souffle court. Combien vous en faut-il ?

Il la regardait sans sourire.

— Autant que mes forces le permettront, répondit-elle en lui montrant le seau qu'elle avait apporté.

John le lui prit des mains et le plongea dans le bassin où il mettait le fer à refroidir.

— Je l'ai rempli à mi-hauteur. Ça vous suffira ?

— Certainement. Merci, John. Que Dieu vous bénisse.

Le forgeron la salua d'un signe de tête et se tourna vers l'enclume, prêt à se remettre au travail. Marteau en main, il fit un geste vers la chaumière toute proche.

— Allez voir ma femme, Nance. Elle vous donnera un p'tit quelque chose à manger.

Sous son épais toit de chaume – bruyères et avoines mêlées –, la maison des O'Donoghue, bâtie, comme la forge, avec des pierres ramassées dans la montagne, était couverte d'une épaisse couche de chaux. Grandes ouvertes, les deux demi-portes laissaient entrer la lumière dans la pièce principale, sombre et très haute de plafond. Nance s'approcha. Une femme chantonnait à l'intérieur.

— Que Dieu bénisse la maîtresse de maison !

Agenouillée devant l'âtre où brûlait un bon feu de tourbe, Áine O'Donoghue frottait une chemise plongée dans un cuvier en bois. Elle leva la tête, plissant les yeux pour distinguer les traits de sa visiteuse.

— Nance Roche ? Entrez donc ! dit-elle en souriant. Ce n'est pas fréquent de vous voir par ici.

Elle se redressa et essuya ses avant-bras sur son tablier.

— Qu'avez-vous donc là ? reprit-elle en montrant le seau que Nance tenait à la main.

— C'est l'eau de la forge. Votre mari a été assez bon pour m'en donner un peu.

La femme du forgeron hocha la tête d'un air entendu.

— Ah oui ? Vous ne me direz pas ce que vous comptez en faire, je suppose ? Allons, venez vous asseoir, l'invita-t-elle en tapotant le tabouret près d'elle. Voulez-vous manger quelque chose ?

— Continuez votre lessive, Áine. Ne vous interrompez pas pour moi.

— Faudrait pas que je m'interrompe, c'est sûr ! Tenez, dit-elle en tendant à Nance une pomme de terre cuite la veille. Alors, comment allez-vous ces temps-ci ?

— Je suis toujours en vie – n'est-ce pas une bénédiction ?

— Aurez-vous de quoi passer l'hiver ? Il fait si froid, déjà ! N'êtes-vous pas glacée, vous aussi ? Et dire que nous ne sommes même pas encore en décembre !

— Un froid terrible, c'est certain. Je suis contente de voir que vous allez bien, John et vous.

— Aussi bien que possible.

Nance désigna d'un geste le seau posé à ses pieds.

— Je suis venue chercher de l'eau à la forge pour Brigid Lynch. Elle en aura peut-être besoin. Elle approche du terme. C'est une bonne protection, cette eau-là.

Elle éplucha la pomme de terre en silence, tandis que la maîtresse de maison, les coudes posés sur ses genoux, s'absorbait dans la contemplation de la peau plissée de ses doigts.

— Pourquoi ne venez-vous pas me consulter ? se surprit à demander l'herboriste.

Áine feignit la surprise.

— Vous consulter, Nance ?

— Je peux vous aider.

— Et pour quelle raison ? répliqua Áine en rougissant. Je ne souffre plus de cette ulcération de la bouche. Vous m'avez bien soignée et je vous en remercie.

— Je ne parlais pas de l'ulcération.

Nance prit une bouchée de pomme de terre et la mâcha pensivement, avant de reprendre :

— Ce ne doit pas être facile, de voir toutes les femmes de la vallée entourées d'enfants quand on n'en a pas soi-même.

Áine esquissa un pâle sourire.

— Oh, c'est de ça que vous parlez, dit-elle doucement. Pour vrai, on n'y peut rien. C'est ainsi, Nance.

— Je ne crois pas. Tous les maux de la terre ont leur remède, vous savez.

La femme du forgeron secoua la tête.

— Ce qui ne se peut pas ne se peut pas, comme on dit. Je me suis fait une raison. Et je suis en paix, à présent.

— Quelle tristesse, ma pauvre Áine !

Nance laissa tomber la pomme de terre dans son tablier et prit les mains de son hôtesse dans les siennes. Áine lui sourit vaillamment, mais son menton se mit à trembler.

— Vous êtes-vous vraiment fait une raison ? insista Nance. N'aimeriez-vous pas que cette maison soit un peu moins calme ?

— Arrêtez, je vous en prie.

— Áine.

— Je vous en prie, Nance. Vous qui avez bon cœur... Ne remuez pas... S'il vous plaît !

La vieille femme l'attira vers elle, baissant la tête de manière à frôler son front.

— Les enfants sont une malédiction dans ce pays, chuchota-t-elle. Surtout quand on n'en a pas !

Áine éclata de rire, mais détourna vivement la tête pour essuyer les larmes qui perlaient à ses paupières.

— Venez me voir, murmura Nance. Vous savez où me trouver.

Un moment plus tard, tandis qu'elle cheminait sur le sentier qui la ramenait chez elle, les doigts crispés sur la poignée trop étroite du seau, Nance se demandait quelle mouche l'avait piquée. Elle n'avait pas l'habitude de s'immiscer ainsi dans la vie d'autrui. Maggie ne lui avait-elle pas appris à attendre qu'on vienne la solliciter ?

« Pour être efficace, un remède doit avoir été désiré. Ceux qui cherchent sont ceux qui trouvent. »

Nance en était convaincue, mais, tout à l'heure, dans la grande chaumière du forgeron, elle avait soudain été saisie d'une injonction – il fallait qu'elle parle à Áine. Qu'elle lui propose son aide. Elle avait d'abord vu une lueur d'hésitation briller dans les yeux de cette femme. Puis, très vite et aussitôt dissimulé, un abîme de désespoir. Ainsi en allait-il de la plupart des gens : ils parvenaient à enfouir leur chagrin au plus profond d'eux-mêmes, à l'abri des regards, mais, parfois, la carapace se fendillait et l'on apercevait alors la vérité de leur être avant que la porte se referme. C'était une sorte de vision. La perception d'une agitation ténue, quasi imperceptible, avant que cessent les secousses et que la terre retrouve son calme.

Avec quelle force le cœur humain se dissimule aux yeux d'autrui ! songea Nance. Nous sommes terrifiés à l'idée de nous dévoiler, et pourtant nous le désirons éperdument.

Le père Healy attendait Nance devant chez elle. Sa silhouette vêtue de noir contrastait avec le blanc de l'aulne auquel il s'était adossé. Très droit, les bras croisés sur sa poitrine, il la regardait approcher. Lorsqu'il vit le seau d'eau qu'elle tenait à bout de bras, il s'élança pour le lui ôter des mains.

— Merci, père Healy.

Ils s'approchèrent en silence du seuil boueux de la chaumine, où le curé posa le seau, avant de se tourner vers elle.

— Vous vous appelez bien Nance Roche ?
— En effet.
— J'aimerais vous parler.
— Me parler, père Healy ? Quel honneur ! s'exclama Nance en dépliant ses doigts douloureux. En quoi puis-je vous être utile ?
— M'être utile ? (Il secoua la tête.) Je suis venu vous demander de garder vos services pour vous, madame. Et de cesser vos pratiques.
— Mes pratiques, tiens donc ! Et de quelles pratiques s'agit-il ?

Nance posa les mains sur ses hanches et s'efforça de reprendre son souffle. Traîner ce seau d'eau d'un bout à l'autre du vallon l'avait épuisée. Elle n'avait qu'une envie : rentrer chez elle et se reposer.

— J'ai entendu dire que vous avez *pleuré* à la veillée funèbre de Martin Leahy.

Nance fronça les sourcils.

— C'est vrai. Et alors ?
— D'après le synode, les pleureuses professionnelles sont coupables de pratiques contraires à la foi chrétienne. Il s'agit d'une coutume barbare, odieuse à Notre-Seigneur.
— Odieuse, vraiment ? J'ai peine à croire que Dieu soit insensible au chagrin des hommes ! Le Christ n'est-Il pas mort sur la croix, entouré de ses pleureuses ?

Le curé ébaucha un sourire pincé.

— Ce n'est pas du tout la même chose. Je me suis

laissé dire que vous avez fait de ces mélopées votre métier, pour ainsi dire.

— Quel mal y a-t-il à cela ?

— Votre chagrin est superficiel, madame. Loin de réconforter les affligés, vous vous nourrissez de leur douleur.

Nance secoua la tête.

— Certes non, père Healy. Absolument pas. J'éprouve et je partage leur chagrin, au contraire. Je donne voix au deuil de ceux qui n'ont pas la force de pleurer leurs propres morts.

— Mais ils vous paient pour cela !

— Je ne reçois pas d'argent.

— Ils vous donnent à manger, alors. À boire. Ils rétribuent en nature vos lamentations factices et outrancières ! (Il laissa échapper un rire sans joie, avant de reprendre :) Écoutez-moi bien, madame. Vous ne devez pas accepter d'argent – ou toute autre forme de paiement – pour pleurer aux veillées funèbres. L'Église ne le tolérera pas, et moi non plus. Sachez-le : quand j'ai entendu parler de cette veillée, j'ai interrogé mes paroissiens à votre sujet.

— Et qu'ont-ils dit ?

— Il paraît que vous buvez. Vous fumez la pipe. Vous n'allez pas à la messe.

Nance éclata de rire.

— Si vous rendez visite à tous ceux qui ne vont pas à la messe, vous passerez vos journées à arpenter le vallon sur le dos de votre âne !

Le rose monta aux joues du curé.

— Il est vrai que je cherche à raviver le sentiment religieux des habitants de ce pays. Ils en manquent cruellement.

— Il me semble à moi qu'ils ont un fort tempérament religieux, au contraire. Ici, nous croyons tous à l'existence du monde invisible. La religion est partout chez elle dans la vallée. Mais entrez donc, père Healy. Que diriez-vous d'une boisson chaude ? Regardez : le temps s'est couvert. Il va pleuvoir, pour sûr.

Après un instant d'hésitation, le père Healy suivit Nance à l'intérieur. Il promena un regard méfiant sur la pièce plongée dans la pénombre.

— Asseyez-vous sur ce tabouret, je vous en prie. Mettez-vous à l'aise. Je vais faire chauffer l'eau dans la marmite.

Le curé obtempéra. Très bas, le tabouret l'obligea à plier ses longues jambes, faisant pointer ses genoux sous sa soutane.

— William O'Hare me dit que vous jouez les charlatans, dit-il en désignant les bouquets d'herbes séchées pendues au plafond.

— Le maître d'école ? Et qu'en sait-il donc ? Il ne m'a jamais rendu visite.

— Oui, le maître d'école. Il affirme que vous faites métier de ces pratiques de charlatan. D'après lui, ce sont elles, et les veillées funèbres, qui vous font vivre. Il dit aussi que vous trompez les habitants de cette vallée avec de fausses promesses de guérison.

— Vraiment ? Eh bien... Disons que nous ne sommes pas d'accord, lui et moi. Lui et quelques autres, d'ailleurs.

— Vous ne vous contentez donc pas de brailler aux funérailles contre monnaie sonnante et trébuchante : vous jouez aussi les guérisseuses ?

— Je *joue* ? répéta Nance en lui tendant une tasse fumante qu'il observa avec suspicion. Écoutez-moi, père Healy : les habitants de cette vallée viennent me consulter de leur plein gré et je me sers des connaissances que j'ai reçues pour les aider. Ils m'offrent de petits cadeaux en échange de mes services. Je ne leur vole rien.

— Ah oui ? Eh bien, me voilà troublé, à présent, admit-il en se passant une main dans les cheveux. Qui faut-il donc croire ? Seán Lynch ne vous apprécie guère, lui non plus. Il me dit que vous exploitez l'innocence des pauvres gens pour leur soutirer de quoi vivre sans rien leur donner en échange.

Nance se passa la langue sur les gencives.

— Je les aide. Je suis leur médecin.

— Ah ! C'est ce qu'on m'a dit, en effet. Et un excellent médecin, avec ça ! On ne ferait pas mieux à Dublin, j'imagine. Le maître d'école m'a raconté que vous avez enfoncé le bec d'un jars dans la gorge de sa femme quand elle est venue vous consulter pour soigner le muguet dont sa bouche était infectée.

— Vous parlez d'Éilís ? C'est un vieux remède. N'a-t-il pas suffi à la guérir ?

— William ne m'en a rien dit.

— Elle a guéri, assurément. Je m'en souviens très bien. Éilís O'Hare se croit sans doute supérieure aux autres, maintenant qu'elle est mariée à un homme de Killarney. Mais elle mentirait en prétendant que je ne l'ai pas libérée de son mal. Sans moi, cette femme-là serait six pieds sous terre, à l'heure qu'il est.

— Le muguet n'a jamais tué personne.

— Et alors ? Je l'ai guérie quand même.

Le curé jeta un regard au contenu de sa tasse et la posa fermement au sol.

— Vous ne comprenez pas que j'essaie de vous aider ?

— J'ai du respect pour vous, père Healy, répliqua Nance avec un sourire. Vous êtes un homme bon et pieux, pour sûr. Et vous avez grand cœur. Mais sachez que le père O'Reilly – paix à son âme ! – avait compris que j'avais le don. Il envoyait ses paroissiens se faire soigner chez moi. Buvez donc votre thé, à présent.

— Je n'en ferai rien, si cela ne vous fâche pas.

Il leva de nouveau les yeux vers les herbes séchées, avant de reprendre :

— Je connais bien les gens de votre espèce. Je sais que vous feriez n'importe quoi pour survivre. Vous avez le talent nécessaire pour gagner la confiance des plus vulnérables. Cependant… Cette paroisse aura toujours besoin d'une… sage-femme, assura-t-il d'un air malaisé. Vous me comprenez, n'est-ce pas ? Renoncez à vos lamentations, à vos potions et à vos tisanes, à toutes ces superstitions impies, et contentez-vous de gagner honnêtement votre vie en portant secours aux futures mères. Alors, nous serons d'accord, vous et moi.

Nance soupira.

— Père Healy, j'ai beau avoir un appétit de moineau, le peu que je mange ne me tombe pas tout cuit dans le gosier ! Je mourrais de faim si je cessais de soigner vos paroissiens et de participer à leurs veillées funèbres. Et ce n'est pas tout. Je dois faire bon usage du don que m'ont transmis les Bonnes Gens – sans quoi je le perdrai.

Un bref silence s'ensuivit. Dehors, les choucas se

rassemblaient bruyamment au sommet des grands arbres.

— Vous ne parlez pas des Fairies, tout de même ? reprit le curé. Si c'est le cas, sachez que je ne tolérerai pas...

— Vous ne croyez pas aux Bonnes Gens, père Healy ?

Il se leva.

— Je ne suis pas venu chez vous de gaieté de cœur, madame. Et je ne prends aucun plaisir à vous accabler de reproches. Mais répondez-moi sincèrement : pensez-vous davantage à votre estomac ou à votre âme ?

— Ah ! Je vois bien que n'y croyez pas. Tout de même, sachez que ce sont les Bonnes Gens qui m'ont arrachée à la misère des grands chemins pour guider mes pas vers cette vallée et vers le père O'Reilly. Ce sont Eux qui m'ont aidée à survivre à Killarney, quand je me suis retrouvée orpheline, sans famille, sans mari et sans argent. Ce sont Eux qui m'ont transmis le don de guérison, Eux qui m'ont appris à soigner ceux qu'Ils frappent de leurs flèches et...

— Cessez ce bavardage impie, interrompit sèchement le curé. Ces créatures n'existent que dans l'esprit dérangé des païens !

Son regard se fit soudain si condescendant que Nance sentit la colère lui chauffer les joues.

— Oh, Seigneur de miséricorde ! Nous voilà bien, marmonna-t-elle. Un prêtre qui s'oppose au traitement des malades ! Dieu sait que je travaille dur pour pas grand-chose, que je suis pauvre et que je l'ai toujours été, mais ai-je une seule fois mendié mon pain à un chrétien de cette vallée ? Ai-je une seule fois pensé à mal ? Et n'ai-je pas soigné le curé qui était ici avant vous, et qui nous jugeait bien utiles, moi et mes potions ?

Le père Healy secoua la tête.

— Il fermait les yeux sur le reste. Vous connaissez le proverbe : le chemin de l'enfer est pavé de bonnes intentions.

— Et celui du paradis est bien indiqué, pour sûr ! Mais mal éclairé à la nuit tombée, acheva-t-elle dans un sourire.

Le prêtre balaya sa remarque d'un geste vif.

— Qu'importe. Je vous répète que je ne tolérerai pas de pleureuses aux funérailles de mes paroissiens. Je n'admettrai pas non plus qu'une prétendue guérisseuse escroque les malades en les abreuvant de sornettes à propos du « peuple invisible ». Remplissez votre office de sage-femme auprès de celles qui en ont besoin, mais cessez de noyer cette vallée sous les superstitions, vous comprenez ? Je ne vous laisserai plus tirer profit de la crédulité des plus faibles !

— Oh, le grand homme que voilà ! Vous êtes bien content, me semble-t-il, de prendre notre argent et de compter nos péchés en échange. Pourquoi refuser qu'une honnête femme gagne de quoi manger en échange du bien qu'elle fait ?

— J'ai tenté de vous remettre dans le droit chemin, madame. Mais si vous persistez dans vos mauvaises pratiques, je veillerai à ce que vous quittiez la vallée.

— Vous ne me chasserez pas d'ici, père Healy. Les habitants s'y opposeront. Ils ont besoin de moi. Vous finirez par le comprendre !

— Je crains que votre avenir ne soit pas aussi radieux que vous le pensez.

Il baissa la tête pour passer sous le linteau de la porte et rejoignit son âne à grandes enjambées. Nance le suivit à petits pas. Elle le regarda enfourcher l'animal qui broutait en lisière de la forêt, et lui donner de grands coups de talons pour le faire avancer sur le sentier.

— Allons, Nance, lança le curé en lui jetant un regard par-dessus son épaule. Renoncez aux Fairies et aux veillées funèbres. Il faut une longue cuillère pour souper avec le diable.

DEUXIÈME PARTIE

Beul eidhin a's croidhe cuilinn
Bouche de lierre, cœur de houx

1825-1826

6

Ortie

Décembre arriva. Privées de lumière, les journées perdirent peu à peu leur éclat, tandis que les nuits, battues par le vent, devenaient glaciales. Au petit matin, une fine couche de glace recouvrait les flaques d'eau dans la cour de la ferme. Les étourneaux décrivaient des cercles autour du trou fumant des cheminées, en quête d'un peu de chaleur.

Le froid rendit Micheál indocile. La nuit, quand la tiédeur du feu se dissipait et qu'un courant glacé s'immisçait dans la pièce, l'enfant réveillait Mary de ses cris plaintifs, les bras agités de tremblements, les ongles enfoncés dans son dos, tel un chaton enfermé dans un sac et emporté par le courant.

Soucieuse de le réchauffer au plus vite, la jeune fille l'enveloppait dans leur couverture, posait son petit menton pointu contre son épaule et, assise dans le lit, plaquait ses os frémissants contre sa poitrine, jusqu'à ce qu'il cède à la fatigue. Parfois, elle suivait doucement du doigt ses sourcils et la peau délicate de ses paupières pour l'inciter à fermer les yeux. Ou bien elle entrouvrait sa chemise pour poser la joue de l'enfant sur la peau nue de son cou, tiède et rassurante.

Elle s'endormait ainsi, affaissée dans l'encoignure de la banquette en bois, le petit posé sur son buste, et s'éveillait dans la grisaille matinale, le cou raide, les jambes engourdies et inertes.

Mary ne s'était jamais sentie aussi lasse. Elle avait imaginé que les journées d'hiver, mornes et désœuvrées, lui permettraient de se reposer après le dur labeur des moissons. Comme ces journées-là lui avaient paru interminables ! Elle avait transporté du lin et l'avait battu au fléau, le dos voûté, jusqu'à n'en plus pouvoir – exténuée, couverte de chaume, les mains ensanglantées à force de manipuler les tiges. À présent, l'enfant l'épuisait d'une tout autre manière. Ses cris exigeants, insatiables, la mettaient au supplice. Il hurlait parfois à s'en déchirer la gorge. Aucun geste de réconfort ne parvenait alors à l'apaiser. À l'heure du repas, il avalait d'épaisses cuillerées de purée de pommes de terre comme s'il mourait de faim, mais demeurait aussi léger qu'un courant d'air. La nuit, il la tirait constamment du sommeil. Mary s'éveillait au petit jour le corps avide de repos, les membres engourdis par ces longues heures passées à serrer l'enfant contre elle ; ses yeux lui faisaient mal, comme si l'on avait voulu les arracher de leurs orbites. Elle trébuchait dans la pénombre pour découvrir les braises enfouies sous la cendre, et faisait bouillir de l'eau avant de gagner d'un pas vacillant le bleu éclatant de la cour, les poumons saisis par l'air froid.

Seule la traite matinale lui offrait un moment de répit. Une fois assise dans l'étable exiguë aux murs éclaboussés de bouse, elle appuyait son front sur le flanc poussiéreux de la vache et fredonnait de vieilles chansons pour se calmer et rassurer l'animal. Il lui arrivait même de pleurer de fatigue, sans retenue. Tout en tirant sur les pis de Brownie, elle enfouissait son visage dans sa panse et laissait les chansons se muer en sanglots. Cependant, qu'elle chante ou qu'elle pleure, l'animal ne donnait guère de lait.

Depuis la visite de son gendre, la veuve Leahy s'était repliée sur elle-même. Mary avait conscience d'avoir tenu des propos déplacés ce jour-là, suscités par les craintes qu'elle avait éprouvées un moment plus tôt, lorsque deux femmes de la vallée l'avaient invectivée devant le puits. Sitôt revenue à la ferme, Mary avait répété leurs allégations à Nóra et à Tadgh. « Micheál est un changelin ! » s'était-elle écriée, puis elle avait chancelé, effarée par la brutalité de ses propos. Elle était persuadée que la veuve allait la renvoyer à Annamore sans un sou en poche, mais Nóra s'était contentée de lui jeter un regard effaré, telle une femme qui croit voir un fantôme. Quant à Tadgh, il avait réagi de manière plus singulière encore : il avait longuement regardé Mary, le visage empreint de curiosité, puis il avait posé la main sur ses cheveux et caressé ses courtes mèches rousses comme si elle était un ange et qu'il hésitât à l'embrasser. Puis, de manière tout aussi prompte, il avait reculé d'un pas. « Que le Bon Dieu te protège », lui avait-il lancé avant de sortir dans la pâleur de l'après-midi et de s'éloigner sur le sentier en trébuchant, la main en travers de la bouche. Il ne s'était pas retourné, et elles ne l'avaient plus revu depuis lors.

Nóra avait assisté à la scène sans broncher. Après le départ de son gendre, elle était demeurée immobile, respirant lentement, à grandes goulées régulières, comme si elle s'était assoupie. Puis elle avait fait signe à Mary de s'approcher du feu.

« Assieds-toi. »

Voyant Mary hésiter, Nóra avait alors répété, d'une voix où perçait l'impatience : « Assieds-toi. »

Mary avait pris place sur la chaise en paille, la faisant grincer sous son poids. Pendant ce temps, Nóra s'était penchée vers la niche creusée dans la paroi de la cheminée. Mary avait entendu le couinement d'un bouchon qu'on extrait d'une bouteille. La veuve avait posé le bras sur le mur pour dissimuler son visage, mais la jeune fille avait deviné qu'elle était en train de boire.

« Alors comme ça, les gens prétendent que Micheál est un changelin ? » avait-elle marmonné en se tournant vers elle, les yeux voilés par l'alcool.

Mary avait acquiescé.

« Oui, m'dame. Les femmes qui étaient au puits avec moi parlaient de lui comme d'un changelin. »

Nóra s'était esclaffée, saisie d'un rire nerveux et excessif, comme une femme qui, retrouvant un enfant perdu, oscille entre colère et soulagement. Elle s'était courbée en deux, le corps parcouru de frissons, les yeux débordants de larmes. Son tapage avait inquiété Micheál : il avait poussé un cri perçant, à s'en décrocher la mâchoire.

C'était par trop étrange. Qu'avait donc Nóra à rire ainsi, alors que la terreur régnait en maître et grondait violemment dans son ventre ? Mary avait senti les battements de son cœur accélérer. On l'avait introduite dans un foyer au bord de la destruction. Le chagrin et la mauvaise fortune avaient rongé le bois dont cette femme était faite : la voilà qui s'effondrait sous ses yeux. Désemparée, Mary s'était éclipsée sans un mot, enveloppée dans son châle.

Elle avait trouvé refuge dans l'étable, où elle était restée, bercée par la chaleur réconfortante de la vache, jusqu'à ce que le jour chancelle et que le vent se mette à siffler entre les pierres du mur. Elle avait songé, pleine d'espoir, qu'elle pourrait laisser la veuve à son rire fou et reprendre le soir même le chemin rocailleux menant à Annamore. Seule la pensée de ses frères et sœurs au ventre creux l'avait retenue – la crainte, aussi, de voir sa mère lui offrir son perpétuel sourire las et désenchanté.

Quand Mary avait regagné la chaumière, Nóra s'était comportée comme si de rien n'était. Elle lui avait demandé de préparer le dîner et s'était assise avec son tricot, maniant les aiguilles d'un geste frénétique. Elle n'avait relevé la tête qu'une seule fois, pour lancer à Mary, le visage impassible : « C'est quand il sort ses griffes que le chat révèle sa vraie nature.

— Oui, m'dame », avait répondu Mary.

Elle n'avait pas compris ce que la veuve voulait signifier par ce proverbe, mais il n'augurait rien de bon, et ne l'avait guère réconfortée.

Depuis lors, ni l'une ni l'autre n'avait reparlé de la visite de Tadgh, ni des commérages près du puits ou du fou rire qui avait saisi Nóra ; mais Mary trouvait que sa maîtresse accordait moins d'attention à Micheál qu'auparavant. De plus en plus souvent, c'était à elle qu'incombait la tâche de le laver, de le nourrir, de se lever en pleine nuit pour le consoler des invisibles terreurs qui assaillaient son esprit faible et insondable. Mary commençait à s'habituer aux ombres qui jaillissaient du clair-obscur aux heures les plus troubles de la nuit : encore à demi assoupie, elle prenait soin de l'enfant telle une pleureuse penchée sur un cadavre.

Une nuit, réveillée en sursaut par les cris déchirants de Micheál, Mary se détourna et enfouit résolument sa tête sous le coussin garni de chiffons, trop lasse pour s'asseoir et le réchauffer ou lui frotter la plante des pieds. Elle retomba dans les bras délicieux du sommeil, jusqu'à ce qu'une odeur aigre la sorte de sa torpeur ; transi de froid, le dos mouillé, le petit garçon hurlait sur le foin trempé comme un homme qu'on assassine.

La température avait considérablement baissé dans le *bothán* de Nance. Lors des dernières journées d'automne, elle avait passé de longues heures à amasser du combustible pour son feu, coupant les ajoncs couverts d'épines qui poussaient à flanc de montagne ou sur les terres en friche, récupérant dans les champs les bouses séchées que les enfants n'avaient pas ramassées. Quelques habitants de la vallée lui avaient apporté de petits paniers de tourbe en échange de ses services, mais elle savait que ces quelques mottes ne lui permettraient pas de tenir tout l'hiver. Le froid la harcèlerait sans répit si elle ne parvenait pas à maintenir une bonne flambée dans l'âtre par ces mois de vent glacial. Elle soupira. Encore et toujours, trouver de quoi survivre ! Nul enfant devenu grand pour prendre soin d'elle ; nul parent encore en vie pour lui venir en aide. Tous les ans, ce combat pour subsister... Cela l'épuisait.

« Quand suis-je devenue si vieille ? marmonna-t-elle, recroquevillée près du feu. Mes os sont aussi creux que ceux d'un oiseau. »

Comme le temps lui glissait entre les doigts, désormais ! Lorsqu'elle était jeune, les jours semblaient ne jamais devoir s'achever. Et le monde lui paraissait empli d'une infinité de merveilles.

À présent, plus elle prenait de l'âge, plus les montagnes semblaient se rapprocher de l'immense étendue des cieux. Même la rivière semblait plus froide qu'à son arrivée dans la vallée, vingt ans auparavant. Les saisons s'enchaînaient à une vitesse stupéfiante.

Nance se souvint des forêts qui couvraient le mont Mangerton, dont elle connaissait chaque recoin lorsqu'elle était petite. Elle les traversait munie de lait de chèvre et de poitín pour les touristes, ainsi que d'une bourse rebondie et carillonnante qu'elle déposait le soir venu dans la main reconnaissante de son père. Dans ces moments-là, elle avait vraiment l'impression d'être fille de la forêt. La mousse caressait ses pieds nus, et elle se sentait protégée par la canopée, comme si le vent, telle une voix courant dans sa chevelure, n'agitait les branches que pour lui parler. Dieu lui semblait si proche, alors ! Son âme était aussi déliée que son existence. Et la vie lui semblait infiniment simple.

Comme souvent ces derniers temps, Nance se remémora ses promenades dans la montagne, les heures passées à cueillir les bouts de laine accrochés aux épines des ronces et des ajoncs, en attendant que passent les poneys des touristes en route pour le Devil's

Punch Bowl, un grand lac situé sur les hauteurs de Killarney. Elle était alors submergée par la beauté des jeux de lumière sur les eaux du Lough Leane, cerné d'écrasantes montagnes teintées d'indigo. Les nuages changeants défilaient devant le soleil tels des pèlerins devant un saint. Nance poursuivait sa route, puis se figeait, le souffle coupé par la grâce du monde.

« Nance ? Pourquoi pleures-tu ? » lui avait un jour demandé son père, tout en calfatant son bateau sur la berge du lac.

Quel âge pouvait-elle avoir ? C'était l'été avant que Maggie ne vienne s'installer chez eux, avec ses herbes, ses visiteurs, ses attitudes mystérieuses. Nance n'était qu'une enfant, alors. Un bouton de fleur à peine éclos. Il y avait une éternité de cela.

« Parce que tout est tellement beau ! » s'était-elle exclamée.

Son père avait acquiescé. Il comprenait très bien la force de l'amour qui habitait sa fille.

« C'est au matin et à la tombée de la nuit que la nature est la plus belle. Y a pas de mal à ce que ça te fasse pleurer, pour sûr. La plupart des gens laissent filer la journée sans même s'apercevoir de sa beauté. »

Était-ce ce jour-là qu'il avait commencé à lui apprendre la langue du ciel, lui qui, avec son œil de batelier, savait repérer les changements du climat ? Cet été-là, la mère de Nance n'était pas encore alitée, Maggie n'était pas encore arrivée, et tous trois étaient encore unis, et en bonne santé.

« Le monde ne nous appartient pas, avait affirmé son père peu après. Il est son seul maître, et c'est pour ça qu'il est si beau. »

C'était son père qui lui avait montré les hauts nuages

pommelant le ciel, annonciateurs de pluie et d'eaux poissonneuses, ainsi que le perfide néant des jours d'été, masquant l'arrivée de violents orages à la nuit tombée. Le ciel, lui avait-il enseigné, pouvait devenir un allié, un messager annonçant les dangers. Quand il leur envoyait les piaillements tourbillonnants des mouettes, mieux valait ne pas trop s'éloigner de la rive ou de la chaumière.

Parfois, tôt le matin, son père l'emmenait canoter sur le lac et l'invitait à regarder le ciel, avant que les touristes bien nés n'affluent à Killarney, prêts à dépenser leur argent pour s'offrir les fraises des bois cueillies par des filles comme Nance, un tour du lac proposé par des bateliers comme son père, ou un trajet en carriole jusqu'aux ruines de l'abbaye de Muckross abritant en son cœur un grand if multicentenaire ; ou bien quand sa mère venait d'endurer une nouvelle nuit de souffrances : « Tu vois les nuages là-bas, Nance ? »

Elle levait la tête en plissant les yeux pour se protéger des premiers rayons du soleil.

« À quoi ressemblent-ils, d'après toi ? Regarde celui-ci. On dirait la barbiche d'une chèvre, tu ne trouves pas ? Une barbiche de chèvre bien peignée ? »

Même à présent, elle percevait encore l'odeur de glaise et d'eau qui avait envahi ses narines ce jour-là.

« Tu vois l'endroit où la barbe devient noire ? » Il avait sorti une rame de l'eau et levé le bras. « C'est de là que viendra le vent aujourd'hui. Un vent fort, pour sûr : la pointe noire de la barbiche est pleine de pluie. Que va-t-on bien pouvoir faire, avec une barbiche pareille dans le ciel ?

— Je crois qu'on devrait rentrer.

— Cette chèvre ne nous amène rien de bon. Pas de

beaux messieurs avec leurs dames aujourd'hui. Rentrons voir ta mère. »

Son père adorait les lacs. Et la mer. Né près de Corca Dhuibhne, il parlait de l'océan comme certains hommes parlent de leur mère – avec ferveur et vénération. « Quand le beau temps approche, le bruit de la mer devient doux et paisible. Les eaux sont calmes et tranquilles, et tu peux t'y aventurer en toute confiance. Mais s'il y a des fous de Bassan dans le port au petit matin, c'est que la mer te prie de la laisser tranquille. Quant au cormoran, il te montre le vent, et la façon dont il se tient sur le rocher t'indique d'où il souffle. La plupart des gens ne voient pas le monde. Mais je crois que tu as l'œil pour ça, Nance. Tu as l'œil. »

Quelqu'un toussa à la porte. Nance sursauta. Le feu s'était éteint, et un homme se tenait sur le seuil. Elle ne l'avait pas entendu arriver.

— Qui va là ? lança-t-elle d'une voix enrouée.

Elle passa les mains sur ses joues, elles étaient humides. Avait-elle pleuré ?

— C'est Daniel Lynch, répondit l'homme d'une voix tendue. Je viens vous voir au sujet de ma femme, Brigid.

Nance scruta la pénombre et reconnut le jeune homme qui fumait à la veillée mortuaire de Martin Leahy.

— Je vous ai apporté une poule, poursuivit-il, désignant du menton le volatile coincé sous son aisselle qui se débattait en tous sens. Elle ne donne plus d'œufs, mais je me disais que vous pourriez peut-être bien la mettre au pot. Enfin, c'est ce que j'ai pensé...

— C'est gentil de votre part.

D'un doigt tremblant, Nance lui fit signe d'approcher.

— Entrez, mon garçon, entrez donc. Soyez le bienvenu.

Daniel passa la porte en baissant la tête. Nance le vit parcourir des yeux son minuscule logis – la chèvre attachée dans un coin, la rigole pour les eaux usées, le feu éteint devant elle. Il saisit la poule prisonnière de son bras et la tendit à Nance, en la tenant par les pattes. L'oiseau battit des ailes, faisant tanguer les bouquets d'herbes sur leurs fils.

— Posez-la sur le sol. Elle pourra se dégourdir un peu les pattes. Parfait.

Nance tisonna les braises et souffla sur le feu.

— Pouvez-vous me passer quelques ajoncs séchés ? Ah, je vous remercie. Alors, vous êtes venu me parler de Brigid, votre jeune épousée. Celle qui attend un enfant. Est-ce qu'elle va bien ?

Nance poussa un tabouret en direction de Daniel, qui s'assit.

— Oui. Sauf que...

L'air embarrassé, il laissa échapper un bref éclat de rire.

— Je ne sais pas trop pourquoi je suis venu. Y a rien de grave, sauf que ma petite femme s'est mise à se promener la nuit. Pendant son sommeil.

Il posa les yeux sur la poule, qui sauta par-dessus la rigole et entreprit de gratter le foin.

— Se promener la nuit ? C'est pas une chose à faire, pour une femme dans son état. Voulez-vous boire quelque chose ?

Nance saisit une tasse vide et y versa un liquide à la teinte jaunâtre, tiré d'un chaudron posé près du feu.

Daniel scruta la tasse en fronçant les sourcils.

— Qu'est-ce que c'est ?

— Une infusion. Elle a refroidi. Ça vous aidera à retrouver votre calme.

— Oh, j'ai pas besoin d'être calmé, répliqua Daniel.

Il en sirota prudemment une gorgée.

— On dirait des mauvaises herbes.

— Allons, Daniel. Parlez-moi de votre Brigid.

— Je n'aime pas faire d'histoires, mais, pour l'amour de Dieu, c'est bizarre d'agir comme ça, et j'ai pas envie que les gens se mettent à cancaner.

— Elle marche dans son sommeil, c'est ça ?

Il acquiesça.

— Il y a quelques jours, je me suis réveillé pendant la nuit et elle n'était plus là. Son côté du lit était vide et tout froid. Mon frère dort près du feu, et nous avons la petite pièce pour nous. Bref, quand je me suis réveillé, je me suis dit : « Elle est peut-être allée boire un peu d'eau », alors j'ai attendu. Mais un bon bout de temps a passé, et elle n'était toujours pas revenue. Je me suis rendu dans la pièce principale, et là j'ai vu mon frère qui dormait à poings fermés, sauf que la porte était grande ouverte et qu'un froid terrible s'engouffrait à l'intérieur. J'ai cherché la cape de Brigid. Elle était bien là, posée sur la poutre, comme d'habitude, sauf qu'il manquait son châle. Alors j'ai commencé à avoir peur pour elle. Je me suis demandé si elle avait été enlevée. On entend de ces choses...

Sa voix se brisa et il but une nouvelle gorgée d'infusion.

— J'ai réveillé mon frère et je lui ai demandé s'il l'avait vue, et il m'a dit que non. Alors on est partis la chercher. La lune était claire, Dieu merci ! Au bout d'un moment, on a trouvé son châle étalé sur le sol, et puis on a encore marché peut-être un ou deux kilomètres, et là j'ai vu une tache blanche et…

Daniel fronça les sourcils et tira sur sa lèvre supérieure.

— C'était elle. Allongée, en train de dormir.
— Elle était saine et sauve, alors ?
— Oui. Sauf qu'elle ne dormait pas n'importe où. Elle dormait dans le *cillín*. Près du fort aux fées. À un jet de pierre à peine de là où nous sommes.

Nance sentit sa gorge se nouer. Le *cillín* était un petit triangle de terre près de l'aubépine qui marquait l'emplacement du fort aux fées. L'herbe poussait haut à cet endroit-là, autour d'une pierre levée protégée par un épais bosquet de houx. Le mince bloc de pierre se dressait vers le ciel à la manière d'une pierre tombale, et portait la trace d'une croix gravée à sa surface. Autour de lui, telles des étoiles disposées là au hasard, des pierres blanches indiquaient le lieu où se trouvaient enfouis de petits tas d'ossements destinés aux limbes. Il arrivait que les habitants de la vallée enterrent là les mères célibataires, ou ceux qui étaient morts dans le péché. Mais le *cillín* était surtout destiné à accueillir les enfants mort-nés. Ce n'était pas un lieu que fréquentaient les habitants de la vallée, à moins d'avoir un bébé non baptisé à inhumer.

— Le *cillín* ?

Daniel frotta le chaume recouvrant son menton.

— Vous comprenez maintenant pourquoi je suis venu vous voir ? Elle était allongée là, au milieu des pierres. Parmi tous ces pauvres bébés morts et enterrés. J'ai cru qu'elle était morte elle aussi, jusqu'à ce que je la secoue et qu'elle se réveille. Je sais que certaines personnes marchent dans leur sommeil. Mais pour aller dans un *cillín* ?

— Qui est au courant ?

— Je n'en ai parlé qu'à mon frère David. Et je lui ai fait jurer le secret. C'est le genre de chose qui ferait courir les langues plus vite que l'homme de main de mon propriétaire un jour de dîme. Surtout avec ce qui se passe dans le coin !

— Expliquez-moi. Que se passe-t-il dans le coin ?

Daniel fit la grimace.

— J'en sais rien, Nance. C'est juste que les gens d'ici s'inquiètent. Les vaches ne donnent plus autant de lait qu'avant.

Il pointa le doigt vers le volatile qui continuait de gratter la paille près de la chèvre.

— Les poules ne pondent plus. Et les habitants de la vallée continuent de s'interroger sur la façon dont Martin Leahy est mort. Un homme en parfaite santé qui s'effondre sur lui-même à la croisée des chemins ? Les gens disent que ce n'est pas naturel. Certains parlent du mauvais œil. Ils disent que Martin a été frappé. Pour d'autres, tout est de la faute du petit changelin qui serait arrivé dans la vallée. Un changelin, rien que ça ! On sait tous que Nóra Leahy a accueilli un petit garçon chez elle. Quand sa fille est morte, son gendre est venu la trouver avec un enfant dans un panier. On l'a vu passer dans les champs. Mais plus personne n'a revu l'enfant par la suite, alors on a pensé qu'il était peut-être malade. De santé fragile, quelque chose dans ce goût-là. Mais Brigid l'a vu. Et elle m'a dit que quelque chose n'allait pas chez lui. Quelque chose de terrible. De vraiment terrible.

Nance se rappela que Peter avait parlé d'un infirme.

— Il ne s'agit donc pas d'une maladie.

— Il n'est pas bien portant, pour sûr ! Brigid m'a raconté qu'il n'a que la peau sur les os, ce petit-là. Et la tête qui divague. Il ne ressemble à aucun enfant de sa connaissance.

— Et vous, vous l'avez vu ?

— Moi ? Non, je l'ai pas vu. Mais je me dis que peut-être... Peut-être que ce garçon a été frappé par les Bonnes Gens, et qu'Ils veulent en frapper d'autres. Ou peut-être qu'il a le mauvais œil ? S'il l'a jeté à Martin Leahy, il veut peut-être maintenant atteindre ma femme ?

Daniel pressa ses pouces contre ses tempes.

— Par le Christ, je ne sais que penser, Nance.

L'herboriste acquiesça d'un air compréhensif.

— Je crois qu'il vaut mieux garder cette histoire pour vous, Daniel. Les habitants de la vallée ont déjà assez de problèmes comme ça ! Inutile de leur donner en plus des raisons de s'inquiéter avec des événements qui les dépassent.

— Quand même, si ce gamin est un changelin, ça expliquerait tout, vous ne croyez pas ? Plus j'y pense, plus je me demande si les Bonnes Gens ne sont pas de sortie, et s'Ils ne cherchent pas à emporter des personnes pour les mettre à leur service. Vous savez ce qu'on dit, sur les femmes enceintes ? Celles qui disparaissent dans les forts aux fées ?

Il se pencha vers la maîtresse des lieux.

— Je me souviens de ces histoires. Les vieux les racontent encore. Les Bonnes Gens ont besoin des femmes enceintes, pour leur voler leurs petits humains, et pour que les femmes nourrissent les leurs...

Il prit une longue inspiration.

— Par Dieu, je sais que ça en fait rire plus d'un, de s'imaginer que le moindre vent qu'on croise est un tourbillon soulevé par les Fairies, mais je me suis dit que vous sauriez peut-être me répondre, Nance. On raconte que vous les connaissez bien. Qu'Ils vous ont transmis leur savoir et l'œil pour les voir quand Ils sont de sortie.

Nance jeta d'autres ajoncs dans le feu. Les flammes jaillirent, projetant de folles lueurs sur leurs visages.

— Comment elle allait, votre Brigid, quand elle s'est réveillée ?

— Elle a blêmi et s'est montrée bouleversée quand elle a vu où elle se trouvait. Elle n'avait pas le souvenir d'avoir quitté la chaumière, ni d'avoir descendu le sentier.

— S'était-elle déjà promenée dans son sommeil ?

— Non. Enfin... Pas dans ses souvenirs, et pas depuis que nous sommes mariés.

Nance lui jeta un regard perçant.

— Et tout va bien entre vous ? Vous êtes gentils l'un envers l'autre ? Votre femme n'a pas de raison de vouloir partir avec les Fairies, en ce moment ?

— Certainement pas, je vous le promets.

— Elle n'a donc rien à fuir. Bon, Daniel. Votre Brigid attend un enfant. Vous savez qu'il s'agit d'une période délicate pour une femme. Un moment d'interférence. Votre épouse se trouve à la lisière entre deux mondes. On peut la tirer dans un sens comme dans l'autre. Soit dans l'univers que nous connaissons, soit dans celui que nous ignorons. Et c'est vrai, ce que vous dites sur les Bonnes Gens : Ils aiment enlever les jeunes femmes. Je n'ai jamais entendu parler d'une femme de la région emportée dans le fort aux fées.

Pour autant, ce genre d'événement s'est peut-être produit autrefois – ou se produira à l'avenir.

— On raconte que c'est ce qui est arrivé à Johanna Leahy, près de Macroom. Que ce n'est pas Dieu qu'elle a rejoint, mais le fort aux fées de la région. À ce qu'il paraît, quand elle a vu que les Bonnes Gens avaient remplacé son propre fils par un changelin, elle a accepté de se laisser emporter, pour pouvoir retrouver son petit garçon.

Nance se pencha vers lui, et son visage s'empourpra dans la chaleur croissante du feu.

— Les Bonnes Gens deviennent fourbes quand Ils ne sont pas joyeux. Ils agissent comme bon leur semble, parce qu'Ils ne servent ni Dieu ni diable, et que personne ne peut leur garantir une place au paradis ou en enfer. Ils ne sont ni assez bons pour le salut, ni assez mauvais pour la damnation.

— Vous êtes en train de me dire que les Bonnes Gens sont de sortie, c'est ça ?

— Ils sont là depuis toujours. Aussi vieux que l'océan.

Le visage de Daniel était couleur de cendre. Il la fixait sans ciller, dardant sur elle son regard d'un bleu profond.

— Vous est-il déjà arrivé de vous promener dans la forêt entre chien et loup, reprit Nance, ou dans d'autres lieux isolés, et d'avoir senti qu'Ils vous regardaient ? Moins méchamment qu'un homme qui vous guette pour vous flanquer une rossée, mais pas aussi tendrement qu'une mère penchée sur son enfant endormi.

Daniel avala sa salive.

— Je vous crois. Vraiment. Je ne suis pas assez stupide pour dire que le monde ne contient rien de plus que ce que mes yeux sont capables de voir.

Nance hocha la tête d'un air approbateur.

— Les Bonnes Gens nous regardent, pétris d'un savoir qui peut causer notre perte. Et leur regard nous donne bien souvent envie de prendre la fuite ! Parfois, Ils souhaitent nous récompenser. Nous découvrons alors que nous savons jouer du pipeau, ou que notre vache qui était souffrante s'est rétablie, sans que rien l'explique. Mais il arrive aussi qu'Ils punissent ceux qui disent du mal d'Eux. Ou qu'Ils rendent le bien pour le bien. Le mal pour le mal. Parfois, ce n'est que pure déraison, et nous ne comprenons pas pourquoi les choses sont comme elles sont. « Les Fairies se cachent derrière tout ça et Ils agissent selon leurs propres desseins », disons-nous alors.

— J'entends bien, mais pourquoi s'en prendre à Brigid ? Qu'a-t-elle bien pu faire aux Bonnes Gens pour qu'Ils veuillent l'emporter ? (Il se tut quelques instants.) Vous pensez que c'est de ma faute à moi ?

— Daniel, votre Brigid est charmante. N'allez pas croire qu'elle est responsable de ce qui lui arrive, ou qu'elle s'est écartée du droit chemin. Elle n'a rien fait de mal. Quand les Bonnes Gens nous regardent, Ils voient l'humain en nous et la jalousie les saisit. Certains d'entre Eux décident de s'en prendre à nos proches, à notre famille. Je les ai vus emporter une femme sous mon nez, vous savez !

— Doux Jésus. C'est exactement ce qu'on raconte. Une ombre s'est abattue sur la vallée, et les Bonnes Gens y sont pour quelque chose.

Daniel était livide.

— Que dois-je faire ?

— Votre Brigid a-t-elle changé ? Mange-t-elle avec appétit ? Est-elle blessée, d'une manière ou d'une autre ?

— Elle mange bien. Elle a pris peur en se réveillant dans le *cillín*, vu que ses pieds étaient en sang à force de marcher dans la nuit, mais sinon, elle est toujours pareille.

Nance, l'air satisfait, se laissa aller en arrière.

— Elle n'a pas été emportée, alors. C'est toujours votre épouse.

— Par Dieu, qu'est-ce qui se passe dans cette vallée, Nance ? Ça me glace les sangs. Le curé nous a dit qu'il n'y avait pas d'autre explication, pour les vaches, les poules, et pour Martin, que la volonté de Dieu, et que tout irait bien. Mais il vient de la ville.

Nance cracha au sol.

— Peut-être que quelqu'un les a offensés, dit-elle.

— On raconte aussi que l'un d'Eux serait parmi nous.

— Oui, cet enfant dont parle votre Brigid. Celui qui vit chez Nóra Leahy.

Daniel baissa la tête.

— Lui ou un autre, marmonna-t-il.

Nancy le regarda d'un air dur.

— Vous savez quelque chose ? Ce maudit Seán Lynch a recommencé à jouer de la hache dans les aubépines ?

— Non. Il refuse de parler des Bonnes Gens, et il passe ses soirées à radoter, en nous tirant des larmes avec ses grands discours sur le père Healy et Daniel O'Connell. Il a été sensible à ce que lui a raconté le curé sur l'Association catholique. Contre un penny par mois, O'Connell nous libérera tous, si l'on en croit

Seán. On est tous convaincus qu'il boit trop et qu'il s'est remis à flanquer des torgnoles à sa femme, mais il n'a pas touché à l'arbre aux fées.

— Il ne tardera pas à avoir des ennuis, celui-là, répliqua Nance. Il cherche à piéger le diable dans le noir, voilà ce qu'il fait.

Daniel but une gorgée de tisane, évitant son regard.

— Il a une dent contre vous, Nance.

— Oh, ce n'est pas le seul à avoir une dent contre moi ! Mais je sais ce que je sais.

Elle tendit les mains vers le visage de Daniel. Il eut un mouvement de recul.

— Que voyez-vous ? demanda-t-elle abruptement.

Il fronça les sourcils, visiblement perplexe.

— Mes pouces, répondit-elle. Vous avez vu comme ils sont déformés ?

Elle lui montra ses jointures gonflées, ses articulations de travers.

— En effet.

— C'est la marque qu'Ils m'ont faite. Seán Lynch et le père Healy peuvent raconter ce qu'ils veulent sur mon compte, vous savez bien, vous, que les Fairies m'ont transmis leur savoir, et celui-ci ne ment pas. Quels que soient les mensonges que certains racontent à mon sujet, ces marques, elles, ne mentent pas.

Elle posa sur lui des yeux bienveillants.

— Vous avez confiance en moi ?

— Oui, Nance. Je vous crois.

— Dans ce cas, écoutez-moi : tout s'arrangera si vous suivez mes conseils. Votre femme doit se reposer jusqu'au terme de sa grossesse. Elle doit dormir tout son saoul et éviter tout déplacement. S'occupe-t-elle toujours de la maison ?

— Oui.

— Eh bien, qu'elle arrête. Maintenant, c'est à vous d'assumer les tâches domestiques, Daniel. De baratter le beurre. De donner à manger aux poules. De faire cuire les patates. Pas une once de chaleur ne doit sortir de la maison quand elle s'y trouve. Pas même les braises de votre pipe. Pas la moindre étincelle. C'est bien compris ?

— Oui.

— Ne laissez sortir ni flamme ni tison, Daniel, ou la bonne fortune quittera votre maison. Vous briseriez tout ce qui protège votre épouse et la maintient dans ce monde. Et puis, donnez-lui ça.

Nance se dirigea d'un pas traînant vers un coin de la pièce et revint avec un petit sachet en tissu soigneusement fermé avec de la paille. Elle dénoua le lien et laissa tomber quelques baies séchées dans la main de Daniel.

Il les scruta d'un air inquiet.

— Qu'est-ce que c'est ?

— De la douce-amère. Avec ça, Brigid dormira mieux. Elle dormira si bien qu'elle n'aurait ni la force ni les moyens de se lever la nuit, même si elle le souhaitait. Qu'elle en mange avant de se coucher. De mon côté, je penserai fort à elle afin que le charme agisse et qu'elle échappe au danger.

Elle lui tapota le bras.

— Tout va s'arranger, Daniel.

— Je vous remercie, Nance.

— Que Dieu vous bénisse. Puissiez-vous avoir une belle et grande famille. Revenez me voir si elle recommence à se promener. Attendez...

Elle posa la main sur le bras du jeune homme.

— Il y a autre chose que vous pourriez faire. Si ce sont les Bonnes Gens qui la poussent à quitter la maison, vous n'avez qu'à fabriquer une croix avec de petites branches de bouleau et la clouer au-dessus de votre couche. Le bois de bouleau la protégera.

Au moment de franchir la porte, il hésita un instant.

— Vous êtes une brave femme, Nance. Je sais que le père Healy vous attaque dans ses sermons, mais, selon moi, c'est qu'il a le cœur aveugle.

— Vous sentez-vous mieux, Daniel ?
— Oui.

Nance le regarda s'engager à pas lents sur le sentier en tenant soigneusement les baies entre ses paumes, tel un homme en prière. L'après-midi touchait à sa fin. La lumière dilatait le ciel, ourlant les nuages d'éclats rouge sang. Avant de disparaître au détour du chemin, Daniel se retourna, planta ses yeux dans les siens, et se signa.

Les premières neiges atteignirent la vallée. Des vents obliques soufflèrent en rafales sur les champs, les poudrant de blanc. Depuis la chaumière de Nóra, située sur les hauteurs, les murets de pierre qui les bordaient évoquèrent bientôt des empreintes digitales. Les hommes restaient campés devant l'âtre, recrachant la saison qui leur obstruait la gorge, tandis que les femmes cardaient et filaient, en tête à tête avec leurs rouets du matin au soir, subitement poussées à s'emmitoufler en famille dans plusieurs couches de drap de laine supplémentaires. C'était une période de latence, morne et tranquille.

Nóra s'éveilla dans le goulet blême du matin et cligna des yeux dans la pénombre. Elle mourait d'envie de se rendormir. Les hurlements du petit faisaient voler ses nuits en éclats. Arrachée à la torpeur bienfaisante du sommeil, elle n'y replongeait qu'à grand-peine. Comme elle se sentait seule, lorsqu'elle s'éveillait ainsi dans son lit, sans personne à ses côtés !

Sa gorge l'élançait, souvenir du poitín de la veille. Étendue sur le dos, Nóra fixait le plafond de chaume. Mary était-elle déjà levée ? D'ordinaire, elle attendait de percevoir le pas traînant de la jeune fille, occupée à ranimer le feu et à mettre de l'eau à bouillir, ou de l'entendre parler à voix basse à l'enfant lorsqu'elle lui lavait les jambes, trempées d'urine. Alors Nóra fermait les yeux et s'imaginait que ce n'était pas Mary, mais Martin, qui se déplaçait dans la pièce ; lui qui poussait le loquet de la porte pour faire sortir les poules, les envoyant gratter le sol couvert de givre et de paille souillée le long de l'étable. Elle n'avait aucun mal à se le représenter. Ses lèvres arrondies pour siffloter de vieilles chansons, son ongle pelant ses pommes de terre matinales, son geste insouciant pour jeter les pelures par terre. Elle croyait l'entendre se plaindre gentiment, comme à son habitude, que les poules mettaient le chaume en charpie, et se remémorait le plissement amusé de ses yeux quand elle se fâchait et prenait leur défense. Elle s'accordait ce petit mensonge – même si, quelques secondes plus tard, la déception de ne pas voir Martin, mais sa frêle servante aux yeux bouffis, la faisait souffrir à la limite du supportable.

Ce matin-là, Nóra n'entendit rien. Serrant son châle sur ses épaules, elle se rendit dans la pièce principale. Un bon feu brûlait dans la cheminée, mais Mary avait disparu. La banquette était dépliée, et Micheál était couché sous les couvertures. Soucieuse de ne pas éveiller son attention, Nóra s'approcha discrètement du lit pour observer l'enfant. Immobile, ses cheveux plaqués sur son front moite, il plissait ses lèvres boudeuses et légèrement humides. À qui parlait-il donc ?

— Micheál ?

Sans tenir compte de sa présence, le petit haussa les sourcils et se mit à grimacer, le visage tourné vers le mur.

— Micheál ? répéta Nóra.

Ses bras raides et incurvés ressemblaient aux ailes brisées d'un oiseau tombé du nid. Comme elle répétait son prénom pour la troisième fois, il finit par poser sur elle un œil fixe et imperturbable. Retroussant la lèvre, il découvrit ses dents blanches. Pendant quelques secondes, on eût dit qu'il lui montrait les crocs.

Nóra recula. Micheál commençait à lui faire peur. Ses mouvements brusques et imprévisibles, sa façon d'appeler par ses cris des choses qu'elle ne pouvait voir lui rappelaient les propos de Mary.

C'est un changelin. Tout le monde le sait sauf vous.

— Qu'es-tu donc, exactement ? murmura Nóra.

Micheál se mit à contempler le plafond en clignant des yeux. Un filet de bave séchait sur son menton. Il avait le nez couvert de morve, et ses cils pâles étaient tout poisseux. Nóra posa une main ferme sur son front. Il serra les dents, et sa mâchoire se dessina sous la peau.

— Es-tu enfant ou changelin ? chuchota-t-elle, sentant palpiter jusque dans sa gorge les battements sourds de son cœur.

Micheál baissa les paupières, poussa un grognement sonore, et se cabra sur la paille du matelas. Avant que Nóra puisse retirer sa main, il tendit le bras et saisit une poignée de ses cheveux dénoués. Elle tenta de détacher ses doigts de leur prise, mais il tira brusquement le bras en arrière. La douleur fut cinglante.

— Micheál !

Nóra se tourna en grimaçant pour se libérer, mais les petits doigts poisseux du garçon restaient agrippés à sa chevelure. Il tira plus fort. Les yeux de Nóra s'embuèrent de larmes.

— Lâche-moi. Lâche-moi, espèce de petit effronté !

Il lui arracha une touffe de cheveux. Furieuse, elle se débattit et voulut le frapper au visage, mais l'angle était malcommode. Elle manqua sa cible, lui envoyant une calotte sur la tête. Dans sa rage, elle lâcha les doigts de l'enfant et, tenant fermement sa mâchoire d'une main, le souffleta de l'autre, sur la joue cette fois-ci. Elle sentit une douleur cuisante gagner sa paume.

— Le malin est en toi ! cria-t-elle, le giflant à nouveau.

Il braillait à s'en décrocher la mâchoire. Nóra avait envie d'obstruer cet orifice béant. Elle avait envie de lui fourrer ses linges souillés dans la bouche pour mettre fin à ses hurlements.

— Tu es habité par le mal, siffla-t-elle, les mains posées sur la peau rougie de son crâne.

— Ce n'est pas de sa faute.

Nóra se retourna. Mary se dressait sur le seuil, le seau de lait posé sur sa hanche.

— Il m'arrachait les cheveux de la tête !

Mary referma la porte sur la cour enneigée, qui étincelait sous le soleil.

— Ça va ?

— Il m'empêche de dormir ! Il passe la nuit à hurler.

Nóra se raidit. Elle s'était exprimée avec une virulence inhabituelle, qui n'avait sans doute pas échappé à sa servante. Cette dernière hocha la tête.

— Je crois que c'est à cause du froid. Et puis, il a le dos tout irrité à force de se souiller.

Nóra s'assit près du feu, la main posée sur sa tête douloureuse.

— Tu pourrais le laver, quand même.

— Je le lave ! protesta Mary.

Sa voix était si ténue que Nóra regretta aussitôt de l'avoir réprimandée.

— Passons. Brownie a-t-elle donné du lait aujourd'hui ?

— Pas grand-chose, m'dame. Vous dites que c'est une bonne laitière, mais... Je lui chante des chansons, parce que je sais que les vaches aiment bien ça. Mais, bientôt, elle n'aura plus de lait du tout.

Nóra ferma les yeux.

— Au train où vont les choses, nous ne pourrons pas payer le fermage.

— Vous voulez que je baratte ?

— Y a-t-il assez de lait pour ça ?

Mary s'approcha de la cruche posée sur la table, contenant le lait qu'elle avait laissé décanter, et souleva un coin du tissu qui le recouvrait.

— Oui, ça se peut. Il doit y avoir assez pour baratter. Tout juste assez. Voulez-vous que je donne le babeurre à Micheál ? Ça pourrait l'apaiser un peu. Je ne sais pas si c'est à cause du froid – ou peut-être parce qu'il fait des mauvais rêves. En tout cas, moi aussi, ses cris m'empêchent de dormir.

— Dans ce cas, rien ne t'empêche de retourner à Annamore.

— Ce n'est pas ce que je voulais dire, répondit Mary d'une voix tendue. Je ne veux pas rentrer chez moi maintenant. J'ai juste l'impression que le petit n'est pas bien ces temps-ci, et je ne sais pas quoi faire pour qu'il retrouve son calme. Je crois qu'il souffre.

— C'est ce qu'on t'a raconté quand tu es allée puiser de l'eau ?

— Pas du tout. Les femmes qui vont au puits ne m'adressent pas la parole. Je vais chercher de l'eau et je reviens. Je ne m'arrête jamais pour bavarder ou pour parler de vous ou de Micheál, je vous le promets. (La servante était au bord des larmes.) L'une de ces femmes recule même de trois pas quand elle me voit descendre le sentier. À cause de mes cheveux roux. Elle s'appelle Kate. Kate Lynch.

— Kate a une peur bleue du mauvais œil. Ne fais pas attention à elle. Elle se signe devant tout ce qui croise son chemin. Que ce soit un lièvre, une belette ou une pie.

— Elle crache par terre en disant : « Que la Croix du Christ me protège du mal ! »

Nóra leva les yeux au ciel.

— Kate se signera bientôt devant moi, pour éviter que mon veuvage ne lui porte malheur !

Micheál prit une profonde inspiration et hurla de plus belle.

— Regardez ses jambes, dit Mary en les montrant du doigt. Il les bouge à peine. On dirait qu'elles sont cassées, vous ne trouvez pas ? Comme s'il ne les sentait plus du tout.

Elle se pencha vers l'enfant en pleurs et souleva sa tunique pour les montrer à Nóra.

— Regardez.

Les jambes de Micheál étaient aussi fines que les frêles arbustes dénudés par l'hiver. Sa peau marbrée collait à ses os. Nóra eut un haut-le-cœur.

Mary se mordilla la lèvre.

— Il est brûlé de l'intérieur par une sorte de maladie. Je sais bien que ça fait un moment qu'il ne peut plus marcher, mais, maintenant, c'est tout juste s'il peut remuer les orteils.

Nóra se hâta de recouvrir les cuisses de Micheál.

— À ton avis, Mary, murmura-t-elle, combien de souffrances peut-on endurer sans que ça nous change au plus profond de nous-mêmes ?

La jeune fille garda le silence.

Nóra peigna de ses doigts ses cheveux hirsutes, sans quitter Micheál des yeux. Elle avait bien senti, en le giflant, qu'elle oscillait au-dessus d'un gouffre dont elle ne pourrait plus s'échapper. Qu'aurait-elle fait si Mary n'était pas entrée dans la pièce à cet instant précis ? Cette incertitude l'emplissait d'effroi.

Que lui arrivait-il ?

Elle avait toujours pensé qu'elle était une brave femme. Gentille et prévenante. Mais peut-être ne sommes-nous gentils que lorsque la vie nous permet aisément de l'être ? songea-t-elle. Le cœur s'endurcit-il quand le bonheur n'est pas là pour l'adoucir ?

— On devrait appeler le docteur, vous ne croyez pas ? demanda Mary.

Nóra se tourna vers elle d'un air las.

— Le docteur, vraiment. Il y a donc des docteurs à tous les coins de rue, à Annamore ? Et qui viennent soigner les gens pour rien ?

Elle désigna du menton la cruche posée sur la table.

— Tout l'argent que j'ai se trouve là-dedans, et ce n'est pas grand-chose. Tu t'imagines que j'ai enterré des pièces quelque part ? Tu crois que je suis riche ? De la crème, du beurre et des œufs – il n'y a que ça pour coudre le corps et l'âme ensemble.

Elle se mit à tresser ses cheveux d'un geste brusque, en tirant sur ses mèches grisonnantes.

— Je ne sais pas comment ça se passe pour vous, à Annamore, mais ici, dans la vallée, on graisse la patte des logeurs avec du blanc de poulet. Comment crois-tu que je fais pour qu'on ne dorme pas tous les trois sous la pluie ? Pour qu'on ait de la tourbe à mettre dans le feu ? Et voilà que cette maudite vache ne donne presque plus de lait, et tu voudrais que je débourse une fortune pour qu'un docteur vienne condamner mon petit-fils ? Alors que, l'été prochain, je n'aurai même plus d'homme pour aller travailler aux champs et gagner de quoi garder cette chaumière ? Sais-tu ce qui m'arrivera alors ? Je serai délogée et condamnée à errer sur les routes du comté !

Mary la dévisagea avec gravité.

— N'avez-vous pas des neveux qui peuvent travailler la terre pour vous ?

Nóra prit une grande inspiration.

— C'est vrai. J'ai des neveux.

— L'année ne se passera pas aussi mal que vous le dites.

— Peut-être pas.

— Et peut-être qu'un docteur voudra bien s'occuper de Micheál sans rien vous demander. Ou alors, juste une poule.

La jeune fille s'exprimait d'une voix douce, presque tendre.

— Vos poules sont de bonnes pondeuses, c'est vous qui me l'avez dit. Vous ne croyez pas qu'un docteur serait heureux de venir jusqu'ici en échange d'une bonne poule ?

Nóra secoua la tête.

— Elles ne pondent plus autant qu'avant. Et puis, qu'est-ce qu'un docteur ferait d'une poule, lui qui habite en ville et peut manger des œufs tous les matins comme s'il les pondait lui-même ? (Elle soupira.) Pour les gens comme nous, il n'y a que le curé.

— Je vais le chercher, alors ?

Nóra se leva et mit son châle sur sa tête.

— Non. Continue de baratter, Mary. Si quelqu'un doit aller chercher le curé pour Micheál, c'est moi.

Nóra descendit le sentier sillonnant la colline. L'air était froid et pur, et la neige qui recouvrait le sol brûlait ses pieds nus. Nulle âme alentour. Tout était calme, à l'exception des freux tournoyant au-dessus des champs.

La cure était un modeste édifice blanchi à la chaux, bâti au creux de la vallée, dans un recoin envahi de bruyère, là où la route obliquait vers Glenflesk. Après qu'une gouvernante trapue l'eut introduite dans la maison, Nóra patienta un moment dans le salon, où le feu n'était pas allumé. Puis le curé la rejoignit. Il venait de terminer son petit déjeuner : Nóra aperçut une coulure de jaune d'œuf sur sa chemise à col romain.

— Veuve Leahy. Comment allez-vous ?

— Pas trop mal, mon père, je vous remercie.

— Je suis navré de ce qui vous arrive. « Triste est la lessive où il n'y a pas de chemise d'homme », comme on dit.

Sentant la moutarde lui monter au nez, Nóra battit des paupières pour toute réponse.

— Alors, que puis-je faire pour vous ? reprit le père Healy.

— Je suis navrée de vous déranger. Je sais qu'il est affreusement tôt et que vous avez beaucoup à faire.

Le curé lui offrit un sourire.

— Dites-moi donc la raison de votre venue.

— C'est mon petit-fils. Je suis venue parce que sa mère, ma fille, est morte, et que j'espérais que vous pourriez peut-être le soigner.

— Votre petit-fils, c'est bien ça ? De quelle maladie souffre-t-il ? Serait-ce la variole ?

— Non, ce n'est pas la variole, ni rien de ce genre. C'est bien pire que cela. J'ignore de quoi il s'agit.

— Avez-vous fait venir le médecin ?

— Je n'en ai pas les moyens. Pas en ce moment.

À sa grande gêne, Nóra sentit ses joues s'empourprer.

— Le peu d'argent que j'ai, c'est pour payer la fille de ferme qui vit chez moi et qui m'aide à m'occuper de lui.

— Pardonnez-moi, veuve Leahy, mais c'est peut-être bien là que réside le problème, répliqua le père Healy d'une voix douce. Est-il bien raisonnable d'employer une servante, quand vous pourriez aller quérir un médecin pour qu'il soigne votre petit-fils ?

— Je ne crois pas qu'un docteur puisse le soigner, répliqua Nóra.

— Alors pourquoi êtes-vous venue me voir ?

— Parce qu'il a besoin de vous. Il n'a pas toute sa tête.

— Ah. Il est faible d'esprit ? demanda le père Healy.

— Je ne sais pas. C'est à peine un enfant.

— À peine un enfant ? Quelle étrange formulation ! Quels sont les symptômes ?

— Il n'a pas l'usage de ses jambes, mon père. Il ne dit pas un mot, alors qu'il y a deux ans de ça, même pas, il babillait comme n'importe quel petit garçon. Il ne dort jamais et passe tout son temps à crier. Il ne grandit pas.

Le père Healy lui lança un regard empli de compassion.

— Je vois.

— Il est né en bonne santé. Voilà pourquoi ce serait bien aimable de votre part de passer le voir. C'est pour ça que je suis venue vous chercher, mon père. Je crois… qu'il lui est arrivé quelque chose.

— À quoi donc pensez-vous ?

Nóra serra les dents pour empêcher son menton de trembler.

— Les habitants de la vallée racontent que c'est un changelin.

Le père Healy lui jeta un long regard en fronçant les sourcils.

— Tout cela n'est que baratin et superstition, madame, dit-il en s'échauffant. N'écoutez pas ce genre de racontars. Une femme comme vous… Vous avez trop de jugeote pour ça !

— Mon père, s'empressa de répondre Nóra, je sais que c'est difficile à croire, mais si vous veniez voir l'enfant...

Le silence retomba. Le curé semblait craindre la suite de la conversation.

— Si ce petit garçon est affligé d'un mal courant, ou s'il agonise, je peux m'occuper de lui. Je serai ravi de lui venir en aide. Mais si c'est un simple d'esprit...

— Vous refusez de prier pour lui ? De le guérir ?

— Et vous, pourquoi ne priez-vous pas pour lui, veuve Leahy ?

— Mais je le fais !

Le père Healy soupira.

— Peut-être, mais vous n'assistez pas à la messe. Pas depuis que votre mari est mort. Je sais que vous traversez une période difficile, mais croyez-moi, c'est à la messe que vous trouverez du réconfort.

— Ce n'est pas chose facile que de devenir veuve, mon père.

Le visage du curé s'adoucit un peu. Il jeta un coup d'œil vers l'étroite fenêtre en faisant claquer sa langue.

— L'enfant est-il baptisé ?

— Oui.

— A-t-il déjà communié ?

— Non, mon père, il n'a que quatre ans.

— Et aucun médecin ne s'est jamais occupé de lui ?

— Si, une fois. L'été dernier. Martin est allé chercher quelqu'un de Killarney, mais il n'a rien fait. Hormis nous prendre notre argent.

Le père Healy hocha la tête, comme si la réponse ne le surprenait guère.

— Veuve Leahy, peut-être est-il de votre devoir de vous occuper du mieux possible de cet enfant.

Nóra chassa ses larmes d'un revers de main. Elle éprouvait un tel sentiment de frustration qu'elle en avait le vertige.

— Ne pourriez-vous pas venir le voir et faire un signe de croix au-dessus de sa tête, mon père ? Un curé tel que vous a le pouvoir de bannir...

— Arrêtez avec vos histoires de Fairies, madame. Je me refuse à évoquer ces sornettes.

— Mais le père O'Reilly...

— ... a joué au guérisseur de maléfices ? S'est permis d'agir en homme d'Église faiseur de miracles ? Le père O'Reilly, que Dieu ait son âme, n'avait nullement le droit de prendre part à ces vestiges de rites païens. À moins d'une autorisation écrite de l'évêque du diocèse, je ne m'engagerai jamais sur ce chemin.

Nóra comprit qu'il ne plaisantait pas.

— Veuve Leahy, il est de ma responsabilité d'élever les habitants de cette vallée à un degré de moralité en accord avec les exigences de notre foi. Comment pouvons-nous défendre les droits de catholiques tels que vous quand les vallées s'emplissent de feux de joie barbares, et que de vieilles sorcières viennent gémir aux veillées funèbres ? Pour ceux qui veulent nous empêcher d'accéder au Parlement, rien de plus simple : il leur suffit d'évoquer le colostrum versé au pied des aubépines, les danses aux carrefours, et le chuchotis des Fairies !

Nóra regarda fixement le père Healy, qui sortit un mouchoir pour essuyer la salive perlant aux coins de ses lèvres. Ses pieds glacés la faisaient souffrir.

— Pardonnez-moi, mon père, mais il y a des taches d'œuf sur votre chemise, lança-t-elle.

Sans attendre sa réaction, elle se leva et quitta la pièce.

Nóra quitta le chemin longeant la maison paroissiale et suivit sur un ou deux kilomètres un sentier peu fréquenté, le visage rouge de colère. Au loin, on entendait couler la rivière. Elle ne tarda pas à atteindre une rigole dans laquelle un lent filet d'eau avait transformé la neige en gadoue. Elle tomba à genoux, à côté d'un mur en pierre éboulé dans lequel poussait un buisson d'orties.

Elle n'avait pas menti au père Healy. Martin était effectivement allé quérir un médecin l'été précédent – alors même qu'ils n'avaient pas de quoi le payer. Il avait emprunté un cheval au forgeron et s'était levé le lendemain dans la brume matinale pour aller chercher l'homme à Killarney. Quelle drôle d'allure il avait, ce docteur, à trotter sur son cheval au côté de Martin ! Des touffes de cheveux blancs jaillissaient de son crâne dégarni et des poils neigeux recouvraient le dos de ses mains. À chaque soubresaut du cheval, ses petites lunettes cerclées de métal glissaient sur son nez huileux. Il avait franchi le seuil de la chaumière en jetant un rapide coup d'œil au plafond, comme s'il s'attendait à ce qu'il lui tombe sur la tête.

Nóra était si nerveuse qu'elle s'était mise à claquer des dents.

« Que Dieu vous bénisse, docteur. Soyez le bienvenu. Merci d'être venu, monsieur. »

L'homme avait posé sa sacoche sur le sol, écartant du pied les joncs frais.

« Je suis navré d'apprendre que l'un de vos enfants est souffrant. Où se trouve le malade ? »

Martin, sans piper mot, avait désigné le berceau dans lequel Micheál était couché, inerte.

Le médecin s'était penché pour le regarder.

« Quel âge a-t-il ?

— Trois ans, monsieur. Non, quatre. »

Le docteur avait gonflé les joues, et ses favoris s'étaient soulevés un instant quand il avait laissé échapper un soupir.

« Il n'est pas à vous ?

— C'est l'enfant de notre fille.

— Où est-elle ?

— Elle s'est éteinte, monsieur. »

Le médecin s'était gauchement assis sur ses talons, le pantalon collé aux genoux. Le cuir de ses bottes avait crissé. Il avait tiré sa sacoche vers lui, avant d'en défaire les fermoirs et d'en sortir un long instrument.

« Je vais écouter son cœur », avait-il expliqué en relevant la tête.

Le docteur avait œuvré en silence. Il avait plaqué l'embout argenté de son ustensile sur le torse de Micheál, avant d'y renoncer pour se pencher plus avant et poser son oreille poilue sur la peau blême de l'enfant. Puis il avait tapoté la poitrine de Micheál, en faisant rebondir ses doigts sur les arêtes de ses os saillants, comme si l'enfant était un instrument dont il avait oublié le maniement.

« De quoi souffre-t-il, docteur ? »

L'homme avait posé un index sur ses lèvres, lui intimant le silence. Ensuite, il avait pressé la pulpe de ses doigts sous la mâchoire du petit garçon, lui avait soulevé les bras pour scruter les cavités laiteuses de ses aisselles, avait retroussé ses lèvres pour examiner sa langue, puis il avait pris entre ses mains le dos du petit garçon et, d'un geste délicat, comme s'il manipulait du verre, il avait retourné Micheál pour le coucher sur le ventre. À la vue des plaques rouges qui couvraient le dos de l'enfant, il avait claqué sa langue contre son palais sans dire un mot, puis il avait fait courir son doigt sur les os saillants de sa colonne vertébrale, en faisant pivoter ses membres dans un sens, puis dans l'autre.

« Est-ce la variole, docteur ?

— Avez-vous vu cet enfant à sa naissance ? »

C'était Martin qui avait répondu.

« Il est chez nous depuis peu. Mais il est né en bonne santé. Y avait pas de maladie qui le tourmentait, à ce moment-là. On ne l'a vu qu'une fois, et il avait l'air d'un bon petit gars en pleine santé.

— A-t-il appris à parler ?

— Oui. Il commençait à parler, exactement comme les autres gamins.

— Lui arrive-t-il encore de parler aujourd'hui ? »

Martin et Nóra avaient échangé un regard.

« On sait bien qu'il est affreusement maigre. Il a faim, monsieur. Il a toujours faim. Dès qu'on l'a vu, on a su qu'il avait un problème, et on s'est dit que c'était la faim. Selon nous, sa bouche est tellement pleine de faim qu'il n'y a plus de place pour les mots. »

Le médecin s'était relevé à grand-peine. Il avait soupiré, puis épousseté ses habits.

« Il n'a pas prononcé un mot depuis qu'il est chez vous, alors ? Pas plus qu'il n'a mis un pied devant l'autre, n'est-ce pas ? »

Ils n'avaient rien dit.

L'homme avait passé sa main sur son crâne luisant et lancé un regard à Martin.

« Je souhaiterais discuter un moment avec vous.

— Ce que vous avez à dire, vous pouvez le dire devant ma femme. »

Le médecin avait retiré ses lunettes et frotté les verres avec son mouchoir.

« Je crains d'avoir de mauvaises nouvelles. Cet enfant n'a pas la variole, pas plus qu'il n'est phtisique. Les rougeurs qui marquent son dos n'attestent pas d'une quelconque maladie : je crois plutôt qu'elles sont dues à l'usure de sa peau. Parce qu'il est incapable de s'asseoir tout seul.

— Va-t-il se rétablir ? Que pouvons-nous faire pour lui ? »

Le médecin avait remis ses lunettes.

« Il arrive parfois que des enfants ne se développent pas correctement. »

Il avait rangé ses instruments dans sa mallette en cuir.

« Mais il se portait bien à la naissance. On l'a vu de nos yeux. Alors, il peut se rétablir, n'est-ce pas ? »

Le médecin s'était redressé en faisant la moue.

« Rien n'est impossible, mais je suis convaincu qu'il restera chétif.

— N'avez-vous rien à lui donner ? Ne pourriez-vous pas fouiller dans votre sacoche ? C'est injuste qu'un garçon en bonne santé se retrouve dans cet état ! s'était exclamée Nóra. Regardez-le. Il a faim. Il braille. Il ne dit pas un mot. Il a eu froid, il a passé des journées entières le ventre vide, et ça l'a détraqué, c'est sûr.

— Nóra. »

Martin lui avait jeté un regard attendri.

« Il allait bien. Il marchait, je l'ai vu ! avait-elle poursuivi, la gorge sèche. Vous ne voulez pas lui donner de remède ? Tout ce que vous avez fait, c'est de le tâter du doigt, comme un morceau de viande avariée !

— Nóra ! »

Martin lui avait saisi le poignet.

« Préparez-vous au pire, si vous voulez mon avis, avait répliqué le médecin, le front plissé. Ce serait faire montre de négligence de ma part que de vous inciter à garder espoir quand il n'y en a aucun. Je suis navré.

— Vous ne pouvez pas nous dire de quoi il souffre ?
— Il souffre de crétinisme.
— Je ne comprends pas.
— Il est mal formé. »

Nóra avait secoué la tête.

« Docteur, il a tous ses doigts et tous ses orteils, je...
— Je suis navré. »

Le médecin avait enfilé son manteau. Ses lunettes, une fois de plus, avaient glissé au bout de son nez tandis qu'il passait ses bras dans les manches.

« Ce garçon est arriéré. Je ne peux rien pour lui. »

Le ciel avait pris une teinte chagrine, et la neige qui tombait au loin brouillait l'horizon. Nóra se redressa. Martin et ses calmes paroles de réconfort lui manquaient terriblement, au plus profond d'elle-même. Même après le départ du médecin, alors qu'elle tremblait de rage des pieds à la tête, Martin l'avait attirée vers lui et enveloppée dans la chaleur de son torse avant de chuchoter : « La patience est le meilleur des remèdes à ce qui ne peut être soigné. »

Ce qui ne peut être soigné, songea Nóra, adossée aux pierres rugueuses. Me voici affligée d'un enfant mourant qui ne mourra pas !

Elle souhaitait sa mort, désormais. Elle souhaitait qu'il s'endorme à jamais et que les anges l'emmènent au paradis – ou les fées dans leur fort, quel que soit l'endroit où finissent les âmes muettes. N'était-ce pas un sort préférable à celui de devenir adulte dans un corps incapable de s'adapter au temps qui passe ? Un corps qui subirait plus que nul autre les brides et les mors imposés par le monde ?

Oui, songea-t-elle. Inutile de le nier. Sa mort serait une sorte de grâce.

Un long frisson la parcourut. Il arrivait que des femmes tuent leurs enfants, elle le savait bien. Mais les histoires qu'on racontait parlaient toujours de filles mères qui accouchaient à l'abri des regards dans des lieux malpropres, et qui libéraient leur angoisse en cédant à une violence coupable. Certaines d'entre elles étaient arrêtées et jugées quand on découvrait la tache de sang ; ou que les pierres dérivaient dans le lit de la rivière et que le petit sac contenant le corps remontait à la surface, suscitant des cris d'étonnement chez les lavandières. Une femme enceinte s'était noyée dans le Lough Leane. On disait que tous les ans depuis lors, les flots se couvraient d'un linceul de brume à la date anniversaire de sa mort.

Nóra essuya son visage gonflé de ses doigts couverts de boue. Je ne suis pas une meurtrière, se dit-elle. Je suis une brave femme. Je ne tuerai pas le fils de ma fille : je le sauverai. Je lui redonnerai la santé.

La neige se mit à tomber doucement. Un freux,

balayant de ses plumes l'air immobile, se posa sur les pierres.

— Je suis toute seule, énonça sobrement Nóra.

Le freux ignora sa présence, et cura son bec grisâtre en le frottant contre le mur. Tout en l'observant, étonnée qu'il se tienne aussi près d'elle, Nóra sentit soudain un picotement dans la nuque.

Puis elle vit les orties.

Un souvenir lui revint en mémoire : Martin ouvrant la porte d'un coup d'épaule, un soir de printemps gâté par la pluie, la main crispée sur son torse. Il éprouvait un froid terrible dans sa paume, avait-il dit. Comme si le sang s'en était retiré.

Nóra avait scruté les doigts enflés. « On dirait pourtant qu'il y a plein de sang là-dedans, avait-elle répondu. Beaucoup trop de sang. »

Mais la main était restée ainsi toute la nuit, et toute la journée du lendemain. Le soir venu, Martin lui avait annoncé qu'il allait demander un remède à Nance. « Après tout, n'a-t-elle pas réussi à chasser le ver du ventre de Patrick, et la grosseur du bras de John, et tout ça sans les faire souffrir ?

— C'est une femme étrange », avait répondu Nóra.

Martin avait répliqué que tout valait mieux que de passer le reste de sa vie avec un bloc de glace à la place de la main – et il était parti.

Martin était revenu le lendemain matin. Sa main était toujours enflée, et d'une teinte rose vif, mais elle était redevenue souple et mobile.

« Elle a un talent incroyable, cette femme. » Il semblait à la fois émerveillé et soulagé. « Tu ne devineras jamais comment elle s'y est prise ! Elle a utilisé des orties. Elle a fait revenir le sang dans ma main avec des orties. » Il avait posé sa paume sur la joue de Nóra pour qu'elle sente la chaleur qui courait sous sa peau.

À présent, les mains emmitouflées dans un pan de sa robe pour protéger ses doigts des morsures de la plante, Nóra les arrachait par poignées entières et les amassait dans son tablier. Elle savait qu'elle devait avoir l'air d'une folle, à tirer ainsi sur les orties au milieu de la neige, dissimulée sous son châle. Mais son cœur exultait dans sa poitrine. Elle allait le guérir.

Ça marchera, songea-t-elle. Le remède avait marché pour Martin, et il marcherait pour Micheál.

— Sainte Mère de Dieu, murmura-t-elle, faites que j'aie raison. Aidez-moi à réchauffer la vie en lui. Sainte Vierge, je vous en conjure.

Nóra regagna sa chaumine, le tablier empli d'orties aux feuilles dentelées, trempées de neige fondue. Fermant la porte derrière elle, elle découvrit Micheál allongé par terre, et Mary plantée au beau milieu de la pièce, qui soulevait le lourd bâton de la baratte en chuchotant : « Viens le beurre, viens le beurre, viens le beurre, viens. » Haletant sous l'effort, Mary s'arrêta net quand Nóra pénétra dans la pièce, et commença à se frictionner les épaules.

— Que vous a dit le curé ?

— Il ne veut rien savoir. Alors je suis allée cueillir des orties.

— Cueillir des orties ? Sous la neige ?

Mary fronça les sourcils.

— Oui, et alors ? Continue donc à baratter.

Tandis que Mary recommençait à soulever puis abaisser le bâton, Nóra jeta sa cape sur la poutre de la cheminée, secoua son tablier au-dessus d'un panier pour faire tomber les orties, et s'agenouilla près de Micheál. Elle lui prit doucement les chevilles et l'attira vers elle, puis releva sa tunique pour découvrir ses jambes. Entortillant sa main dans un coin de son châle, elle préleva un plant d'ortie, puis, de l'autre main, elle souleva le pied nu de Micheál, avant de lui chatouiller les orteils avec les feuilles, effleurant sa peau de leurs pointes.

Le bâton s'immobilisa. Nóra savait que Mary la regardait, mais elle ne dit rien.

Le pied de Micheál était posé dans sa paume, singulièrement lourd. Le petit garçon ne bronchait pas. Nóra se demanda comment Nance avait disposé les orties sur la main immobile et glacée de Martin. Elle se représenta son mari assis dans l'obscurité de la chaumine, main tendue, tandis que Nance, penchée vers lui, la couvrait d'orties tout en marmonnant des paroles incompréhensibles, jusqu'à ce que la sensation cuisante gagne sa main tout entière.

Nóra leva l'ortie en l'air et la fit retomber sur la jambe de Micheál, plus fermement cette fois. Ensuite, elle la fit courir plus fermement du genou à la cheville.

L'enfant leva le menton vers le ciel avec une singulière expression de défi, puis, quand tout son tibia se mit à brûler, il ferma les yeux et poussa un hurlement.

Mary s'éclaircit la gorge.

— Qu'est-ce que vous faites ?

Nóra fit mine de n'avoir rien entendu. Elle souleva à nouveau le plant d'ortie et l'abattit sur les genoux cagneux de Micheál, en le faisant légèrement claquer, puis sur ses chevilles et ses pieds nus. La peau de l'enfant se mit à rosir sous l'effet de la piqûre, et de petits boutons apparurent.

Il doit le sentir, se dit-elle. S'il crie, c'est qu'il le sent.

Mary s'était figée, les doigts crispés sur le bâton de la baratte.

Hélas, les jambes du petit, couvertes de marbrures, demeuraient immobiles. Nóra sentit le désespoir l'envahir. Le remède avait marché pour Martin. Son mari avait retrouvé l'usage de sa main grâce à une poignée d'orties. Il avait souffert, mais quand la sensation de brûlure s'était atténuée, il avait senti sa chair inondée de chaleur. Et il avait pris le visage de Nóra entre ses mains pour lui prouver qu'il était rétabli. Elle se souvenait encore de la peau rugueuse et épaisse de son pouce lui caressant la joue, apaisant son angoisse. « Tout va bien maintenant, avait-il affirmé. Il en faut plus que ça pour m'abattre. »

Croyant voir Micheál recroqueviller les orteils, elle abattit les orties sur ses genoux avec plus de violence encore.

— Arrêtez, je vous en prie, murmura Mary.

« On lui refera une santé, avait déclaré Martin. On s'occupera de lui tous les deux, en souvenir de Johanna. Ce sera une consolation pour nous. Notre petit-fils. »

Le petit garçon se mit à crier de plus belle, et Nóra s'immobilisa pour le regarder. Son visage tout chiffonné évoquait celui d'un diablotin colérique et récalcitrant, rouge de peau comme de cheveux. Ses yeux étaient clos, ses paupières plissées, et de grosses larmes roulaient sur ses joues. Parcouru de soubresauts, il frappait le sol de ses poings. Nóra grimaça en le voyant marteler la terre battue.

« Ce n'est pas mon fils », avait dit Johanna.

À ce souvenir, Nóra comprit que le garçon n'était pas, *ne pouvait pas* être l'enfant qu'elle avait vu dans la chaumière de sa fille. Ses yeux s'emplirent de larmes, et elle perçut brusquement toute l'étrangeté de la créature étendue devant elle. Au cours des mois précédents, elle avait cru voir un reflet de Johanna dans le petit garçon, des traits intimes et familiers qui les reliaient à elle. Martin avait vu ce reflet, et il en avait conçu de l'affection pour l'enfant. Mais Nóra savait désormais que cet enfant n'avait rien de commun avec sa fille. C'était exactement ce qu'avait dit Tadgh : Johanna ne l'avait pas reconnu comme sien parce qu'il n'y avait rien de familier dans cette créature. Ce n'était qu'un coucou venu dérober un nid.

Il n'a rien de commun avec nous, se répéta Nóra. Ce n'est pas Micheál.

Elle retourna l'enfant et plaqua une autre ortie sur ses mollets. Il pleurait, le visage tourné vers les joncs recouvrant le sol. De petits morceaux de boue giclèrent des plants d'ortie, maculant les vêtements de l'enfant et le tablier de Nóra.

— Ça suffit ! cria Mary.

Il appartient au peuple des Fairies, songea Nóra. Ce n'est pas mon petit-fils.

Mary se précipita vers elle et tenta de lui arracher les orties des mains.

— Laisse-moi ! protesta Nóra, mâchoire serrée.

D'un coup sec, elle se libéra de la poigne de la jeune fille.

— Arrêtez. Il n'aime pas ça, gémit Mary.

Nóra ne tint pas compte de sa remarque.

La servante attrapa alors le panier contenant le reste d'orties et tenta de le lancer à l'autre bout de la pièce. Nóra parvint à le saisir et à le ramener contre elle, en pinçant les lèvres d'un air résolu. Elle évita le regard de la jeune fille. Mary se releva et tira sur le panier, sans plus cacher ses larmes. La bouche grande ouverte, elle poussait des gémissements, le visage aussi rouge que celui du petit garçon. Chacune lutta pour récupérer le panier, le tirant d'avant en arrière, jusqu'à ce que Nóra, mettant toute son énergie dans ses bras, finisse par l'arracher aux doigts de Mary et à le poser près d'elle. Son regard était de marbre.

— Vous êtes cruelle ! sanglota Mary.

L'enfant hurlait si fort qu'il était sur le point d'étouffer. Sa tête ballotta de gauche à droite.

Nóra se remit à le cingler avec des orties.

Mary se pencha, saisit à mains nues les feuilles qui restaient au fond du panier et les jeta dans le feu. Les braises noircirent sous le tas d'orties détrempées. Puis, avant que Nóra puisse ouvrir la bouche, Mary fila vers la porte, l'ouvrit à la volée, et traversa à grands pas la cour ensevelie sous la neige.

7

Patience

— As-tu perdu la tête ?

Debout dans l'embrasure de la porte, Peg O'Shea regardait Nóra et Micheál d'un air ébahi. Assise à même le sol, Nóra tremblait de tout son corps. Elle serrait les poings – si fort que ses ongles meurtrissaient ses paumes. Micheál, à demi nu, poussait des hurlements de douleur, le visage maculé de boue. Il soulevait la tête et la laissait retomber, frappant le sol de manière maladive.

Peg boitilla jusqu'à lui et, d'un geste vif, le prit dans ses bras.

— Allons, allons, mon petit. Chut... Là, c'est fini.

Elle se laissa tomber sur un tabouret près de Nóra, toujours affalée au sol.

— Nóra Leahy. Dieu tout-puissant, qu'as-tu fait à cet enfant ?

L'interpellée haussa les épaules en s'essuyant le nez d'un revers de manche.

— Ta servante vient d'arriver chez moi dans tous ses états, en criant que tu fouettais Micheál avec des orties. As-tu perdu la raison ? Le petit ne souffre-t-il pas assez comme ça, d'après toi ?

Peg scruta le visage de Nóra, puis frappa le sol du pied.

— Ça suffit ! Arrête de pleurnicher et raconte-moi ce qui s'est passé.

— C'est… le père Healy, murmura Nóra, le souffle court.

— Eh bien quoi, le père Healy ?

— Il refuse de soigner le petit. Je suis allée lui demander. Il m'a répondu qu'il était probablement simple d'esprit et qu'on ne pouvait rien y faire. Et il m'a interdit de parler des Bonnes Gens. Pour lui, ce ne sont que des superstitions.

Le menton de Nóra se mit à trembler.

— Où est passée Mary ?

— Je l'ai envoyée cueillir des feuilles de patience au bord de la Flesk. Rabaisse sa tunique, Nóra. C'est moi qui m'en charge, si tu ne le fais pas. Ce petit gars hurle comme si tu l'avais brûlé vif.

Peg prit Micheál sur ses genoux et l'emmitoufla dans son châle.

— Tu ferais mieux de tout m'expliquer. Je n'y comprends rien !

— Les gens racontent que c'est un changelin, avoua Nóra, le visage crispé de désespoir.

Peg garda le silence quelques instants.

— Bon. Ce n'est pas impossible. *Is ait an mac an saol.* La vie est un drôle de petit bonhomme.

— Si tu penses que c'est un changelin, pourquoi le prends-tu dans tes bras ? bredouilla Nóra. Et pourquoi me reproches-tu de l'avoir malmené ?

— Seigneur ! Tu as le sang aussi froid qu'une truite, pour vrai ! Ne sais-tu donc pas que si cette créature est un changelin, ton vrai petit-fils endure en ce moment même les souffrances que tu infliges à celui-ci ? Si les Bonnes Gens ont emporté Micheál, Ils n'apprécieront pas que tu traites ainsi l'un des leurs.

Peg souleva la tunique de l'enfant et regarda ses jambes, en les tournant dans un sens, puis dans l'autre.

— Tu n'y es pas allée de main morte. Mais quel résultat espérais-tu, enfin ?

Nóra se redressa péniblement et s'assit sur la banquette.

— J'espérais ramener la vie dans ses jambes. Je croyais que la brûlure le forcerait à bouger.

Peg fit claquer sa langue.

— Quelle idée ! En voilà un remède, pour vrai. J'ignorais que tu avais des talents de guérisseuse, Nóra.

— C'est ce que Nance a fait à Martin, un jour qu'il avait la paume tout engourdie. Les orties ont ramené la vie dans sa main.

— Oh, Nóra. Quel orgueil de ta part ! Nance Roche a le don – pas toi. Tu aurais mieux fait de jeter ces orties dans de l'eau chaude et de les donner à boire à ce pauvre simplet.

Elle inclina la tête de Micheál, la posa sur son cou décharné, et le serra fort contre elle en lui chuchotant à l'oreille :

— Que va-t-on faire de toi, dis-moi ? De quelle contrée sauvage viens-tu ?

— Peg, je sais ce qu'on pense de moi, reprit Nóra d'une voix altérée. On raconte que ma fille n'a pas été rappelée par Dieu, mais par les esprits du fort. Que Micheál est avec elle dans la colline, et qu'on m'a laissé le changelin à la place. Que c'est de sa faute à lui, si le malheur frappe la vallée, et que cette faute pèsera sur mon âme. On raconte…

Sa voix se brisa.

— On raconte que Martin est mort parce que ce... cet enfant est venu vivre chez nous. Alors quand je le regarde, je me pose des questions, Peg.

— Nóra Leahy ! Cesse d'avoir honte et soucie-toi comme d'une guigne de ce qu'on dit dans la vallée pour te rabaisser. La nuit reviendra, si Dieu le veut. Tu devrais te réjouir que le petit soit un changelin : cela signifie que tu n'as rien à te reprocher. Et puis, il existe des moyens de récupérer Micheál.

Nóra haussa les épaules avec impatience.

— Je sais comment on fait pour chasser les changelins. On les dépose sur un tas de fumier pendant la nuit pour que les Fairies viennent les chercher ! On menace de les brûler ! Veux-tu que je pose celui-ci sur une pelle et que je le fasse griller ? Veux-tu que je le frappe avec un tisonnier chauffé à blanc ?

Peg secoua la tête avec gravité.

— Arrête de divaguer. Ton imagination s'emballe. Et cesse de tenir des propos aussi sinistres ! Ce qu'il te faut, c'est parler à quelqu'un qui s'y connaît.

Elle planta ses yeux dans ceux de Nóra.

— Et ce quelqu'un, c'est Nance.

Mary dévalait la pente herbeuse à toute allure. À son passage, les ronces se prirent dans ses jupes et lui griffèrent les jambes. La douleur, fulgurante, fit bourdonner son sang, mais elle poursuivit sa course jusqu'au pied de la colline, où la berge apparut derrière un enchevêtrement de bois mort. Les flots avaient la noirceur d'un cauchemar. Le temps qu'elle atteigne la rivière, elle avait les tibias couverts d'éraflures.

Reprenant son souffle, elle fouilla les lieux du regard, en quête de patience d'eau. Elle en aperçut une brassée sur une portion de berge à moitié éboulée, au milieu des fougères fanées et des herbes sèches brisées par l'hiver. Elle s'approcha et s'allongea sur le ventre, afin de cueillir les longues feuilles sans que le sol cède sous ses pieds. Puis, tendant le bras, elle tira sur les tiges d'un coup sec. Dans l'eau, son reflet déformé lui renvoya son regard. Elle lut un tel effroi sur son visage qu'elle demeura interdite. Saisie d'une irrépressible envie de pleurer, elle essuya ses yeux larmoyants et son nez humide dans sa manche.

Le spectacle de Nóra fouettant l'enfant avec des orties l'avait profondément bouleversée. Non par sa violence, mais par sa laideur – une laideur à laquelle Mary avait rarement été confrontée dans son existence. Un jour, elle avait vu un homme, nimbé de la noire auréole du mépris, ricaner devant une folle qui errait dans la campagne à demi nue, tout juste vêtue de sa chemise. Un matin de mai, elle avait vu un groupe de jeunes filles se glisser à reculons, à quatre pattes et complètement nues, sous un buisson d'églantier. La vision de leurs corps blêmes se contorsionnant dans l'herbe et tressaillant sous la piqûre des épines l'avait profondément troublée. À l'époque, ignorant le sens de ce mystérieux rituel, elle avait enfoui cette image au tréfonds de sa mémoire. Plus tard, entendant parler des pouvoirs de l'églantier à racine double, elle avait compris que ces filles rampaient sous l'arche du diable pour jeter un mauvais sort. Mary ne les avait plus jamais croisées, mais leur souvenir avait douloureusement refait surface quand elle avait vu la veuve Leahy couverte de boue flageller les jambes de l'enfant.

Ce n'était pas les coups qui la choquaient le plus. À Annamore, Mary avait vu des enfants plus jeunes que Micheál battus comme plâtre par leur mère. Elle-même avait senti le poids d'une main d'homme s'abattre sur sa joue l'été précédent, lorsqu'elle travaillait dans une ferme au nord du comté.

Non, ce qui la choquait, c'était la cruauté émanant de ces coups. Nóra semblait avoir sombré dans la démence. Elle fouettait Micheál comme si elle ne voyait en lui qu'un canasson rétif ou une carcasse de bête à dépecer. Ce spectacle lui avait retourné le cœur.

Employées ainsi, les orties n'avaient rien d'un remède, et tout d'un châtiment.

La neige et la boue rendaient la pente visqueuse. Mary dut lutter pour ne pas glisser en regagnant la ferme, et il lui fallut plus d'une fois s'aider de ses mains pour gravir le coteau. Essuyant ses yeux rougis, elle s'aperçut que son visage était couvert de boue. Pour se rendre à la rivière, elle avait emprunté le sentier, puis le raidillon menant à la berge ; mais, dans sa hâte de rentrer, elle avait couru vers la forêt, où la pente était abrupte. L'air lui brûlait les poumons. Soudain, le sol céda sous son pied gauche. Un cri de douleur jaillit de sa poitrine, et elle roula au sol, lâchant les feuilles de patience.

Clignant des yeux pour refouler ses larmes, elle saisit sa cheville à deux mains et s'assit dans la boue, oscillant d'avant en arrière, le souffle court.

Je veux rentrer à la maison.

Cette pensée s'insinua en elle pour s'y graver profondément, jusqu'à la submerger.

Je veux rentrer à la maison.

Serrant les dents, elle tenta de se relever. En vain. Les tendons saillants de sa cheville lui faisaient terriblement mal. De grosses larmes roulèrent sur ses joues. Elle détestait cette vallée. Elle détestait cet enfant anormal, aussi fragile que du verre, et la morne solitude qui drapait la veuve tel un voile de brume. Elle détestait ces nuits de mauvais sommeil et la perpétuelle odeur d'urine qui imprégnait les langes de l'infirme, tout comme elle détestait la compassion qui se lisait sur le visage de la vieille voisine. Elle voulait retrouver ses frères et sœurs. Elle voulait sentir les doigts des plus jeunes lui peigner les cheveux près de l'âtre. Elle voulait se réveiller au son du joyeux babil des nouveau-nés, contempler leurs petites pommettes rouges, sentir leurs menottes posées sur son épaule. Elle voulait revoir le visage grave et compréhensif de David.

C'est trop dur, songea-t-elle. Pourquoi le monde est-il si cruel et si mystérieux ?

— Que de larmes ! J'en ai rarement vu d'aussi amères, ma fille.

Mary tressaillit. Une vieille femme se dressait à son côté. Emmitouflée dans un châle miteux, elle traînait une branche cassée derrière elle.

— Es-tu blessée ?

La femme se pencha vers elle, l'air inquiet. Mary, que la surprise avait figée sur place, planta son regard dans le sien. Elle avait les yeux voilés et le visage sillonné de rides, mais sa voix était empreinte d'une grande douceur. Elle tendit le bras et posa sa main parcheminée sur le genou fléchi de Mary.

— Tu es blessée, affirma-t-elle. Ne bouge surtout pas.

Elle commença à s'affairer avec la branche cassée. Mary comprit qu'elle lui servait de traîneau : elle était couverte de mottes de tourbe, de bouses et de plantes. La femme les retira avec soin, les posa à côté d'elle, et élimina d'un geste sec les branches adventices. Elle ne tarda pas à obtenir un bâton de forme grossière, qu'elle tendit à Mary.

— Essaie de te relever, ma fille. Prends ça.

Prenant appui sur son pied valide, Mary se redressa péniblement et planta le bâton dans le sol gorgé d'eau.

— Maintenant, passe ton autre bras sur mon épaule. Je t'emmène chez moi. J'ai de quoi t'aider, dans ma cahute. Là-bas, tu la vois ?

— Et votre tourbe ?

Mary renifla. La maigre omoplate de la vieille saillait sous son bras.

— Ne t'en fais pas pour ça, assura la femme en grimaçant sous son poids. Alors, peux-tu marcher ?

Mary prit lourdement appui sur le bâton et souleva son pied douloureux.

— Je crains de vous faire mal.

La femme sourit.

— Je suis forte comme un bœuf. Voilà, comme ça... Viens. C'est par là.

Elles redescendirent la pente tant bien que mal, jusqu'à la clairière boueuse qui jouxtait la forêt. La maisonnette en torchis était adossée à une rangée d'aulnes, dont les branches dépourvues de feuilles s'ornaient des entrelacs d'anciens nids d'oiseaux, rendus visibles par l'hiver. Il n'y avait pas de cheminée, mais un filet de fumée s'échappait de l'un des côtés de l'habitation, grâce à un trou pratiqué dans le chaume. À la lisière de la forêt, une chèvre broutait, attachée au bout d'une corde. Elle releva la tête en les entendant arriver et scruta Mary de ses yeux perçants.

— Est-ce ici que vous vivez ?

— Oui, c'est ici.

— Je croyais que cette chaumine était abandonnée.

Mary entendait la rivière au loin.

— J'habite là depuis plus de vingt ans. Entre, ma fille. Va t'asseoir près du feu.

Mary agrippa le chambranle et pénétra dans la pièce à cloche-pied. Depuis la clairière, le *bothán* paraissait humide et rudimentaire, mais il régnait une douce chaleur à l'intérieur. Le sol était couvert de joncs fraîchement coupés, desquels émanait une plaisante odeur de propreté, et un feu de tourbe brûlait sur la grande dalle du foyer, à l'écart du mur. Il n'y avait pas de fenêtre pour laisser passer la lumière du jour, mais le cœur rougeoyant de la flambée empêchait la pièce plongée dans la pénombre de sombrer dans les ténèbres. Levant les yeux, Mary vit une multitude de croix de sainte Brigid, la patronne des sages-femmes, noircies par des années de fumée, attachées aux chevrons bordant le plafond bas. À l'angle de la pièce se trouvaient des paniers en paille, emplis, pour certains, de bouts de laine miteux et non cardés.

— Vous êtes une *bean leighis* ? demanda Mary, pointant du doigt les plantes séchées suspendues aux poutres grossières.

La femme se tenait sur le seuil, occupée à nettoyer ses pieds et ses mains couverts de boue.

— N'as-tu donc jamais rencontré de guérisseuse ?

Mary fit non de la tête, la bouche soudain sèche.

— Assieds-toi sur le tabouret, là-bas.

La vieille ferma la porte, et la pièce s'obscurcit encore davantage. Les lueurs du feu projetèrent de grandes ombres le long des murs.

— Je m'appelle Nance Roche, dit-elle. Et toi, tu es la servante de Nóra Leahy.

Troublée, Mary mit quelques instants à répondre.

— En effet. Je m'appelle Mary Clifford.

— Tu travailles dans une maison frappée par le malheur, reprit Nance Roche en s'asseyant à côté d'elle. Nóra Leahy est une veuve bien triste.

— Toutes les veuves le sont, non ?

Nance se mit à rire, dévoilant ses gencives nues qui n'abritaient plus que deux ou trois dents.

— On ne pleure pas toujours un mari mort, ma fille. Il en va de même pour les épouses.

— Qu'est-il arrivé à vos dents ?

— Oh, je n'avais plus rien à leur donner à mâcher, alors il était temps de les perdre. Laisse-moi plutôt regarder ta cheville.

Mary tendit son pied nu vers le feu de tourbe. Nance examina sans le toucher le membre gonflé.

— Aïe, c'est bien ce que je pensais. Tu m'autorises à te soigner ?

Mary écarquilla les yeux dans la pénombre.

— Aurai-je très mal ?

— Pas plus que maintenant.

Mary accepta d'un signe de tête.

Nance cracha dans ses mains et les posa doucement sur la cheville.

— Christ en croix. Un cheval s'est déboîté la patte. Le Seigneur a relié le sang au sang, la chair à la chair, l'os à l'os. De même qu'Il a guéri cela, puisse-t-Il soigner ceci. Amen.

Nance se signa, et Mary fit de même. La jeune fille sentit alors une vive chaleur irradier sous sa peau, comme si elle se tenait trop près d'une flamme. Puis la douleur s'évanouit, lui arrachant un long soupir de soulagement. Cependant, quand elle tenta de se mettre debout, Nance leva un doigt en l'air pour l'en empêcher.

— Pas encore. Il te faut un cataplasme.

Sous le regard intrigué de Mary, la guérisseuse emplit un bol ébréché de diverses plantes qu'elle préleva dans un panier couvert d'un linge humide.

— Quelles herbes mettez-vous là ? demanda Mary.

— Ça, c'est mon secret.

Nance prit un œuf et le cassa d'un coup sec sur le rebord du bol, laissant filer le blanc entre ses doigts tordus. Une fois l'œuf clarifié, elle fit glisser le jaune dans sa bouche et le goba.

— Je vais devoir avaler ça ? demanda Mary en désignant le bol.

— C'est pour ta peau, pas pour ton ventre. Fougère royale, cresson et orties.

— Des orties ? répéta Mary, effarée.

— Ne t'inquiète pas. Je les ai plongées dans l'eau. Elles ne piquent presque plus.

Nance entreprit de pilonner les herbes avec un maillet en bois poli par le temps.

Mary ferma les yeux. Elle se remémora les jambes de Micheál zébrées de rouge, et la main de la veuve, emmitouflée dans son châle, frappant l'enfant avec un plant d'orties. Son estomac se contracta, et elle eut un haut-le-cœur, éclaboussant le feu, qui se mit à siffler.

— Pardonnez-moi, dit-elle en haletant, avant de vomir à nouveau.

Mary sentit des mains douces repousser les cheveux qui tombaient sur son front. Puis les doigts osseux de Nance lui frictionnèrent l'épaule.

— Tout va bien, murmura la vieille femme. Tout va bien.

Une louche d'eau froide s'approcha des lèvres de Mary.

— Pardonnez-moi, bégaya-t-elle à nouveau.

Elle cracha de la bile. L'acide lui piqua les narines.

— Pauvre petite... Tu es encore sous le choc.

— Pas à cause de ma cheville.

Les caresses de la vieille femme lui rappelaient celles de sa mère. S'essuyant la bouche du dos de la main, elle s'aperçut que les piqûres d'orties brûlaient encore au creux de sa paume. Elle éclata en sanglots.

Nance prit ses mains dans les siennes, les retourna, et scruta les petits boutons rouges. Son front se plissa.

— La veuve te malmène ?

Il y eut un long silence.

— Mary Clifford. C'est Nóra Leahy qui t'a fait ça ?

— Pas à moi ! finit par lâcher Mary. À lui. Micheál. Elle lui veut du mal.

— Ah ! Le petit infirme, répliqua Nance d'un air entendu.

— Vous êtes au courant, pour Micheál ?

Nance lâcha les mains de la jeune fille et resserra son châle sur ses épaules.

— J'entends beaucoup de choses sur cet enfant. Beaucoup de rumeurs...

— Il n'est pas normal, interrompit Mary. Nóra le sait très bien. Elle le cache ! Et elle m'oblige à le cacher parce qu'elle a peur de ce que les gens pourraient dire de lui. Sauf qu'ils sont déjà au courant : ils racontent que c'est un changelin et que tout est de sa faute. Voilà pourquoi elle le punit !

Les mots se bousculaient sur sa langue.

— Tout à l'heure, elle l'a fouetté avec des orties. Elle boit, et puis, elle a une lueur dans l'œil qui m'effraie. Ils sont perdus, aussi bien l'un que l'autre. Je crains qu'il ne leur arrive un grand malheur.

Nance serra avec force les mains endolories de Mary.

— Allons, murmura-t-elle d'une voix apaisante. Je suis là, maintenant. Tout va bien se passer. Je suis là.

Micheál avait enfin cessé de pleurer. Nóra proposa à Peg, qui le tenait toujours serré contre elle, de le prendre sur ses genoux. Sa voisine se contenta de la regarder fixement, la forçant à baisser les yeux.

— Va plutôt t'asseoir près du feu et tâche de retrouver tes esprits.

— J'aimerais tant que Martin soit là ! gémit Nóra d'une voix haletante.

Elle avait l'impression que son âme se broyait sous la meule de son chagrin.

— C'est bien normal, acquiesça Peg d'une voix soudain grave. Mais Martin est avec Dieu, et tu ferais bien de poursuivre ta vie du mieux possible.

— J'aimerais tant que Martin soit là ! répéta Nóra.

Elle sentait le sang affluer à son visage.

— Et j'aimerais tant que Micheál soit mort à sa place, ajouta-t-elle.

Peg pinça les lèvres, mais ne dit rien.

— Je serais capable d'emmener Micheál au cimetière et de l'enterrer vif si ça me permettait de récupérer ma fille !

Emportée par la virulence de son propos, Nóra tomba de son tabouret et se retrouva à quatre pattes sur le sol.

— J'en serais capable ! hurla-t-elle. Je voudrais tant que Johanna soit à mon côté !

— Ça suffit !

Nóra sentit deux doigts rugueux lui pincer le menton et lui relever la tête.

— Ça suffit, siffla Peg, sans lui lâcher le visage. Crois-tu vraiment que tu es la seule à avoir perdu une fille ? Moi, j'ai enterré cinq enfants dans le *cillín*. Cinq.

Elle n'avait pas haussé la voix.

— C'est un grand malheur de devoir mettre en terre deux cercueils la même année, mais ce n'est pas une raison pour laisser son cœur et son esprit partir à vau-l'eau comme tu le fais, ni pour pleurnicher en se traînant aux quatre coins de la pièce, comme un homme rendu fou par la boisson. Et cesse d'appeler au meurtre, la vallée pourrait t'entendre. Ne menace pas cet enfant de châtiments pires que ceux qu'il endure déjà.

Nóra repoussa sèchement les doigts de Peg.

— Qui es-tu pour me dire comment exprimer ma douleur ?

— Je veux t'aider, rien de plus.

Des bruits de voix s'élevèrent dans la cour. Les deux femmes échangèrent un regard.

— Qui est-ce ? siffla Nóra entre ses dents.

— Mary ? Elle revient avec les feuilles de patience, pour sûr.

— Ce n'est pas sa voix.

Nóra se redressa, les yeux fixés sur le verrou, puis elle se posta près de la porte et tendit l'oreille.

On frappa brusquement au battant.

— Qui va là ? cria Nóra.

— Nóra Leahy, je vous conseille de m'ouvrir. Votre servante est avec moi, et elle est en piteux état.

Peg écarquilla les yeux.

— C'est Nance Roche ! Pour l'amour de Dieu, Nóra, laisse-la entrer.

Nóra s'essuya les yeux sur sa manche et poussa le loquet. Un flot de lumière pénétra dans la chaumière.

Nance se tenait sur le seuil. Ses yeux nageaient dans un bleu trouble bordé de sang. Emmitouflée contre le froid, elle avait un panier d'osier au bras. Nóra sentit son regard passer de son visage baigné de larmes à son poignet couvert de griffures et à ses ongles endoloris, rongés jusqu'au sang.

— Vous filez un mauvais coton, murmura-t-elle. Le secret ne vous réussit guère.

— Que me voulez-vous ?

— Votre servante s'est foulé la cheville près de la rivière. C'est là que je l'ai trouvée. Je l'ai accompagnée jusqu'ici pour m'assurer qu'elle rentrerait à bon port, mais à mon avis...

Les yeux de Nance se portèrent dans la pièce, derrière Nóra. Elle lança un regard à Peg et à l'enfant posé sur sa poitrine.

— À mon avis, Nóra, c'est surtout vous qui avez besoin de mon aide.

Posant sa main libre sur l'épaule de Nóra, elle la poussa de côté et pénétra dans la chaumière.

Mary lui emboîta le pas. Elle franchit le seuil tant bien que mal en jetant à Nóra un regard méfiant.

— C'est grave ? demanda Nóra.

Elle désignait le bandage de fortune qui entourait sa cheville. La jeune fille secoua la tête sans rien dire.

— Ah ! Voici donc le garçon brûlé par les orties, reprit Nance. L'enfant caché. Allons, Peg O'Shea, laissez-moi jeter un œil à ce petit.

Nance dénoua son châle et préleva deux feuilles de patience dans son panier. Après avoir roulé la tunique de Micheál sur ses jambes, elle plaqua les feuilles autour de ses mollets.

— Un chat n'aurait pas fait mieux ! commenta-t-elle en examinant les griffures qui zébraient sa peau.

— Je ne voulais pas lui faire mal, répliqua Nóra. Je cherchais à le soigner, au contraire. C'est ce que vous avez fait à Martin. Il me l'a raconté. Vous avez ramené la vie dans sa main engourdie.

Peg plaça Micheál entre les bras tendus de Nance. La vieille femme le serra contre elle quelques instants, avant d'observer son visage inexpressif.

— Votre Martin n'était pas dans le même état que cet enfant.

Soudain, Nóra vit l'enfant tel que Nance le voyait : un garçon farouche et revêche, aussi léger qu'une fine couche de neige sur une branche. Un petit tas d'os au menton pointu qu'une brise suffisait à faire vaciller. Un chardon au bout d'une tige. Agrippant le vide de ses mains griffues, comme si l'air était empli de mystères, et non de la fumée du feu et de leur mauvaise haleine.

Elle regarda Nance caresser le front de l'enfant du bout du doigt.

Que s'était-il passé ? Qu'avait donc fait Johanna pour perdre son fils ? Avait-elle oublié de tracer à la cendre un signe de croix sur son front ? De lui ronger les ongles pendant les neuf premières semaines de son existence ? De saupoudrer ses lèvres de sel, de poser des cisailles ou une barre métallique sur son berceau ? Toutes les femmes du pays savaient comment faire pour éviter qu'on enlève leur enfant. Placer une branche de coudrier près de la porte. Répandre du lait sur le sol quand on a trébuché.

Nance étendit Micheál devant elle, sur les joncs séchés.

— Il est très maigre, dit-elle posément.

— Je ne cherche pas à l'affamer, si c'est ce que vous voulez dire. Il mange sans cesse.

— Calmez-vous. Ce n'est pas du tout ce que je voulais dire.

Nance lança à Nóra un long regard empli de douceur, avant de reprendre :

— Mary m'a expliqué qu'on vous avait confié cet enfant à la mort de votre fille – paix à son âme. Le petit est-il venu au monde dans cet état ? Ou a-t-il changé par la suite ?

— C'était un beau petit garçon à la naissance, et pendant les deux années qui ont suivi. Il a changé quand ma fille est tombée malade.

Nóra déglutit avec difficulté.

— Tadgh et Johanna ont d'abord pensé que c'était à cause de la faim et du froid, poursuivit-elle. Puis ma fille a changé d'opinion. Elle avait l'impression d'avoir perdu son petit garçon. Elle ne le voyait plus comme son propre fils. Elle a demandé... À la fin de sa vie, elle a demandé à son mari de l'éloigner. Elle ne voulait plus le voir.

Peg lui lança un regard étonné.

— Tu ne m'avais jamais parlé de ça, Nóra.

— Ma fille n'a jamais manqué à ses devoirs, protesta Nóra. C'était une bonne mère.

— J'aimerais comprendre, interrompit Nance. Expliquez-moi en quoi ce petit est surnaturel.

— Que voulez-vous que j'explique ? Regardez-le. Rien n'est naturel chez lui !

Un silence pesant succéda à sa remarque. Une bouffée d'air glacial s'engouffra sous la porte.

— Il hurle chaque nuit, murmura Mary. Il refuse de dormir, et de rester tranquille dans mes bras. Il me donne des coups de pied et il me mord.

— Cet enfant n'a rien à voir avec ma famille, assura Nóra.

— Par la Croix du Christ, Nóra ! s'emporta Peg. (Elle pressa ses doigts sur ses tempes.) Pour vrai, je ne sais que penser, Nance. Il ne marche pas. Il ne parle pas.

— Il a essayé de m'arracher les cheveux ! renchérit Nóra.

Nance scruta le petit garçon.

— Apportez-moi du fil, ordonna-t-elle. J'aimerais le mesurer.

— Pourquoi ?

— Il se pourrait qu'il soit sous le pouvoir des Fairies, ou qu'il ait été ensorcelé.

— Par le mauvais œil ? demanda Mary.

— Oui. Il a peut-être été frappé.

Nóra tendit la main vers son tricot et tira sur la laine d'un geste sec. Elle en coupa un bout avec les dents et le donna à Nance, qui le tint bien droit entre ses doigts et le posa sur les orteils et les hanches de Micheál, mesurant une jambe, puis l'autre. Dehors, le vent n'arrêtait pas de souffler.

— C'est bien ce que je pensais : elles ne font pas la même taille, énonça Nance. C'est un signe d'étrangeté, pour sûr.

— Doux Jésus. Même le docteur de Killarney ne l'avait pas remarqué.

— Vous aimeriez comprendre pourquoi il n'est plus comme avant, Nóra. Pourquoi il n'est pas normal.

Le visage de la maîtresse de maison se plissa de chagrin :

— Je crains… Je crains que ce soit un changelin.

Nance se redressa.

— Ça peut être ça, comme ça peut être autre chose. Il existe des moyens de savoir si les Bonnes Gens l'ont seulement ensorcelé et empêché de grandir, ou bien si…

Elle posa une main sur le buste de l'enfant. Ses cheveux roux et emmêlés collaient à ses tempes, aussi enflammées que ses joues.

— Ou bien quoi, Nance ?

— Les Bonnes Gens ont pu frapper votre petit-fils et le laisser infirme, mais il se peut aussi qu'Ils se soient emparés de lui, et qu'Ils vous aient laissé ce changelin à la place. Dans ce cas, cette créature serait le fils d'une fée.

Nóra se couvrit la bouche de la main et acquiesça sans mot dire, les yeux emplis de larmes.

— Tu avais raison, Mary, dit-elle. Tu l'as compris dès le jour de ton arrivée.

Évitant son regard, la jeune fille fit mine d'observer un brûle-jonc dont la flamme crépitait dans un coin de la pièce.

— Johanna, continua Nóra. Elle savait, pour sûr. Le cœur d'une mère ne trompe pas.

Elle inspira longuement, en frémissant des pieds à la tête.

— Et moi aussi, je le savais. Je l'ai su dès que je l'ai vu arriver. Parce que je m'attendais à être remplie d'amour pour lui, et que... Sur le moment, j'ai pensé que j'agissais mal. Que mon cœur...

Elle agrippa son châle, en transperça les mailles de ses ongles.

— Si vous dites vrai, Nance, ça expliquerait tout. Mon cœur ne s'est pas trompé. Je n'ai pas mal agi en me montrant dure avec lui.

Peg passa la langue sur ses gencives. Elle semblait troublée.

— Et comment peut-on savoir si c'est un enfant de fée ou s'il a seulement été frappé de leur souffle ? demanda-t-elle en s'adossant contre la banquette.

— Les changelins passent leur temps à manger sans jamais grandir. Quand un enfant se tait, cela signifie que les Bonnes Gens nous en veulent parce qu'on les a offensés. C'est à son silence qu'on reconnaît un enfant victime d'un enchantement. En revanche, s'il pleure sans répit, on peut penser que c'est un changelin.

— Voyons, Nance, ce n'est quand même pas parce qu'un enfant pleure que c'est une créature de chez Eux ! Dans ce cas, mes enfants étaient tous de petits changelins, répliqua Peg.

Nance lui jeta un regard perçant.

— Vos enfants n'ont jamais perdu l'usage de leurs jambes. Je m'en souviens très bien : selon le sens du vent, leur babil parvenait jusqu'à ma chaumine.

— Il fait de drôles de bruits, aussi, ajouta Mary. Surtout quand il pleure.

Nóra ferma les yeux.

— On dirait le cri d'un renard.

Peg saisit le tisonnier et remua les braises en fronçant les sourcils. Une gerbe d'étincelles s'éleva au-dessus de leurs têtes.

— Il est possible de demander aux Fairies de nous révéler sa véritable nature. De nous dire si c'est un changelin, reprit Nance.

— J'ai entendu parler de ces méthodes, répliqua Nóra d'une voix tremblante. Pelles brûlantes et charbons ardents, c'est ça ?

Elle secoua résolument la tête.

— Je ne veux pas le tuer.

Nance s'assit sur ses talons et lui jeta un long regard.

— Qui vous parle de le tuer ? Il s'agit seulement de menacer le changelin et de le chasser. Afin de vous rendre votre petit-fils.

— Mon frère m'a dit que les paysans qui vivent sur la côte laissent leurs changelins sur le rivage à marée basse, quand la mer commence à remonter, intervint Mary. Quand on n'entend plus ses pleurs, on sait que le changelin s'est enfui.

Déjà pâle, elle blêmit en voyant Peg hausser les sourcils.

— C'est la vérité, insista-t-elle. Mon frère a vécu là-bas. Il m'a tout raconté.

— Nombreux sont ceux qui ont perdu un enfant à cause des Fairies, reprit Nance. Une épouse ou une mère, aussi. Nóra, je ne dois pas vous cacher qu'il est très difficile de retrouver ceux que les Bonnes Gens ont enlevés. Aussi certains préfèrent-ils prendre soin du changelin, bien que ce soient des créatures contrariantes.

Mary acquiesça d'un vigoureux signe de tête.

— C'est exactement ce qu'on m'a dit, à Annamore. (Sa voix se réduisit à un murmure :) Que c'est vraiment affreux de perdre un bébé à cause des Fairies, mais qu'il vaut mieux prendre soin de la petite créature qu'Ils ont laissée derrière Eux, en espérant qu'Ils finiront par rendre l'enfant.

— Je veux retrouver Micheál, affirma Nóra. Comment pourrais-je aimer celui-ci, quand je sais que l'enfant que je désire est avec Eux ? Et que je pourrais revoir son vrai visage ?

— Réfléchissez bien. Ne pourriez-vous continuer à vivre avec ce petit fé qui lui ressemble ?

Nóra sentit un grand calme l'envahir. Assise de manière malcommode, elle tordit ses vêtements entre ses poings, le souffle court.

— Je n'ai pas de famille, murmura-t-elle. Mon mari et ma fille sont morts – paix à leur âme. Je n'ai que mes neveux, et cette... créature. Ce changelin, si c'en est bien un. Tout le monde en parle dans la vallée. On l'accuse de la mort de Martin et des malheurs qui se sont abattus sur nous ces derniers temps. Comme quoi les vaches ne donnent plus de lait, et les poules ne pondent plus depuis le début de l'hiver. S'il y a du vrai dans ces histoires, je ne peux pas rester sans rien faire, pour sûr. Je dois tenter de récupérer mon petit-fils.

Nance inclina la tête.

— Il n'est pas impossible, Nóra, si tout cela est bien l'agissement des Fairies, que votre fille et son fils soient en train de danser sous la colline. On les nourrit, on prend soin d'eux, et ils sont très heureux ensemble.

Elle fit un signe en direction de la porte.

— Là-bas, dans le fort, leur vie est plus facile que la nôtre.

Nóra secoua la tête.

— Si rien ne peut me rendre Johanna... alors, je ferai ce qu'il faut pour récupérer son fils, le véritable petit-fils de Martin.

Le feu se mit à crépiter. Des flammes dansèrent au-dessus des braises. Pendant un long moment, Nance ferma les yeux, comme terrassée par la fatigue, et sa main lâcha le corps de l'enfant. Nóra vit le petit garçon agripper les doigts de la vieille femme et planter ses ongles dans le dos de sa main. Une minuscule griffure apparut sur sa peau trop fine.

— Eh bien, qu'il en soit ainsi, Nóra, murmura Nance en regardant le sang qui perlait sur sa main. Venez me voir à la fin de l'année. Nous nous mettrons aussitôt au travail. Et nous l'arracherons aux Fairies.

8

Achillée

Décembre avançait lentement. Sous les cieux chargés de nuages, les femmes entonnaient des chants pour leurs vaches. Leurs voix résonnaient dans l'air empli de vapeur. Elles glissaient leurs mains sous leurs vêtements pour les chauffer contre leur peau et faire circuler le sang dans leurs doigts gourds, de manière à traire les bêtes d'une main ferme et persuasive. Elles posaient la joue sur leurs flancs, chantaient, trayaient, et priaient Dieu que le lait soit bien gras.

Mais rien n'y faisait : le lait restait maigre, et, dans toute la vallée, il fallait baratter longtemps avant de faire surgir le beurre contre le bâton. Quand il prenait enfin, les paysannes prélevaient avec soulagement une petite boule de corps gras, dont elles enduisaient le mur de leur chaumière. Puis elles tournaient trois fois le bâton sur lui-même, avant de le poser en travers de la baratte. Certaines attachaient des branchettes de sorbier au bâton, d'autres répandaient du sel sur les couvercles en bois.

Quand la lune était gibbeuse, les femmes abandonnaient leurs nourrissons aux bras de leurs filles aînées et s'engageaient sur le sentier couvert de givre jusqu'au carrefour, pour se réunir chez Áine. Tels des papillons de nuit, elles se posaient autour du foyer, dans cette chaumière pleine de coins et de recoins. Leurs visages brillaient à la lueur des flammes.

— Le fer à cheval, vous avez essayé ? demanda Áine un soir de veillée. Pour sûr, mon homme peut vous en donner un, et si vous l'attachez à la baratte, il fera venir le beurre.

— Un clou suffirait, ma foi.

— Ou trois brins d'achillée dans le seau pendant la traite.

— Surtout ne pas chanter ni boire pendant qu'on baratte. Ni câliner son homme. Le beurre ne vient pas quand on se peigne et qu'on se carde l'un l'autre.

Les femmes acquiescèrent d'un mouvement de tête. Ce soir-là, elles étaient six, massées autour de la chaleur de l'âtre. Leurs pieds nus frottaient contre les pierres polies par les années.

— Avez-vous vu l'anneau qui entoure la lune cette nuit ? demanda Biddy.

Il y eut un murmure d'assentiment.

— Ça veut dire qu'il va pleuvoir.

— De la pluie, en plus du brouillard ? Tout ce brouillard accroché aux montagnes... Quel sale temps, pour vrai.

— Ce n'est pas un temps à mettre le nez dehors, ça c'est sûr.

— Pourtant, j'ai vu Nance Roche rôder dans les champs au petit matin. Aussi vrai que je vous vois.

Les visages se tournèrent vers Kate Lynch, qui se tenait blottie près du feu, les bras serrés autour du corps.

— Il ne fait même pas jour qu'elle est déjà à se glisser dans la brume d'une vache à l'autre. Sûr qu'elle leur jette un sort !

Sorcha lui offrit un sourire nerveux.

— Voyons, maman, je parie qu'elle se contente de leur prendre du sang.

— Pour vrai, elle doit commencer à avoir faim, maintenant que le père Healy nous a interdit d'aller nous faire soigner chez elle et de l'inviter à participer aux veillées funèbres. Comment voulez-vous qu'elle remplisse son assiette, à présent ?

— Je la vois souvent venir par ici, confirma Hanna. Elle arpente le long pré qui borde la route, en quête d'herbes pour ses potions, à l'aube ou au crépuscule. Elle sait quelles plantes elle doit cueillir, et puis où, et quand, et comment les conserver. Et si elle trouve en chemin des bouts de laine accrochés aux ronces et qu'elle les mette dans son panier, où est le mal ? Je ne vois pas en quoi ce serait là un souci.

— Eh bien, moi, Hanna, ça me dérange qu'elle saigne les animaux, si c'est bien ce qu'elle manigance. Te rends-tu compte ? Déjà que l'hiver affaiblit nos vaches !

Éilís soupira.

— Ma foi, c'est vrai que le lait est trop maigre. On a beau baratter, rien n'y fait. Si cette femme rôde la nuit avec son couteau, le plante dans le cou des bêtes et fait bouillir leur sang avec de l'avoine qu'elle nous a chapardé, eh bien, je crois que le curé devrait en être averti.

— Oui. Et le gendarme, aussi.

— Elle est voleuse comme une pie, persifla Kate.

— Elle ne t'a jamais fait de mal, et voilà que tu la couvres de boue ! s'écria Áine.

Un silence gêné s'abattit sur l'assemblée.

D'un coup de menton, Hanna désigna Áine, qui s'était relevée, le visage empourpré.

— Elle a raison. Tu devrais avoir honte, Kate. Nance Roche fait profiter toute la vallée de son don, et tu n'as aucune raison de dire le contraire. N'a-t-elle pas guéri ma sœur de la fièvre, il y a un ou deux mois à peine ? Ma pauvre sœur malade et en sueur au fond de son lit... J'étais certaine que cette fièvre la tuerait sur place. Sans le remède que la *bean feasa* m'a donné, elle aurait fini six pieds sous terre, aucun doute là-dessus.

— Peut-être que ta sœur se serait rétablie de toute façon, avec ou sans remède.

— Allons donc ! Nance m'a donné le remède dans une bouteille, et m'a dit de ne pas regarder le fort aux fées en chemin, mais d'aller retrouver ma sœur sans attendre. Alors moi, j'ai fait comme elle a dit, mais... Dieu m'est témoin que je vous dis la vérité : quand j'ai longé le buisson d'aubépine, j'ai senti qu'on voulait m'arracher le remède des mains. Je l'ai serré de toutes mes forces et j'ai gardé les yeux rivés au sol, mais les Bonnes Gens ont bataillé pour m'arracher le flacon. C'est seulement parce que je ne les ai pas regardés que j'ai eu la force de rentrer voir ma sœur. J'ai fait bouillir les herbes. Je lui ai fait boire trois verres de cette infusion. Le soir même, elle était de nouveau sur pied, à filer la laine à mon côté.

— Tu as toujours adoré raconter des histoires.

La vieille Hanna se hérissa.

— N'as-tu donc aucun respect pour tes aînées, Éilís ?

— Ne te fâche pas. On plaisante, marmonna Sorcha.

Éilís grimaça.

— Non, je ne plaisante pas. Pour moi, le père Healy a raison de considérer Nance comme une païenne.

Hanna se redressa, l'air indigné.

— Le père O'Reilly reconnaissait qu'elle avait des pouvoirs. Il allait la voir en personne. Lui, un curé. Tout comme tu le faisais, avant d'épouser ton instituteur. Je me souviens quand la vache de Patrick est tombée malade : Nance a déclaré qu'elle avait été frappée par les Fairies. Elle a même retrouvé le trait qu'on lui avait décoché. Patrick a raconté que la glace fondait sur les murs de l'étable alors qu'il gelait dehors, tellement le remède dégageait de chaleur.

— Mon mari m'a dit que le père Healy prêchera contre elle chaque fois qu'il servira la messe, insista Éilís.

— Il apprendra à changer de refrain, répliqua Hanna. Ce n'est pas pour rien que le père O'Reilly prenait sa défense. Tu ferais mieux d'écouter la suite, Éilís. Avant de s'installer ici, Nance Roche a connu beaucoup d'autres vallées. Elle n'était pas plus tôt quelque part qu'elle partait vivre ailleurs, disait-on. Elle vendait des balais de bouleau et des teintures en chemin, et distribuait des remèdes à tous les malades qui croisaient sa route. Un jour, alors qu'elle cheminait vers Macroom, elle a traversé notre vallée, où elle a décidé de s'arrêter un moment. Elle s'est endormie sous les ajoncs – la pauvre femme, sans toit au-dessus de sa tête. Elle était rompue de fatigue. Et qui donc est passé par là ? Le père O'Reilly. Sans même le regarder, elle lui a dit : « Mon père, je sais que votre main est enflée. J'ai le remède qu'il vous faut, croyez-moi. » Le curé lui a demandé : « Et quel serait ce remède ? » Nance a répondu : « Vous avez longé l'endroit où vivent les Fairies, vous y avez pris une pierre, et votre main a gonflé. » Eh bien, elle avait vu juste. Le père O'Reilly n'a pas su quoi répondre, tellement il était surpris. Nance a ajouté : « À présent, vous savez que j'ai le don, que je saurai vous guérir et que je ne vous veux pas de mal. » Le père O'Reilly, qui avait l'esprit vif, a répondu aussitôt : « Je vois bien que vous avez le don, mais vous ne m'avez pas donné de remède. » Et Nance a répliqué : « Il est sous vos pieds. » Le curé a baissé la tête, et constaté qu'il était environné de fleurs d'achillée. Il a permis à Nance de le soigner avec la plante, et sa main a vite guéri, nous l'avons tous vu. Voilà pourquoi, jusqu'à sa mort, le père O'Reilly n'a jamais dit du mal de Nance. Il s'est contenté de faire sa louange, de lui rendre service autant que possible, et de l'aider à survivre. Voilà pourquoi elle a obtenu le *bothán*, près de la forêt. Il l'a fait construire dans un endroit qu'elle avait choisi elle-même, pour être proche des Bonnes Gens et de ceux qui lui avaient octroyé le don. Elle ne voulait pas non plus s'éloigner de la forêt et des herbes qui y poussent. Ni de l'eau qui marque la limite du terrain. Pour vrai, c'est un bon endroit pour un sage. Et de la sagesse, elle n'en manque pas, Nance Roche.

Un rire s'éleva dans la pièce. C'était celui d'Éilís.

— Écoutez-moi ça ! Ta langue ne risque pas de rouiller, Hanna, avec toutes les histoires que tu racontes.

— C'est la vérité, telle qu'on me l'a dite, et celui qui l'énonçait n'était pas un menteur !

— Je n'ai jamais entendu parler d'une pierre que le père O'Reilly aurait ramassée dans le fort aux fées. En revanche, ma mère disait souvent qu'il avait des rhumatismes, intervint Biddy d'un ton songeur.

— Sûr que c'étaient des rhumatismes ! Les Fairies n'avaient rien à voir avec son mal, décréta Éilís. Nance est vieille, elle n'a plus toute sa tête, et ceux qui s'imaginent qu'elle a le don de guérison sont tout aussi dérangés, ma foi.

Hanna pinça les lèvres, visiblement furieuse.

— Nance est une femme étrange, Hanna, tu ne peux pas le nier, avança Sorcha d'un air penaud.

— As-tu déjà rencontré une guérisseuse qui ne soit pas étrange ? Ça vient avec le don. Crois-tu qu'une femme ayant un savoir comme le sien prendrait part à tes caquetages tous les matins près du puits ? Allons ! Qui cherche un ami sans faille se condamne à la solitude.

— J'entends bien, mais le don dont tu parles, provient-il de Dieu ou du diable ?

— Ce don n'a absolument rien à voir avec le diable, Éilís, répondit Hanna d'un ton railleur. C'est parce que Nance s'en est allée avec les Fairies. Y a rien de diabolique à ça !

— Le père Healy dit que les Fairies sont du côté des païens, et que tout ce qui n'est pas du côté de Dieu est du côté du diable.

— Les Bonnes Gens n'ont qu'un seul camp – le leur. Ils sont liés à l'eau, à la terre et au fort. Le diable ? Ils vivent sous l'aubépine de Piper's Grave, pas en enfer !

— Si le curé t'entendait !

Le silence retomba. La vieille Hanna secoua la tête d'un air désapprobateur.

— Eh bien. Vous n'arrêtez pas de vous chercher des noises, avec toutes ces histoires, commenta Áine d'un ton songeur.

— Ne voyez-vous pas que Nance prépare un mauvais coup ? Le curé a décidé de la chasser. Il a une dent contre elle, n'est-ce pas ? Sans patients ni veillées funèbres, elle risque fort de passer l'année qui vient le ventre vide. Pourquoi le lait est-il si maigre, d'après vous ?

Kate se mordit la lèvre.

— Je l'ai vue rôder dans le brouillard, poursuivit-elle. Que Dieu me punisse si je mens : certaines femmes se transforment en lièvres pour téter le lait des vaches à la nuit tombée.

Certaines haussèrent les sourcils. Áine leva les yeux au ciel.

— C'est la vérité, Dieu m'en est témoin. Un homme vivait à Cork. Un jour, il a vu un lièvre boire à sa vache – assis sous les mamelles, le museau collé au pis ! Il a sorti son fusil et l'a blessé d'une balle fabriquée avec une pièce de six pence. Puis il a suivi la traînée de sang, et, par ma foi, il est tombé sur une vieille femme assise près d'un feu, penchée sur sa jambe blessée.

— Dommage qu'il ne sache pas viser, ton Seán, murmura Hanna.

Des gloussements se firent entendre dans la pièce.

— Quand c'est moi, il ne rate jamais sa cible, tu peux me croire ! s'écria Kate.

Les rires s'éteignirent.

— Kate, vous ne... Vous ne vous entendez pas bien, Seán et toi ?

Les yeux rivés au feu de tourbe, Kate rougit jusqu'aux oreilles. Elle ne répondit pas.

— C'est bien vrai, alors ? Il a recommencé à te rosser ?

C'était Hanna qui parlait.

— Kate ?

Kate haussa les épaules, sans desserrer la mâchoire.

— Allez au diable, toutes autant que vous êtes, marmonna-t-elle.

Le sourire narquois d'Áine s'évanouit. Elle se leva et tapota gentiment l'épaule de Kate.

— Les vaches vont redonner du lait. Tu verras.

— Qu'est-ce qu'on y peut ? murmura Kate entre ses dents.

D'un coup d'épaule, elle repoussa la main d'Áine.

— Qu'est-ce qu'on y peut ? répéta-t-elle.

— Il finira bien par cesser de pleuvoir. Dès que les vaches auront mis bas, elles redonneront du lait bien gras.

Les femmes se blottirent plus près du feu en échangeant des regards entendus. Dehors, le vent affamé pleurait sa mélopée funèbre.

La douce blancheur des champs laissa place à la boue et à l'herbe jaunie, et la vallée parut plus sombre encore. Il pleuvait sans discontinuer. Les paysans restaient blottis près de l'âtre, sous les gouttes capricieuses qui transperçaient leurs toits de mauvais chaume. « Un Noël vert remplit les cimetières », marmonnaient-ils en allumant des bougies, avant de supplier la Vierge de conjurer les maux de l'hiver.

Le jour de Noël, Nance resta dans sa chaumine près du feu. Elle passa ces heures paisibles et pluvieuses à couper des branches de bouleau pour en faire des balais, et à teindre de petits bouts de laine prélevés sur les buissons d'épines et de ronces, et qu'elle avait préalablement cardés. Depuis qu'elle avait vu le changelin dans la chaumière de Nóra Leahy, cette petite créature décharnée couverte de piqûres d'orties, elle sentait l'inquiétude peser sur son esprit, attisant des braises de souvenirs qu'elle croyait éteintes depuis longtemps, réveillant des images qu'elle s'était efforcée d'oublier.

Nance fit une pause pour étirer ses doigts et jeter un coup d'œil à la marmite de gruau d'avoine qui mijotait au-dessus du feu. Quand elle s'était réveillée ce matin-là, elle avait trouvé de la tourbe et un sac de farine de maïs posés devant sa porte, protégés de la pluie par un carré de tissu enduit de graisse. Impossible de savoir qui les avait laissés là – même si Nance soupçonnait la discrète générosité de Peter O'Connor, sa gentillesse muette et imprévisible. À moins que ces cadeaux ne manifestent la gratitude d'un fermier venu la voir récemment, les poumons assiégés par l'hiver ? Dans ce cas, ce ne pouvait être que l'un de ceux qui continuaient à lui faire part de leurs souffrances, malgré la mise en garde du curé. Les malades frappaient beaucoup moins à sa porte depuis que le père Healy prêchait contre elle à l'église. Ils étaient manifestement plus soucieux du salut de leur âme qu'inquiets de voir leurs mains se couvrir de gerçures, ou la fièvre briller dans les yeux de leurs enfants.

Ses journées étaient bien moins remplies qu'avant. Cette soudaine solitude rappelait à Nance l'époque lointaine où, submergée par le chagrin, elle avait fui Killarney et trouvé refuge sur la lande hérissée de rochers. Elle se rappelait avoir escaladé des murs de pierre sèche, parcouru des champs, et dormi près de feux allumés par des inconnus. Ces âpres années passées à serrer les dents de faim, après la mort de son père et la disparition de sa mère et de Maggie, étaient encore vives dans sa mémoire. Des années à errer par monts et par vaux entre Killorglin et Kenmare, à enfumer des lapins dans leurs terriers et à les attendre, prête à les saisir de ses mains lestes ; des années à empoisonner l'eau des rivières à l'euphorbe avant de collecter les poissons morts flottant à la surface dès la nuit tombée ; des années à ramasser des galles de chêne pour les maîtres d'école, dont certains étaient aussi miséreux qu'elle, afin qu'ils puissent fabriquer de l'encre ; des années à vendre des balais, des teintures de chatons d'aulne, de mûres et de bouleau – du myrte des marais, aussi, pour le jaune, et de la racine de bruyère pour le vert foncé. On la surnommait la Fille aux herbes, alors. Ou bien Nance du fort aux fées. Elle s'était débrouillée du mieux possible jusqu'à ce que ses dents commencent à tomber, et qu'elle se réveille certains matins sous des taillis, le corps endolori, doutant de parvenir à endurer une journée de plus sur les chemins, le ventre vide, la gorge tenaillée par la soif, la peau gelée ou brûlée par le soleil.

C'étaient le chagrin et la peur qui l'avaient poussée à quitter les monts Mangerton, mais ce fut la faim qui l'y ramena. Quand on savait s'y prendre, il y avait toujours moyen de soutirer sa pitance, si maigre soit-elle, aux touristes de Killarney.

Nance ne savait plus comment elle était tombée dans la mendicité, mais elle se rappelait que cette activité l'assommait. Quel ennui ! Dix ans à jouer des coudes dans les auberges, à se jeter sur les calèches à peine arrêtées, à obstruer les portes des magasins si le marchand était trop occupé pour la menacer et la chasser à coups de pied.

« Ma bonne dame, regardez donc la pauvre femme qui n'ose vous regarder. Puissiez-vous dormir au paradis ce soir ! Donnez-nous un petit quelque chose, nos bénédictions vous suivront dans votre voyage. Oh, ma belle, aidez une pauvre créature au cœur brisé par la faim. La charité, pour l'amour de Dieu ! »

Nance frissonna. Elle avait bien fait de quitter de nouveau cette ville et d'écouter les Bonnes Gens qui l'appelaient dans la vallée. Car elle y avait rencontré le père O'Reilly, son protecteur. Il avait compris que ses dons venaient des Fairies, et il l'avait laissée poser ses mains abîmées sur son corps perclus de tourments.

Elle espérait ne jamais revoir Killarney.

Malgré l'accueil du père O'Reilly, il avait fallu du temps avant que les habitants du vallon se décident à aller la consulter. Ils avaient construit le *bothán* pour elle, puis ils l'avaient abandonnée à son sort. Plusieurs semaines s'étaient écoulées sans que personne vienne frapper à sa porte. Après le bruit et l'agitation de la ville, la solitude avait failli la rendre folle. Par chance, elle était encore jeune, à l'époque. Aussi avait-elle gravi tant bien que mal les contreforts pelés de la montagne pour converser avec les nuages massés au sommet. Là-haut, elle côtoyait des forces immuables qui la réconfortaient. Elle pouvait s'asseoir dans l'herbe fouettée par le vent, arracher des pierres et les lancer en contrebas sur ces paysans soupçonneux qui craignaient les femmes qu'aucun homme, aucun foyer ne tenait en laisse. Là, au sommet des montagnes, devant cette inflexible beauté, le sentiment de sa différence – même si elle en ressentait tout le poids, même si cette poignante et perpétuelle douleur pesait sur son cœur – n'était plus qu'une ombre dérisoire et fugitive au sein d'une histoire plus grande qu'elle.

Ces journées passées dans la montagne l'avaient empêchée de sombrer dans la folie. Elle grimpait jusqu'à ce que son cœur palpite dans ses poumons, puis regardait la pluie étendre lentement son voile gris en contrebas, ou le soleil étendre ses bienfaits sur les champs. Elle avait fini par comprendre les paroles de Maggie : la solitude, qui l'isolait du reste du monde, était aussi le ferment de sa liberté.

Elle était jeune, alors. À présent, elle avait l'impression de traîner son âge comme un boulet. Sans personne pour lui tenir compagnie, sans la distraction des furoncles, des rhumatismes, des fortes toux et des saignements tenaces, le passé affluait autour d'elle telle la marée montante, et elle n'avait aucun promontoire où trouver refuge. Aucun moyen de fuir le lent flot de souvenirs qui se déversait sur elle. Elle n'était qu'une vieille femme condamnée à rester assise auprès du feu, prisonnière d'un corps endolori que la moindre averse faisait grincer.

Tout en cardant la laine qu'elle avait dérobée, Nance laissa son esprit s'emplir de l'image de son père, de son odeur de cuir et de plantes aquatiques. Elle crut entendre le craquement que faisait la coque de sa barque ; elle se souvint des légendes qu'il lui racontait sur le chef du clan O'Donoghue surgissant du lac les matins de mai, elle tenta de se remémorer le poids de sa main sur son épaule.

Tant de temps avait passé depuis lors ! Comme toujours quand elle pensait à son père, elle fut aussi assaillie de sombres souvenirs liés à sa mère.

En fermant les yeux, Nance crut voir son visage au teint cireux planer au-dessus du sien, en pleine nuit, comme une lune blafarde dans un ciel sombre.

Cette folle de Mary Roche.

Et sa voix qui chuchotait à son oreille – ne l'entendait-elle pas de nouveau ?

« Ils sont là. »

Ses lèvres retroussées. Ses cheveux en bataille tombant sur son visage. Sa frêle silhouette attendant près de la porte de la chaumière tandis que Nance s'habillait à la hâte, en veillant à ne pas réveiller son père. Puis, l'instant d'après, sa mère l'entraînant dans la nuit.

Nance avait peiné à la suivre. Mary courait à longues enjambées, laissant derrière elle la petite cour jouxtant leur chaumine, avant de longer le lopin de pommes de terre jusqu'en bas du sentier, au pied du mont Mangerton, là où se pressaient, noyées dans l'obscurité, les misérables chaumières des cochers, des bateliers et des marchandes de fraises des bois.

Nance avait dix ans, elle avait peur, elle suivait en gémissant le dos sombre de sa mère, le long des minces bouleaux aux troncs argentés et des chênes aux branches déployées.

« Où va-t-on, maman ? »

L'eau avait surgi devant elles, couronnée d'un fin

nuage de brume. Les lacs tendaient au ciel leur sombre miroir, retenaient en eux la lune et les étoiles, jusqu'à ce que le battement d'ailes d'un canard, surpris au milieu des roseaux, vienne troubler les flots et couvrir de rides le reflet de la nuit. Ce spectacle lui avait coupé le souffle. En contemplant la surface argentée du Lough Leane, cette nuit-là – la toute première d'une longue série –, elle avait eu l'impression de voir surgir la sainteté du monde. Une image si rare, si pure qu'elle l'avait emplie d'effroi.

Sa mère s'était arrêtée. Tournée vers elle, les yeux soudain écarquillés de peur, comme un cochon à la vue du couteau, elle avait chuchoté :

« Ils sont là.

— Qui ?

— Tu ne les vois donc pas ?

— Je ne vois rien du tout.

— Ce n'est pas ici que tu les verras. »

Une main glacée s'était posée sur sa poitrine.

« C'est là. C'est là que tu les verras. »

Oh, cette première nuit dans la forêt près du lac ! Des heures à pleurer, recroquevillée sous un rocher couvert de mousse, tandis que sa mère courait d'un arbre à l'autre et traçait d'étranges motifs sur le sol.

Lorsqu'elles étaient rentrées à l'aube, elles avaient trouvé son père assis près du feu, la tête entre les mains. Il avait attrapé Nance et l'avait serrée contre lui. Puis il avait caressé son petit visage couvert de boue, avant de la mettre au lit.

« Mary, je t'en supplie. »

Leurs voix dans le frémissement du petit matin.

« Les gens vont croire que tu es ensorcelée.

— Je ne le fais pas exprès.

— Je le sais bien.
— Je ne suis pas moi-même. J'ai été emportée.
— Tu es revenue, à présent. »

Les paupières lourdes, Nance avait regardé son père avec ses doigts calleux ôter les feuilles et les brindilles des cheveux emmêlés de sa mère.

« Suis-je vraiment ici auprès de toi ? Suis-je moi-même ?
— Tu es ma Mary Roche à moi.
— Je ne sais pas. Je n'ai pas l'impression d'être moi-même.
— Mary...
— Empêche-les de revenir s'emparer de moi.
— Promis. C'est promis. »

Était-ce cette nuit-là que tout avait commencé ? Était-ce cette nuit-là que Nance avait découvert les étranges charnières du monde, les seuils séparant le connu de l'inconnu ? Cette nuit-là, à l'âge de dix ans, elle avait enfin compris pourquoi les hommes redoutent l'obscurité. C'est une porte ouverte : sitôt le seuil franchi, on est changé. Affecté. Transformé.

Avant cette première nuit, Nance adorait la forêt. Elle passait ses journées à attendre les touristes, avec ses bidons de lait et de poitín, tandis que la pluie matinale faisait frémir la mousse sous ses pieds, et que les feuilles projetaient des taches d'ombre sur la pierre et l'argile. De petits oiseaux bruissaient dans les ronces couvertes de mûres. La simple vue du sol tapissé de glands semblables à des carapaces de scarabées l'inondait de bonheur. Plus tard, elle avait compris que la forêt changeait à la nuit tombée. Qu'elle ne supportait plus les visiteurs. Les oiseaux cessaient de gazouiller et mettaient des œillères pour échapper à l'obscurité. Le renard se mettait en quête de sang. Et les Bonnes Gens prenaient possession des ténèbres grandissantes.

Tant d'années s'étaient écoulées depuis ! Frêle et courbée sous ce poids, Nance n'avait pourtant pas oublié sa première nuit dans la forêt, ni toutes celles qui avaient suivi. Sa mère, déjà à moitié emportée par les Fairies, la secouait pour l'arracher au sommeil, puis la traînait dans les bois où craquaient d'invisibles branches. Nance l'attendait en suffoquant de peur, incapable de retenir le filet d'urine qui coulait le long de sa jambe.

Elle était un peu plus âgée quand son père avait commencé à bloquer la porte la nuit. Elle l'avait aidé à enrouler une corde autour du verrou. Tous deux espéraient empêcher Mary de s'enfuir. Éteindre la lueur de folie dans ses yeux, lui éviter d'aller trop loin. Mais la mère de Nance n'en était pas moins emportée – au premier souffle de vent, au premier jeu de lumière. La femme étrange qui restait prisonnière de leur chaumière, griffant les murs et le sol en terre battue jusqu'à s'arracher les ongles, ce n'était pas Mary Roche. La femme que les Bonnes Gens avaient laissée à sa place était un changelin qui jetait son assiette contre le mur et refusait de manger, qui ne reconnaissait pas Nance et se battait contre son père, quand il voulait la protéger en la mettant au lit.

« Maman me manque, avait un jour murmuré Nance, tandis que dormait la femme qui n'était plus sa mère.
— À moi aussi. »
La voix de son père était douce.

250

« Pourquoi ne me reconnaît-elle pas ?
— Ta mère est partie.
— Elle est là, pourtant. Elle dort.
— Non. Ta maman est partie. Avec les Bonnes Gens. »
Sa voix s'était brisée.
« Est-ce qu'elle reviendra ? »
Son père avait haussé les épaules.
« Je ne sais pas.
— Qui est la femme qui dort ici, alors ?
— C'est ce qu'Ils nous ont laissé. Une ruse. Ils voulaient nous induire en erreur.
— Tu es sûr ? Elle ressemble à maman. »
Les yeux de son père, à cet instant, avaient été traversés d'une lueur que Nance avait revue chez beaucoup d'autres depuis lors. Un éclat farouche. Celui d'un homme au désespoir.
« Oui, elle ressemble à maman. Mais ce n'est pas ta mère. Elle a été changée. »

À quoi aurait ressemblé sa vie si sa mère n'était jamais allée avec Eux ? Si Nance avait eu la liberté d'épouser le fils d'un cocher et de passer son existence au sein de la communauté qui l'avait vue naître ? Si son père n'avait pas appelé Maggie à leur secours ? Si Maggie n'était pas arrivée en cette période troublée, et n'avait pas remarqué que Nance était différente des autres ?

Une fois sa mère emportée par les Fairies, Nance avait grandi sans elle. Jusqu'au jour où une femme de haute taille, avec une longue marque pourpre sur la joue, semblable à une brûlure de tisonnier, était venue vivre à la maison. Même aux yeux des habitants de Killarney – les rues étaient pleines, à l'époque, de gamins au visage grêlé et d'hommes arborant sur leurs pommettes toute une vie de misère –, cette femme semblait avoir été endurcie par l'existence.

« Voici ta tante, Nance. C'est elle qui t'a mise au monde. »

La femme n'avait pas fait un geste et s'était contentée de baisser les yeux pour la regarder longuement.

« Tu as grandi.

— Je ne suis plus une enfant.

— Maggie est venue pour nous ramener ta maman. »

Nance avait jeté un coup d'œil à la silhouette sombre gisant dans un coin de la chaumière.

« Cette personne n'est pas ta mère. Elle n'est pas ici. »

La voix de Maggie était grave et solennelle.

« Comment la feras-tu revenir ? » avait demandé Nance.

Sa tante avait lentement franchi la distance qui les séparait et s'était penchée à la hauteur de son visage. Vue de près, la tache qui s'étalait sur sa joue ressemblait à une cicatrice.

« Tu vois cette marque sur mon visage ? »

Nance avait acquiescé sans mot dire.

« Tu connais les Bonnes Gens ? »

Oui, Nance connaissait les Bonnes Gens. Elle avait senti leur présence dans la forêt, près du lac, là où sa mère s'était livrée à Eux. Là où Nance s'était recroquevillée sous un rocher couvert de mousse. Là où la lune éclairait le monde de manière étrange. Là où l'air paraissait plus dense, comme habité.

Sa tante avait souri, et les craintes de Nance s'étaient évanouies. Elle avait scruté les yeux gris de la femme et vu qu'ils étaient vifs et bienveillants. Sans réfléchir, elle avait levé le doigt pour toucher la cicatrice.

Chère Maggie des mystères. Dès le tout premier jour, lorsqu'elles étaient parties couper des fougères pour garnir son matelas, Maggie lui avait expliqué que tout était lié ici-bas ; que rien ne vivait à l'écart du monde. Dieu n'avait-il pas dessiné la queue des fougères ? Le monde était en sympathie secrète avec soi-même, avait-elle affirmé. Les fleurs de moutarde sauvage étaient jaunes pour indiquer qu'elles soignaient la jaunisse. Il y avait de la puissance dans les lieux de rencontre du paysage – le point de jonction des rivières, le creuset des montagnes. Tout ce qui était nouveau avait de la force : le premier lait après une naissance, la première rosée du matin. C'était grâce à Maggie que Nance connaissait le pouvoir que recelait un couteau à manche noir, le mélange granuleux et brunâtre de fiente de poule et d'urine, la plante qu'on place au-dessus de la porte, le vêtement porté à même la peau. C'était Maggie, au cours des années passées à lutter pour le retour de Mary, qui lui avait montré quelles herbes et quelles plantes il fallait cueillir, mais aussi à quel moment ; lesquelles arracher à la main, lesquelles au couteau ; et lesquelles avaient un pouvoir plus grand, parce qu'elles contenaient l'empreinte mouillée du saint patron du jour, qui les avait foulées à la nuit tombée.

« Il existe des mondes au-delà du nôtre, avec lesquels nous devons partager cette terre, lui disait Maggie. Parfois, ces mondes s'enchevêtrent. Ta mère n'est pas responsable de ce qui lui arrive. Ne lui en veux pas d'être partie.

— Tu vas la guérir ?

— Je ferai ce que je peux avec ce que j'ai. Mais

comprendre les Bonnes Gens, c'est savoir qu'Ils ne veulent pas être compris. »

Les autres familles du village la craignaient un peu. Son père aussi. De sa tante émanait une prestance, un calme semblable à celui qui précède les orages, quand les fourmis affluent à la surface du sol et que les oiseaux se mettent à l'abri et cessent de chanter en attendant la pluie. Personne n'osait dire du mal d'elle à voix haute, de peur qu'elle ne jette un sort à ses détracteurs.

« Elle est bizarre, disaient-ils. Cette folle de Maggie. Elle les connaît, pour sûr. »

« Je n'ai jamais jeté de sort à personne de toute mon existence, déclara un jour Maggie à Nance. Mais ce n'est pas plus mal si les gens s'imaginent que j'en suis capable. (Son regard s'était durci.) Les gens ne viendront me voir que s'ils me respectent et s'ils ont peur de moi... au moins un peu. Oh, ils mériteraient qu'on leur lance des sortilèges, tu peux me croire. Mais ils ne méritent pas la salive qu'il faut pour les prononcer. Les sorts sont des flammes qui viennent lécher le visage de ceux qui les engendrent. À un moment ou à un autre, le sort que tu jettes à quelqu'un finit par te revenir à la figure.

— Tu connais les formules des malédictions, Maggie ? Mais tu n'as rien à voir avec les *maléfices*, n'est-ce pas ? »

Cette lueur dans ses yeux ! La lente caresse de sa main sur la tache pourpre de son visage.

« Je n'ai jamais dit autre chose à ceux qui viennent me voir. »

Et les gens qui venaient la voir étaient nombreux. Malgré sa cicatrice, malgré sa pipe et ses mains d'homme, malgré son regard dur, si fixe qu'il en devenait gênant, Maggie connaissait le pouvoir des plantes et des incantations. Sitôt convaincus, les habitants du village vinrent donc lui rendre visite. Toute l'année, la porte s'ouvrait sur des visages patientant à l'extérieur. Des visages emplis d'espoir et dissimulés sous des châles, qui opinaient en silence à la vue de ses larges épaules.

« Celle qui a le don est-elle chez vous ? » demandaient les visiteurs. Il incombait à Nance de les accueillir sur le pas de la porte et de les interroger d'une voix forte sur le mal qui les accablait, pour que Maggie – qui les saluait sans relever la tête, sourcils froncés, une pipe allumée à la bouche – puisse en savoir un peu plus sur ce qu'on lui demandait de guérir, et les surprendre, alors, par la fulgurance de ses intuitions.

Quand Maggie accueillait des visiteurs, son père quittait la maison. Sa femme était absente, son foyer envahi. Il passait de longues heures seul dans sa barque ou en compagnie d'autres bateliers, et ne rentrait que pour boire le poitín offert à Maggie pour ses baies de genièvre, ses crottes de mouton bouillies dans du lait frais, ses violentes frictions à la renoncule, ou ses chaussettes en laine peignée remplies de sel bouillant.

« Veille à ce que Nance n'approche pas trop les gens qui viennent ici, avait un soir lancé son père en rentrant. Elle va finir par tomber malade !

— Elle apprend vite, avait répliqué Maggie. Elle est douée. N'est-ce pas, Nance ?

— C'est quoi, cette odeur ? avait repris son père en plissant le nez.

— Des racines de glaïeul. Enfin, de l'iris gigot », avait murmuré Nance.

Maggie avait pointé le doigt vers la bouteille.

« Tâche de ne pas trop lever le coude. C'est de l'alcool fort, et tu passes tes journées sur l'eau.

— Mais oui, je sais : "Quand on boit, on veut tuer son propriétaire."

— C'est bien pire que ça. On veut le tuer, mais on manque son coup », avait répliqué Maggie d'un ton réprobateur.

Après les fêtes de Noël, Nance resta près de son feu. Elle n'alla pas à la messe, et personne ne vint la voir – les paroles du prêtre résonnaient encore à toutes les oreilles. Elle se demanda ce qu'il racontait sur elle.

Seuls les petits garçons partis à la chasse au roitelet, le visage dissimulé sous de grands masques de paille de forme conique, s'aventurèrent le jour de la Saint-Étienne dans les champs dénudés alentour, battant leurs tambours en peau de chien séchée. Elle les regarda arpenter les prés boueux d'un pas énergique, en brandissant, fiché sur une branche de houx, le minuscule cadavre aux plumes détrempées de l'oiseau rituel. Le vent d'hiver poussa leur cri vers elle : « Levez la *bouilloire*, baissez la *casserole*, donnez-nous de l'argent pour enterrer le *roitelet* ! »

Les jeunes chasseurs ne s'approchèrent pas de sa chaumière pour lui demander l'aumône. Ils ne le faisaient jamais. Nance savait que la plupart des enfants la craignaient. Sans doute la voyaient-ils désormais comme les enfants de Mangerton voyaient Maggie : une *cailleach* tapie dans la grotte lui servant de chaumière, capable de lancer des malédictions à partir d'un mélange de fiente et de salive.

Au début – quand ils croyaient en son pouvoir, mais en ignoraient la nature –, certains habitants de la vallée venaient la trouver pour lui demander de lancer des sorts. Des *piseógs*. Un matin brumeux, elle avait ouvert sa porte à une femme aux yeux cernés de noir, aux mâchoires meurtries – une de ses dents, déchaussée très récemment, branlait dans sa gencive. La femme s'était mise à parler précipitamment en lui tendant une pièce d'argent.

Kate Lynch. Plus jeune, bouillonnante de rage et d'effroi.

« Je veux qu'il meure ! » s'était-elle écriée.

Elle avait secoué la tête pour éloigner les boucles graisseuses encadrant son visage, et montré à Nance le reflet du métal dans sa paume en sueur.

« Prenez place près de moi, voulez-vous ? avait répondu Nance. Asseyez-vous et discutons un peu. »

Quand Kate lui avait pris la main pour y déposer la pièce, Nance avait laissé tomber l'argent sur le sol.

« Asseyez-vous », avait-elle répété.

La femme lui avait jeté un regard perplexe, avant de chercher à tâtons le petit disque de métal.

« Pourquoi l'avez-vous laissée tomber ? avait-elle lancé d'un ton autoritaire. Ce sont de vraies pièces que j'ai gagnées moi-même en vendant des œufs. C'est de l'argent honnête. Je ne l'ai pas volé. Je l'ai gagné avec mes propres poules. Seulement, je le cache pour qu'il ne me le prenne pas.

— Je ne peux pas accepter votre argent. »

La femme l'avait regardée fixement. Sa bouche avait l'air d'une poche déchirée au milieu de son visage blême.

« Je ne prends pas d'argent. Je perdrais le don. »

Kate avait cessé de plisser le front. Elle avait compris, et, satisfaite, avait rempoché la pièce.

« Mais vous avez le don, n'est-ce pas ?

— Je connais les remèdes. Et j'ai le don.

— Le genre de don qui permettrait d'envoyer un méchant homme six pieds sous terre ? »

D'un coup de menton, Nance avait désigné ses contusions.

« Est-ce sa méchanceté que je vois là ? »

Kate s'était mordu la lèvre.

« Et encore, ce n'est rien. »

Soudain, avant que Nance ait pu faire un geste, elle s'était déshabillée, ouvrant brutalement ses vêtements de dessus et soulevant sa chemise pour dévoiler un corps meurtri par les coups.

« Votre mari ?

— Je ne me suis pas fait ça toute seule, croyez-moi. »

Elle avait laissé retomber ses vêtements, le visage crispé, résolu.

« Je veux qu'on m'en débarrasse. Vous en êtes capable. Je sais que vous en êtes capable. On dit que vous êtes de mèche avec ceux de l'autre monde, et que vous avez le pouvoir de les faire venir. (Elle avait baissé la voix :) Je veux que vous lui jetiez un sort.

— Même si je le voulais, je ne saurais pas comment m'y prendre.

— Je ne vous crois pas. Je sais que vous n'êtes pas de la vallée, mais je pourrais vous emmener au puits sacré. Là, vous pourriez marcher dans le sens contraire des aiguilles d'une montre. Ou retourner les pierres contre lui.

— Une malédiction ne vaut jamais rien de bon à celui qui la lance.

— Je le ferais bien moi-même, mais je n'ai pas le talent qu'il faut. Regardez. »

La femme s'était penchée pour relever l'ourlet de sa jupe. Froissant le tissu du bout des doigts, elle avait fait surgir le mince éclat d'une aiguille.

« Tous les jours, je la mets dans mes vêtements pour me protéger de lui. Toutes les nuits, je me réveille et je pointe le chas vers son cœur. Pour lui porter malchance. »

Elle avait agité l'aiguille sous le nez de Nance.

« Mais ça ne sert à rien. J'ai besoin de votre aide. »

Nance avait levé les mains pour repousser l'aiguille.

« Silence. Écoutez-moi bien : les malédictions se retournent contre ceux qui les lancent. Croyez-moi, vous avez mieux à faire que de jeter des sorts contre votre mari, même s'il vous flanque des rossées de tous les diables. »

Kate avait secoué la tête.

« Il va finir par me tuer. Ce n'est pas un péché, s'il cherche à me tuer ?

— Il y a d'autres moyens d'agir. Vous pouvez partir. »

Kate avait brusquement éclaté de rire.

« Ah oui ? Je pourrais mettre ma marmaille dans un ballot, m'en aller sur les routes, et les nourrir de champignons et de moutarde sauvage, c'est ça ?

— Mieux vaut une longue solitude qu'une mauvaise compagnie.

— Je veux qu'il meure. Non – je veux qu'il souffre.

Je veux qu'il souffre autant qu'il me fait souffrir. Je veux que son corps pourrisse, je veux qu'il soit malade, et je veux qu'il se réveille chaque matin en crachant du sang comme moi je le fais !

— Restez là. Je vais chercher de la mauve pour vos contusions.

— Alors, vous ne lancerez pas de sort contre lui ?
— Non. »

Kate s'était affaissée sur elle-même.

« Dans ce cas, indiquez-moi ce que je dois faire pour lui jeter un sort. Apprenez-moi à lancer un sort. (Les traits de son visage s'étaient crispés.) J'ai fait le tour du puits. J'ai retourné les pierres à malédiction au crépuscule. J'ai pointé mon aiguille vers son torse en priant Dieu pour qu'il soit damné. Mais rien. Rien. Il est en parfaite santé. Et il me roue de coups.

— Je n'ai rien à vous apprendre.

— Pourtant, vous connaissez les formules, n'est-ce pas ? Et il y a d'autres méthodes. Je sais qu'il y en a. Mais personne ne veut m'en parler. (Sa voix s'était brisée :) Dites-moi comment lui lancer un sort, ou bien faites-le vous-même. Sinon, je retournerai les pierres à malédiction contre vous. »

9

Brunelle

La neige revint le soir de la Saint-Sylvestre : les flocons s'abattaient en tourbillonnant sur les champs, s'accrochaient au chaume du toit et cinglaient la façade de la ferme, recouvrant les coulées de boue et de moisissures qui maculaient la chaux.

Assise derrière son rouet, Nóra leva pour la énième fois les yeux vers Micheál, qui dormait sur la banquette, agité de violents soubresauts.

— C'est l'heure, Mary, tu ne crois pas ?

La fille de ferme délaissa un instant son ouvrage – elle filait de la laine, installée devant l'âtre – pour observer le rai de lumière qui filtrait par la demi-porte entrouverte.

— Il fait encore jour, m'dame. Elle nous a demandé de venir au crépuscule, pas avant.

— Ah. J'avais l'impression que la nuit était tombée.

— Pas encore. On devrait peut-être attendre que les poules reviennent. Elles savent compter les heures, ces bêtes-là.

— Je sais, répliqua Nóra d'un ton sec en essuyant ses doigts cireux dans son tablier. As-tu cueilli les herbes ? Où sont-elles ?

Mary désigna les brins de menthe défraîchis posés dans un coin de la pièce.

— Il n'est pas bien touffu, ce bouquet. Où l'as-tu cueilli ?

— Près du puits.

— Personne ne t'a aperçue, j'espère ! Y avait-il d'autres femmes quand tu es arrivée ? Éilís, peut-être ? Pourvu que Kate Lynch n'ait rien vu ! Elle m'accuserait de diablerie.

— J'étais seule, m'dame.

— Je ne comprends pas pourquoi Nance Roche nous a demandé de cueillir de la menthe : elle aurait pu le faire elle-même.

Mary haussa les épaules.

— Il n'y en a peut-être pas dans la forêt. Et puis, c'est une vieille femme. Faire tout ce chemin pour neuf brins de menthe...

Nóra fit la moue.

— Vieille ou non, rien ne l'arrête, crois-moi ! Mais... Nance t'a-t-elle donné des conseils pour la cueillette ? Était-ce dangereux, d'après elle ?

— Pas si on la cueille au nom de la sainte Trinité, répondit la jeune fille.

Elle lança un regard à Micheál, qui s'agitait dans son sommeil. Il leva un bras en l'air, puis le laissa retomber derrière sa tête.

— J'ai fait comme elle m'a dit, m'dame : j'ai béni chaque brin de menthe avant de le couper.

Nóra pinça les lèvres.

— N'empêche. Je ne comprends toujours pas. De la menthe ! C'est efficace contre les puces et les mites, pour sûr. Mais pour le reste... Comment croire qu'un brin de menthe suffira à nous ramener un enfant parti avec Eux ?

— Moi, j'en nouais toujours autour du poignet de mes frères et sœurs quand ils étaient petiots, répliqua Mary.

— Et pourquoi donc ?

— Pour chasser les maladies.

— Eh bien, la menthe les a-t-elle chassées ?

La servante secoua la tête, les yeux rivés sur l'écheveau de laine.

— Deux d'entre eux ont rejoint Notre-Seigneur.

Nóra baissa les yeux sur son rouet. Les traits de son visage s'adoucirent.

— Toutes mes condoléances, murmura-t-elle.

— C'était la volonté de Dieu, mais Il a mis du temps à se décider.

— Ont-ils souffert ?

— Ils toussaient du matin au soir. Et respiraient un peu moins à chaque fois. Les pauvres petits ! Ils ont rejoint les anges, à présent.

Dans le silence qui suivit, Nóra lança un regard à Mary : elle serrait les dents, les yeux toujours rivés sur son écheveau de laine.

— Mais tu as beaucoup d'autres frères et sœurs...

— Oui, acquiesça-t-elle dans un souffle.

— Ma fille était ma seule enfant. Je ne me suis pas remise de sa mort. Pourtant, j'ai aussi perdu mes parents, ma sœur, mon mari... mais c'est Johanna qui...

Incapable de poursuivre, elle se frappa le cœur de son poing fermé. La jeune fille tourna vers elle un regard impénétrable.

— C'était votre fille, dit-elle simplement.

— En effet.

— Vous l'aimiez.

— Quand je l'ai vue pour la première fois... commença Nóra d'une voix étranglée.

Elle s'interrompit. Comment décrire l'amour qui l'avait saisie à la naissance de Johanna, un amour si violent qu'il l'avait terrifiée ? Comment dire que la terre s'était ouverte sous ses pieds ce jour-là, et que Johanna en était le centre ?

— Oui, reprit-elle. Je l'aimais.

— Tout comme j'aimais mes sœurs, renchérit Mary.

Nóra secoua la tête.

— C'est un amour plus fort encore. Tu le comprendras quand tu seras mère à ton tour. C'est comme si on te coupait le cœur en deux pour en mettre la moitié dans celui de ton enfant.

Un vent puissant s'était levé. On l'entendait siffler autour de la maison.

— Je vais allumer la bougie, déclara Nóra. Au cas où.

Elle se leva, ferma la demi-porte et obtura la fenêtre avec de la paille pour éviter les courants d'air. Puis, tout en tamponnant ses yeux humides, elle alluma une bougie et la posa sur la table. Comme chaque soir à l'approche de la nuit, elle veillait à protéger son foyer d'un cortège d'esprits invisibles. La flamme vacilla dans la pénombre.

— Dis-moi, Mary, as-tu aussi puisé de l'eau tout à l'heure ?

— Non, m'dame. J'ai seulement cueilli la menthe.

Nóra fronça les sourcils.

— Et que boira-t-on demain, au seuil de l'année nouvelle ?

La jeune fille lui lança un regard perplexe.

— Eh bien, j'irai chercher de l'eau au puits, comme d'habitude.

— Certainement pas. Tu vis sous mon toit, maintenant. Aucun habitant de cette ferme n'ira au puits le jour de l'an, tu m'entends ? Il faut se protéger, ce jour-là. Vous ne le faites donc pas, à Annamore ?

— Je vais chercher de l'eau chaque matin. Ce jour-là n'y change rien.

Penchée au-dessus de la table, Nóra poussa la bougie et sortit un petit sac de farine.

— Écoute-moi, dit-elle. Voici ce qu'il en est. Demain, nous n'irons pas jeter les cendres sur le tas de fumier. Nous laisserons l'eau sale dans le seau qui sert à nous laver les pieds. Du lever au coucher du soleil, rien ne sortira de cette maison. Ne t'avise pas non plus de passer le balai : tu chasserais notre bonne fortune avec la poussière !

Mary se leva.

— J'entends bien, m'dame. Mais quel mal y a-t-il à aller chercher de l'eau au puits ?

Nóra fit une grimace tout en versant la farine sur la table, ajouta du lait, de l'eau et de la levure en mélangeant grossièrement les ingrédients du bout des doigts :

— Il n'est pas bon d'aller tirer la première eau d'un puits le jour de l'an, c'est tout ce que je sais. Cesse donc de discuter les traditions. Un jour comme aujourd'hui, en plus ! ajouta-t-elle en lançant un regard inquiet vers le petit garçon pour appuyer ses dires.

Mary ne répondit pas. Toutes deux gardèrent le silence au cours de l'heure qui suivit, tandis que le premier pain de l'année cuisait dans la marmite. Nóra quitta fréquemment sa place près de l'âtre pour aller se poster devant la porte, guettant le moment où la nuit tomberait sur la campagne. Mary réveilla l'enfant et l'enveloppa dans une couverture en prévision du trajet à venir. Quand le pain fut presque cuit, Nóra pratiqua une ouverture dans la croûte afin de laisser sortir le diable, puis elles s'assirent devant le feu pour dîner. Mary trempa de petits morceaux de pain dans du lait, avant de les glisser dans la bouche de Micheál. Il les dévora en lui mordillant les mains. Quand il n'en resta plus une miette, il continua d'en réclamer, hurlant à s'en fendre les oreilles.

— Toujours affamé, jamais rassasié, se lamenta Nóra. Comme disait Nance en parlant des changelins. C'est un signe, pour sûr.

— Regardez, dit Mary, qui s'était léché le pouce pour ramasser les miettes de pain tombées dans son tablier. Il y a un grand feu là-haut. Ce matin, j'ai vu des garçons ramasser des ajoncs, des branchages et de la bruyère sur la colline. Vous croyez que les gens iront danser autour du feu ?

Nóra se curait les dents du bout des ongles.

— Pour l'heure, tu dois venir avec moi chez Nance. Je ne te paie pas pour aller danser.

— Vous pensez que les Bonnes Gens seront de sortie ? murmura Mary en regardant Micheál.

— Souviens-toi de ce que Nance nous a dit. Tout comme le jour est cousu à la nuit, l'année nouvelle est cousue sur l'ancienne. C'est à ce moment-là, quand l'une vient se lier à l'autre, que sortent les Bonnes Gens. Ils se déplacent d'un endroit à l'autre. Ils se glissent dans la couture de l'année.

Elle s'approcha de la demi-porte et promena un long regard sur la vallée.

— Quel vent ! commenta-t-elle. Dans quel sens crois-tu qu'il souffle ?

Le jour déclinait. En haut de la montagne, de hautes flammes rougeoyaient sous les rafales de neige. Une fumée sombre s'élevait du bûcher, gorgeant l'air de l'odeur entêtante du feu de bois. Mary rejoignit Nóra sur le seuil. Juché sur sa hanche, Micheál avait posé sa tête au creux de son épaule. Il était étrangement calme.

— Je crois qu'il vient de l'ouest, déclara la jeune fille. Est-ce signe d'orage ?

Nóra chassa d'un revers de main les flocons de neige tombés sur son châle, puis elle referma vivement la porte et fit glisser le verrou en bois contre le battant.

— On dit que le premier vent de l'année nouvelle est porteur de présages.

— Et qu'apporte le vent d'ouest ?

— Plaise à Dieu qu'il nous offre des jours meilleurs !

Assise dans la pénombre de sa chaumine face à la porte ouverte, Nance regardait la neige ensevelir le dernier jour de l'année. La nuit tombait lentement, dans un silence de cathédrale, comme si la lumière déclinante participait de la gloire de Dieu. Enveloppée dans ses châles en loques, l'herboriste entendait le silence tinter à ses oreilles aussi bruyamment que les cloches d'un monastère.

Tout commencerait cette nuit. L'administration des remèdes. Les mystérieuses suppliques. L'exploration des vieux sortilèges.

Nance frémit, saisie d'une sourde appréhension.

Ce n'était pas la première fois qu'elle rencontrait un enfant marqué par les Bonnes Gens. Lorsqu'elle s'était installée dans la vallée après des années d'errance et de mendicité, longtemps après la mort de Maggie et de celle qui n'était pas sa mère, une femme était venue la trouver. Elle traînait derrière elle une gamine malingre et repliée sur elle-même. Âgée de cinq ans, la petite n'avait pas esquissé un sourire depuis l'été précédent ; après s'être contentée de chuchoter quelques mots à l'oreille de ses frères et sœurs pendant des mois, elle avait totalement cessé de s'exprimer quelques jours auparavant.

« Elle ne répond pas quand je l'appelle, avait ajouté la paysanne en se tordant les mains. Elle ne veut plus jouer. Ni aller se promener. Ni m'aider à la maison. Et nous nous disputons sans cesse à cause d'elle. »

Nance avait examiné la muette avec attention. Frêle et malingre, les genoux gris de poussière, elle ressemblait à un oisillon tombé du nid. Assise sur un tabouret, elle les écoutait d'un air impassible, la tête rentrée dans les épaules.

« Depuis quand est-elle dans cet état, exactement ? avait demandé Nance. A-t-elle eu un accident ? Lui est-il arrivé quelque chose ? »

La femme avait secoué la tête.

« Je crois que tout est de ma faute. Je l'ai confiée à ses sœurs aînées. Je devais aller faire les foins… Elle a changé. Je sens que ce n'est pas ma fille. Je le sens au fond de moi, vous comprenez ? Elle ne répond même plus à son nom de baptême ! »

Tout en arrachant les petites peaux gercées qui blanchissaient entre ses doigts, elle avait raconté à

Nance qu'elle avait abandonné l'enfant au croisement des routes dans l'espoir de récupérer sa propre fille enlevée par les Fairies. La créature ressemblait tant à son enfant qu'elle n'avait pas eu le cœur de l'approcher des flammes. Aussi s'était-elle contentée de l'attacher à un poteau au carrefour – mais la petite avait réussi à s'échapper et à retrouver le chemin de leur maison. Là, elle s'était couchée à la place de leur fille. Furieux, le fermier voulait maintenant battre le changelin et lui imprimer une croix au fer rouge sur le front pour provoquer la colère des Fairies, et les forcer à venir chercher leur rejeton.

Nance avait demandé à la femme de revenir chez elle sept fois de suite avec le changelin. Elles n'auraient pas recours au pouvoir du feu, puisque la fermière s'y opposait, mais elles retourneraient contre les Bonnes Gens leurs plantes favorites.

Sept matins pour sept administrations de *lus mór*, le gant-de-notre-dame, la redoutable digitale pourpre. Nance l'avait cueillie à l'aube, puis elle avait extrait le suc de ses feuilles pour en déposer trois gouttes sur la langue du changelin, et trois gouttes dans son oreille. Dès que le pouls de la créature avait ralenti – signe que la digitale s'était mêlée à son sang –, elle avait attrapé le changelin par les bras et fait signe à la mère de le saisir par les pieds. Puis elles l'avaient balancé d'un côté à l'autre du seuil de la chaumine en répétant les mots que Nance avait entendus dans la bouche de Maggie des années auparavant :

« Si tu es une fée, hors d'ici ! »

Sept jours durant, Nance avait fait le siège de la petite créature muette ; sept jours durant, elle lui avait administré de la digitale pour ralentir les battements de son cœur ; sept jours durant, son pouls avait faibli et sa peau s'était couverte de sueurs froides.

« Souffre-t-elle ? avait demandé la mère.

— Elle résiste. Elle refuse de rejoindre les siens. »

Le lendemain du septième jour, la femme était revenue seule, le visage éclairé d'un large sourire.

« Elle parle ! Elle parle ! »

La paysanne avait déposé sur la table deux gros coqs et un petit pot de beurre. Lorsqu'elle était partie, Nance s'était laissée tomber sur les ajoncs qui couvraient le sol. Elle avait pleuré longtemps, recroquevillée sur elle-même. De peur ou de soulagement ? Elle n'aurait su le dire.

Le retour de la fillette prouvait l'étendue de ses pouvoirs. Nance n'était pas une simple herboriste : elle avait le don – la preuve en était faite. Preuve était faite, aussi, de l'existence d'une force enracinée dans le sol. Une force démoniaque. Tout ce que Maggie lui avait enseigné était donc vrai. Nance était différente. Elle pouvait enjamber les rivières et leurs remous furieux en marquant chaque rive de l'empreinte de ses pas.

Pour sa mère, il était trop tard : elle n'avait rien pu faire, hélas.

Ses pouces s'étaient courbés peu après. En se réveillant un matin, Nance avait baissé les yeux sur ses jointures noueuses, et compris qu'Ils l'avaient marquée. Les Bonnes Gens lui avaient transmis le don et l'avaient libérée.

Nance se leva. Si je l'ai fait autrefois, je saurai le refaire, songea-t-elle en s'approchant de la porte pour la fermer. Une main sur le battant, elle observa le feu de joie au sommet de la montagne et les silhouettes des habitants de la vallée qui dansaient autour des flammes. Tendant l'oreille, elle crut entendre des battements de tambour.

C'est une bonne nuit, songea-t-elle. Une nuit propice aux rituels.

À cet instant, elle aperçut deux silhouettes sur le sentier qui menait à sa chaumine. Nóra Leahy et Mary Clifford. Elles respiraient avec peine – la jeune fille, surtout. Courbée sous le poids de Micheál, qu'elle serrait contre sa poitrine, Mary glissait plus qu'elle ne marchait sur le sentier couvert de neige.

— Soyez les bienvenues, dit Nance. Que Dieu soit avec vous. Avez-vous rencontré âme qui vive ?

Nóra secoua la tête.

— Ils sont tous partis danser sur la montagne.

— Parfait. Venez vous réchauffer. Il fait un froid glacial ce soir. Entrez donc ! Asseyez-vous là-bas. Vous pourrez vous laver les pieds, dit-elle en désignant un seau rempli d'eau tiède.

Mary lui lança un regard hésitant.

— J'ai Micheál – je veux dire, le fé – avec moi. Où faut-il que je le pose ?

— S'est-il endormi en chemin ?

Mary tira sur la couverture qu'elle avait nouée dans son dos afin de maintenir l'enfant serré contre elle.

— Il a les yeux ouverts, constata-t-elle. Il a crié quand nous sommes sorties de la ferme, mais je crois que l'air frais lui a fait du bien.

Nance se retourna. Demeurée sur le seuil, la veuve Leahy secouait son châle blanc de neige.

— Entrez donc, Nóra, et que Dieu vous bénisse. Vous êtes la bienvenue ici. Venez ! Ne restez pas dans le froid.

Pinçant les lèvres, la veuve se résigna à franchir le seuil de la chaumine. Elle promenait un regard méfiant autour d'elle, s'attardant sur les coins sombres de la pièce, quand un bruissement la fit sursauter.

— Ce n'est que Mora, ma gentille petite chèvre, expliqua Nance. Avez-vous apporté de la menthe ?

Mary posa doucement l'enfant près du feu et fouilla dans les replis du châle croisé sur sa poitrine. Elle en sortit un bouquet de menthe fraîche, qu'elle tendit à l'herboriste.

— Y en a-t-il neuf brins, comme je te l'ai indiqué ?

La servante acquiesça.

— J'en ai trouvé neuf. Seulement, ils sont un peu fanés.

— Bien. Tu vas devoir les mâcher, ma fille.

Nóra haussa les sourcils.

— Vous voulez qu'elle les mange ?

— Non. Je veux qu'elle mâche les feuilles. Qu'elle en fasse une purée qu'elle recrachera dans un bol. C'est le suc qui m'intéresse. (Désignant ses mâchoires édentées, elle ajouta :) Je m'en serais volontiers chargée moi-même, mais...

— Allons, Mary, reprit Nóra avec impatience. Fais ce qu'elle te demande.

Visiblement apeurée, la jeune fille baissa les yeux vers le bouquet posé dans sa paume.

— Je... Je ne veux pas.

— Ce n'est que de la menthe. Ne nous fais pas attendre toute la nuit, voyons !

Nance sourit.

— Pour vrai, je ne te demande rien que je ne ferais pas moi-même. Que peut-il t'arriver ? Tu l'as cueillie de tes propres mains.

Vaincue, Mary arracha quelques feuilles de menthe du bouquet et les glissa à contrecœur dans sa bouche.

— N'avale pas le jus, avertit Nance.

Elle attrapa un bol en bois et le tint sous le menton de Mary. Les traits figés, la jeune fille cracha un instant plus tard la bouillie verte au fond du bol, puis s'essuya les lèvres d'un revers de manche.

— Continue, dit Nance. Il faut mâcher toutes les feuilles des neuf brins.

Elle se tourna vers Nóra : sourcils froncés, cette dernière fixait sa domestique d'un air courroucé. Mary fourra les feuilles restantes dans sa bouche et les mastiqua sans les regarder. Lorsqu'elle cracha le hachis de menthe dans le bol, sa langue et ses dents étaient toutes vertes.

Nance observa la mixture. Elle la remua et la versa dans un vieux mouchoir, qu'elle pressa entre ses mains pour en extraire le suc, tandis que Mary ôtait les morceaux de feuilles accrochés à ses lèvres.

— Qu'allez-vous faire de ce jus de menthe ? demanda Nóra.

L'herboriste lui donna le bol et traversa la pièce à petits pas pour gagner le coin sombre où elle rangeait ses affaires. Elle revint avec un dé à coudre.

— La sagesse veut que nous commencions par de simples remèdes, répondit-elle. Assieds-toi sur ce tabouret, Mary, et prends l'enfant sur tes genoux. Veille à ce qu'il ne bouge pas. Parfait. Maintenant, tiens-lui la tête.

Elle se tourna vers Nóra, avant de poursuivre :

— Puisque vous n'avez pas voulu le soumettre à l'épreuve des flammes, nous allons commencer par vérifier qu'il n'est pas atteint par un mal ordinaire.

Quelques gouttes de menthe dans chaque oreille, dit-elle en agitant le dé à coudre, et nous saurons vite si c'est un changelin ou si les Fairies l'ont seulement privé d'audition.

Mary avait couché Micheál sur ses genoux. Elle fit doucement pivoter sa tête dans ses mains pour permettre à Nance de déposer, à l'aide d'un instrument taillé dans un os, quelques gouttes de liquide dans son oreille gauche.

— L'autre aussi ? s'enquit la servante d'une voix sourde.

L'enfant gémissait et tentait d'échapper à son emprise. L'herboriste acquiesça : il fallait traiter les deux oreilles. Mary fit tourner la tête de Micheál dans l'autre sens.

L'air s'était chargé d'une forte odeur de menthe. Les yeux rivés sur l'enfant, elles regardèrent le suc vert foncé couler dans ses cheveux roux.

— Et maintenant ? reprit Nóra. Que devons-nous faire ?

— Rentrez chez vous et attendez jusqu'à demain. Au réveil, vous verrez bien s'il est guéri. Parlez-lui pour savoir s'il vous entend. Il cherchera peut-être à vous répondre, qui sait ? Sinon, c'est que le remède n'aura rien changé.

— C'est tout ?

Nance secoua la tête.

— Il fait nuit noire dehors. Un noir sombre et puissant. Et chaque heure compte, puisqu'elles sont chargées de nous faire passer d'une année à l'autre.

Elle essuya l'oreille de l'enfant, verdie par le jus de menthe, puis se pencha pour attraper un panier poussé près de l'âtre.

— Qu'est-ce que c'est ?

— De la brunelle, répliqua Nance en soulevant le carré de tissu qui recouvrait le panier.

Nóra jeta un œil à son contenu.

— De la brunelle ? Contre les maux de gorge ?

— Oui, mais aussi contre les flèches des Fairies. Les attaques soudaines.

La vieille femme s'agenouilla près de l'enfant, dénuda ses pieds et pressa les feuilles de brunelle sur sa peau marbrée. Mary et Nóra la regardaient faire sans un mot, épiant ses moindres gestes avec une attention proche du désespoir. Nóra, en particulier, la couvait d'un regard si perçant que Nance se sentit vaciller sous le poids de ses craintes et de ses espoirs.

Barbouillé de menthe, les yeux lourds de sommeil, l'enfant ne bougeait plus.

— Voilà, dit Nóra. C'est assez pour ce soir. Arrêtons-nous là.

Mary se pencha pour ramasser le bouquet de brunelle, qu'elle huma à plein nez. Nóra lui prit les herbes des mains et les jeta au sol.

— Quand saurons-nous si le remède a fonctionné ? demanda-t-elle.

— Demain matin, assura l'herboriste. Vous retrouverez peut-être votre petit-fils au réveil. Si ce n'est pas le cas... Il y a d'autres remèdes, d'autres rituels. Vous verrez. Tout finira par s'arranger.

— Vous le croyez vraiment, Nance ?

— Oui, Nóra. Un jour viendra où tout ira mieux.

Le feu de joie prenait des teintes orangées au sommet de la montagne quand les deux femmes se remirent en route, les poches remplies de cendres pour se protéger des menaces nocturnes. En les regardant s'éloigner sous la neige, Nance crut entendre la voix de Maggie murmurer à son oreille : *Si tu ignores ton chemin, avance prudemment.*

Nance avait mastiqué elle-même les feuilles de menthe cette nuit-là – la première de toutes celles que sa tante avait passées à tenter de faire revenir sa mère du royaume des Fairies en chassant le changelin qui avait pris sa place. Son père était parti à une veillée, les laissant seules au chevet de la femme qui n'était pas Mary Roche. La créature n'avait même pas remué quand Nance et Maggie avaient versé le suc des feuilles de menthe dans ses oreilles.

« Je ne crois pas qu'elle va revenir », avait avoué Nance, la gorge nouée.

Assises près de l'âtre, les yeux rivés sur les braises rougeoyantes, elles attendaient le retour du maître de maison.

« J'ai promis à ton père de faire tout ce qui est en mon pouvoir pour l'aider, avait répliqué Maggie d'un air pensif. Mais il est rare de voir revenir ceux qui ont été emportés.

— Pourquoi les Bonnes Gens ne veulent-Ils pas nous la rendre ?

— Ce n'est pas facile de renoncer à un être cher.

— Maggie ?

— Oui, Nance ?

— Tu sais tant de choses ! Où les as-tu apprises ?

— Certaines personnes sont si différentes des autres qu'elles sont repoussées vers les marges, avait-elle répondu en portant distraitement la main à la cicatrice qui barrait sa joue. C'est là, sur les bords du monde, qu'elles découvrent leurs pouvoirs. »

Cette nuit-là, Nóra rêva qu'elle lavait les vêtements de Martin au bord de la Flesk. C'était l'été. Le soleil lui chauffait le dos. Les berges de la rivière étaient couvertes d'herbe et de grandes fougères. Munie d'un battoir en bois, Nóra frappait avec énergie le linge mouillé étalé sur un rocher immergé dans l'eau claire. Elle s'apprêtait à donner un dernier coup sur une tunique quand une tache de sang attira son regard. Étonnée, elle frappa de plus belle pour l'ôter, mais la tache s'agrandit.

Saisie d'horreur, elle posa le battoir près d'elle. Quelque chose bougeait sous la tunique. Tendant la main, elle souleva le tissu d'un coup sec.

C'était Micheál. Le crâne fracassé, il s'enfonçait dans l'eau rougie de sa lessive.

Nóra s'éveilla en sursaut, le corps baigné de sueur. Dehors, le jour se levait : les premières lueurs de l'aube se glissaient sous la porte. Incapable de se rendormir, elle se leva et s'approcha de la banquette. Mary ronflait. L'enfant était couché près d'elle, le visage dissimulé sous une couverture.

Nóra sentit son cœur s'accélérer. Tendant la main, elle souleva la couverture d'un coup sec.

Il était vivant. Paupières battantes, encore engluées de sommeil.

Soulagée, elle le démaillota pour examiner ses pieds nus et ses oreilles, encore incrustés de verdure.

— Es-tu le fils de Johanna ? chuchota-t-elle. Es-tu Micheál Kelliher ?

Le petit garçon leva les bras, puis, refermant les poings sur les cheveux gris de Nóra, il éructa une réponse incompréhensible.

10

Berce

— Nóra Leahy m'envoie vous dire que la créature n'a pas changé. Micheál crache et crie et demeure le crétin qu'il était quand nous l'avons amené chez vous.

Assise sur le seuil de sa chaumine, les mains couvertes de sang, Nance dépouillait un lièvre. Elle leva les yeux.

— Est-ce vrai, Mary ?

La fille de ferme se dressait devant elle, les bras croisés sur la poitrine, son châle fermement noué sur sa tête.

— Pour sûr. Les feuilles de menthe ne l'ont pas guéri. Mais… n'allez pas croire que c'est de ma faute, ajouta-t-elle vivement. Je l'ai cueillie au nom de la sainte Trinité et les feuilles étaient couvertes de rosée. Tout comme vous me l'avez demandé, je vous le jure !

Nance s'essuya les mains sur sa jupe.

— Tiens-moi ça, tu veux bien ? demanda-t-elle en lui tendant le lièvre.

Mary s'exécuta, observant avec curiosité les membres écorchés et les tendons de l'animal.

— Vous la mangez sans crainte, cette bête-là ? murmura-t-elle.

— Et quelle crainte devrais-je donc avoir ?
— On raconte que les lièvres sont pleins de magie : ils portent malheur si on n'y prend garde.

Nance prit le bol qu'elle avait rempli de viscères et fit signe à la jeune fille de la suivre à l'intérieur.

— Je mange sans crainte tout ce qui peut me remplir la panse, répliqua-t-elle en fermant la porte. Les lièvres, les lapins, les anguilles.

Mary fit la grimace.

— Mon frère dit qu'une anguille peut traverser tout le pays en une seule journée. Elles se mordent la queue et s'enroulent sur elles-mêmes, ajouta-t-elle en frissonnant. C'est preuve de malice, non ? Je m'en méfierais, en tout cas.

Nance haussa les épaules.

— Le plus difficile, c'est de les attraper. Ensuite, elles se laissent manger sans problème.

Mary s'assit près du feu et désigna la fourrure de lièvre posée au sol.

— Vous allez la vendre ? On en fait des casquettes pour les enfants. Avec les oreilles.

— Je vends ce que je peux, répondit l'herboriste en reprenant le lièvre pour le mettre dans un pot en terre cuite. Des teintures, mais aussi des peaux et des balais de bouleau. Et du savon à l'avoine.

— Cette teinture noire me plaît bien, dit Mary en montrant une pelote de laine dans un panier.

— Je l'obtiens avec des chatons d'aulne. Ou des racines d'euphorbe. Pour d'autres, j'emploie du lichen ou de l'eau des marais. Et même de la bruyère ! Puis je les vends. Vois-tu, on peut fabriquer de belles couleurs à partir des plantes les plus modestes.

— Vous savez beaucoup de choses.

— J'ai beaucoup vécu.

Mary la dévisagea avec attention dans la pénombre.

— Ce n'est pourtant pas votre âge qui vous a permis d'avoir le don, n'est-ce pas ? Vous le tenez de Ceux qui vivent au fond des bois. On raconte que vous savez où Ils se trouvent, que vous leur parlez et qu'Ils vous ont transmis leur savoir.

La servante leva le menton vers les bouquets d'herbes séchées accrochés au plafond, avant de poursuivre :

— Est-ce vrai, Nance ? Est-ce vrai que vous allez rendre à la veuve son petit-fils parce que vous tenez votre don des Bonnes Gens ? Parce que vous connaissez tous leurs tours ?

La guérisseuse frotta ses mains poisseuses dans un seau d'eau pour les débarrasser des viscères de lièvre. La jeune Mary était animée par une curiosité naturelle chez une personne de son âge – mais pas seulement. Il y avait aussi de la suspicion dans sa voix. Une méfiance trop lourde à porter pour ses frêles épaules.

Nance s'apprêtait à lui répondre quand des bruits de pas résonnèrent sur le sentier. Des visiteurs arrivaient en courant. Mary se leva si vivement qu'elle se cogna la tête contre un gros bouquet de millepertuis. Les fleurs séchées se cassèrent et se répandirent au sol.

— Viens par ici ! cria une voix d'homme à l'extérieur. Elle est chez elle. Il y a de la fumée. Allons, David. Dépêche-toi !

Les bruits de pas se rapprochèrent, puis on frappa trois coups à la porte – si vigoureux qu'une motte de terre se détacha du plafond.

— Nance Roche ! appela le visiteur.

— Va ouvrir, Mary.

La jeune fille se leva et tira sur le battant en osier. Daniel Lynch se tenait sur le seuil, le souffle court, le visage luisant de sueur.

— Que Dieu, Marie et saint Patrick vous bénissent, balbutia-t-il d'une voix éraillée.

Il entra. Son frère, un jeune homme aux épaules voûtées, le suivit de près, manifestement gêné par leur brusque intrusion.

— Que Dieu vous bénisse, Daniel, dit Nance. Que se passe-t-il ?

— Nous avons besoin de vous. Pour Brigid... Ma femme. Elle est en couches.

— À quelle heure s'est-elle trouvée mal ?

— À l'aube. Elle est couchée dans la paille, blanche comme craie. Je lui ai promis de vous amener près d'elle.

Nance se tourna vers Mary, qui fixait Daniel d'un air hébété.

— Cours chez Nóra, ma fille, ordonna-t-elle. Demande-lui de se rendre chez les Lynch avec d'autres femmes de la vallée. Des parentes de Brigid, si possible. Qu'elles apportent des linges propres en quantité. Du lait, du beurre. Signe-toi avant de partir et bénis-les avant de franchir le seuil quand vous arriverez à la ferme des Lynch. Je vous attendrai là-bas.

La jeune fille acquiesça et s'élança à toutes jambes sur le sentier, sans même prendre le temps de resserrer son châle sur sa tête.

Nance pria les deux frères de l'attendre devant la chaumine, tandis qu'elle remplissait un panier, choisissant avec soin les plantes dont elle aurait besoin au cours des heures à venir. Marguerites et cresson. Achillée. Après avoir enveloppé les herbes séchées dans de vieux chiffons, elle prit une branche de noisetier, du fil noir et le seau d'eau de forge qu'elle avait recouvert d'un linge.

— Je suis prête, dit-elle en tendant le seau à Daniel. Menez-moi auprès de votre femme.

Sitôt entrée, Nance comprit que l'enfantement se passait mal. Brigid Lynch était couchée près du feu, sur un tas de genêts et de bruyères. Sous elle, la couverture était déjà imbibée de sang. Nance ressortit aussitôt et arrêta d'un geste les deux frères qui s'apprêtaient à la suivre à l'intérieur.

— Vous avez bien fait de venir me chercher. Maintenant, ne restez pas là à tournoyer comme des mouches. Je vous avertirai dès qu'il y aura du nouveau. Que Dieu soit avec vous, conclut-elle en crachant au sol.

Terrassée de douleur, Brigid avait fermé les yeux. Elle battit des paupières en entendant la porte se refermer.

— Daniel ?

— Que Dieu te bénisse, ma fille. C'est moi, Nance. Ton homme est venu me chercher.

Elle plia une couverture, puis s'agenouilla près de la jeune femme et la glissa sous ses reins. On dirait une jument terrifiée, songea-t-elle en examinant son visage crispé.

— J'ai peur, gémit Brigid. Est-ce toujours ainsi, Nance ? J'ai l'impression que ce n'est pas naturel.

— Ne t'inquiète pas. Tu es entre de bonnes mains.

Nance se pencha et lui chuchota une prière dans l'oreille droite.

Nóra arriva un moment plus tard, accompagnée d'Éilís, de Kate et de Sorcha. Elle les avait conviées à contrecœur, tant elle leur en voulait de répandre de mauvais commérages à son sujet, mais les trois femmes étaient toutes liées à Brigid par son mariage avec Daniel. Puisque la jeune femme n'avait pas de proches parents dans la vallée, c'était à elles de venir l'aider à enfanter. Quant à Mary, Nóra l'avait envoyée chez Peg avec Micheál.

Elle ouvrit la porte. L'air gris de fumée était chargé d'odeurs fétides. Étendue près du feu, Brigid geignait faiblement, résistant aux injonctions de Nance qui cherchait à tourner ses hanches vers les flammes. Il régnait une telle chaleur que la sueur roulait sur le visage de Brigid et plaquait les cheveux de Nance sur son crâne.

Les nouvelles venues se figèrent sur le seuil, n'osant avancer vers Brigid, qui s'obstinait à vouloir s'agenouiller, révélant ses cuisses ruisselantes de sang, alors que Nance lui ordonnait de rester couchée.

— Sorcha, venez m'aider à déplacer votre cousine. J'aimerais la tourner vers le feu.

Les deux femmes soulevèrent les pieds de Brigid et parvinrent à l'approcher de l'âtre. Puis, jetant une brassée d'ajoncs séchés dans le feu, Nance fit monter les flammes si haut qu'une vive clarté s'éleva dans la pièce.

Brigid était méconnaissable. Les pupilles sombres et dilatées, elle regardait ses compagnes sans les voir. Adossée au mur, Éilís tenait une cruche remplie d'eau entre ses mains crispées. Kate s'approcha de l'âtre. Elle sortit un long ruban rouge du châle croisé sur sa poitrine et le glissa dans sa main gauche.

— Que vas-tu faire de ce ruban ? demanda Éilís.

Kate ne répondit pas. Penchée vers Brigid, elle entreprit de nouer et de dénouer le ruban au-dessus de son corps convulsé de douleur.

— Pourquoi fais-tu cela ? insista Éilís.

— Pour faciliter l'enfantement, murmura Kate.

L'herboriste lui lança un long regard, mais ne fit aucun commentaire.

— Nance, avez-vous besoin d'aide ? demanda Nóra.

— Vous trouverez du cresson dans ce panier. Pendant ce temps-là, vous deux, prenez ce fil noir. Vous vous rendrez bien utiles en le nouant là où je vous le dirai.

Éilís et Sorcha échangèrent un regard interloqué.

— Dépêchez-vous ! les pressa Nance d'un ton impérieux. Il faut arrêter ce flot de sang. Attachez donc le fil à ses poignets.

Comprenant qu'elle ne plaisantait pas, les deux femmes se mirent au travail.

— Coupez le fil d'un coup de dent s'il le faut, mais faites vite. Un nœud à chaque cheville et à chaque doigt. À chaque orteil aussi. Bien serré, je vous prie.

On frappa à la porte, puis le battant s'entrouvrit sur le visage de Mary, dont les yeux s'agrandirent d'effroi à la vue du sang qui maculait le sol.

— Nance ? appela Nóra en désignant la jeune fille.

— Envoyez-la chercher du purin de cochon. Chez le forgeron, peut-être.

— Fais ce qu'elle te dit, ordonna Nóra.

La servante repartit aussitôt. Les femmes continuèrent à s'affairer autour de Brigid. La bouche entrouverte, les yeux clos, cette dernière ne bougeait plus. Lorsqu'elle eut terminé de piler le cresson, Nóra tendit le mortier à Nance et s'agenouilla derrière Brigid, de sorte que cette dernière puisse poser sa tête sur ses genoux.

L'herboriste souleva la robe trempée de la jeune femme, puis elle étala le cataplasme de cresson sur ses cuisses nues et sa toison pubienne.

Entre ses jambes, le sang continuait de couler. Elles le virent toutes.

Mary revint une heure plus tard, les mains couvertes de purin. La femme du forgeron l'accompagnait, munie de son rosaire et d'une croix tissée.

Nance se redressa en les entendant entrer. Son tablier était aussi rouge que celui d'un boucher.

— Que Dieu vous bénisse, Áine. Vous ne pouvez pas rester, dit-elle en la prenant par les épaules. Je suis désolée.

— J'aimerais vous aider ! protesta la nouvelle venue.

Nance réitéra ses excuses et la reconduisit dehors en refermant la porte derrière elles.

— Pourquoi elle ne la laisse pas entrer ? murmura Mary à Nóra. Qu'est-ce qu'elle a fait ?

Occupée à tamponner le front de Brigid avec de l'eau de forge, la veuve fit claquer sa langue contre son palais, mais ne répondit pas.

— Elle voulait seulement prier pour elle, insista la jeune fille.

— Tout le monde sait qu'Áine est stérile, intervint Kate d'un ton sec. Elle porterait malheur à l'enfant si elle restait là.

— Une femme si gentille ? contesta Mary. Elle n'en ferait rien, j'en suis sûre.

— Qu'elle soit gentille ou non n'y change rien. La plupart de ceux qui jettent le mauvais œil le font sans le savoir, répliqua Kate. D'ailleurs, tu es peut-être en train de nous porter malheur, toi aussi ! Les rousses ont le mauvais œil, c'est bien connu.

Nóra s'apprêtait à la contredire quand l'herboriste revint avec une petite cruche en terre. Une forte odeur d'ammoniaque se répandit sur son passage.

— Qu'est-ce que c'est ? demanda Mary en plissant le nez.

— Les eaux du mari, murmura Nance.

Munie d'un petit balai en bruyère, elle entreprit de répandre l'urine de Daniel à travers la pièce, puis sur le visage, le ventre et les cuisses de Brigid, avant de lancer d'une chiquenaude les dernières gouttes sur le berceau en osier posé dans un coin.

— C'est une vieille coutume sacrée, expliqua-t-elle. Pour bénir la mère et l'enfant.

Personne ne fit de commentaire.

Les femmes passèrent la journée à s'occuper de Brigid, exécutant les directives que leur donnait l'herboriste : elles mélangèrent le purin de cochon avec de l'eau de forge et l'étalèrent à mains nues sur son ventre ; elles se relayèrent pour nouer et dénouer le ruban de Kate au-dessus de son corps jusqu'à ce que leurs bras s'engourdissent et que le ruban devienne graisseux sous leurs doigts ; elles virent ses orteils et ses doigts gonfler sous le fil noir qu'elles avaient noué en arrivant ; elles humectèrent ses lèvres entrouvertes de marguerites bouillies dans du lait frais.

Le jour cédait place à la nuit quand l'enfant vint au monde.

Lèvres noires, visage blême. Il était mort.

Exténuée, Brigid perdit connaissance.

On fit entrer Daniel pour lui montrer le petit corps de son fils. Les femmes l'encerclèrent, grises de fatigue, trop épuisées pour pleurer. Il baissa les yeux vers son épouse, toujours inconsciente, en portant la main à sa bouche comme s'il redoutait ce qui pouvait en jaillir. Mary fit un pas de côté et le regarda sortir dans l'air bleuté du soir pour aller régler son chagrin avec l'immensité glacée du ciel.

Nance demanda à Sorcha d'envelopper le nourrisson dans un linge et de recouvrir son visage.

— Brigid est morte ? demanda Kate.

— Pas encore, répondit Nance.

Elle prit un petit sachet en papier dans son panier, l'ouvrit et fit glisser son contenu dans un bol en terre cuite.

— Il me faut du feu, murmura-t-elle.

Mary s'empara d'une pince et souleva les mottes de tourbe qui fumaient dans l'âtre pour attraper une braise.

— Mets-la dans le bol, dit Nance en le lui tendant.

Mary jeta un œil à son contenu : graines de berce et bouse de cheval séchée. Elle posa la braise sur le mélange, qui dégagea bientôt d'épaisses volutes de fumée.

— Fais-lui respirer ces vapeurs, ordonna Nance.

Mary s'agenouilla près de Brigid et plaça le bol sous son nez.

— La vois-tu bouger ?

— Je ne suis pas certaine qu'elle respire encore.

La fumée dissimulait le visage de la jeune femme comme un voile.

— Allons, ma fille, dit Nance à Mary en reprenant le bol. Abaisse un peu son menton, et tiens-le bien.

La servante obtempéra, et Nance parvint à souffler la fumée vers la bouche ouverte de Brigid.

Qui demeura parfaitement immobile.

— Voulez-vous que je récite une prière ? chuchota Mary.

À cet instant, la jeune femme plissa le nez et se mit à tousser.

— Dieu soit loué ! dit Nance en se passant une main sur le front. La vie ne l'a pas encore quittée.

Elle laissa retomber sa main. Son front était rouge de sang.

La soirée s'étira dans un silence étrange. Brigid reprit conscience. Elle fondit en larmes, réclamant son enfant et son mari, et serra les dents chaque fois que Nance voulut glisser des baies de douce-amère entre ses lèvres. Elle finit par s'endormir, ivre de chagrin et de fatigue. Les femmes la firent alors rouler sur le côté pour remplacer le chaume ensanglanté de sa couche par des brassées de bruyère fraîche. L'herboriste jeta le placenta dans le feu, où il se consuma dans un sifflement en dégageant une forte odeur de viande.

— Où est son homme ? demanda-t-elle.

— Dehors, répondit Mary en entrouvrant la porte. À genoux dans le champ.

Assise sur un tabouret, Nance se prit la tête dans les mains.

— Va le chercher, murmura-t-elle.

Nóra blêmit.

— Laissez-le pleurer, Nance. Qu'il mêle son chagrin à la terre !

— Non. L'esprit qui réside encore dans le corps de son fils est bien trop fragile. Il ne résistera pas aux démons qui rôdent autour de nous.

— Daniel a besoin d'être seul. Accordez-lui encore un moment. Il nous rejoindra ensuite.

— Mary, va trouver Daniel et ramène-le ici, insista Nance. Il doit protéger l'âme de cet enfant.

Sorcha baissa les yeux vers le petit paquet posé sur ses genoux.

— Je... Je l'ai béni. J'ai fait une croix sur son front avec l'eau de la forge. Comme pour un baptême. Cela ne suffit pas pour l'envoyer au paradis ?

Kate haussa les épaules.

— Il était déjà mort quand il est né.

— Et alors ? lança sa fille. Une bénédiction reste une bénédiction.

— Va chercher Daniel, Mary, répéta Nance.

Elle se leva en grimaçant et se dirigea d'un pas chancelant vers les pondoirs alignés contre le mur de la chaumière. Elle tendit la main vers la rangée de poules aux yeux écarquillés, en attrapa une et la coinça vivement sous son coude pour l'empêcher de battre des ailes.

— Amenez-moi Daniel, ordonna-t-elle.

Mary courut si vite qu'elle faillit se tordre la cheville. Des coulées de boue jaillirent sous ses pas, éclaboussant sa robe.

Le mari de Brigid était agenouillé entre les plates-bandes, la tête baissée. Son frère David, Áine, Peter, Seán et John se dressaient autour de lui, partageant son chagrin en silence. Les nuages s'étaient dispersés, et les étoiles montaient dans le ciel clair.

— Laisse-le tranquille, ma fille, dit Seán à Mary.
— Nance le demande.
— Il a fait tout son possible.
— Elle craint que les démons…
— Quels démons ? interrompit Áine en fronçant les sourcils.

Gênée, Mary se mordit les ongles. Ils empestaient le purin.

— Nance a raison, intervint Peter. L'enfant n'a pas rejoint le royaume de Dieu. Et Brigid est très affaiblie. Il se peut que des mauvais esprits cherchent à entrer chez toi, Daniel.

Seán cracha au sol.

— Tais-toi donc, Peter. Ce n'est pas l'heure de parler de ça !
— Nance veut vraiment me voir ? demanda Daniel en se redressant.

Mary tressaillit. Les yeux bordés de rouge, les lèvres gonflées, il faisait peine à voir.

— Oui, dit-elle. Elle a pris une de vos poules et m'a demandé de venir vous chercher.

Seán posa une main sur l'épaule de Daniel.

— N'y va pas, mon neveu. Cette femme en a déjà trop fait, tu ne crois pas ?

Daniel le repoussa d'un geste vif et se tourna vers la chaumière.

— Dépêche-toi, intima Peter. Et toi, Seán, laisse-le

donc. S'il peut encore aider son enfant, pourquoi l'en empêcher ?

Nance attendait Mary et Daniel devant la porte ouverte. Elle lui montra la poule en veillant à ne pas franchir le seuil de la ferme.

— Toutes mes condoléances, dit-elle. Vous savez ce qui vous reste à faire. Tuez-la.

Sans la regarder, Daniel prit le volatile, puis le couteau qu'elle lui tendait. Il trancha la tête de la poule, et la donna à Nance, qui la jeta dans le feu. Les femmes enfouirent leur visage dans leurs mains tandis que l'air se chargeait d'une odeur de plumes brûlées.

Nance saisit fermement par les pattes le corps de l'animal encore agité de soubresauts, le retourna et fit couler son sang près de l'entrée de la chaumière. Puis elle le rendit à Daniel et s'essuya les mains sur sa jupe.

— Maintenant, dit-elle, protégez votre femme. Tracez un cercle de sang à l'intérieur de votre maison.

Tandis que Daniel s'exécutait, Mary entra et s'assit près de Nóra, qui veillait sur Brigid, les yeux brillants de larmes.

— Pourquoi fait-il ça, m'dame ? chuchota-t-elle.
— Pour protéger l'âme du petit bébé, répondit Sorcha en se signant.

Éilís se leva brusquement.

— S'il suffit de répandre un peu de sang pour éloigner le diable, lança-t-elle, alors cette ferme est déjà bien protégée, puisque nous avons fait brûler le chaume plein du sang de Brigid et que l'air s'en est gorgé !

Elle cracha et sortit sans se retourner.

Mary remarqua que l'un des chiens de la maisonnée s'était approché du seuil de la chaumière. Pattes fléchies, museau au sol, il reniflait le sang de poule qui maculait la terre battue.

Nóra se leva et le chassa d'un coup de pied.

Nance rentra chez elle sous un ciel d'encre. L'estomac vide, elle empestait le sang et tremblait de fatigue. La nuit était froide, mais claire. La pleine lune se reflétait, ronde et pure, dans la fine couche de rosée qui humectait le sol. L'air semblait incroyablement doux et frais après la chaleur et la fumée qui régnaient chez les Lynch.

Prise de vertige, Nance vacilla soudain contre le muret de pierre sèche qui bordait le sentier menant à sa chaumine. Elle bascula dans un buisson de ronces et lâcha son panier rempli d'herbes et de linges souillés.

Comme elle aurait voulu que l'enfant soit encore en vie !

Elle avait l'impression d'avoir vu naître une génération entière de bambins. Elle les croisait tous les jours dans la vallée : des gamins aux voix stridentes qui enfouissaient leur nez plein de morve dans les jupes de leur mère, s'écorchaient les genoux en grimpant aux murs, et se fortifiaient en dévalant les sentiers à la lisière des champs. Quand elle les avait mis au monde, ceux-là s'étaient accrochés à la vie comme des bardanes ; d'autres, moins nombreux, n'avaient pas réussi à s'agripper au tissu du monde : nés inertes, trop chétifs ou étranglés par le cordon, ils n'avaient pas survécu. Nance n'y pouvait rien. La vie était ainsi faite, elle le savait bien.

Pourquoi la mort du bébé de Brigid l'emplissait-elle d'une telle terreur ? Elle avait pourtant fait tout ce qu'il fallait. Tout ce que Maggie lui avait appris.

Le balai de bruyère et l'urine du mari.

La courbe des hanches tournée vers la chaleur de l'âtre.

Le fil pour arrêter le flot de sang, le purin de cochon sur l'abdomen, l'eau de forge et le cresson pilé, et même le ruban qu'il fallait nouer et dénouer au-dessus de l'accouchée – Kate s'en était chargée sans relâche. Rien n'y avait fait.

Avait-elle vraiment pensé à tout ? Elle se figea. Son morceau de toile – voilà ce qu'elle avait oublié ! La longue bande de toile blanche qu'elle traînait dans l'herbe humide de rosée le premier février de chaque année, afin qu'il soit béni par sainte Brigid, qu'on fêtait ce jour-là à travers tout le pays. Maggie lui avait recommandé d'enrouler ce tissu autour de la mère lorsque l'enfantement se passait mal.

Aurait-il permis de sauver le fils de Brigid ?

Nance soupira. Cela n'avait plus d'importance, à présent. Elle avait fait tout ce qu'elle pouvait. L'enfant n'était pas né pour vivre en ce monde, voilà tout. Elle reprit son panier et se hissa sur ses jambes en s'appuyant contre le muret. Les ronces s'accrochèrent à ses vêtements lorsqu'elle se remit en route.

La chaumine apparut au loin, adossée aux grands arbres de la forêt. Elle paraissait vide et glacée sous l'immensité noire du ciel. Seule sa chèvre l'attendait, blanche et fantomatique sous la lune, pressée de rentrer.

Nance noua ses bras autour d'elle et enfouit son visage dans son pelage emmêlé.

— Pour vrai, tu es bien patiente, ma fille ! murmura-t-elle, réconfortée par son odeur familière.

Elle la conduisit à l'intérieur et l'attacha au crochet fixé au mur, puis elle alluma un feu dans l'âtre. Ensuite, elle but une tasse de lait, distribua un peu d'herbes de Saint-Jacques et de farine de maïs aux poules qui n'avaient pas encore gagné leur nichoir, et s'étendit avec lassitude sur son matelas de bruyère.

Elle pensait s'endormir aussitôt. Il n'en fut rien. Bercée par sa propre fatigue, elle demeura immobile, en proie à une anxiété grandissante. Elle avait le sentiment d'assister à quelque chose de terrible, d'être happée dans un tourbillon qui changerait le monde de manière irrémédiable en la reléguant, elle, dans quelque coin sombre et oublié de tous.

Le feu crépita dans l'âtre où les mottes de tourbe se consumaient lentement, ne laissant derrière elles qu'un petit tas de cendres fumantes.

Que dirait mon père, s'il était vivant ? se demanda Nance en fermant les yeux. Que dirait-il, lui qui connaissait le sens du vent et l'anatomie des orages ?

Elle se souvint brusquement d'une de leurs conversations, un soir, devant le feu.

« La morue vit en eaux profondes, avait-il murmuré en passant un bras autour de ses épaules. Elle apprécie le calme et le silence. Or rien n'est aussi calme que le fond des océans... sauf quand le ciel tourne à l'orage. Ces jours-là, le vent secoue la mer comme un beau diable. Et tout se met à bouger : les poissons, les algues, le sable, les cailloux, et même les vieilles carcasses de navires ! Les poissons qui aiment les grands fonds se retrouvent à la surface, et ceux qui vivent au bord de l'eau sont entraînés vers le fond. »

Nance se souvenait de tout. La main de son père dans ses cheveux. L'odeur des pommes de terre en train de bouillir dans la marmite.

« D'après toi, que fait la morue quand elle sent venir l'orage ? Tu ne sais pas ? Eh bien, elle avale des cailloux. Par Dieu, je t'assure que je dis vrai ! Elle se remplit le ventre de cailloux pour ne pas être emportée par les flots. Elle préfère couler plutôt que de remonter à la surface. Tous les poissons ont peur du tonnerre, mais peu d'entre eux savent s'en préserver. »

Nance sentit sa gorge se nouer. Son père lui manquait terriblement. Elle aurait tant voulu qu'il soit là, à son côté !

Les morts sont tout près, songea-t-elle. Vraiment tout près.

Quelque temps avant l'aube, Nance entendit un bruit de pas à l'extérieur. Elle se leva, prit un tison refroidi dans l'âtre pour se protéger des esprits et jeta un œil dehors. Le bruit venait du fort aux fées. Elle ouvrit la porte et se dirigea vers Piper's Grave.

La lune commençait à gîter à l'horizon, mais sa lueur bleutée baignait encore la vallée. Nance aperçut la silhouette d'un homme debout près de la plus grande des dalles du *cillín*. Tête baissée, la main posée sur une pierre, il semblait en prière.

C'était Daniel.

Nance s'approcha sans bruit du muret qui séparait le lieu sacré des champs environnants. De là, elle distinguait nettement le jeune homme. Une boîte en bois était posée à ses pieds.

Le cercueil, comprit-elle.

Daniel l'avait-il fabriqué lui-même, assemblant les quelques planches qu'il pouvait trouver chez lui ? Ou avait-il bénéficié de la générosité d'un proche, soucieux d'offrir un cercueil décent à la petite créature non baptisée ?

Les yeux rivés sur le cercle de pierres, Nance vit Daniel en faire le tour, les yeux toujours baissés. Sa décision prise, il prit la pelle qu'il avait apportée et commença à creuser à l'endroit qu'il avait choisi. Dure et glacée, la terre lui résistait âprement. Les minutes suivantes, Nance n'entendit plus que le grincement sinistre de la pelle qui s'abattait sur le sol. Enfin, Daniel prit la boîte, s'agenouilla et la posa doucement au fond du trou. Il demeura un long moment au-dessus de la tombe ouverte, puis se redressa avec peine et reprit la pelle pour recouvrir le cercueil de terre meuble.

Ce ne fut que plus tard, lorsqu'il longea le muret en quête d'une dalle blanche susceptible de servir de pierre tombale, qu'il aperçut Nance. Il se figea, la tête tournée vers elle, les mains crispées sur la pierre plate qu'il venait de trouver, comme s'il ne pouvait en croire ses yeux. Puis il pivota lentement sur ses talons, posa la pierre sur la tombe et s'éloigna sans la saluer, les mains posées sur la pelle glissée en travers de ses épaules, tel un homme crucifié.

Nance demeura dans la pénombre jusqu'à ce que le chant d'un jeune coq déchire le silence de la vallée. Elle lança un dernier regard à l'endroit où l'enfant mort-né reposait dans le silence éternel de la terre, se signa, et regagna sa chaumine.

11

Gant-de-notre-dame

La mort du bébé de Brigid et son accouchement dramatique occupèrent toutes les conversations des femmes de la vallée pendant plusieurs jours. Mary remarqua qu'elles venaient plus nombreuses et s'attardaient plus que d'ordinaire près du puits. Vêtues de noir, elles lui faisaient penser aux choucas qui se massent dans les champs dénudés par l'hiver. Si certaines d'entre elles – des mères de famille qui avaient elles-mêmes perdu un enfant à la naissance – exprimaient envers Brigid une réelle compassion, d'autres cherchaient davantage à l'incriminer qu'à la plaindre – du moins est-ce ainsi que Mary interprétait leurs échanges portant sur ce que Brigid avait fait, et n'avait pas fait, pour protéger la vie de son bébé.

— David m'a dit qu'elle n'est pas allée actionner le soufflet de la forge, affirma un matin l'une de ces paysannes.

— Ah oui ? s'étonna une autre. Moi, je l'ai fait six fois et j'ai mis six beaux enfants au monde, pour vrai !

— Je m'accorde avec vous, renchérit une troisième. Le soufflet de la forge permet assurément à l'enfant de naître sain et sauf.

— Brigid est venue à la veillée funèbre de Martin Leahy. Je l'ai vue. Elle s'est agenouillée près du corps. Vous ne croyez pas que le mal vient de là ?

— Elle n'y était pas pendant la mise en bière, c'est tout ce qui compte.

— C'est vrai, mais *où* était-elle, d'après vous ? intervint une fermière en prenant un air conspirateur. Ne se trouvait-elle pas chez Peg O'Shea qui, à ce que j'ai entendu, s'occupait du petit-fils de Nóra Leahy ?

Ses compagnes échangèrent des regards incrédules.

— Pour moi, je ne me sentirais pas tranquille si je devais passer un moment près de cette créature !

— Dites-moi, l'une de vous sait-elle de quelle maladie souffre ce garçon ? J'ai appris que Nóra s'en occupait depuis la mort de sa fille, mais je ne l'ai jamais vue avec lui. Et je n'ai jamais vu l'enfant, d'ailleurs.

— Elle le cache.

— Parce que c'est un changelin, Ce n'est pas un enfant, pour sûr !

— J'ai entendu dire qu'il refuse de marcher lorsqu'il y a de la compagnie autour de lui, mais qu'il chante et danse dès qu'il est seul.

— Et comment le saurait-on, si personne n'est là pour le voir chanter et danser ?

Éclat de rire général. Puis l'une des femmes donna un coup de coude à celle qui venait de parler, et lui montra Mary d'un geste éloquent.

— Tu travailles chez Nóra Leahy, n'est-ce pas ? lança-t-elle.

— Elle s'appelle Mary Clifford, souffla une autre paysanne.

La servante posa les seaux qu'elle venait de remplir et leva les yeux. Une vieille femme au visage doux l'observait avec attention.

— Est-ce vrai, ma fille, ce qu'on raconte sur ce garçon ? Que c'est un changelin ?

Mary déglutit avec peine. Toutes les femmes s'étaient tournées vers elle.

— Nance Roche fera revenir celui qu'Ils ont pris, répondit-elle.

La vieille mâchonna pensivement l'intérieur de sa joue.

— J'ai déjà vu un changelin, vous savez.

— Hanna !

Quelques femmes laissèrent échapper des rires moqueurs. La vieille Hanna se retourna.

— Y a pas de quoi rire, pour sûr. C'est un grand chagrin pour la mère. Qu'est-ce que vous diriez si on vous enlevait votre fils et qu'un avorton braillard prenait sa place dans le berceau ?

Les rires s'éteignirent. Satisfaite, Hanna fit claquer sa langue contre son palais.

— Eh bien, ma fille, reprit-elle à l'attention de Mary, sois tranquille. Nance Roche sait ce qu'elle fait.

— Ah oui ? cria une voix furieuse.

Mary se retourna. Kate Lynch se dirigeait à grands pas vers leur petit groupe, faisant battre son seau vide contre ses jambes.

— Nance Roche sait ce qu'elle fait, c'est sûr ! explosa-t-elle en s'introduisant au milieu du cercle. Et qu'est-ce qu'elle a fait d'après vous pendant l'accouchement de Brigid ?

— J'ai toujours su que c'était une faiseuse d'anges, intervint l'une des femmes, les joues rouges d'excitation.

— Une quoi ? Qu'est-ce que c'est que ce mot-là ?

— C'est comme ça qu'on les appelle, répondit la femme à voix basse, obligeant ses compagnes à resserrer le cercle autour d'elle. À cause de leurs pratiques. À ce qu'on m'a raconté, c'est pour ça que Nance est arrivée dans la vallée il y a longtemps : elle fuyait ceux qui voulaient la pendre.

— Pour vrai ? Ça m'étonne pas. J'ai toujours pensé qu'elle cherchait à se cacher en venant ici.

— C'est une faiseuse d'anges, j'vous dis. Elle connaît tous les tours.

— Et quels sont-ils, ces fameux tours ? demanda Hanna en les dévisageant avec indignation.

Visiblement ravie d'être au cœur du scandale, la commère s'humecta les lèvres, avant de répondre :

— Eh bien, ces femmes-là font tomber le nouveau-né dans un seau rempli d'eau, par exemple. Elles se débrouillent pour le lâcher avant même qu'il ait poussé son premier cri – si habilement que personne ne peut les accuser de l'avoir fait exprès. Ou alors, poursuivit-elle en frissonnant, elles étranglent le petit avec le cordon – vite, vite, pour que personne ne s'en aperçoive –, et elles prétendent qu'il est venu au monde comme ça, le pauvre ange.

— Êtes-vous en train de nous dire que Brigid Lynch a demandé à Nance de tuer son enfant ?

La femme s'empourpra.

— Pas du tout. Je dis seulement qu'on ne demande pas à un renard de garder les poules.

Mary en avait assez entendu. Baissant le menton, elle se fraya un passage parmi la petite dizaine de paysannes massées autour de la vieille Hanna.

— Ça vient des baies qu'elle lui a données.

Mary se figea.

Kate Lynch venait de lancer cette remarque entre ses dents, les yeux dissimulés sous son châle, tiré bas sur le front.

— Daniel a dit à Seán qu'il était allé voir Nance il y a quelques semaines, poursuivit-elle. Il lui a demandé de l'aider parce que Brigid marchait dans son sommeil. Une nuit, il l'avait retrouvée dans le *cillín*.

Des exclamations horrifiées parcoururent l'assistance. Plusieurs femmes se signèrent.

— Et c'est pas tout ! Il a demandé à Nance un remède contre cette habitude et vous savez ce que Nance lui a donné ? Des baies de douce-amère ! Je le sais parce que Daniel a tout raconté à Seán l'autre soir.

— Et alors ? C'était pas un bon remède ?

— La douce-amère ? Ah, non ! répliqua Kate en jetant son seau qui fit un bruit de ferraille sur les cailloux du sentier. C'est de l'herbe à fièvre, un poison ! Vous ne voyez pas ? Vous êtes toutes aveugles, ma parole ! Nance Roche empoisonne ses propres remèdes. Elle sème la maladie pour pouvoir manger à sa faim.

— Et vous, m'dame, vous en pensez quoi ? demanda Mary à Nóra.

Elle était assise près de l'âtre avec Micheál, tandis que Nóra égouttait quelques pommes de terre pour leur déjeuner.

— Je n'en pense rien, répondit la veuve. Certains enfantements se passent mal, voilà tout.

— Et les baies ? insista Mary. Vous ne croyez pas qu'elles ont tué le petit ?

— Quelles baies ?

302

— La douce-amère. Kate Lynch nous a raconté que Nance a en donné à Daniel qui lui demandait un remède pour empêcher sa femme d'errer dans son sommeil. D'après elle, ce sont ces baies qui ont tué l'enfant de Brigid avant la naissance !

Nóra fronça les sourcils.

— Nous étions auprès de Brigid l'autre jour. Tu as vu de tes propres yeux que Nance faisait tout son possible pour faire naître cet enfant sain et sauf.

Mary soupira. Penchée vers Micheál, elle lissait ses cheveux en arrière d'une main distraite.

— C'est peut-être dangereux d'amener votre petit chez Nance, vous ne croyez pas ?

Nóra coula un regard oblique vers l'enfant.

— Ce n'est pas mon petit-fils.

— Tout de même... Vous ne croyez pas que les remèdes de Nance risquent de lui faire du mal ? insista la jeune fille. Si les baies de douce-amère ont tué le bébé de Brigid...

Nóra posa brusquement la corbeille remplie de pommes de terre sur la marmite.

— Cesse donc avec cette histoire ! s'emporta-t-elle en chassant le nuage de vapeur d'un geste de la main. En ce qui nous concerne, la liqueur de menthe n'a rien fait. Ni bien ni mal.

— Je ne parlais pas de la menthe, murmura Mary, mais du remède que Nance voudra utiliser ensuite. Ce sera une plante très puissante, pour sûr ! Et peut-être dangereuse, vous ne croyez pas ?

Micheál gazouillait. Elle sourit, repoussant doucement les poings qu'il tendait vers elle.

— Et que devrais-je faire, d'après toi ? répliqua Nóra. Garder ce fé chez moi et l'élever comme un fils ?

L'entendre hurler toutes les nuits comme une *bean sidhe* sans essayer de le faire taire ? Nous sommes épuisées, ma fille. Pour vrai, tes yeux ressemblent à deux trous brûlés dans une couverture, et les miens me piquent tout autant.

Elle saisit une pomme de terre et la laissa retomber vivement dans la corbeille en osier. Elle s'était brûlée.

Mary se mordit les lèvres.

— J'ai de la peine pour lui, c'est tout.

— Il n'y a pas de peine à avoir pour cette créature, répliqua durement Nóra. Tiens, donc. La voilà qui sourit, à présent !

Mary chatouillait le torse de l'enfant, qui se tortillait de plaisir.

— Cette créature t'a vraiment embobinée, commenta-t-elle d'un ton réprobateur.

— Pourquoi dites-vous « créature » pour parler de lui ?

Nóra fit mine de ne pas avoir entendu.

— Quand il ne crie pas, on dirait presque un petit garçon ordinaire, pas vrai ? remarqua la servante d'un ton enjoué en tapotant le menton de Micheál, qui éclata de rire.

Nóra fronça les sourcils. Lorsqu'elle souriait ainsi, Mary semblait plus jeune. Son visage était empreint d'une telle gravité ces derniers temps, ses traits étaient si tirés et ses yeux si rougis de fatigue, que Nóra lui prêtait volontiers plus d'années qu'elle n'en avait en réalité. Comme elle était jeune, pourtant ! Et loin de chez elle. Le soleil d'hiver qui entrait par la demi-porte ouverte ravivait l'éclat de ses cheveux roux, accentuant sa ressemblance avec Johanna.

— La famille doit te manquer, pour sûr ! lança-t-elle subitement.

Mary leva les yeux, l'air étonné.

— La famille ?

— Tes parents, tes frères et sœurs. Ils te manquent, n'est-ce pas ?

— Ça oui, m'dame. Ils me manquent terriblement. Les petits, surtout. C'est moi qui m'occupais d'eux, vous comprenez ? Parce que ma mère n'avait pas le temps. Alors, ils doivent se sentir bien seuls depuis que je suis partie, et ça me fait du souci, pour sûr !

— Tu penses souvent à eux.

La servante détourna les yeux. Nóra remarqua qu'elle se pinçait le dos de la main – un geste nerveux, comprit-elle. La jeune fille retenait ses larmes. À cette pensée, Nóra sentit fondre un peu de la dureté qui l'avait envahie un moment plus tôt, lorsqu'elle avait vu Mary jouer avec l'enfant. Elle se leva sans un mot et se dirigea vers sa chambre. Là, elle souleva le matelas et tâta les planches grossières qui formaient le sommier, jusqu'à ce que ses doigts rencontrent un petit paquet emballé dans un carré de tissu. Elle le prit, remit le matelas en place, et déplia le tissu, le cœur battant.

Le contenu du paquet était intact. Nóra y avait enfermé une mèche de cheveux couleur de rouille. Les cheveux de Johanna. Encore bouclés, comme sa fille l'était dans l'enfance, et liés par un petit morceau de ficelle. Il y avait aussi un peigne en bon état (seules quelques dents manquaient), en travers duquel un cheveu roux était resté prisonnier. Et un médaillon en bois d'arbousier, gravé de ses initiales et de celles de Martin, entrelacées parmi un bouquet de roses. Fabriqué à Killarney, il abritait autrefois un petit miroir, tombé depuis longtemps. Martin le lui avait offert en cadeau de mariage.

Elle porta la mèche de cheveux à son nez, mais l'odeur de son enfant s'était estompée avec le temps, mêlée de paille et de poussière. Elle la reposa sur le carré de tissu, près du médaillon. Puis elle frôla tendrement les initiales de Martin du bout des doigts, replia le tissu et remit le paquet sous le matelas.

Elle avait gardé le peigne, qu'elle emporta dans la pièce principale. Elle le tendit à Mary avant de pouvoir changer d'avis.

— Tiens, dit-elle.

La servante la regarda sans comprendre. Nóra lui prit la main et posa le peigne dans sa paume.

— Il appartenait à ma fille, expliqua-t-elle. Elle avait de beaux cheveux roux. Comme les tiens.

Mary replia doucement les doigts sur l'objet et fit courir son pouce sur les dents en os.

— Je te l'offre, reprit Nóra.
— Je… Je n'ai jamais eu de peigne, m'dame.
— Eh bien, maintenant, tu en as un.
— Merci.

Un large sourire éclaira le visage de la jeune fille. Nóra porta la main à son cœur, soudain gonflé d'une émotion presque douloureuse.

— Elle devait être belle, votre fille !

Nóra s'éclaircit la gorge. Loin de s'atténuer, la douleur s'amplifia.

— Tout est beau aux yeux d'une mère, marmonna-t-elle d'une voix tremblante. Même la corneille trouve à son petit un beau plumage ! Tu comprendras quand tu seras mère, va.

Mary secoua la tête.

— Je ne me marierai point.

— Tu ne veux donc pas d'enfants ?

— Il y en a déjà bien assez en ce monde pour m'occuper toute une vie.

— C'est vrai, mais ils n'auront pas toujours besoin de toi. Tes frères et sœurs grandiront, eux aussi. Ils partiront, et tu te sentiras bien seule, alors ! (Elle choisit une pomme de terre tiède dans la corbeille et la tendit à Mary.) Donne-lui donc. Elles ont refroidi, à présent.

Nóra prit une autre pomme de terre – pour elle-même, cette fois – et commença à l'éplucher, tout en regardant la jeune fille nourrir le changelin : elle prenait soin de mâcher la chair du tubercule, avant de la recracher dans sa paume et de la glisser entre les lèvres de Micheál.

— Pour qu'il ne s'étouffe pas, murmura-t-elle, surprenant le regard de la veuve posé sur elle.

— Tu le gâtes, répliqua Nóra en mordant dans sa pomme de terre. Dis-moi, ma fille... les brins de menthe, l'autre nuit... ça n'a rien changé, pour vrai ? J'ai bien réfléchi. Nous le ramènerons ce soir chez Nance.

Mary blêmit.

— Vous ne préférez pas attendre encore un peu ? Au cas où la brunelle...

— Nous irons ce soir. Il ne va pas mieux. Et je n'ai pas retrouvé mon petit-fils. Comment peux-tu rester là à nourrir cette créature, en sachant qu'elle n'a même pas assez de sang dans les veines pour gagner sa place au paradis ? Et que le pauvre petit Micheál est prisonnier des Fairies au lieu d'être ici avec moi ?

— Il faut bien le nourrir, m'dame.

Nóra secoua la tête.

— Je n'attendrai pas davantage. La brunelle ne l'a pas guéri, de toute façon.

Parcourue d'un long frisson, elle s'approcha du foyer et se pencha vers l'alcôve où elle rangeait le petit flacon de poitín. Mary la regarda faire sans un mot.

— Ne va pas croire que cette bouteille est à moi, dit-elle sans se retourner. C'était à Martin, et il ne l'ouvrait qu'avec ses amis, quand ils venaient pour la veillée.

Elle tira sur le bouchon en grimaçant. Mary l'observait toujours.

— Seulement, reprit-elle, j'ai besoin de... de calme et de...

Portant le flacon à ses lèvres, elle avala une petite gorgée d'alcool, les yeux fermés. L'image des boucles rousses de Johanna posées sur le carré de tissu traversa son esprit. Elle toussa, les larmes aux yeux – Dieu que c'était fort ! –, puis tendit la bouteille à Mary.

La jeune fille déclina son offre d'un signe de tête et prit le peigne pour l'examiner de plus près.

Nóra s'assit, les doigts serrés sur le flacon.

— Nous retournerons ce soir chez Nance avec le changelin, déclara-t-elle. Je ne peux plus attendre, ma fille. L'entendre hurler, attendre qu'il change... Je ne peux plus.

Elle prit une autre gorgée, avant de poursuivre :

— Depuis que Nance m'a dit que c'était un fé, je me demande souvent à quoi ressemblera le fils de Johanna quand je le retrouverai. Il aura grandi. Je ferme les yeux et je crois le voir devant moi, confia-t-elle en portant de nouveau la bouteille à ses lèvres. Je le vois aussi dans mon sommeil. Si tu savais, Mary ! C'est un bon petit gars, toujours prêt à rire. Je le vois et je l'entends. Tout comme je l'ai vu dans les bras de sa mère quand nous leur avons rendu visite, Martin et moi. Je le serre contre moi et je lui parle de sa mère. Je lui raconte comment elle était. Si gentille, si belle... Oh, ce qu'elle était belle, ma fille ! Vois-tu, Mary, quand elle était petite, je la coiffais chaque soir avec le peigne que je viens de te donner. Je démêlais ses cheveux et je les peignais jusqu'à ce qu'ils brillent. Elle adorait ça. Alors maintenant, je rêve que je peigne ses longs cheveux. Je rêve qu'ils sont tous deux près de moi, bien vivants, Johanna et Micheál, et...

Elle baissa les paupières, les traits crispés.

— Et *celui-là* se met à hurler ! acheva-t-elle d'une voix pleine d'amertume.

Mary garda le silence. Portant la main à sa bouche, elle cracha la bouchée de pomme de terre qu'elle venait de mâcher.

— Celui-là, reprit Nóra en agitant le flacon de poitín vers l'enfant, celui-là n'a pas d'amour pour moi. Il n'aime personne, d'ailleurs. Toujours à brailler, jamais un merci !

Mary s'essuya les mains sur sa jupe, puis elle souleva Micheál pour le poser contre sa poitrine, calant sa tête sous son menton.

— Alors que le vrai fils de Johanna... continua Nóra en prenant une longue inspiration. C'est une consolation, même dans mes rêves ! Il me comble et me réconforte. Il est là pour moi, tu comprends ? C'est tout ce qui me reste.

Elle tourna la tête. Mary et le petit garçon l'observaient en silence. Très calme, le front légèrement incliné, l'enfant faisait glisser ses yeux sur son visage.

— Dans mes rêves, vois-tu, il ressemble à Martin.

Mary jeta un regard à la bouteille de poitín que la veuve avait rebouchée, mais gardée à la main, puis elle commença à peigner les cheveux du changelin. Il cligna des yeux, surpris par cette sensation nouvelle.

Nóra frissonna. Elle déboucha la bouteille d'un air absent.

— Nous irons ce soir, répéta-t-elle en avalant une gorgée d'alcool. Au crépuscule.

Le soir venu, elles retournèrent chez Nance. Enveloppé dans de vieux linges, l'enfant laissait pendre ses jambes inertes le long des hanches fines de Mary. Le ciel lourd de nuages se déchira brusquement quand elles atteignirent l'extrémité de la vallée. L'horizon s'éclaircit, libérant les derniers rayons de soleil de la journée. Baignées dans sa lueur chaude, les flaques d'eau prirent des reflets d'or dans la boue du sentier. Mary lança un regard à Nóra. La veuve avait remarqué, elle aussi, la brusque apparition des rais de lumière sur le sol. Un bon présage. Elles échangèrent un sourire. Nóra semblait plus calme, presque apaisée. Était-ce un effet de l'alcool ? Mary avait vu la veuve glisser le flacon dans les replis de son châle avant de partir.

Nance était assise sur une chaise dans l'entrée, passant les heures du soir à tirer sur sa pipe. Elle attendit que Mary et Nóra soient entrées dans la cour pour se lever.

— Que Dieu et Marie soient avec vous ! lança-t-elle.

— Vous... nous attendiez, remarqua Nóra d'une voix traînante.

— Votre Mary est venue me dire que le petit n'avait pas changé. Alors je savais que vous reviendriez.

— Il n'a... pas changé du tout, confirma Nóra.

Elle se tourna vers Mary et voulut prendre Micheál dans ses bras, mais elle perdit l'équilibre et faillit le lâcher. La jeune fille le rattrapa d'un geste vif et le jucha de nouveau sur ses hanches. Il se mit à pleurer.

Nóra se redressa, les joues rouges d'embarras.

— Là... Regardez, dit-elle en montrant les jambes ballantes de l'enfant, et ses orteils étrangement pointés vers l'intérieur. Vous voyez, Nance ? Ses forces ne sont pas revenues.

— Hmm.

Nance l'observait avec attention, les yeux plissés. Elle tira une bouffée et souffla la fumée au visage du petit garçon. Furieux, il transperça l'air de ses cris.

— Je vois. Il vaut mieux aller à l'intérieur, dit-elle.

Comme Nóra s'exécutait, baissant la tête pour franchir le seuil, Nance attrapa Mary par le bras.

— Elle a bu ? demanda-t-elle à voix basse.

Mary acquiesça. Nance fit courir sa langue sur ses gencives.

— Je vois, répéta-t-elle. Entre et pose le petit. Là-bas.

Elle lui montra son lit – un matelas de bruyère installé dans un coin de la pièce.

— Maintenant, Nóra, écoutez-moi, reprit-elle. La liqueur de menthe et le cataplasme de brunelle n'ont pas guéri l'enfant, mais ils nous ont permis de prouver que c'est un changelin, comme nous le soupçonnions. Pour le chasser, il nous faudra recourir à d'autres plantes, bien plus redoutables.

Nóra s'assit sur un tabouret près du feu et tourna vers l'herboriste un visage plein d'attente. Elle avait encore les joues rosies par le froid et les cheveux emmêlés par leur marche à travers champs.

— Quel remède allez-vous utiliser, à présent ?

Nance attendit que Mary ait couché l'enfant avant de répondre.

— *Lus mór*. La plante reine.

Elle leur montra une pile de feuilles vertes légèrement froissées.

— C'est le gant-de-notre-dame, murmura Mary en lançant à Nóra un regard entendu. Un poison.

— Les sortilèges féeriques réclament des plantes énergiques, répliqua vertement Nance. Et aucune plante n'est un poison pour qui sait l'utiliser à bon escient.

Mary sentit son cœur s'accélérer, comme si son sang se mettait brusquement à circuler en sens inverse.

— Vous ne lui ferez pas mâcher les feuilles, tout de même ? Vous les mettrez seulement sur la plante de ses pieds, comme la dernière fois ?

Nance posa sur la jeune fille son regard voilé par les années.

— Fais-moi confiance.

Mary se mordit la lèvre, prise de nausée. Il faisait très chaud. L'odeur des excréments de la chèvre se mêlait à l'air gris de fumée, rendant l'atmosphère plus suffocante encore. Fermant les yeux, elle sentit sa lèvre supérieure se couvrir de sueur. Dans l'angle de la pièce, Micheál bêlait comme un agneau séparé de sa mère – une plainte tremblante et continue qui se heurtait aux murs de la chaumine.

— Ce soir, nous lui donnerons un bain, déclara

Nance en plongeant les feuilles de digitale dans un grand chaudron rempli d'eau.

Nóra se leva pour l'aider à le poser sur les braises.

— Il faut attendre que l'eau soit assez chaude pour s'imprégner du pouvoir de la *lus mór*, poursuivit Nance en se rasseyant près du feu.

— Je vais prendre le petit, déclara Mary. Inutile de le laisser sur le lit.

Sans attendre la réponse des deux femmes, elle se leva et s'approcha de l'enfant. Il darda ses yeux sur elle en l'entendant approcher. Elle le souleva dans ses bras, baissant les paupières pour ne pas voir les tremblements qui agitaient son petit visage.

— Elle ne veut plus le lâcher, murmura Nóra en se penchant vers Nance. Elle le porte sans arrêt.

— C'est pour l'empêcher de pleurer, répliqua Mary.

— Il y a du vrai là-dedans, remarqua Nance. On ne l'entend plus.

Nóra fronça les sourcils.

— Je n'en suis pas si sûre. L'autre nuit, ma fille, tu l'as tenu contre toi jusqu'à l'aube, et il hurlait comme si tu voulais lui trancher la gorge.

Mary appuya la tête de Micheál contre sa poitrine et tira doucement sur ses jambes de manière à ce qu'elles reposent sur ses genoux.

— Je crois que ça le calme un peu, insista-t-elle. Il aime qu'on le porte.

La veuve cilla, puis riva son regard droit devant elle.

— Il ne fait que hurler.

Nance les observait pensivement.

— Laissez-la porter le changelin, Nóra. Y a pas de mal à ça. Pour vrai, c'est même une bonne chose. C'est dans l'intérêt de votre Micheál, qui est chez

Eux, qu'on soit gentil avec la créature. Tiens, ma fille, dit-elle en trempant un linge dans une tasse de lait de chèvre. Donne-lui ça à sucer.

Elles attendirent que l'eau se réchauffe dans le chaudron. Tandis que Mary faisait téter le linge imbibé de lait à Micheál, Nóra garda le silence, les yeux fixés sur les feuilles de digitale pourpre, les mains agitées de tremblements. Nance lui tendit une petite tasse de poitín qu'elle vida sans un mot.

Quand l'eau fut chaude, Nance et Nóra soulevèrent la marmite et la reposèrent au sol.

— Maintenant, dit l'herboriste à Mary, ôte-lui ses vêtements. Nous allons le plonger dans la marmite.

La gorge sèche, la jeune fille étendit Micheál à même le sol et lui ôta sa tunique, puis ses langes. Elle sentit le regard des deux femmes rivé sur elle tandis qu'elle glissait doucement ses doigts sous la nuque fragile du petit garçon pour le soulever et faire passer l'encolure du vêtement au-dessus de sa tête. Lorsqu'elle ôta le dernier linge, il trembla, pris de frissons.

— L'eau n'est pas trop chaude ? demanda-t-elle. Il ne risque pas de se brûler ?

Nance secoua la tête, tendant les bras vers l'enfant. Ensemble, elles plongèrent ses jambes dans le chaudron.

— Pousse-le vers le fond. Parfait, ma fille. Tiens-le par les bras. Et veille à ne pas recevoir d'eau sur ta peau.

Le petit garçon écarquilla les yeux, surpris par la chaleur de l'eau, puis il fixa leurs ombres projetées sur le mur.

— Il est trop grand ! dit Mary, le souffle court.

Nous n'arriverons pas à le faire entrer tout entier là-dedans.

— Pour sûr, c'est un fé plein d'os. Allons, essayons tout de même.

Elles plièrent les bras de Micheál sur sa poitrine et ramenèrent ses genoux contre son ventre pour le faire glisser entre les parois de la marmite.

— Bien. Lâche-le maintenant.

Mary hésita.

— Si je le lâche, il va se cogner la tête contre le bord du chaudron.

— Fais ce qu'elle te demande, Mary ! ordonna Nóra d'une voix rauque.

La jeune fille retira sa main. Privée de soutien, la tête de l'enfant tomba sur le côté, son oreille frôlant la surface de l'eau. Les femmes reculèrent d'un pas pour l'observer sans risquer d'être éclaboussées.

— En lui, le fé se méfie, murmura Nance.

L'herboriste disait vrai : la tête de Micheál bascula vers l'arrière, puis, le menton pointé vers les poutres noires de suie, il fut traversé d'un long frémissement et glapit en tirant la langue.

— Vous entendez ? C'est son cri de renard, chuchota Nóra.

Mary sentit son estomac se nouer – de peur ou d'excitation ? Elle n'aurait su le dire. Autour d'elles, l'obscurité semblait bourdonner.

— À présent, nous devons lui donner la liqueur que j'ai extraite des feuilles, déclara Nance en se penchant vers l'enfant.

Elle posa les doigts sur son menton, mais il se raidit et referma les mâchoires d'un coup sec. L'herboriste lança un regard à ses compagnes, puis tenta de glisser un doigt entre les lèvres de Micheál. Il secoua la tête pour l'en empêcher.

— Mary, ouvre sa bouche pour moi, tu veux ?

— On dirait qu'il comprend ! s'émerveilla Nóra. Regardez : le fé comprend que nous essayons de le chasser !

— Mary ? insista Nance.

La servante s'agenouilla près du chaudron et tendit la main vers la bouche de Micheál. Il lâcha un grognement, gesticulant pour échapper à son contact. Mary eut un mouvement de recul : l'eau avait jailli de la marmite. Elle attendit que l'enfant retrouve son calme, puis elle se rapprocha et inséra doucement le bout de ses doigts entre ses lèvres. Cette fois, il se laissa faire en l'observant du coin de l'œil, la tête penchée vers son épaule. Il n'essaya pas de la mordre, mais elle sentit la pression de ses dents sur son index.

— Est-ce que cette plante le fera souffrir ? demanda-t-elle.

— Pas le moins du monde, assura Nance. Souviens-toi, ma fille : nous cherchons seulement à le renvoyer près des siens.

Il n'y avait plus rien à dire. Mary inséra rapidement ses doigts dans la bouche du petit, et appuya sur ses molaires, le contraignant à desserrer les dents. Nance posa aussitôt son index tordu sur sa langue et fit couler la liqueur de digitale dans sa gorge.

— Voilà. C'est terminé, dit-elle.

Mary retira vivement sa main, comme si elle venait de se brûler. Baissant les yeux, elle discerna l'empreinte des dents de Micheál sur ses phalanges.

— Et maintenant, que faut-il faire ? s'enquit Nóra.

Mary se retourna. La veuve chancelait derrière elles, ses cheveux gris plaqués sur son front moite de sueur.

— On attend, répondit Nance.

Tassé dans le chaudron, Micheál gémissait, brassant l'eau comme un poisson dans un seau. Malgré tout, Mary eut l'impression que ce bain l'avait réconforté. La chaleur de l'eau avait peut-être atténué le froid qui s'immisçait dans ses os et apaisé ses démangeaisons ? Il avait les yeux brillants, les joues rouges, et, pour la première fois depuis qu'elle le connaissait, il semblait serein. Elle laissa échapper un soupir de soulagement.

Puis, lentement – si lentement que ce fut d'abord presque imperceptible –, il se mit à trembler.

— Ça commence, murmura Nance.

Le tremblement s'amplifia. L'enfant se tortillait comme font les chatons de bouleau qu'on écrase, comme les samares du frêne virevoltant sous la brise. Un moment plus tard, les convulsions s'accentuèrent encore. On aurait dit qu'il cherchait à sortir de sa propre peau.

— Nance ? appela Mary, saisie de panique.

— La plante fait son travail.

L'enfant fouettait l'air de ses bras, faisant jaillir l'eau du chaudron. Il laissa brusquement tomber sa tête en avant, plaquant son menton contre son torse. L'eau engloutit son visage.

— Il va se noyer, murmura Mary.

Elle posa une main sur l'épaule de Nance, mais celle-ci la repoussa doucement.

— Nóra, dit l'herboriste, soulevez-le. Ou plutôt, aidez-moi à le soulever.

L'air égaré, manifestement ivre, la veuve s'exécuta. Ensemble, elles arrachèrent l'enfant convulsant, trempé et dégoulinant d'eau, à son bain de feuilles vénéneuses. Il tremblait entre leurs mains comme un chien enragé, la bouche fendue en deux dans une terrifiante béance, les bras tendus, secouant la tête de droite à gauche comme pour refuser le traitement qu'on lui infligeait.

— Mary ! Va ouvrir la porte.

Horrifiée, la servante retint son souffle, incapable de bouger.

— Ouvre-nous la porte !

À cet instant, un son étrange jaillit de la bouche de l'enfant – un halètement aigu, comme s'il n'y avait plus assez d'air sur la terre pour emplir ses poumons.

— Va ouvrir, Mary !

Cette fois, elle obéit. Frémissante de peur, elle courut vers la porte et la poussa vers l'extérieur d'un geste vif, avant de se plaquer contre le mur. Dehors, les étoiles s'étaient emparées du ciel nocturne.

Les traits figés par la solennité de l'instant, Nance posa sur Nóra ses yeux voilés.

— Maintenant, aidez-moi à le balancer, dit-elle avec gravité.

Sourcils froncés, mâchoires crispées, la veuve acquiesça. Elles saisirent fermement le petit garçon par la taille et les épaules, et se dirigèrent en chancelant vers la porte.

— Je dirai ce qu'il faut dire, expliqua Nance, et vous m'aiderez à le balancer au-dessus du seuil. Ne le lâchez pas, surtout. Balancez-le d'un côté, puis de l'autre.

Nóra hocha la tête sans desserrer les dents.

— Mary ! Prends la pelle qui est posée là-bas, dans le coin. Oui, celle-là. Dépêche-toi !

Mary s'exécuta, le ventre noué.

— Glisse la pelle sous ses jambes, comme si tu voulais l'asseoir dessus. Bien. Nóra, vous le tenez solidement ? Allons-y.

Nance ferma les yeux, prit une profonde inspiration, et énonça la formule requise :

— Si tu es un fé, hors d'ici !

Conformément aux directives de Nance, Nóra lança au même instant le petit garçon vers les ténèbres, ses doigts crispés sur le nœud musculaire de son épaule tremblante.

— Si tu es un fé, hors d'ici !

Mary tenait fermement la pelle placée sous les jambes ballantes de Micheál, hissant ses membres osseux vers la forêt, avant de les ramener vers l'intérieur de la pièce, où les flammes de l'âtre projetaient une lueur terne sur sa peau couverte de rougeurs.

— Si tu es un fé, hors d'ici !

Par trois fois, elles le lancèrent vers la nuit et son havre d'esprits – monde invisible, patient et malicieux tapi dans l'ombre. Par trois fois, elles le tirèrent vers le bas comme un corps encore frémissant qu'on détache d'une potence. Lorsqu'elles le posèrent au sol, Mary jeta la pelle et se précipita vers lui. Elle enveloppa son corps nu, moite et glacé dans son châle, avant de s'asseoir près du feu en le plaquant contre sa poitrine. Elle sentit alors les battements de son cœur surnaturel se ralentir, adoptant un rythme qu'elle ne lui connaissait pas.

12

Chasse-fièvre

Une semaine après avoir aidé Brigid à mettre au monde son fils mort-né, Nance retourna chez les malheureux parents, les bras chargés de chasse-fièvre. Chaque nuit depuis lors, Brigid lui était apparue en rêve, et Nance avait senti dans sa propre chair le poids de sa poitrine douloureuse, inutilement gorgée de lait. Réveillée en sursaut au petit matin, elle s'était enfoncée dans les bois, échevelée, les yeux fous, en quête de véronique chasse-fièvre, d'herbe au lait, de cresson et d'autres plantes susceptibles d'apaiser les appels impérieux de ce jeune corps désemparé.

Le septième jour, elle se mit en route aux premières lueurs de l'aube. Lorsqu'elle frappa à la porte des Lynch, le soleil diffusait une brume dorée au sommet des montagnes.

Daniel ouvrit un instant plus tard, les traits déformés par le manque de sommeil.

— Que voulez-vous ? demanda-t-il d'une voix rocailleuse.

Percevant son irritation, Nance se contenta de lui montrer le panier qu'elle avait apporté.

— Des herbes ? dit-il. Pour quoi faire ?

— Pour apaiser ses douleurs.

Il haussa les épaules.

— Un peu de verdure n'y suffira pas.

Il s'était appuyé contre l'encadrement de la porte, les bras croisés sur son torse. L'herboriste essaya de jeter un œil dans la pièce, mais Daniel fit un pas de côté pour l'en empêcher.

— Je crois que vous en avez assez fait ici, Nance.

— Laissez-moi voir votre femme.

— Elle n'a pas encore reçu la sainte communion.

— Je sais. Laissez-moi entrer, malgré tout. Je peux lui être utile.

— Avec des baies de douce-amère, peut-être ?

Un rictus aux lèvres, il se pencha vers Nance et plongea son regard dans le sien.

— Je vous ai tout raconté ! cracha-t-il. Je vous ai raconté qu'elle marchait jusqu'au *cillín* dans son sommeil, et vous n'avez rien fait. Et maintenant, c'est notre fils qui est là-bas. Mort et enterré !

— Ce sont des choses qui arrivent, répliqua Nance en soutenant son regard. Aucun de nous n'est responsable. Nous avons toutes fait ce qu'il fallait, je vous assure. Ainsi va le monde, Daniel. Et la volonté de Dieu.

Le jeune homme frotta son menton hérissé de barbe. L'éclat métallique de ses yeux bleus se durcit encore.

— Osez-vous prétendre que ces baies n'ont pas tué mon fils ?

— Je vous ai donné la douce-amère pour l'aider à dormir, rien de plus.

— C'est vous qui le dites !

Nance se redressa, carrant les épaules pour lui faire face.

— J'ai vécu de longues années, Daniel. Et j'ai vu naître tant d'enfants que j'en perds le compte. Croyez-vous que la vieillesse puisse faire de moi une meurtrière ?

Il rit. Son souffle se changea en vapeur d'eau dans le demi-jour.

— J'en sais trop rien, Nance. Je cherche à comprendre. Il est lourd, le chagrin d'un homme en deuil.

— Me laisserez-vous entrer pour m'occuper d'elle ?

— Je vous l'ai dit, Brigid n'est pas retournée à la messe depuis l'enfantement. Vous êtes la première à nous mettre en garde contre les esprits : ne craignez-vous pas que ma femme vous souffle au visage son haleine impure ? Elle porte encore sur elle le péché de la naissance.

— Cette histoire de messe ne me concerne pas. C'est l'affaire du prêtre et de l'Église, pas la mienne. Je suis venue la voir parce que je suis sa sage-femme.

— Sa sage-femme, vraiment ? Une sage-femme ! Allez-vous-en, la somma-t-il en lui montrant le chemin d'un mouvement de tête.

— Je vous confie le panier, dans ce cas ?

— Allez-vous-en !

Sa voix avait claqué dans l'air matinal. Apeurés, les étourneaux perchés sur les branches d'un frêne tout proche s'envolèrent à tire-d'aile.

Nance posa le panier d'herbes au sol.

— Faites-en des cataplasmes, dit-elle, et...

Elle n'eut pas le loisir de terminer sa phrase. Visiblement furieux, Daniel fit un pas en avant et donna un violent coup de pied dans le panier. Il respirait fort, et sa colère formait deux points rouges sur ses joues.

Nance se figea, le cœur en déroute. Baissant les yeux, elle fixa ses orteils aux ongles jaunes.

L'air s'était chargé de tension. Aucun d'eux ne bougeait.

Soudain, un grincement se fit entendre derrière eux. Ils se tournèrent vers la chaumière. La porte s'était entrouverte. Brigid se tenait dans l'embrasure, la tête appuyée contre le cadre. Très pâle, les cheveux défaits, elle lança un long regard à Daniel – pour lui transmettre un message silencieux, peut-être ? Puis, sans dire un mot, elle regagna l'intérieur de la maison, refermant la porte derrière elle.

— Je peux lui être utile, répéta Nance.

Daniel avait baissé la tête. Il se redressa d'un bond et se dirigea à grands pas vers le panier, qui avait roulé au milieu de la cour. Il se pencha, ramassa maladroitement les herbes tombées dans la boue et les remit à l'intérieur. Puis il s'essuya les mains sur son pantalon et lui tendit la corbeille.

— Rentrez chez vous, Nance.

— Gardez les herbes, au moins. Vous les lui donnerez.

— Je vous en prie. Rentrez chez vous.

— Il vous suffira de les laver et de les piler pour en faire un cataplasme.

— Rentrez chez vous, Nance – je vous en prie !

La gorge sèche, elle prit son panier rempli d'herbes souillées. Puis, sans regarder Daniel, elle tourna les talons et regagna le sentier.

Le petit garçon avait changé, mais ce changement n'était pas celui qu'espérait Nóra. Elle se réveillait chaque matin avant le chant du coq et se levait en chancelant, les yeux voilés de sommeil, pour aller observer le changelin qui dormait près de Mary dans la pièce voisine. Le manteau de Martin drapé sur ses épaules, elle se penchait au-dessus de la banquette, plissant les yeux pour discerner ses traits dans l'obscurité. Et chaque matin, elle le trouvait dans un état étrange, paupières mi-closes, ni vraiment éveillé, ni vraiment endormi. Il remuait encore les bras et les jambes, mais moins fréquemment, et sans la vigueur qui caractérisait d'ordinaire ses mouvements. Son âme semblait divaguer, prisonnière d'un corps tantôt flasque et immobile, tantôt parcouru de tressaillements inquiétants, semblables à ceux qui agitent le tremble. Quant à sa bouche, elle était flasque, elle aussi – comme chez tout bambin endormi, ou comme un fé qui baye aux corneilles ? Nóra l'observait avec attention sans parvenir à trancher. Parfois, elle voyait la langue du petit garçon pointer entre ses lèvres. Aussitôt, son cœur s'accélérait. Allait-il se remettre à parler ?

Un matin, elle en était là de ses réflexions, convaincue que la digitale commençait à faire effet et que le souffle qui jaillissait de la gorge de l'enfant annonçait les mots qu'il cherchait à proférer, quand Mary ouvrit brusquement les yeux. Elle se raidit à la vue de sa maîtresse penchée sur elle, sourcils froncés.

— Vous m'avez fait peur, m'dame.

Nóra s'agenouilla près du changelin et inclina son oreille vers sa bouche.

— J'ai cru l'entendre formuler un son.

Mary s'assit dans le lit, tout ébouriffée.

— Vous l'avez entendu parler ?

— Parler, non. Mais j'ai entendu un son... Un souffle. Comme s'il s'apprêtait à murmurer quelque chose.

Elles se turent, attentives au moindre mouvement de Micheál, mais il ne remua plus ni les lèvres ni la tête.

— Il a encore été malade cette nuit, déclara Mary.

— Malade ?

— Il a vomi, répondit-elle en désignant le seau d'eau sale posé près de la banquette. Il en était couvert ! Il s'est mouillé, aussi.

Elle se pencha vers l'enfant, le front plissé d'inquiétude.

— Regardez. Il tremble.

Nóra se leva.

— C'est bon signe, pour sûr ! déclara-t-elle en tirant machinalement sur sa lèvre supérieure.

Mary prit une des mains de Micheál dans la sienne et l'examina avec attention.

— Je ne sais pas, m'dame. Il n'est pas comme avant.

— Eh bien ? Le gant-de-notre-dame fait son effet, voilà tout.

— Il me rappelle mes petites sœurs avant qu'elles meurent, poursuivit la servante en caressant la main inerte de l'enfant. Elles étaient comme lui : languissantes. Silencieuses. Vous l'avez remarqué, vous aussi ? On ne l'entend plus du tout.

Nóra fit mine de ne pas avoir entendu.

— Il fait froid, Mary. Lève-toi et ranime le feu, veux-tu ?

La servante glissa la main du petit garçon sous la couverture.

— Vous ne pensez pas qu'il va mourir, tout de même ?

— Plaise à Dieu qu'il meure si c'est nécessaire pour faire revenir Micheál, déclara la veuve en ouvrant la porte pour jeter un œil à la vallée noyée sous la brume matinale.

Mary se figea.

— Vous souhaitez la mort de... du fé ? Vous ne croyez pas que c'est péché, m'dame ? demanda-t-elle en rejoignant Nóra sur le seuil. Si le gant-de-notre-dame l'a empoisonné ?

— En quoi veux-tu que ce soit péché ? Nous cherchons à chasser le fé et à sauver Micheál. Il n'y a rien de mal à ça ! assura-t-elle en agrippant l'épaule de la jeune fille. Je crois même que ces remèdes lui font du bien. Tu le dis toi-même : il ne crie plus, il ne bat plus l'air de ses mains et de ses pieds. Il a cessé de lutter, pour sûr. Et si nous parvenons à le chasser, les Bonnes Gens retrouveront leur petit et me rendront le mien. Tu verras : le gant-de-notre-dame fera effet, et nous remercierons le Seigneur pour son aide. Maintenant, veux-tu bien allumer le feu ? J'ai les os glacés.

La jeune fille obtempéra. Regagnant l'intérieur de la pièce, elle s'arma des pinces pour tisonner les braises.

Nóra se tourna de nouveau vers la vallée. Dans la pénombre du jour naissant, elle discerna les silhouettes mouvantes des vaches qu'on sortait des étables ; tendant l'oreille, elle perçut le cliquetis des seaux encore vides et les voix des paysannes qui se préparaient pour la traite ; au gré des portes qu'on ouvrait et qu'on fermait, elle entrevit les flammes des feux qu'on venait de rallumer pour la journée ; baissant les yeux, elle distingua la masse sombre des résineux et les silhouettes dénudées des feuillus qui surplombaient la rivière. Elle crut même voir l'aubépine du fort aux fées – puis, en plissant les yeux, une lumière vacillante dans la zone d'ombre qui l'environnait. Elle fronça les sourcils. On aurait dit la flamme d'une bougie, tenue par une personne qui allait et venait dans le fort. Ou un brûle-jonc allumé, puis éteint, rallumé, puis éteint de nouveau, par le souffle d'un être invisible.

Un frisson la parcourut. Elle se souvint des propos qu'avait tenus Peter O'Connor pendant la veillée funèbre de Martin : *J'ai vu une lueur s'échapper du bosquet d'aubépines. Cette famille n'en a pas fini avec la mort, croyez-moi ! Je ne serais pas étonné qu'elle revienne les frapper sous peu.*

Elle se pencha. Les lueurs s'étaient évanouies, aussi soudainement qu'elles étaient apparues.

— M'dame ?

Elle se retourna. Mary l'observait, les pinces à la main, le dos éclairé par les flammes qu'elle venait de raviver dans l'âtre.

— Quoi donc ?

— L'air froid entre par la porte ouverte, m'dame. Et comme vous m'avez dit que vous étiez glacée...

Troublée, Nóra poussa le battant et regagna sa place près du feu. Resserrant les pans du manteau de Martin autour de ses épaules, elle sentit un objet dur s'enfoncer dans ses côtes. Glissant la main dans la poche, elle en sortit un morceau de charbon de bois. Elle le fit rouler sur sa paume ouverte. Si léger, si friable.

Mary jeta une motte de tourbe dans le feu, puis leva les yeux, étonnée par le silence de Nóra.

— Qu'est-ce que c'est ? demanda-t-elle en apercevant la braise éteinte.

— Je viens de le sortir d'une poche du manteau.

Mary se pencha pour l'observer de plus près.

— Des cendres ?

Nóra secoua la tête.

— Un tison.

— Pour se protéger ?

— Oui. Contre le *púca*.

— C'est Nance qui vous l'a donné ?

— Pas du tout. Je l'ai trouvé dans le manteau de Martin.

La jeune fille hocha distraitement la tête, puis elle tira la couverture sur les épaules de l'enfant.

— Ses cheveux ont poussé, dit-elle.

Nóra ne répondit pas. Elle fixait le tison posé sur sa paume. Martin ne lui en avait jamais parlé. À sa connaissance, il ne s'était rendu chez Nance qu'une seule fois, lorsque sa main avait gonflé d'étrange manière. Pour le reste – ses maux de dents ou sa côte cassée après une chute de cheval des années auparavant –, il s'en était toujours remis au forgeron. Jamais à Nance.

— Ses ongles aussi, poursuivit Mary. M'dame ?

Nóra faisait tourner le tison refroidi entre ses doigts. Martin était-il retourné en secret chez l'herboriste ? Pour lui demander de protéger l'enfant ? Ou pour les protéger contre lui ?

— M'dame ?

— Quoi ? fit Nóra d'un ton sec en remettant le tison dans la poche du manteau.

— Les ongles de Micheál ont poussé. Il risque de se griffer.

— Ce n'est pas Micheál ! cria Nóra.

Elle attrapa son châle d'un geste vif et l'enroula autour de sa tête.

— Le... L'enfant, reprit Mary. Je voulais vous demander si...

— Je vais traire Brownie, interrompit la veuve.

— Et pour ses ongles, je peux les couper ?

— Fais ce que tu veux de cette créature.

Nóra sortit en claquant la porte. Elle traversa la cour, faisant violemment battre le seau contre sa jambe, puis s'arrêta. Tout en laissant l'humidité de l'air matinal rafraîchir ses joues brûlantes, elle resserra ses doigts sur l'anse du seau, cherchant à l'imprimer dans la chair de sa paume.

Elle baissa les yeux vers le fort aux fées, où l'aubépine commençait à émerger de la brume. Elle aurait volontiers brûlé l'arbuste jusqu'à la racine et rempli ses poches de ses cendres si elles avaient eu le pouvoir de les protéger contre les Fairies et leur sourde malveillance.

Quant au changelin, qu'il continue de trembler ! pensa-t-elle. N'était-ce pas la preuve que le gant-de-notre-dame était en train d'agir sur lui ?

— Seigneur, chuchota-t-elle, je vous en supplie. Rendez-moi le fils de ma fille et débarrassez-moi du fé !

— Nance Roche, êtes-vous là ? lança une voix d'homme teintée d'impatience.

L'herboriste était en train d'arracher la peau d'une

anguille. Elle s'interrompit et replongea le poisson dans le seau rempli d'eau de rivière posé à ses pieds.

— Qui va là ? dit-elle. Un mort ou un vivant ?

— Par pitié, femme, c'est le père Healy – pas un de vos patients venus se faire plumer. Ouvrez. J'ai à vous parler.

Nance se leva et tira le battant. Le prêtre était campé sur le seuil, enveloppé dans un long manteau dont les pans claquaient sous le vent.

— Père Healy. Quel plaisir !

— Comment vous portez-vous, Nance ?

— Toujours en vie, comme vous voyez.

— Je ne vous ai pas vue à la messe pendant les fêtes.

Nance sourit.

— Ah. C'est un sacré bout de chemin pour mes vieux os !

— Avez-vous trouvé le sac de farine et les mottes de tourbe ?

Étonnée, Nance essuya ses mains ensanglantées sur son tablier.

— C'était donc vous ?

— Qui d'autre ? Vous n'avez tout de même pas pensé qu'un de vos lutins vous avait fait un cadeau ? répliqua le père Healy en jetant un œil dans la pièce. Avez-vous de la compagnie ?

— Oui, si vous estimez que ma chèvre en est une.

— Certainement pas.

— Entrez donc vous réchauffer. Et laissez-moi vous remercier pour la farine. C'était gentil de votre part, de penser à une vieille femme comme moi, toute seule le jour de Noël.

Le curé secoua la tête.

— Non, merci. Je n'entrerai pas.
— La décision vous appartient, mon père.
— En effet.

Le silence s'installa, puis s'étira entre eux. Nance baissa les yeux. Sur ses mains, le sang de l'anguille avait commencé à sécher, laissant une traînée couleur rouille.

— Eh bien, mon père, dites-moi ce que vous êtes venu me dire. Les meilleures visites sont parfois les plus courtes.

Il croisa les bras sur son torse.

— Sachez, Nance, que je viens aujourd'hui vers vous le cœur lourd. Pour vous entretenir d'une affaire sérieuse.

— Parlez, et qu'on en finisse. Vous vous sentirez mieux après avoir vidé votre sac.

Une expression chagrine assombrit le visage poupin du curé.

— On m'a raconté que Brigid Lynch a perdu son bébé par votre faute. La vallée bruisse d'accusations à votre encontre. Certains de mes paroissiens m'ont affirmé que vous aviez cherché à empoisonner cette jeune femme.

Nance leva les yeux vers lui.

— C'est une accusation grave, père Healy.

— Lui avez-vous, oui ou non, donné des baies de douce-amère ?

— Utilisée à bon escient, la douce-amère n'est pas un poison.

— Vraiment ? On me dit qu'elle appartient à la même famille que la belladone.

— Daniel Lynch est venu me demander un remède. Brigid marchait dans son sommeil et il se faisait du souci pour elle. Je n'ai pas l'âme d'un assassin, père Healy. Je cueille chacune de mes plantes en récitant une prière. Au nom de Dieu.

Il secoua la tête.

— Permettez-moi de vous dire que vous faites injure à Son nom en cueillant vos plantes de cette manière. Je ne peux pas tolérer de tels agissements. Nombre de mes paroissiens en ont plus qu'assez de vos pratiques païennes et insensées qui, disent-ils, ont fait du tort à toute la vallée.

— Pensez ce que vous voulez de mes pratiques, mon père – mais insensées ? Ça non. Elles sont pleines de sens, au contraire.

— Ils en ont assez de vos braillements, en tout cas.

— Vous parlez des mélopées que je chante aux veillées funèbres ? Vous ne les aimez guère, je le sais bien.

Le père Healy la dévisagea avec sévérité.

— Non, Nance. Non. Je ne parle pas seulement des veillées funèbres, cette fois. Je vous parle de *piseógs* et de charlatanisme.

Nance dut lutter contre une soudaine envie de s'allonger dans l'herbe, le visage tourné vers le ciel. Elle avait mal partout et rêvait de s'étendre. Elle retint un soupir. Les *piseógs*, voilà donc de quoi il retournait ! Les *piseógs*, ces sorts que les gens se lancent les uns aux autres quand la colère noircit leur cœur et que l'amertume retrousse les bords de leur âme. Les *piseógs* : suppliques chuchotées à l'oreille du diable les jours de fête, avant le lever du soleil ; malédictions arrachées au bien-être d'autrui ; commerce secret et changeant de la vengeance et des mauvaises intentions.

— Parfaitement, reprit le prêtre. Des *piseógs*. Et

l'affaire ne concerne pas seulement la jeune Brigid. Seán Lynch a trouvé une couronne de sorbier sur sa barrière.

— Ah oui ?

— Il prétend que c'est un sort.

— Écoutez, père Healy, je connais un certain nombre de choses sur le monde dans lequel nous vivons, et je peux vous assurer qu'une couronne de sorbier n'est pas un *piseóg*. Un bon feu, une crosse de hurling et une barrière – voilà à quoi peut servir le sorbier. Pour les sorts, il n'est d'aucune utilité.

Le prêtre se pencha vers elle, un sourire acéré aux lèvres.

— Vous savez donc ce qui est utile à la fabrication d'un sort, Nance ?

— Je ne fabrique pas de sorts. Je ne lance pas de malédictions. Je n'ai rien à voir avec tout ça.

— Dans ce cas, pourquoi me raconte-t-on que c'est dans vos habitudes, au contraire ? Que c'est ainsi que vous gagnez votre pain dans la vallée ? En vous faisant payer pour jeter le mauvais œil. En privant le lait de ses bénéfices. En jetant des sorts aux barattes. En montant les habitants de la vallée les uns contre les autres et en maudissant ceux qui ne se laissent pas faire.

— Parce que je vole le beurre, maintenant ? Regardez cette masure, père Healy. Ai-je l'air de rouler sur l'or ?

— Qu'il s'agisse de voler les paysans en leur jetant des mauvais sorts ou en prenant du sang au cou de leurs bêtes... peu m'importe, affirma-t-il en guettant sa réaction. Ce qui est sûr, c'est que je ne tolérerai pas de tels vols dans la vallée. Je ferai venir la police.

Et si vous êtes reconnue coupable, on vous emmènera, pour sûr.

Levant ses mains souillées, Nance les agita sous les yeux du curé.

— C'est avec une anguille que je me remplis le ventre, pas avec du beurre volé !

— Regardez-vous : le diable n'aurait pas les mains plus rouges.

— Je ne vole personne en attrapant une anguille de temps à autre, vous le savez aussi bien que moi.

— Vous avez raison : vous pouvez attraper autant d'anguilles que vous le désirez, Nance. Personne ne s'en plaindra. Mais cessez de ponctionner le sang des vaches et de répandre la terreur dans la vallée avec vos sorts !

Exaspérée, Nance éclata de rire.

— Je ne plaisante pas, répliqua le prêtre en faisant un pas vers elle. Sachez-le, Nance : ma patience a des limites. Si les mélopées funèbres relèvent du paganisme, fabriquer des couronnes de sorbier et administrer des plantes toxiques à une femme sur le point d'enfanter relèvent de la diablerie pure et simple. Vous devez trouver d'autres moyens de subsistance !

— Mon père...

— Contentez-vous d'aider les femmes en couches, comme je vous l'ai demandé ! D'ailleurs, si la mort du fils de Brigid Lynch est l'œuvre de Dieu, et non celle de la douce-amère que vous lui avez donnée, n'en parlons plus, ajouta-t-il sur un ton plus amène. Je veux bien admettre que vous avez cherché à la soigner. Mais je vous le répète : cessez de jeter des mauvais sorts.

Nance leva les mains au ciel.

— Je n'ai rien à voir avec les *piseógs*, père Healy ! Je ne lance ni mauvais sorts ni malédictions. Ce n'est pas mon affaire.

— Ah oui ? Vous vous contentez de frayer avec *Ceux qui demeurent dans le fort*, n'est-ce pas ? Je sais que vous parlez de Fairies à tout bout de champ, Nance. Nóra Leahy est venue me supplier de prier pour son petit-fils. Les *Fairies* ! La pauvre femme n'avait que ce mot à la bouche. D'après elle, toute la vallée bruisse de commérages à propos de ce garçon : ce serait un fé, un changelin – que sais-je encore ? La veuve en est elle-même convaincue, du reste. Et vous voudriez me faire croire que ce n'est pas votre œuvre ? Qui, sinon vous, leur a mis cette lubie en tête ? Et dans quel autre but que celui d'assurer votre gagne-pain en échange de prétendus remèdes ? La douleur délie les bourses, c'est bien connu : la veuve est si désespérée qu'elle ne regarde sans doute plus à la dépense !

Nance sentit la colère lui monter au visage.

— Ce garçon n'est pas naturel, répliqua-t-elle d'une voix sourde.

— Vous avez donc la capacité de distinguer le naturel du surnaturel ?

— Oui.

— Et vous avez l'intention de soigner cet enfant ?

— J'ai l'intention de chasser le fé et de rendre son petit-fils à Nóra Leahy.

Le prêtre secoua la tête d'un air las.

— Vous feriez mieux d'expliquer à Nóra qu'elle doit s'occuper de ce petit infirme. Ce serait plus charitable que de lui faire miroiter le retour d'un gamin en bonne santé !

— Je ne vois pas en quoi il serait charitable de la condamner à l'impuissance.

— Et lui donner de faux espoirs – c'est charitable, peut-être ?

Il soupira et tourna les yeux vers la vallée.

— Cette femme est désespérée, Nance. Comme tous les paysans de ce comté.

— C'est vrai.

— Ils s'inquiètent de ne pas produire assez de beurre. D'être jetés sur les routes. De ne pas avoir de quoi payer le fermage. Ils craignent que leurs voisins ne les prennent en grippe. Qu'ils les vouent aux gémonies en appelant sur eux la mort et la maladie.

— En effet, mon père.

Sourcils froncés, il reporta son attention sur elle.

— Si je venais à découvrir que vous prenez part à ce genre de pratique, je me montrerai beaucoup moins charitable envers vous que je ne l'ai été jusqu'à présent, Nance. Je vous ferai jeter sur les routes. Et chasser de la vallée.

13

Mors-du-diable

Chaque premier jour de février, la Sainte-Brigid renouvelait aux habitants de la vallée la promesse du printemps. Las de l'hiver, ils sortaient la veille avec soulagement de leurs chaumières enfumées pour aller cueillir des joncs tremblant sous la brise afin de préparer les festivités du lendemain.

Lorsqu'elle échappa à l'atmosphère confinée de la ferme, Mary eut l'impression de sentir la terre gonfler sous ses pieds. Elle dévala la colline. Le temps était froid, mais clair. Les champs gorgés d'eau annonçaient le renouveau des cultures. Même sur les talus couverts de neige sale où de petites empreintes trahissaient le passage nocturne des lapins, les premières jonquilles dissipaient la mélancolie. Levant les yeux vers un vol de rouges-gorges qui traversaient le ciel dans leurs tuniques couleur sang, la jeune fille s'imagina qu'ils la guidaient vers les joncs, tout heureux de savoir que la chaleur reviendrait bientôt avec la lumière.

Elle se figea. La tête lui tournait, tant elle était soulagée de respirer à l'air libre. Soulagée d'avoir échappé au spectacle de Nóra penchée sur le petit garçon comme un chat guettant le dernier souffle d'un oiseau blessé ; soulagée de ne plus endurer la vision de l'enfant parcouru de spasmes et de gémissements comme s'il abritait le diable en personne, cherchant une prise dans ce petit corps souffrant. Tout lui pesait à la ferme – même l'air qui régnait dans la pièce. Elle suffoquait sous le poids des espérances de la veuve.

Elle déboucha sur l'étendue de lande herbeuse où poussaient les joncs. Renversant la tête en arrière, elle prit de profondes inspirations pour évacuer la poussière accumulée dans sa gorge et s'emplir des parfums de la campagne encore tremblante sous l'hiver : herbe mouillée, bouses de vache, glaise et fumée de tourbe. Les disques dorés des fleurs de pas-d'âne et de séneçon éclairaient le vert et le brun de la lande dénudée. Mary chancela sous l'afflux de lumière. Le froid lui giflait les joues, faisant monter de courtes larmes à ses yeux brillants.

Elle avait laissé l'enfant sous la surveillance de Nóra, tant elle brûlait de se libérer, ne serait-ce qu'un court instant, du frottement incessant de son corps contre sa hanche. Et puis, elle était si impatiente d'aller cueillir les joncs nécessaires à la fabrication d'une croix de sainte Brigid pour la maison ! En partant, elle avait suggéré à sa maîtresse de sortir Micheál dans la cour, bien emmitouflé contre le froid, pour exposer sa peau blême aux rayons du soleil. Les yeux bordés de rouge, la veuve avait secoué la tête : elle préférait le laisser à l'intérieur, à l'abri des regards. « Va, avait-elle ajouté, mais dépêche-toi. Ne lambine pas en route et reviens tout de suite après ! »

À Annamore, c'était aux frères de Mary qu'incombait la tâche de tresser chaque année la croix de sainte Brigid. Ils parcouraient des kilomètres de lande et de marécages pour trouver les plus beaux joncs, lisses et brillants. Ils les cueillaient avec soin, les nettoyaient et les rapportaient à la maison, où ils entreprenaient de les tresser sous le regard attentif de Mary et des plus jeunes membres de la fratrie.

« Vous voyez, disait David, quand on les cueille, faut pas les couper au couteau : faut les tirer doucement vers soi, sans les rompre. Comme ça, la tige garde toute sa sainteté, vous comprenez ? Et puis, faut tresser la croix face au soleil, bien sûr. »

Mary revit son frère aîné assis dans la cour, les longues tiges vertes posées sur ses genoux, la pointe de sa langue jaillissant d'entre ses lèvres tandis qu'il s'appliquait à plier les joncs les uns sur les autres.

« Et si on la tresse dos au soleil, qu'est-ce qui se passe ? » avait-elle demandé quelques années plus tôt.

David avait froncé les sourcils.

« Pourquoi voudrais-tu faire une chose pareille ? Ce serait contrarier la coutume, Mary. Pour vrai, c'est avec le soleil qu'il faut tresser la croix. C'est ainsi qu'elle gardera son pouvoir. »

Ensemble, ils le regardaient assembler, plier et nouer les tiges fuselées, faisant peu à peu naître une croix sous ses doigts agiles. Une croix verte à quatre branches, tressée au nom de la sainte patronne du pays, que leurs parents bénissaient et accrochaient au-dessus de la porte pour protéger la maison des mauvais esprits, du feu et de la faim. Fabriquée au sortir de l'hiver, elle veillait sur eux toute l'année, même après que les joncs avaient séché et que la fumée du feu de tourbe les avait noircis de suie.

Mary tenait à accrocher une croix de sainte Brigid chez la veuve Leahy. Elle voulait se remettre sous la protection d'un objet sacré et cloué au mur. La souffrance du petit garçon soumis au pouvoir dévastateur de la digitale pourpre l'emplissait d'une telle horreur qu'elle s'en sentait tout ankylosée. Les convulsions de Micheál avaient quelque chose de maléfique, elle en était convaincue. Elle s'éveillait chaque matin l'estomac noué à la pensée de la journée qui l'attendait – des heures à tenir l'enfant contre elle pendant que son corps malingre tremblait sous l'effet d'une force surnaturelle.

Nóra était penchée sur son tricot quand Mary regagna la chaumière, une gerbe de joncs bien brillants à la main. Micheál, en revanche, ne se trouvait pas à sa place habituelle, près du feu. Mary se figea, inquiète.

Elle l'a emmené, pensa-t-elle. Elle l'a abandonné en haut de la montagne ou au croisement des routes. Ou bien elle l'a enterré !

— Où est Micheál ? demanda-t-elle.

La veuve désigna l'angle de la pièce d'un signe de tête. L'enfant était couché sur le tas de bruyères séchées qui leur servait à démarrer le feu dans l'âtre. Mary se précipita vers lui. Son petit thorax osseux se soulevait et s'abaissait au rythme de sa respiration. Il est vivant ! songea-t-elle, ivre de soulagement.

Elle coinça les joncs sous son bras et souleva l'enfant de sa main libre pour le jucher sur sa hanche.

— Je vais l'installer au soleil, annonça-t-elle en attrapant la couverture posée sur la banquette. Je garderai un œil sur lui pendant que je tresserai la croix.

Nóra la suivit du regard lorsqu'elle se dirigea vers la porte.

— S'il vient quelqu'un sur le chemin, tu ramènes vite le fé à l'intérieur, c'est entendu ?

Le soleil et le grand air semblèrent tirer l'enfant de l'inertie qui l'avait saisi quand Nance l'avait plongé dans un bain de digitale pourpre. Mary l'étendit près d'elle, bien enveloppé dans la couverture, avant de se mettre à l'ouvrage, perchée sur un tabouret. Quand elle commença à tresser les joncs, elle vit ses yeux s'agrandir, reflétant l'immensité bleue du ciel.

— Quelle belle journée, murmura-t-elle. C'est agréable, pour sûr !

L'enfant cilla, comme s'il approuvait ses dires. Elle s'interrompit pour le regarder. La brise agitait doucement ses cheveux baignés de soleil. Elle sourit, amusée de le voir plisser le nez et pointer le bout de sa langue rose entre ses lèvres. Il veut goûter l'air, songea-t-elle.

Les années écoulées depuis sa naissance ne l'avaient pas fait grandir : il ressemblait à un nourrisson exposé au soleil pour la première fois. Déjà pâle, il l'était plus encore depuis le bain de digitale. Ses oreilles, délicatement rosies par la douceur de l'air, semblaient presque translucides. Le fin duvet blond qui couvrait ses tempes prenait des reflets d'or sous la lumière du jour.

— Demain, nous fêterons la Sainte-Brigid, déclara Mary. Le printemps approche.

Elle posa les joncs pour aller cueillir un pissenlit, dont la tête pelucheuse oscillait sous la brise.

— Tu vois ? reprit Mary en se penchant au-dessus du petit garçon, la fleur à la main.

Il leva les yeux, bouche bée. Elle souffla sur les akènes, qui s'éparpillèrent dans l'air. Micheál poussa un cri de joie et tendit brusquement les mains pour tenter de les attraper au vol.

— On l'a trempé pour rien dans ce bain de gant-de-notre-dame.

Mary se retourna. Nóra les observait depuis le seuil de la chaumière.

— Regarde-le ! Il est redevenu comme avant. Les tremblements l'ont quitté. Il ne se démène plus contre le pouvoir de la plante.

— C'est vrai, acquiesça Mary. Il se porte mieux ces jours-ci.

— Mieux ? protesta Nóra en passant une main sur son visage. Il a crié toute la nuit !

— Je sais.

— Crois-moi, Mary, ce n'est pas mieux si le changelin se remet à crier. Ce n'est pas mieux s'il a pris le dessus sur le gant-de-notre-dame, s'il a cessé de trembler et d'être malade ! Et moi qui pensais que le remède faisait effet…

— Tout de même, m'dame, je préfère le voir respirer que trembler de tout son corps. J'ai pris peur en le voyant s'agiter de la sorte, confia-t-elle d'une voix frémissante.

— Peur ? Tu devrais plutôt avoir peur de voir le fé reprendre des forces et de savoir qu'un des leurs vit parmi nous ! Écoute-moi bien, ma fille : il est certain que celui-ci a frappé Martin et Johanna. Et toi, tu joues avec lui ! Tu le cajoles. Tu lui coupes les ongles et les cheveux, et tu le nourris comme si c'était ton petit.

— Il aime les fleurs de pissenlit, murmura Mary.

— Pour sûr. Tous les fés aiment les pissenlits.

Nóra se dirigea vers la porte, puis s'arrêta et se tourna de nouveau vers sa servante, les yeux brillants de larmes.

— Je... Je croyais que le remède faisait effet, chuchota-t-elle d'une voix sourde.

Un tel désespoir se peignit sur son visage que Mary faillit courir vers elle, poser une main sur sa joue et la caresser doucement, comme elle le faisait parfois à Annamore pour réconforter sa mère.

Elle n'en fit rien – et cette impulsion la quitta aussi vite qu'elle était venue. Penchée sur Micheál, elle garda le silence. Nóra les observa sans rien dire pendant quelques instants, puis elle regagna sa chaumière, laissant pendre sa tête tel un Christ en croix.

Le lendemain, Mary s'éveilla tôt, au son de la pluie qui crépitait sur le toit de chaume. Elle fit doucement rouler l'enfant sur lui-même pour vérifier qu'il n'avait pas souillé ses langes, puis se leva et s'approcha de la cheminée. À Annamore, le matin de la Sainte-Brigid, toute la fratrie se disputait le privilège d'aller jeter un œil aux cendres encore tièdes du feu dans l'espoir d'y déceler une empreinte – preuve du passage de la sainte dans leur foyer.

« Là ! criaient les petits, le doigt pointé vers un léger creux dans la montagne de cendres. Elle a marché là ! Elle est venue nous bénir ! »

Mary s'accroupit et observa les restes du feu de la veille. Rien. Les tisons étaient restés à la place où elle les avait laissés après avoir balayé l'âtre pour la nuit.

Le cœur lourd, Mary s'approcha de la porte qui donnait sur la cour, poussa le loquet et ouvrit le panneau du haut. Posant les coudes sur la demi-porte inférieure, elle inspira à grandes goulées l'air chargé de pluie. Quel sale temps ! songea-t-elle. L'averse s'abattait avec fracas sur la cour de la ferme, déjà boueuse et trouée de flaques.

Un bruissement se fit entendre à l'autre extrémité de la pièce. Mary se retourna, s'attendant à trouver Micheál éveillé, déjà furieux et au bord des larmes.

Elle écarquilla les yeux.

La croix de sainte Brigid. Elle venait de se décrocher !

Mary fixa l'objet tombé au sol. Ce n'était pas normal. La veille, elle l'avait solidement fixée au-dessus de la porte, pressée de bénéficier de sa protection : elle voulait s'endormir sous sa silhouette familière, se savoir à l'abri d'un incendie et espérer un prompt rétablissement si elle tombait malade. La croix servait aussi à tenir les Fairies à distance, bien sûr.

Saisie de panique, elle s'adossa contre la porte et appela Nóra. Pas de réponse. Elle appela de nouveau.

Un grincement s'éleva de la pièce voisine, puis la veuve fit son apparition, le visage chiffonné de sommeil, se tenant la tête.

— Qu'est-ce qu'il y a ? Qu'est-ce qui se passe ? Ferme vite, tu fais entrer la pluie. Elle tombe à l'intérieur.

Mary désigna le linteau de la porte.

— Quoi ? fit Nóra, perplexe.

— La croix de sainte Brigid. Elle est tombée.

Nóra se pencha pour la ramasser.

— Je l'avais pourtant bien accrochée, m'dame. Vraiment bien. Qu'est-ce que ça veut dire, d'après vous ? J'ai jamais vu ça.

La veuve fit tourner la croix entre ses doigts, puis elle l'épousseta avec son châle et la rendit à Mary.

— Remets-la à sa place. Un coup de vent l'aura décrochée. Ne t'en fais pas : elle nous protégera quand même !

La jeune fille prit la croix sans rien dire. Malgré ses propos rassurants, Nóra était troublée, elle aussi – Mary le devinait au regard inquiet qu'elle avait posé sur la porte, puis sur la croix de sainte Brigid. Ce n'était pas normal, elles le savaient toutes les deux. Car il n'y avait pas de vent. Pas le moindre souffle.

Quelque chose – ou quelqu'un – avait déplacé la croix. Et l'avait lancée par terre.

Nóra pencha son visage couleur de cendre au-dessus du petit garçon endormi.

— Le changelin a-t-il tremblé pendant la nuit ? demanda-t-elle. A-t-il vomi ?

— Non, m'dame.

— A-t-il sali ses langes ?

— Moins que les nuits d'avant. Il n'a plus de colique. Ni de fièvre.

Nóra secoua la tête, et son regard se voila.

— Nous ne parviendrons pas à nous en débarrasser avec de simples plantes ! se plaignit-elle.

Mary blêmit.

— J'ai bien réfléchi, ma fille, poursuivit la veuve. Les Fairies n'aiment pas le feu. Ni le fer. Il y a quantité d'histoires à ce sujet. Dans les légendes qu'on raconte aux veillées, c'est en les menaçant de recourir au fer ou au feu que les hommes parviennent à les chasser. « Va-t'en ! disent-ils, ou je te ferai sortir les yeux de la tête avec une pince rougie au feu. » Ou bien, ils les menacent de les jeter dehors sur une pelle brûlante.

— Chez Nance, nous avons posé Micheál sur une pelle, murmura Mary.

— Eh bien, nous le referons. Sur une pelle brûlante, cette fois.

— Non.

Surprise par le ton catégorique de la jeune fille, Nóra parut se ressaisir. La lueur étrange qui brillait dans ses yeux s'évanouit.

— Nous ne devrions pas faire ça, m'dame, ajouta Mary.

— On ne le brûlerait pas. On se contenterait de le menacer, assura Nóra en se mordillant les ongles.

— Je crois que c'est péché, m'dame. Je ne veux pas le faire.

— Allons, Mary. Le changelin ne partira pas si nous continuons à le soigner avec des plantes. La menthe et le gant-de-notre-dame ne me rendront jamais mon petit-fils.

— Je vous en prie, m'dame. Ne le brûlez pas !

Nóra arracha la peau qui entourait son ongle, puis elle baissa les yeux. Une goutte de sang perlait à son doigt. Elle l'étala distraitement.

— Il suffira de le menacer, murmura-t-elle pour elle-même. Le fer et le feu. Voilà ce qu'il faut pour en venir à bout.

— Bonjour, Nance. Comment vous portez-vous ?

— Quelle surprise ! Les bons jours voisinent avec les mauvais, grâce à Dieu. Je me demandais justement quand j'aurais le plaisir de votre visite.

Déjà installée près du feu, l'herboriste inclina la

tête vers un des tabourets paillés qui entouraient le foyer. Áine s'assit, lissant sa jupe du plat de la main.

— Je crois que j'ai la poitrine prise.

— La poitrine, Áine ?

Áine fit un rapide mouvement en direction de sa gorge :

— Ça me racle, là... J'ai dû prendre froid, précisa-t-elle, rougissante.

— Un mauvais rhume, c'est ça ? Et depuis quand avez-vous mal ?

La visiteuse promena un regard autour d'elle.

— Oh, ça fait un moment. Depuis le début de l'année, je dirais. Ce soir-là, nous avons ouvert la porte pour faire sortir l'année écoulée et laisser entrer la nouvelle, et je crois bien que l'inflammation en a profité pour se glisser à l'intérieur ! expliqua-t-elle d'un ton faussement enjoué. J'ai la gorge prise depuis cette nuit-là. Et il m'arrive de tousser.

— Est-ce humide chez vous ?

— Humide ?

— Comment vous protégez-vous du froid et de la pluie, vous et votre homme ? Le sol est-il sec sous vos pieds ?

Áine tira distraitement sur un brin de laine qui dépassait de son châle.

— Les orages de l'année dernière ont abîmé le chaume du toit. Et les corneilles n'ont rien arrangé ! La pluie passe à travers. Pas beaucoup, mais tout de même. On le réparera au printemps.

— Mangez-vous suffisamment ?

— Nous ne manquons de rien, grâce à Dieu – même si j'ai grand-peine à baratter. Le lait ne donne rien : il n'est pas assez riche.

— Pour vrai, renchérit Nance, c'est pareil dans toute la vallée, à ce que j'ai entendu. Mais je suis heureuse de savoir que vous mangez à votre faim. Vous méritez l'abondance, et plus encore ! Maintenant, me permettez-vous d'écouter ce raclement ?

Áine hocha la tête. L'herboriste posa une main bien à plat sur sa poitrine. Puis, fermant les yeux, elle s'efforça de repérer le siège de l'inflammation. En vain. Quoiqu'un peu rapide, la respiration de la visiteuse semblait fluide et régulière.

— Alors, Nance ?

— Chut... Fermez les yeux, vous voulez bien ? Et prenez une grande inspiration.

L'épouse du forgeron obtempéra. Dans le silence qui suivit, Nance sentit la paume de sa main se réchauffer au contact de ses vêtements. Puis elle perçut son désir d'enfant. Un désir dévorant, omniprésent. Cette femme-là, comprit Nance, voulait un enfant plus que tout au monde. Quand elle avait ses menstrues, pliée en deux par la douleur qu'elles lui causaient, elle s'imaginait que son corps manquait à sa parole et qu'il la punissait d'avoir le ventre vide.

Les yeux clos, Nance vit comment elle bataillait ces jours-là, s'exhortant à se lever et à mettre de l'eau à chauffer pour préparer le petit déjeuner de John ; elle la vit balayer sa chaumière tandis que son corps se nouait et se dénouait avec une vaine férocité ; elle perçut la rancœur qu'elle éprouvait contre les habitants de la vallée qui se massaient chez eux les soirs de veillée, violons graisseux sous le bras – les femmes s'empressaient de s'asseoir près du feu pour cancaner à loisir, tandis que leurs hommes lançaient des morceaux de pommes de terre dans les angles de la pièce pour nourrir les Fairies – reliquats qu'Áine devait ramper pour ramasser, manquant s'évanouir de douleur, lorsqu'ils étaient tous partis ; Nance la vit descendre furtivement dans le fossé creusé derrière chez eux, soulever ses jupes et remplacer ses chiffons souillés, frappée d'effroi et de respect devant la violence de sa féminité – rappel sanglant, mois après mois, de son incapacité à être mère.

Áine toussa. Nance ouvrit les yeux. La femme du forgeron la dévisageait avec inquiétude.

— Alors ? demanda-t-elle d'une voix tremblante.

Nance laissa retomber sa main.

— Áine, vous êtes la bonté faite femme. Pour vrai, chacun de nous porte sa croix. Et le monde est rempli de malheureux qui retournent leur colère contre leurs proches. Mais il y en a d'autres, me semble-t-il, qui la retournent contre eux-mêmes. Je crois que votre corps se porte mal parce que vous êtes triste.

— Moi ? Je ne suis pas triste, Nance.

— L'esprit humain est puissant, vous savez. Très puissant.

— J'entends bien, mais pour quelle raison serais-je triste ?

Nance attendit. Le silence se prolongea. Tête baissée, Áine tirait sur les pompons de son châle.

— Je sais à quoi vous pensez, murmura-t-elle.

— Je pense aux enfants. Ceux qu'on espère et qui n'arrivent pas.

La visiteuse sembla hésiter, avant d'acquiescer d'un air peiné.

— J'ai cru mourir de honte l'autre nuit. Quand je suis arrivée chez Brigid Lynch et que vous m'avez demandé de partir. Comme si je ne pouvais pas vous aider. Comme si je n'étais même pas digne d'être une femme.

Nance ne fit aucun commentaire. Áine attendit un instant, puis elle reprit :

— Oh, je sais bien ce qu'on dit de nous dans la vallée : « Une branche d'if dans un fagot de petit-bois ! »

— Ce vieux proverbe ? Allons, Áine, vous voulez un enfant. Il n'y a aucune honte à avoir.

— Il y a de la honte à être une épouse incapable de donner à son mari ce qu'il désire, répliqua-t-elle en levant sur Nance un regard lourd de chagrin. John est bon avec moi, mais sa famille ne m'aime pas. Ses parents médisent sur mon compte parce que je suis infertile. Ils me soupçonnent de tous les maux : ils me reprochent les mauvaises récoltes ; ils disent que les pommes de terre m'ont prise en sympathie ; quant à la vache… (Mâchoires crispées, elle secoua la tête.) Toutes les femmes de la vallée viennent assister à nos veillées, vous savez. Parfois, elles amènent leurs petits. Ils creusent des trous dans ma cour et font peur à mes poules. Ils me rappellent que je n'ai pas d'enfants à moi. Vous comprenez, Nance ? J'ai l'impression que ces femmes se moquent de moi. Il y en a une – pour vrai ! –, sa gamine a refusé de manger ce que je lui donnais en disant que j'étais partie avec les Bonnes Gens et que c'était pour cette raison que je n'avais pas d'enfants, ajouta-t-elle en étouffant un rire nerveux. Ce… Ce n'est quand même pas possible ? Les Bonnes Gens n'ont rien à voir avec mon…

Portant la main à son ventre, elle laissa sa phrase en suspens.

— Et si c'était vrai, en seriez-vous effrayée ?

La visiteuse soupira.

— Je saurais à quoi m'en tenir, au moins. J'aurais une explication. Mais je n'y crois guère, parce que je n'ai jamais rien fait contre les Bonnes Gens. J'ai beaucoup de respect pour Eux, vraiment. L'autre jour... L'autre jour, Kate Lynch m'a parlé d'une femme que son mari a frappée avec une branche d'orme pour qu'un enfant s'accroche en elle.

Nance ne put retenir un sourire.

— Est-ce donc là ce que vous souhaitez ? Qu'on vous donne des coups de bâton ?

— Pas vraiment.

— Vous avez bien fait de venir ici. Cessez de vous en vouloir. Vous n'avez rien à vous reprocher. Savez-vous que l'homme et la nature vivent en sympathie ? Pour chaque malheur qui nous accable, la nature nous offre un remède. Et tous sont à portée de main.

Nance se leva et invita sa visiteuse à faire de même.

— Suivez-moi, dit-elle.

Les deux femmes sortirent dans l'air calme et frais de la cour. L'après-midi touchait à sa fin. Rien ne bougeait, hormis la nappe de brouillard qui descendait dans la vallée.

— Quel drôle d'endroit, murmura Áine. Je ne sais plus ce qu'est le silence, moi qui suis mariée à un forgeron !

— C'est calme, pour sûr. Quand vient la brume, même les oiseaux se taisent.

Elles s'engagèrent sur le sentier. Lorsqu'elles parvinrent en lisière de la forêt, Áine ralentit le pas.

— Je crois que je vais vous attendre dans la chaumine. Ou je reviendrai une autre fois. John va se demander où je suis passée.

— Il ne vous arrivera rien. Je veille sur vous.

— Quel brouillard ! On n'y voit rien. Comment faites-vous pour trouver votre chemin ?

— Le brouillard est une bonne chose. Grâce à lui, personne ne nous verra.

Elles s'avancèrent prudemment sous les arbres, les voyant surgir du brouillard au dernier instant, lorsqu'elles se trouvaient devant eux. Trempés par une récente averse, un aulne et un grand chêne laissaient tomber de lourdes gouttes de pluie au sol. Áine s'arrêta et renversa la tête en arrière. L'eau s'écrasa sur son front, puis coula sur son nez et son menton.

— Il y a longtemps que je ne me suis pas promenée ainsi.

— Je veux bien vous croire. Sitôt mariée, l'épouse ne quitte plus son foyer.

— Et vous, Nance, avez-vous été mariée ?

L'herboriste sourit.

— Ah ! Je n'en ai jamais croisé un seul qui veuille de moi ! plaisanta-t-elle. Jeune fille, je passais mon temps dans la montagne, faut dire. J'allais courtiser le soleil.

— Moi aussi, j'aimais marcher dans la montagne. Vers l'ouest.

— Ah oui ?

— Là-haut, le vent me semblait toujours plus doux.

— C'est vrai, acquiesça Nance.

Elle se pencha et entreprit de fouiller dans un épais massif de fougères et de lierre.

— Connaissez-vous cette plante ? demanda-t-elle en montrant une grappe de petites fleurs vert-jaune à sa compagne.

— *Dearna Mhuire* ?

Nance acquiesça. Áine avait reconnu l'alchémille,

aussi nommée manteau-de-notre-dame, car elle avait la réputation de soigner les maux féminins. Elle s'accroupit près du massif et entreprit de cueillir les grandes feuilles veloutées et plissées de la plante. Quand elle disposa d'un bon tas de feuilles, elle se signa. Áine lui tendit la main pour l'aider à se relever.

— Qu'allez-vous en faire ? demanda-t-elle.
— Venez. Je vais vous montrer.

Lorsqu'elles regagnèrent la chaumine, Nance jeta une brassée d'ajoncs séchés dans l'âtre pour ranimer le feu. Puis elle remplit une marmite d'eau de rivière et la posa sur les flammes.

— Quand vous viendrez seule dans la forêt, saurez-vous reconnaître l'alchémille ?

Áine hocha la tête.

— Ma mère me demandait souvent d'aller en cueillir quand j'étais enfant.

— Aux beaux jours, les feuilles se couvrent de rosée. Le meilleur moyen de faire pousser un enfant en vous serait de mélanger cette rosée à l'eau de votre bain. En attendant, nous pouvons espérer obtenir les mêmes bienfaits en faisant infuser les feuilles. Tenez, dit-elle en les tendant à Áine. Faites-les bouillir dans un peu d'eau pure et buvez cette tisane chaque matin pendant vingt jours.

— Pourquoi avez-vous mis de l'eau à chauffer, alors ?

— Pour la tanaisie.

Levant le bras, Nance arracha quelques feuilles flétries à un bouquet de fleurs séchées accroché à la charpente. Elle les émietta entre ses doigts et les jeta dans la marmite.

— Si vous ne pouvez pas vous éloigner de chez vous pour aller cueillir l'alchémille, cette tisane de feuilles de tanaisie vous sera bien utile.

Un arôme délicat s'élevait de l'eau bouillante. Nance versa le liquide fumant dans une tasse, qu'elle donna à Áine.

Cette dernière parut hésiter à la porter à ses lèvres.

— Il n'y a pas un mot de vrai dans ce qu'on raconte, n'est-ce pas ?

— Et que raconte-t-on ?

— Les baies de douce-amère. L'enfant mort-né.

Nance sentit sa gorge se nouer.

— Et vous, Áine, dit-elle en veillant à dissimuler son trouble, qu'en pensez-vous ?

La femme du forgeron baissa les yeux vers la tasse. Un court instant s'écoula. Puis, sa décision prise, elle but une longue gorgée de tisane.

— C'est amer, dit-elle en grimaçant.

Soulagée, Nance esquissa un sourire.

— La vie l'est aussi. Préparez cette tisane à votre goût, mais n'en abusez pas. Buvez-en pendant sept jours. Aujourd'hui sera le premier des sept.

Áine se pinça le nez et vida le contenu de la tasse.

— Vous avez bien compris ?

— Oui.

— Pendant vingt jours, l'infusion d'alchémille, et, sept jours durant, la tisane de tanaisie. Maintenant, écoutez-moi bien. Il y a un troisième remède à ajouter aux deux premiers.

Áine haussa les sourcils.

— Lequel ?

— Quand vous mènerez votre vache au pré, faites-lui brouter les fleurs des champs, puis collectez son urine. Elle contiendra les bienfaits des fleurs qu'elle aura mangées. Ce sera pour vous un puissant remède si vous la mêlez à l'eau de votre bain.

— Merci, Nance.

— De mon côté, je penserai à vous. Soyez-en sûre. Chaque matin, quand vous mettrez les plantes à chauffer sur un bon feu de tourbe, je vous suivrai par la pensée pour donner aux remèdes tout leur pouvoir. Vous porterez l'enfant de John avant la fin de l'année, vous verrez ! promit-elle en saisissant la main de sa compagne. Alors toute la vallée comprendra qu'il n'y avait pas de mal à donner des baies de douce-amère à la jeune Brigid.

Après le départ de la visiteuse, Nance demeura pensive un long moment, le visage tourné vers le feu qui brûlait dans l'âtre. Pour la première fois depuis son arrivée dans la vallée, elle se sentait menacée, sommée de prouver ses capacités de guérisseuse. Lorsqu'elle était plus jeune, les paysans qu'elle soignait se satisfaisaient de peu : il leur suffisait d'apprendre qu'elle était la nièce de Maggie, que cette dernière lui avait transmis ce qu'elle savait sur les plantes et les Bonnes Gens, pour lui faire confiance. Plus tard, quand elle allait d'un village à l'autre en dormant au bord des chemins, les habitants du cru voyaient dans sa solitude, dans l'absence de mari à son côté, dans ses pouces incurvés, dans sa manière de fumer la pipe et de boire comme un homme, autant de preuves de son talent. Ils avaient foi en elle parce qu'elle ne ressemblait à personne.

À présent, Nance sentait peser sur elle des regards chargés de doute. Et de suspicion.

Je dois faire revenir cet enfant, se dit-elle.

Si elle parvenait à renvoyer le changelin d'où il venait, les habitants de la vallée verraient qu'elle ne mentait pas en assurant être en contact avec les Bonnes Gens. Et si elle donnait un enfant à Áine O'Donoghue, en plus de rendre Micheál Kelliher à sa grand-mère, alors tous reviendraient la consulter.

Nance frissonna au souvenir des convulsions qui avaient saisi Micheál lorsqu'elle l'avait plongé dans le bain de digitale. Nóra Leahy ne lui avait pas rendu visite depuis lors – signe que le changelin vivait toujours sous son toit. Maggie n'avait pas réussi à faire revenir la mère de Nance, elle non plus. Ce n'était pourtant pas faute d'avoir essayé ! Fermant les yeux, elle se revit, assise à califourchon sur sa mère, penchée vers elle pour lui maintenir les bras en croix, tandis que Maggie s'efforçait de verser la liqueur de digitale dans sa bouche ouverte. Le changelin nommé Mary Roche se démenait, jurant et recrachant le liquide au visage de Nance. Le combat avait été rude, mais lorsque la créature avait enfin avalé la liqueur, le changement ne s'était pas fait attendre : elle avait cessé de bouger et son cœur s'était ralenti. Puis une écume blanchâtre avait surgi au coin de ses lèvres, ses yeux avaient roulé dans leurs orbites et elle avait été prise de vomissements. Désemparée, Nance l'avait vue vomir toute la nuit. Au matin, Mary n'était plus la même. Devenue docile. Silencieuse, elle qui criait des heures durant. Placide et le teint cireux, elle qui mordait et griffait, les joues rouges de colère.

Bien que déterminé à retrouver sa femme, le père de

Nance n'avait pas apprécié le changement qui s'opérait en elle. Il avait pris les flacons de poitín que lui avait offerts Maggie et il avait disparu pendant plusieurs jours – et plusieurs nuits.

« Ton père a besoin d'être un peu seul, avait expliqué Maggie. Voir sa femme emportée par les Fairies n'est pas facile ; mais voir souffrir la créature qui a pris son apparence l'est encore moins – même si cette violence est nécessaire pour la chasser et faire revenir ta mère. »

Nance, déjà jeune fille, avait tenté de se souvenir des traits de sa mère avant qu'elle soit emportée par les Bonnes Gens. En vain : elle s'était habituée à ceux de la créature qui l'avait remplacée.

« Que feras-tu si le gant-de-notre-dame ne fait pas revenir maman ?

— Il y a d'autres remèdes. »

Nance avait laissé passer un silence, puis elle avait repris :

« Maggie ? J'aimerais te poser une question.

— Je t'écoute.

— D'où vient cette cicatrice sur ton visage ? Tu ne me l'as jamais dit.

— Je n'aime pas en parler.

— Au village, j'ai entendu un homme raconter que tu étais née avec, parce que ta mère avait reçu une branche de mûres dans la figure pendant sa grossesse. »

Maggie avait levé les yeux au plafond.

« Pas du tout, avait-elle répliqué en bourrant sa pipe.

— Tu n'es pas née avec, alors ? »

Volutes de fumée bleutée dans l'air du soir. Bruissements d'une nuit d'été.

« J'ai été emportée. Une seule fois. Comme ta mère.

On m'a fait revenir avec une pince rougie dans les flammes du foyer.

— On t'a brûlée ?

— J'étais loin. Le feu m'a rappelée à moi-même.

— Tu ne m'en avais jamais parlé.

— C'est à ce moment-là que j'ai reçu le don. Quand j'étais loin.

— Tu ne m'en as jamais parlé, Maggie. Depuis le temps que tu vis avec nous ! Tu ne m'as jamais raconté que tu avais été emportée. »

Sa tante avait haussé les épaules, portant distraitement la main à son visage balafré.

« Et papa ? avait lancé Nance. Il le sait, lui ? »

Maggie avait hoché la tête.

« Tu devrais faire la même chose à ma mère.

— Jamais de la vie.

— Si le feu t'a fait revenir, il fera revenir maman !

— Nance, nous ne chasserons pas le changelin par le feu. C'est hors de question. »

Un bref silence s'était installé. Dehors, les râles des genêts lançaient leurs cris rauques.

« Ça t'a fait mal ? » avait demandé Nance.

Sa question était demeurée sans réponse. On avait frappé à la porte, et les bateliers du lac avaient fait irruption dans la chaumière, le corps sans vie de son père juché sur leurs épaules. Il s'est noyé, avaient-ils annoncé. Il avait coulé à pic et cessé de respirer avant qu'ils puissent le repêcher. Un accident terrible. Un grand malheur pour la famille. Pour Nance. Déjà que sa mère avait perdu l'esprit ! Comment les deux femmes feraient-elles pour payer le loyer, à présent ? Comment empêcher l'expulsion et les barres de fer sur la porte ? « On tâchera de vous aider, avaient ajouté les bateliers, mais on a des bouches à nourrir, nous aussi. Un grand malheur, pour sûr. Que Dieu soit avec vous ! »

Les yeux clos, Nance posa la tête sur ses genoux. De cette nuit terrible, elle n'avait rien oublié – ni le spectacle de Maggie agenouillée près de son père, ni leurs pleurs et leurs cris, que la créature couchée sur la banquette reprenait en écho, emplissant la chaumière d'un tel vacarme qu'il résonnait encore à ses oreilles après toutes ces années, comme si elle était restée là-bas, penchée au-dessus des poumons gorgés d'eau de son père. Comment oublier les hurlements de douleur de trois femmes en deuil ? Toutes frappées par les Fairies, toutes à la dérive.

Après cela, Maggie avait été contrainte de soigner tous ceux qui requéraient ses services, quel que soit le mal qui les accablait. Elle acceptait même d'aider ceux qui fomentaient un mauvais coup, animés par la rancœur ou l'esprit de vengeance. Elle n'en parlait jamais, mais Nance l'avait compris – aux regards noirs que lançaient ces personnes en arrivant chez elles et à la manière qu'avait alors Maggie de la chasser gentiment sous le premier prétexte venu pour éviter que Nance la voie dans ses basses œuvres.

« Fais-les entrer, ordonnait-elle depuis le fond de la pièce. J'ai réfléchi. Je crois que je peux les aider, finalement. Pendant ce temps, va cueillir du mors-du-diable, veux-tu ? Il est en fleur en ce moment, et j'en ai grand besoin pour mes potions. »

Maggie savait certainement que cela ne pourrait pas durer. Tôt ou tard, les formules de malédiction qu'elle était contrainte de proférer en échange d'un peu de tourbe et de quelques patates se retourneraient contre elles.

« Les sorts sont des flammes qui jaillissent au visage de ceux qui les allument », avait-elle coutume de dire à sa nièce.

Trois mois plus tard, en descendant des montagnes, Nance avait trouvé la chaumière vide, le feu éteint. La créature avait disparu, Maggie aussi. La pièce était froide et déserte. Nance avait ranimé le feu dans l'âtre et attendu leur retour. Longues heures minées par l'inquiétude.

Puis, en remarquant que les effets personnels de Maggie avaient disparu, eux aussi – sa pipe, ses herbes et ses onguents, sa bouteille de poitín –, elle avait fini par comprendre : Maggie était partie. Pour de bon. Nance s'était roulée en boule sur le sol couvert de joncs et endormie au son de ses pleurs.

La rumeur avait vite fait le tour du village. Cette folle de Maggie a rejoint les Fairies ! disait-on. En emmenant Mary Roche avec elle. Pauvres femmes. Aussi démentes l'une que l'autre. Elles sont retournées chez les Bonnes Gens. On ne les verra plus, pour sûr. Et Nance, que va-t-elle devenir ? Si jeune encore ! Pas un sou en poche et personne pour l'aider. Sans parents, sans famille. Quelques plantes pour seule richesse. Elle va devoir partir sur les chemins, la malheureuse !

Nance se redressa en grimaçant. Son estomac vide se creusait, comme autrefois. Tant d'années s'étaient écoulées depuis lors, mais la faim, le froid, l'errance seraient de nouveau son lot quotidien si les habitants de la vallée cessaient de venir la consulter. S'ils perdaient confiance en elle à cause du changelin et de l'enfant mort-né. Les crampes, les vertiges, le ventre creux : tout recommencerait. Elle se tapirait comme autrefois dans l'ombre des fossés, les yeux rivés sur les bêtes qu'on avait menées aux champs – des vaches qu'elle devrait calmer avant de pouvoir leur entailler le cou pour leur prendre un peu de sang ; il faudrait ensuite, comme autrefois, panser la plaie avec du suif et des feuilles de mors-du-diable pilées ; puis elle irait ramasser les mottes de tourbe tombées des tas de combustible amassé dans les cours des fermes, à l'heure où toute la maisonnée dormirait, quand la fumée ne s'élèverait pas encore du toit ; et à l'aube, quand la vallée s'éveillerait, quand les paysannes émergeraient des chaumières, les yeux rougis de sommeil, pour aller traire les vaches, quand les hommes s'engageraient sur les chemins pour aller couper de la tourbe, s'occuper des bêtes ou des cultures, Nance irait, comme autrefois, se cacher au pied des collines.

Elle se souvenait très bien de cette époque de sa vie. Une vie de misère, passée à sillonner les routes du comté ; à se nourrir de mûres et de myrtilles ; à démêler les brins de laine restés accrochés dans les ajoncs après le passage des troupeaux de moutons ; à cueillir du cresson et du pas-d'âne, du trèfle d'eau et de l'ail à trois angles ; à dormir sous les prunelliers en fleur, dont les pétales clairs, si pâles sur les branches sombres de l'arbre, l'observaient comme des visages dans la nuit ; à couper des fougères pour s'en faire un lit ; à lire le nom de Dieu dans les volutes qui ornaient leurs tiges.

Maggie lui avait appris à trouver sa pitance si les temps devenaient difficiles. Avant de disparaître, elle avait expliqué à Nance comment prélever un peu de sang au cou d'une vache et le faire bouillir avec une poignée de céréales ; comment mendier avec succès un broc de lait à l'épouse d'un fermier ; comment piéger et dépouiller une anguille, comment attraper un lièvre et chaparder des mottes de tourbe sans que personne s'en aperçoive ; comment passer la lame d'une faucille dans une bouse de vache et appeler à soi toute la richesse du beurre en murmurant : « Tout pour moi. Tout pour moi. Tout pour moi. »

En revanche, Maggie ne lui avait pas appris à dormir au bord des chemins quand elle ne posséderait plus rien d'autre qu'elle-même. Cela, Nance l'avait appris toute seule.

14

Langue-de-cerf

— Que Dieu bénisse cette demeure.

Assises près du feu, Mary et Nóra se tournèrent vers la porte ouverte pour jeter un œil dans la cour : Peg O'Shea se dirigeait vers elles, appuyée sur sa canne en bois de prunellier.

— Ah ! Je vois que ces chenapans s'attaquent à ton chaume, dit-elle en tendant sa crosse vers les oiseaux qui tournoyaient au-dessus du toit de la ferme. La paille volée fait des nids douillets.

— Comment vas-tu, Peg ?

— Bien. Je viens prendre de vos nouvelles. Seigneur ! reprit-elle en s'arrêtant sur le seuil. Tu fais grise mine, ma chère Nóra.

La veuve se leva pour l'accueillir.

— C'est à cause du changelin, répondit-elle. Oh, Peg – si tu savais ! Il s'est remis à brailler du soir au matin. Des poumons pareils, ce n'est pas naturel, pour sûr ! Par Dieu, je n'ai pas fermé l'œil depuis plusieurs nuits, et Mary non plus. Le manque de sommeil nous rendra folles, crois-moi.

La voisine s'installa devant le feu et regarda l'enfant

qui gesticulait sur les genoux de Mary, une moue grincheuse aux lèvres.

— Pauvre petit gars, dit-elle. Les coquilles vides font plus de bruit que les autres.

Nóra s'assit près d'elle.

— Le trouves-tu changé ? J'ai cru voir une amélioration l'autre jour, mais...

— Nance a-t-elle essayé de le soigner ?

Nóra hocha la tête.

— Avec des mélanges de plantes, pour le moment. Tu aurais dû le voir la semaine dernière, ajouta-t-elle en baissant la voix. J'ai vraiment pensé qu'il se passait quelque chose... Le changelin était tout secoué.

— Secoué ? répéta Peg. Nance a voulu le chasser en le secouant d'avant en arrière, c'est cela ?

— Non, je te parle d'un autre genre de secousse. Nance lui a donné un bain de plantes. Tout de suite après, le fé a été pris de convulsions. Des tremblements à n'en plus finir ! Et il avait de l'écume aux lèvres.

— Je n'ai jamais entendu une histoire pareille, assura Peg.

Mary cracha sur un coin de son tablier et nettoya le menton de l'enfant.

— La marmite était pleine de feuilles de *lus mór*, précisa-t-elle.

La vieille femme fronça les sourcils.

— La plante reine ? Le gant-de-notre-dame est une plante redoutable, pour sûr.

— C'était affreux, murmura Mary sans quitter Micheál des yeux. On l'a plongé dans ce bain de feuilles, puis on a mis la liqueur de la plante sur sa langue et il s'est mis à trembler comme un chien enragé. On aurait dit qu'il était en train de mourir.

— Doux Jésus ! Pauvre petit.

Peg lança un regard soucieux à l'enfant. Son visage fatigué luisait, couvert de sueur froide. Il semblait à la fois transi et exténué.

— Les tremblements l'ont quitté ces jours-ci, ajouta Mary. Et il ne vomit plus, Dieu soit loué.

— Le remède n'a rien donné, décréta Nóra d'un ton sec. Pourtant, je t'assure, Peg, j'ai vraiment cru que nous étions sur le point de chasser le fé... Et puis, plus rien. J'en suis toute retournée.

— Oh, Nóra ! Ce n'est pas chose facile, pour sûr. Comme disait Nance l'autre jour, tu devrais peut-être te résigner à t'occuper du changelin qui a pris la place de ton petit-fils. Puisque tu n'arrives pas à t'en débarrasser.

La veuve secoua la tête avec véhémence.

— Hors de question. Je ne me le pardonnerais jamais si je n'essayais pas de retrouver mon petit-fils. Je le dois à Martin. À ma fille. Je ferai tout mon possible pour récupérer Micheál. La *lus mór* n'est pas le seul remède, loin de là.

— Et quels sont-ils, ces autres remèdes ? demanda Peg d'un ton circonspect. Tu n'as tout de même pas l'intention de recommencer à le fouetter avec des orties ? Crois-moi, malgré ce qu'on raconte ces temps-ci, le mieux serait de suivre les conseils de Nance.

— Ce qu'on raconte ? répéta Nóra, troublée.

— Je suis sûre que tu as eu vent de l'affaire, toi aussi. Il paraîtrait que Nance cherche à causer malheur au père Healy et à ceux qui veulent l'obliger à quitter la vallée : Seán et Kate Lynch ; Éilís et son mari... Ces femmes-là ont une dent contre elle, pour sûr.

On parle aussi beaucoup de Brigid et des baies de douce-amère – enfin, c'est Kate qui en parle le plus. Quant à Seán, il s'est battu à cause d'elle pas plus tard que ce matin !

— Allons, donc ! Que s'est-il passé ?

— Quand je dis qu'il s'est battu à cause d'elle, ce n'est pas tout à fait exact : la rixe a démarré pour une histoire de chevaux, en fait. Seán s'est rendu chez le forgeron ce matin. Là, il a eu des mots avec Peter O'Connor à propos de leurs chevaux de trait, et le nom de Nance a surgi dans la discussion. Mon gendre y était. Il m'a tout raconté.

Mary prit le petit garçon dans ses bras et s'installa avec lui sur la banquette, laissant les deux femmes converser devant l'âtre.

— C'est certainement la faute de Seán, commenta Nóra. Avait-il bu ?

— Il semble que non. Seán et Peter se sont trouvés ensemble dans la cour du forgeron. Ils se sont mis à parler du cheval que Peter avait prêté à Seán pour former son attelage.

Nóra fit la moue.

— Martin me disait souvent que Seán était toujours à chercher querelle au sujet des chevaux. Soit on gardait trop longtemps le sien, et il vous traitait de fainéant ; soit on lui rendait sa jument comme prévu, et il se mettait en rage au prétexte qu'on l'avait épuisée à la tâche. Il sait veiller sur ses biens, cet homme-là.

— Il ne fait que cela, tu veux dire ! répliqua vertement Peg. Ses biens et ses intérêts, voilà tout ce qui compte pour lui. D'après ce que le mari de ma fille m'a raconté, Seán nourrissait depuis plusieurs jours le cheval de Peter avec du foin de piètre qualité, et sa jument avec de belles tiges d'avoine pleines de graines. Alors quand Peter a vu Seán ce matin chez le forgeron, il lui a demandé de donner aux deux chevaux le même picotin. Là-dessus, Sean l'a foudroyé du regard en répliquant qu'il agissait comme bon lui semblait, que le cheval de Peter n'était bon à rien, de toute façon. Et que Peter ne pouvait pas lui réclamer de faire des dépenses inutiles, alors que l'argent ne rentrait plus à la ferme. Peter a rétorqué que toute la vallée était à la peine et que ce n'était pas de sa faute. Ensuite... Eh bien, ils ont mentionné ton petit-fils.

Nóra blêmit.

— Le changelin ? Qu'ont-ils dit, Peg ?

— Seán a dit que Kate faisait toute une histoire à propos du changelin. Lui pense que Nance cherche à causer du mal à toute la vallée, et que c'est la raison de nos misères. Kate est convaincue que Nance a fait venir le changelin chez toi pour se venger des habitants de la vallée et du père Healy. Et tout ça, d'après mon gendre, Seán le disait en hurlant comme un forcené, les yeux exorbités. Il crachait aussi, à n'en pas finir ! Puis il a raconté qu'il avait trouvé sur ses terres une sorte de nid qui ressemblait fort à un *piseóg*. Il est persuadé qu'on a proféré une malédiction contre lui. Il criait tant que les chevaux ont pris peur. Peter a tendu la main pour les calmer, mais Seán a cru qu'il voulait le frapper. Il a saisi Peter par le col de sa chemise, l'a tiré vers lui et l'a regardé droit dans les yeux. « Je sais que tu t'es rendu chez Nance l'autre soir, a-t-il dit. Je sais que tu es en très bons termes avec cette sorcière. » Et il a ajouté...

Peg s'interrompit, secouant la tête avec répugnance, avant de poursuivre :

— Il a ajouté que c'était sacrément triste de savoir qu'un homme qui ne parvenait pas à se trouver d'épouse en était réduit à courtiser le diable en personne. Après ça... Ma foi, tu connais notre Peter ? Tranquille comme Baptiste, n'est-ce pas ? Me croiras-tu si je te dis qu'il est sorti de ses gonds ? Parfaitement. Le rouge lui monte aux joues, il attrape à son tour Seán par le col, et rétorque qu'il ne lui permet pas de traiter cette honnête femme de diablesse, puisque le seul diable de la vallée, c'est lui.

Nóra soupira.

— On a vu des nez cassés pour moins que ça.

— Certes, mais venant de notre Peter O'Connor ? Te rends-tu compte ? Peter a levé la voix sur Seán et l'a pris par le col ! « Le diable, c'est toi ! a-t-il crié. Tu insultes Nance, tu affames les chevaux de la vallée, et tu t'es remis à battre ta femme comme plâtre. On le sait tous, va ! Quel homme tu fais, Seán. Il en faut, du courage, pour s'en prendre à une pauvre femme sans défense, pas vrai ? Ah, quel homme ! Quel grand homme tu fais ! »

— Seigneur. Et que s'est-il passé ensuite ?

— Seán lui a volé dans les plumes. À ce qu'on m'a dit, il l'a bourré de coups. Il n'y a guère que l'intérieur de sa bouche et la plante de ses pieds qu'il n'a pas frappés. Il l'a jeté dans la boue et lui a broyé le visage sous ses bottes – à tel point que l'apprenti de John a dû ramasser ses dents éparpillées dans la cour quand les autres hommes ont enfin réussi à écarter Seán, qui continuait à taper l'air de ses poings !

— Mon Dieu... Peter est méconnaissable, j'imagine ?

— Áine et John l'ont rafistolé du mieux possible, mais il restera défiguré, pour sûr. Il était déjà vieux garçon, voilà qu'il sera laid par-dessus le marché ! Si c'est pas pitié, une histoire pareille ! Sans dents, le nez brisé... Le premier dimanche du Carême, les gamins s'amuseront à lui faire une marque dans le dos d'un coup de craie, tu peux me croire. Pauvre garçon. Il n'échappera pas aux plaisanteries sur son célibat.

— En tout cas, il a bien raison, commenta Nora en se frottant le menton. Seán Lynch est un vrai démon.

— M'est avis que Peter rendra visite à Nance dès ce soir. Il aura besoin de son aide pour se remettre sur pied.

Nora fronça les sourcils.

— Tu crois ? Je pensais y aller, moi aussi. Pour lui parler du changelin. Je voudrais qu'elle me donne un remède qui le chassera pour de bon.

Peg tourna son regard vers l'enfant.

— Je n'irais pas ce soir, si j'étais toi. Tu peux attendre jusqu'à demain, non ? Peter voudra s'entretenir avec Nance, c'est sûr. Et si Seán ou l'un de ses proches vous voit entrer tous deux dans la chaumine avec le changelin, les langues iront bon train dans la vallée. Je n'aime pas dire du mal d'autrui, mais il ne faudrait pas que Kate ou Seán Lynch commencent à te chercher noise. Tu n'as plus d'homme à la maison, maintenant. Si tu perdais aussi ta réputation, tu n'aurais plus aucune protection.

Nance longeait la rivière en traînant une longue branche d'arbre derrière elle. Il faisait étonnamment beau pour un mois de février. Allié du soleil, le printemps jetait ses premières lueurs sur le monde. Malgré le froid, Nance sentait venir la saison nouvelle.

Bientôt, les pointes des arbres se pareraient de minuscules feuilles vertes ; en mars, les premières campanules viendraient sanctifier le sol de la forêt. Pour l'heure, les branches nues et les champs dépouillés semblaient frémir sous la lumière dansante de cette fin d'hiver. Les chatons d'aulne s'apprêtaient à éclore et les laboureurs préparaient la terre pour les semis. Encore quelques jours, et le sol reprendrait vie, tandis que l'air se gorgerait de pollen.

Nance s'arrêta à plusieurs reprises pour cueillir les plantes dont elle avait besoin – de jeunes pousses encore couvertes de rosée qu'elle tirait doucement à elle, en veillant à ne pas les briser. Elle connaissait tous leurs bienfaits, et savait discerner l'odeur de leur sève comme une mère celle de ses petits. Elle aurait pu les cueillir dans le noir.

Tout en cheminant, elle songeait à la longue cicatrice violette qui sillonnait le visage de Maggie. Lui suffirait-il, pour faire revenir Micheál Kelliher, de menacer le changelin avec une pince rougie au feu ? Suffirait-il de lui dire ce que Nóra et elle lui feraient subir s'il refusait de partir ? D'après Maggie, il existait d'autres moyens de faire revenir sa mère emportée par les Fairies si la digitale pourpre ne donnait rien : le millepertuis ; quelques gouttes de jusquiame ; le point de jonction des eaux limitrophes.

Et le fer rouge ? Maggie refusait d'en parler. « Jamais de ma vie », avait-elle décrété. Pourtant, c'était par le feu que ses proches l'avaient arrachée aux Fairies. Nance ferma les yeux et se remémora la cicatrice de sa tante, la peau plissée et scarifiée de sa joue ; elle tenta d'imaginer le contact du fer brûlant sur les tissus, le sifflement, la vapeur, la brûlure poisseuse et ensanglantée... Révulsée, elle fut parcourue d'un long frisson.

Un bruit étrange interrompit ses pensées : une respiration saccadée portée par la brise. Elle posa son traîneau improvisé et rampa entre les arbres de manière à apercevoir, sans être vue, la fumée qui jaillissait du toit de sa chaumine. Un homme courait sur le sentier qui menait à sa porte. Il courait à perdre haleine, les bras noués autour de son torse, manquant trébucher sur les racines et les branches mortes.

Peter O'Connor.

Nance fit un pas de côté, quittant l'ombre de l'aulne et du grand chêne, pour pénétrer dans la clairière. L'entendant approcher, Peter ralentit sa course.

— Nance ? appela-t-il d'une voix rauque.

— Que se passe-t-il, Peter ? Que vous est-il arrivé ?

Saisi d'un haut-le-cœur, l'homme tomba à genoux et vomit une première fois, puis une seconde.

Nance posa doucement la main sur son dos.

— Là, dit-elle. C'est fini. Respirez un grand coup, maintenant. Respirez.

Il s'accroupit sur ses talons et s'essuya la bouche du plat de la main. Cerclé de pourpre, l'un de ses yeux était si gonflé qu'il ne s'ouvrait plus. Ses narines étaient incrustées de sang, et il arborait une expression si rageuse que Nance se signa.

— Venez, Peter. Entrons chez moi.

Il hocha la tête, incapable de parler. Elle l'aida à se relever et le guida vers sa chaumine. Après avoir regardé d'un côté, puis de l'autre, pour s'assurer que personne ne se trouvait dans les parages, elle ferma la porte, poussa le loquet et le ficela solidement au montant.

Tête penchée, bras ballants le long du corps, Peter se tenait au milieu de la pièce comme un condamné.

— Asseyez-vous, dit Nance en le tirant par la manche. Ou plutôt, allongez-vous. Là, sur le tas de bruyères. Je vais vous chercher à boire.

Elle vit sa main trembler lorsqu'il tira sur le bouchon et porta le flacon de poitín à ses lèvres.

— Prenez encore une lampée. Parfait. Maintenant, racontez-moi ce qui s'est passé. Ne vous hâtez pas. J'ai tout mon temps.

— Seán Lynch ! cracha Peter.

Il sortit sa pipe et son tabac des poches de son manteau. Nance patienta tandis qu'il remplissait le fourneau de feuilles séchées, les tassait et les allumait de ses doigts tremblants.

— Je lui avais prêté mon cheval. Il l'a mal nourri. Quand j'ai voulu lui en parler, il s'est jeté sur moi et m'a roué de coups.

Il aspira une longue bouffée de tabac en grimaçant – le tuyau posé sur sa lèvre fendue lui faisait mal.

— Seán n'est pas un type facile, pour sûr, mais vous auriez dû le voir... Il était hors de lui. Il m'aurait tué si on ne nous avait pas séparés.

— Hormis le cheval, il n'avait aucune raison de vous en vouloir ?

Peter haussa les épaules.

— J'ai mentionné son épouse. Ça n'a rien arrangé.

— Ils s'entendent mal, ces deux-là.

— L'avez-vous vue ces jours-ci ? renchérit-il. Pauvre femme. On dirait un chien battu.

— Seán finira par le payer.

— Vous croyez ? répliqua Peter en exhalant la fumée de sa pipe. Je me fais du souci pour vous, Nance. Seán veut convaincre le père Healy que vous êtes contre Notre-Seigneur. L'année commence mal pour tout le monde, c'est sûr. Tomas O'Connor a perdu une vache l'autre jour. Il l'a trouvée morte, toute gonflée près de la rivière. Impossible de savoir de quoi elle a péri, ni même comment elle s'est retrouvée là. On a dû s'y mettre à cinq pour la sortir de l'eau. Elle attendait un petit, en plus ! Avant cela, l'enfantement de Brigid Lynch s'était mal passé, vous le savez bien. Et pour les poules de la vieille Hanna, vous êtes au courant ? Je ne suis pas du genre à cancaner, mais là, c'est différent : Hanna les a toutes trouvées mortes l'autre jour, bien alignées et la tête coupée. On a pensé aux renards, mais se seraient-ils contentés d'emporter les têtes ? Ça n'a pas de sens, cette affaire-là ! Et ces fermières qui se plaignent de ne rien obtenir de leur baratte... J'étais chez John O'Donoghue l'autre soir. Eh bien, toutes les femmes présentes sont venues lui quémander des clous et des morceaux de métal pour faire revenir le beurre dans le lait de leurs vaches ! L'une d'elles nous a raconté qu'en brisant un œuf par mégarde, elle l'avait trouvé rempli de sang. « Il n'y avait pas de jaune. Rien que du sang ! » Voilà ce qu'elle a dit, pour vrai. Certains habitants de la vallée pensent que les Bonnes Gens nous jouent des tours. Pour d'autres, tout est de la faute du petit-fils Leahy. Et pour d'autres encore, la responsable, c'est vous, Nance.

L'herboriste accepta en silence la pipe qu'il lui tendait. Elle essuya le sang qui maculait le tuyau et aspira une bouffée de fumée âpre.

— Vous n'avez pas jeté des mauvais sorts sur la vallée, n'est-ce pas ? Seán prétend qu'il a trouvé une sorte de *piseóg* dans son champ : des silex pointés vers le sol, si j'ai bien compris.

— Proférer une malédiction, c'est accepter d'en être la première victime.

Le laboureur acquiesça.

— Je sais que vous êtes une vraie chrétienne. Vous avez toujours été bonne avec moi.

— Pourriez-vous le répéter à ceux qui médisent de moi, Peter ? Dites-leur que je n'ai jamais usé de telles vilenies.

— Pas même envers Seán Lynch ? demanda-t-il en l'observant à la dérobée.

— Seán m'en veut depuis des années. Si j'avais voulu le lui faire payer, il y a belle lurette qu'il aurait pissé des abeilles et craché des crickets !

Peter sourit, et Nance s'aperçut qu'il lui manquait plusieurs dents. Il aspira une autre bouffée de tabac.

— Pensez-vous que nos malheurs viennent du changelin, alors ? reprit-il.

— Peut-être. Mais je ferai revenir Micheál Kelliher. Je chasserai le fé et je rendrai le petit à la veuve Leahy. Ça aussi, vous pouvez le dire aux habitants de la vallée.

— Il aurait le mauvais œil, d'après vous ? Ce serait une bonne manière d'expliquer les choses, pour sûr. Depuis que cette créature est arrivée chez nous, tout va de mal en pis. Chaque jour apporte son lot de misères – et d'étranges misères, avec ça ! Les œufs sont remplis de sang, les hommes meurent à la croisée des routes, et il paraîtrait que les lièvres tirent le lait de nos vaches. Et puis, Nance... Les cauchemars dont je vous ai parlé... ils continuent de me visiter.

— Vous rêvez que vous vous noyez ?

— Oui. Je me trouve sous l'eau et des bras puissants m'empêchent de remonter à la surface. Ma poitrine me brûle et j'essaie à toute force de respirer. En ouvrant les yeux sous l'eau, je vois le soleil, les arbres... Un visage, aussi.

— Le reconnaissez-vous ? Qui essaie de vous tuer ?

Peter secoua la tête.

— Je n'arrive pas à distinguer ses traits. Mais...

Il se redressa sur un coude, puis s'assit, et poursuivit en baissant la voix :

— Avec ce qui s'est passé ce matin, je me demande si ce ne serait pas Seán.

— Méfiez-vous, Peter. Vous lui prêtez de bien sombres pensées !

— Je sais... mais comment expliquer une telle rage ? Il me frappait comme s'il voulait me tuer. Vous auriez dû me voir, quand John et Áine m'ont emmené chez eux pour me soigner : on aurait dit une balle de hurling après le match. Alors j'essaie de comprendre, Nance. Seán sait que je vous apprécie. Il me l'a reproché, d'ailleurs ! Il s'est peut-être mis en tête que nous sommes de mèche, vous et moi. Pour attirer le mauvais œil sur la vallée.

L'herboriste poussa un soupir.

— Allons, Peter. Personne ne pense que vous fabriquez des sorts. On vous connaît, par Dieu !

— Seán peut s'imaginer que vous m'avez appris à les fabriquer.

Nance se souvint de la visite que Kate lui avait rendue des années auparavant. La jeune femme lui avait confié qu'elle tentait d'attirer le mauvais œil sur son mari en glissant une aiguille dans l'ourlet de sa jupe. En retournant les pierres et en marchant dos au soleil.

— Celui qui tient vraiment à se venger n'a rien à apprendre : la vilenie lui viendra naturellement – que Dieu lui pardonne ! Il trouvera toujours moyen de parvenir à ses fins.

Peter l'observa avec attention, puis il tapota le fourneau de sa pipe sur le sol pour le vider. Il s'apprêtait à l'emplir de nouveau, quand un bruit le fit tressaillir. Il tourna les yeux vers la porte.

— Vous entendez ?

Nance tendit l'oreille. Le bruit se répéta. Elle tressaillit à son tour, puis regarda Peter, les yeux écarquillés. Des hurlements résonnaient à travers la vallée. Des hurlements de femme, sonores et déchirants.

Les habitants de la vallée avaient entendu les cris, eux aussi. Dans les champs, les hommes jetaient leurs outils et lâchaient les rênes de leurs chevaux pour courir vers l'endroit d'où semblait venir le vacarme. Lorsque Peter et Nance parvinrent à la route qui traversait la vallée, ils virent plusieurs femmes émerger de leurs chaumières, éblouies par la brusque lumière du jour, leurs bambins accrochés à leurs jupes.

— Qu'est-ce que c'est ? cria l'une d'elles.
— Vous avez entendu ? lança une autre.
— Seigneur. Que se passe-t-il ? Quelqu'un est mort ?
— D'où viennent ces cris ?

Alarmées, les femmes rejoignirent les hommes sur le sentier qui surplombait la route.

— C'est sûrement pas une expulsion, déclara un paysan. C'est pas le jour du terme.

— Regardez ! s'écria l'un des hommes en pointant le doigt vers la route de Macroom.

L'apprenti forgeron courait à leur rencontre. Il grimpait la côte à perdre haleine, les joues rouges, les yeux exorbités, sa crinière de cheveux sales collée au front par la sueur.

— À l'aide ! hurlait-il. À l'aide !

Il trébucha sur un caillou et tomba à la renverse, mais se redressa aussitôt et se remit à courir, sans un regard pour ses genoux ensanglantés. Les hommes se précipitèrent vers lui et l'attrapèrent par le bras pour le forcer à s'arrêter.

— Que se passe-t-il ?

Le jeune garçon éclata en sanglots.

— C'est... Áine O'Donoghue. Ses jupes ont pris feu.

Quand Nance et Peter arrivèrent à la forge, une petite foule de curieux s'était déjà massée dans la cour. Les traits plissés d'anxiété, les paysans les observèrent sans rien dire tandis que Peter se dirigeait à la hâte vers la maison des O'Donoghue, dont la porte était restée ouverte.

— J'ai Nance Roche avec moi ! annonça-t-il en entrant. Je suis venu avec la guérisseuse !

Il tira Nance par la main pour l'inviter à franchir le seuil. Elle mit un moment à s'accoutumer à l'obscurité, puis elle discerna deux silhouettes dans la pièce : Áine se tordait de douleur sur le sol, tandis que son mari tentait de la calmer, accroupi près d'elle.

Il régnait une odeur atroce de chair brûlée. Calcinées, ses jupes en lambeaux collaient aux mollets de la victime. Nance aperçut sa peau à travers le tissu, déjà pleine de cloques, luisante et rose vif, comme si on l'avait écorchée. Les yeux clos, la bouche grande ouverte, Áine hurlait sans discontinuer.

— Ayez pitié d'elle, Seigneur ! murmura Nance, pétrifiée d'horreur.

Saisi de nausées, John vomit à même le sol, près de son épouse. Le spectacle qu'offrait ce pauvre homme secoué de convulsions, les mains posées sur les chevilles ensanglantées de sa femme, força Nance à se ressaisir. Elle demanda à Peter d'aller chercher du beurre et de l'alcool, et de donner à John une tasse d'eau fraîche. Puis elle s'agenouilla près de la blessée.

— Áine ? dit-elle doucement. Áine, c'est Nance. Vous m'entendez ? Calmez-vous. Je vais vous soigner.

La femme du forgeron se tordait en tous sens, heurtant sa tête et ses bras contre les meubles.

— Áine, répéta Nance en prenant ses mains dans les siennes. Calmez-vous. Calmez-vous.

Le silence se fit. Áine cessa de hurler et s'affaissa, brusquement inerte.

— Elle est morte ? souffla John.

— Non, assura Nance, mais c'est trop de souffrance. Elle s'est évanouie. John ? Écoutez-moi. J'aimerais que vous demandiez à tout le monde de partir. Dites-leur de rentrer chez eux et de prier pour votre femme. Ensuite, il faudrait que vous alliez cueillir des feuilles de lierre. En grande quantité.

John se leva et sortit en chancelant, si hagard qu'il faillit trébucher à plusieurs reprises.

L'apprenti forgeron les avait rejoints. Plaqué contre le mur, il paraissait frappé de terreur.

— On l'a entendue crier, John et moi, dit-il. On se trouvait à la forge, en train de travailler. On s'est précipités dans la cour. Elle criait comme si on l'assassinait. On est entrés dans la maison. Les flammes la dévoraient tout entière, pour vrai. John a pris la couverture sur le lit et l'a frappée pour éteindre le feu.

— Il a fait ce qu'il fallait. Et rapidement, avec ça.

— Regardez ses jambes, reprit Peter au bout d'un moment. Croyez-vous qu'elle va mourir de ses brûlures ?

Nance s'assit sur ses talons.

— Je vous enverrai chercher le prêtre et les derniers sacrements si nécessaire. Pour le moment, je voudrais la baigner dans la rivière. À vous deux, pensez-vous pouvoir la porter ?

Peter et l'apprenti soulevèrent la blessée et sortirent dans la cour. Il restait encore quelques curieux qui les regardèrent passer, la main devant la bouche, et les suivirent du regard tandis qu'ils s'engageaient en titubant sur le sentier qui descendait vers le lit de la Flesk.

Peter et le jeune garçon immergèrent doucement la blessée, toujours inconsciente, dans l'eau glacée de la rivière. Le laboureur agrippait solidement ses épaules ; l'apprenti forgeron la tenait par les pieds. Ils tremblaient tous deux, mâchoires crispées par le froid, dans leurs vêtements mouillés jusqu'à la taille. Debout sur la berge, les yeux fermés, John priait à mi-voix. Les traits crispés par la concentration, Peter enfonça le corps inerte sous les flots, puis le remonta, et l'enfonça de nouveau, de manière égale et régulière. Les cendres graisseuses qui se détachèrent de sa robe flottèrent à la surface, avant d'être emportées par le courant.

Nance s'accroupit au bord de l'eau, à courte distance des deux hommes.

— Vous ne mourrez pas, promit-elle à Áine. Vous ne mourrez pas.

Puis, repliant son tablier jusqu'à sa taille, elle le remplit de feuilles de lierre et de langue-de-cerf, les cueillant, avec John, dans leurs berceaux favoris – au pied des chênes et des aulnes, des frênes et des buissons de houx.

La foule ne s'était pas dispersée. De nombreux habitants de la vallée se trouvaient encore dans la cour de la forge lorsqu'ils revinrent de la rivière, tremblant dans leurs vêtements dégoulinants d'eau. Les curieux se signèrent à la vue des blessures d'Áine, mais aucun d'eux ne chercha à les suivre dans la chaumière. Le feu s'était éteint sous la marmite. Dans la pièce enfumée, l'odeur de peau et de cheveux brûlés vous prenait à la gorge.

Peter et John étendirent Áine sur le lit situé au fond de la pièce. Elle ouvrit brièvement les yeux, murmura quelques paroles incompréhensibles, et sombra de nouveau dans l'inconscience. Nance tendit un seau à Peter et l'envoya chercher de l'eau à la rivière, puis elle demanda à John de ranimer le feu de tourbe. Ce ne fut qu'un moment plus tard, quand les premières flammes dispensèrent une lueur vacillante dans la pièce, qu'ils découvrirent les présents posés sur la table : du beurre, de la tourbe et du petit-bois ; un morceau de lard fumé, quelques œufs frais ; des fleurs jaunes, choisies pour leur action protectrice – longues tiges d'ajoncs, croix tressée avec des roseaux. Et à l'extrémité de la table, un linge en lin, propre et bien plié, visiblement sorti d'un trousseau de jeune mariée.

La nuit qui suivit l'accident parut aussi longue à Nance que les hurlements d'un chien. La lune commençait à monter dans le ciel quand elle s'accroupit au chevet d'Áine ; lorsque l'astre entama sa descente, Nance était dans la même position. Penchée sur la blessée, elle lui donnait à boire à petites gorgées, faisant couler l'eau fraîche entre ses lèvres. En début de soirée, elle avait demandé à Peter de donner autant de poitín à John que nécessaire. Un moment plus tard, le forgeron s'était assoupi sur les joncs. Puis le laboureur était parti. Demeurée seule, Nance n'avait plus quitté la blessée du regard. Elle ne s'était levée que pour entretenir le feu sur lequel elle avait posé une marmite remplie de lierre et de langue-de-cerf, et remettre de l'eau dans la tasse. Elle avait aussi passé un court moment à récurer la dalle de la cheminée, maculée de sang et de cendres.

Peu avant l'aube, Nance égoutta les feuilles de lierre et de fougères, qu'elle transféra dans un mortier pour en faire une pâte souple et visqueuse. Elle sortit dans l'air glacé du petit matin et exposa le cataplasme aux premières lueurs du jour. De retour dans la chaumière, elle appliqua la pâte verte sur la peau à vif de la blessée, tout en priant à mi-voix – incantations chrétiennes mêlées de bénédictions de sa composition –, enveloppant Áine d'un flot doux et régulier de paroles qui n'avaient qu'un seul but : lui enjoindre de rester en vie. Fermant les yeux, Nance pensa à son père et à Maggie, au père O'Reilly et à tous ceux qui la savaient dotée du pouvoir de guérison. Ensuite, elle songea à ce don, logé dans ses mains, et elle sentit ses doigts se réchauffer et s'assouplir, comme si la brûlure passait dans ses paumes, quittant peu à peu le corps de la blessée. Puis tout s'arrêta. Des doigts rugueux se refermèrent brutalement sur ses poignets. Lancé au sol, le pot en terre cuite se brisa avec fracas. Ouvrant les yeux, Nance vit le père Healy et Seán Lynch penchés sur elle. Ils la tirèrent violemment par les poignets et la jetèrent dans la cour. Hébétée, elle demeura couchée dans la boue, le corps endolori, les pieds égratignés, tandis que le père Healy, très pâle, se disputait avec John. Elle leva les yeux. Les oiseaux tournoyaient dans l'air frais du petit matin. À l'horizon, un soleil rouge sang se levait sur le massacre de la nuit écoulée.

15

Chêne

— Il y avait foule à l'église, tu aurais dû voir ça ! À croire que personne n'est jamais mort dans cette vallée.

— Et tout ce beau monde venait pour la messe ?

Peg hocha la tête, puis jeta un œil au grand panier d'osier où Nóra avait caché Micheál. Profitant d'une éclaircie, elles s'étaient toutes deux assises dans la cour pour tricoter au soleil, tandis que Mary lavait les langes sales de l'enfant dans un tonneau rempli d'eau bouillante.

— Ils ont peur, reprit Peg. C'est une période délicate, pour vrai. Les vaches et les juments sont prêtes à mettre bas, et il faudra bientôt planter les pommes de terre. Les gens sont soucieux. Ils ont besoin d'être rassurés. Ils veulent s'entendre dire que tout se passera bien. Beaucoup prient pour que cessent les événements étranges qui nous accablent. Et ceux qui n'y prêtaient pas attention ont changé d'avis depuis ce qui est arrivé.

— À Áine ?

Peg se signa.

— Que Dieu la protège. Oui, les gens s'inquiètent de ce qui est arrivé à Áine, mais aussi à ton Martin. Et à la jeune Brigid. Faut dire qu'il se passe des choses singulières dans nos montagnes ! Il y a de quoi semer le trouble, c'est sûr. Même si on ne croit qu'à la moitié des cancans, c'est déjà effrayant. Alors les gens cherchent des explications. Des responsables.

L'enfant poussa un cri strident. Croisant le regard de Peg, Nóra soupira.

— Il est redevenu comme avant, murmura-t-elle. Il se frappe la tête contre le sol, il bat l'air de ses poings... La digitale l'avait privé de sa mauvaiseté, mais il s'est remis à griffer Mary et à brailler pour avoir du lait.

La veuve se pencha et repoussa fermement le bras de Micheál qui jaillissait du panier.

— Crois-tu qu'elle survivra ? demanda-t-elle.
— Áine ?
— Oui.
— Je prie pour qu'elle vive, assura Peg. Nous prions tous ! Le curé a fait venir un docteur de Killarney. Il l'a conduit lui-même à son chevet. Il est très en colère contre Nance. Il lui reproche d'avoir mené Áine à la rivière.
— Il me semble que c'était une bonne idée, pourtant.
— À moi aussi. Je dirais même que c'est ce qui l'a sauvée. Seulement, le père Healy ne veut rien entendre. Tu sais qu'il l'a chassée comme une malpropre ? Je comprends qu'il n'ait pas d'amitié pour elle et qu'il la prenne pour une enchanteresse, mais un prêtre ne devrait pas jeter une femme dans la boue – une femme de cet âge-là, qui plus est !
— C'est honteux de sa part.

— Il lui a lancé toutes ses herbes à la figure – des herbes cueillies au nom de Notre-Seigneur pour soigner la pauvre Áine. Alors John s'est fâché. Il a demandé au prêtre de laisser Nance soigner sa femme. Mais il n'y avait rien à faire : le père Healy n'en démordait pas. Impossible de le faire revenir sur sa décision. Je crois bien qu'il finira par chasser Nance de la vallée. Il a déjà commencé à monter ses paroissiens contre elle. Maintenant, ceux qui avaient l'habitude d'aller consulter Nance détournent les yeux sur son passage. L'autre jour, un paysan a demandé après elle. Il disait que sa mère lui avait parlé d'une guérisseuse de la vallée qui saurait soigner son fils, malade de la jaunisse. Eh bien, figure-toi que c'est à ton neveu que l'homme a posé la question, et que Daniel a refusé de lui indiquer la chaumine de Nance. « Rentrez chez vous, lui a-t-il répondu. Il n'y a pas de guérisseuse par ici. »

— Daniel a perdu la tête depuis la mort de son petit – que Dieu le protège !

Peg posa son ouvrage sur ses genoux et acquiesça tristement.

— Brigid aussi, je le crains. Le père Healy ne l'a pas encore autorisée à retourner à l'église. Imagine-toi qu'elle est recluse chez elle, sans personne à qui parler, hormis son mari ! Alors qu'il lui faudrait de la compagnie, pour sûr.

— Tout de même... Daniel n'est pas homme à médire, répliqua Nóra. J'ai peine à croire qu'il participe à cette campagne contre Nance.

— Le père Healy a peut-être réussi à le convaincre. Sais-tu qu'il prêche contre elle à la messe ? Tu aurais dû l'entendre ce dimanche ! « Cette femme n'est qu'une mégère entichée de charlatanerie ! criait-il depuis l'autel. Une débiteuse de sornettes qui s'immisce dans vos foyers pour assurer sa subsistance ! »

— Eh bien ! Et Kate Lynch n'est pas en reste : elle raconte à tout le monde que Nance a donné des baies de douce-amère à Brigid. Les commérages allaient bon train quand Mary est allée au puits l'autre matin. Kate assurait que Nance avait empoisonné Brigid, pas moins ! Je n'en crois pas un mot.

Peg fit claquer sa langue contre son palais.

— Moi non plus. Seulement… reprit-elle d'un air embarrassé en posant une main sur le genou de la veuve. Maintenant, la rumeur court que Nance a aussi empoisonné Áine. On l'a vue un soir sur le sentier qui mène à sa chaumine. Áine était seule, bien sûr. Et le père Healy a trouvé des feuilles de tanaisie et d'alchémille chez les O'Donoghue après l'accident.

Nóra haussa les épaules.

— Je ne vois pas où est le mal. Nance les avait sans doute apportées pour soigner Áine de ses brûlures.

— C'est possible, admit Peg, sauf que… D'après toi, comment le feu a-t-il pris dans les jupes d'Áine ?

La veuve repoussa la main de sa voisine et reprit son tricot.

— Son tablier s'est embrasé, voilà tout. Áine se tenait sans doute trop près des flammes. Voyons, Peg, ce n'est pas la première fois qu'un tel accident se produit ! C'est même inévitable, quand on sait le nombre d'heures que nous passons près du foyer. Áine s'est brûlée plus cruellement que d'autres, hélas. Pourvu qu'elle guérisse, c'est tout ce qui compte.

Peg prit une longue inspiration.

— Je suis d'accord avec toi, Nóra. Je n'ai rien contre Nance. Je suis convaincue qu'elle a le don de guérison, mais j'entends aussi ce qu'on raconte... À ce qu'il paraît, Áine faisait chauffer un drôle de mélange dans sa marmite quand elle s'est brûlée.

— Des plantes ?

— Non. De la pisse de vache, répondit Peg.

Nóra eut un mouvement de recul.

— Elle en avait rempli sa marmite ?

— Oui. Et elle l'avait posée sur les flammes. Le médecin l'a trouvée et il en a parlé au père Healy, qui a interrogé John. Eh bien, sais-tu ce que le forgeron a répondu – paix à son âme ? « C'était un remède que lui avait indiqué Nance. De l'eau aux mille-fleurs. »

Mary, qui ne perdait pas une miette de la conversation, tourna vers elles des yeux écarquillés de stupeur.

— D'après John, poursuivit Peg, sa femme était allée trouver Nance pour qu'elle l'aide à avoir un enfant. Elle était revenue avec les feuilles de tanaisie et d'alchémille. Nance lui avait aussi recommandé de prendre un bain mêlé de cette « eau aux mille-fleurs ». C'est en la faisant chauffer qu'Áine s'est brûlée. Les flammes étaient trop vives.

Nóra tourna son regard vers la vallée. Une brume dorée baignait la colline, estompant la ligne d'horizon. L'air bruissait d'agitation : tintement de voix et d'outils, mugissements des bêtes.

— C'était un accident, pour sûr. Personne n'est responsable, affirma-t-elle.

— Je sais bien, mais le père Healy veut faire porter la faute à Nance. Parce que l'accident s'est produit quand Áine suivait ses recommandations, tu comprends ? Maintenant, le curé parle d'enchantements et de sorts. Certains le croient, d'autres non. Et ceux qui répugnent à accuser Nance se demandent s'il n'y aurait pas une autre explication, conclut Peg en baissant les yeux vers le panier d'osier.

Nóra sentit sa gorge se nouer.

— Ils accusent le changelin ?

— Ils sont inquiets. C'est la peur qui parle pour eux. Je ne te raconte pas ça pour t'effrayer : je préfère t'avertir de ce qu'on dit, au cas où tu recevrais de la visite.

— J'irai trouver Nance ce soir. Elle me rendra mon petit-fils. Elle me rendra Micheál et plus personne ne pourra faire retomber la faute sur moi.

— Que Dieu t'entende, Nóra ! Doux Jésus ! Méfie-toi des curieux. Qu'on ne te voie pas entrer chez elle. Je ne sais pas ce que les mauvaises langues pourraient en penser, mais ce ne serait pas bon pour toi. Crois-moi, s'il y a encore quelqu'un dans cette vallée qui désire consulter Nance, il attendra que la tempête soit passée.

— Les remèdes ne donnent rien, déclara Nóra à Nance.

Debout sur le seuil de la chaumine, elle portait de mauvaise grâce le changelin sur sa hanche.

— Vous m'avez dit que vous pourriez le chasser, reprit-elle. Pourquoi les Bonnes Gens ne m'ont-Ils pas rendu mon petit-fils ? Qu'ai-je fait de mal ?

Elle était au bord des larmes. Elle sentait les côtes

du changelin s'enfoncer dans sa chair et sa respiration entrecoupée balayer sa joue.

— Il faut laisser du temps au temps, répliqua Nance surgissant de la bouche obscure de sa chaumine, ses cheveux blancs en bataille, les bras tendus comme pour repousser une attaque. On ne commande pas à la mer.

Nóra secoua la tête.

— Vous parlez avec Eux. Ils vous ont transmis leur savoir. Pourquoi ne leur demandez-vous pas où est Micheál ? Demandez-leur de me le rendre. Et dites-leur de reprendre *ça* ! conclut-elle en tendant l'enfant devant elle, les doigts crispés sur les os incurvés de sa cage thoracique.

Brusquement exposés au froid, ses orteils nus se rétractèrent, mais il ne cria pas. Nance dévisagea Nóra avec lassitude.

— Je travaille pour vous, dit-elle. Je prépare les remèdes.

— Vous ne faites rien ! Vous vous êtes contentée de le bourrer de plantes qui lui ont donné des coliques et des convulsions. Il fuyait de partout, avec vos remèdes ! Il a tant vomi que ses lèvres se sont fendues.

Nóra jucha de nouveau le changelin sur sa hanche et poursuivit à voix basse – si basse qu'on aurait dit un sifflement :

— Je vous en prie, Nance. Les herbes et le gant-de-notre-dame n'ont pas suffi. Tout ce qu'il fait, c'est trembler, brailler encore plus fort et se salir du matin au soir. Il s'était calmé et il tremblait, puis il est redevenu comme avant. Je vous ai demandé de convaincre les Bonnes Gens de le reprendre, pas de l'affaiblir pendant quelques jours ! Pour vrai, c'était déjà un fardeau quand je suis venue vous trouver. Maintenant, c'est un poids mort.

Paupières closes, Nance l'écoutait en oscillant légèrement sur ses jambes. Elle ne répondit pas.

Le silence se prolongea.

— Vous êtes pleine comme une barrique ! cracha finalement Nóra.

Nance ouvrit les yeux.

— Pas du tout.

— Regardez-vous.

L'herboriste soupira. Elle fit un pas en avant, bras tendus pour s'agripper au montant de la porte, puis elle franchit le seuil et rejoignit sa visiteuse dans la cour.

— Nóra…

— Quoi ? Regardez-vous !

— Asseyez-vous près de moi.

— Ici ? Certainement pas. C'est plein de boue.

— Non. Sur ce tronc d'arbre, là-bas.

Elle traversa la cour en chancelant, sans attendre sa réponse. Nóra la suivit à contrecœur jusqu'au grand tronc couvert de mousse couché en lisière de la forêt.

Nance s'assit, puis tapota la place à côté d'elle.

— Asseyez-vous. Posez le fé. Là-bas, dans l'herbe. Sous le chêne.

La veuve n'hésita qu'un instant – elle portait le changelin depuis un moment et commençait à fatiguer. Elle le coucha sur une petite étendue d'herbe fraîche et vint prendre place à côté de Nance.

La vieille femme leva les yeux vers les branches dénudées du chêne.

— « Si le frêne verdit avant le chêne, l'été sera plein de poussière et de fumée », chantonna-t-elle.

— Quoi ?

— C'est une vieille comptine. Pour sûr, les arbres savent mieux que nous ce qui finira par arriver.

Nóra haussa les épaules.

— Que voyez-vous là-bas ? reprit l'herboriste en tendant la main vers le cercle de pierres qui se dressait de l'autre côté de sa chaumine.

— Là-bas ? C'est Piper's Grave.

— Tout juste. Le chêne. Le sorbier. L'aubépine. C'est là qu'Ils demeurent.

— Vous ne m'apprenez rien, Nance. Tout le monde sait où les Bonnes Gens ont établi leur résidence.

— Moi, je les ai vus. Et je les ai entendus.

Nance battit lentement des cils et laissa retomber son bras.

— Ils aimaient beaucoup ma mère, poursuivit-elle, c'était une de leurs favorites. Ils venaient la chercher. Ils lui donnaient une grande tige d'herbe de Saint-Jacques, qu'elle chevauchait en guise de coursier, et elle partait avec eux, emportée par le vent féerique. Oh ! Elle en a vu, des lieux merveilleux en leur compagnie ! Ma tante aussi. Pour vrai, c'est là-bas qu'elles sont parties. En me laissant, mais avec leur savoir.

Nóra regarda la vieille femme. Les yeux mi-clos, elle grattait la mousse du bout des ongles. Elle avait l'air d'une folle.

Nance ouvrit brusquement les yeux.

— Je sais ce que vous pensez, Nóra. Vous êtes en train de vous dire que les années se sont insinuées dans mon esprit comme un ver dans un fruit et ont creusé des tunnels dans ma raison. Que l'âge m'a rendue gâteuse.

Elle se pencha vers la veuve, balayant sa joue de son souffle brûlant.

— Vous avez tort, conclut-elle.

Nóra ne répondit pas. Les yeux tournés vers la forêt, elles laissèrent passer un long silence.

— J'étais tellement soulagée quand vous m'avez annoncé que c'était un fé, déclara Nóra au bout d'un moment. Je me posais tant de questions depuis la mort de ma fille, faut dire ! Je ne comprenais pas ce qui avait pu arriver à cet enfant pour qu'il se trouve dans un état pareil. Était-ce la faute de Johanna et de Tadgh ? La faim… Je… J'en venais à croire qu'ils avaient causé la perte de leur enfant. Qu'ils l'avaient négligé. Que ma fille n'avait pas été une bonne mère pour lui. Pourtant, je me disais, ne lui ai-je pas appris à s'occuper d'un enfant ? Ensuite, quand Martin est mort, je me suis dit que j'avais dû faire quelque chose, moi aussi, pour que tout ce malheur me tombe dessus. Que la faute était sur moi, et non sur ma fille.

— Vous n'avez rien fait de mal, Nóra.

— C'est ce que j'ai pensé, pourtant. Les gens cancanaient, faut dire ! Et j'avais honte de lui. Honte d'avoir un petit-fils pareil. Oh, j'avais tellement honte ! Quand Peter et John m'ont amené Martin – le corps de mon homme, juché sur leurs épaules –, je ne pensais qu'à une chose : où cacher l'enfant ? Je ne voulais pas que mes voisines le découvrent en venant me présenter leurs condoléances, vous comprenez ? Je les imaginais déjà, penchées sur ses jambes tordues, à me demander de quoi il souffrait.

Et moi qui l'avais vu si bien portant deux ans plus tôt... Eh bien, je m'en voulais. Je me rongeais les sangs. Je me reprochais d'avoir péché. D'avoir causé la maladie de mon petit-fils.

— Nóra, écoutez-moi maintenant. Cet enfant n'est pas le fils de Johanna. Ce n'est pas votre petit-fils. C'est un fé. Vous le savez, n'est-ce pas ? Regardez-le ! Si chétif et difforme. Je vous le répète : cette créature n'est rien d'autre qu'un vieux fé desséché par les années. Il s'est installé chez vous tandis que les Bonnes Gens emportaient votre Micheál. Et pourquoi, d'après vous, ont-Ils pris le fils de votre fille ? demanda-t-elle en posant une main sur celle de Nóra. Parce que c'était le plus joli petit garçon qu'Ils pouvaient trouver – voilà pourquoi !

La veuve sourit, les yeux brillants de larmes.

— J'ai vu Micheál avant qu'il soit emporté. Il était magnifique. Un vrai petit garçon. Pas comme lui ! confirma-t-elle en désignant le changelin couché dans l'herbe.

— Celui-ci, nous le rendrons aux Bonnes Gens. J'ai connu une femme autrefois, Nóra. Elle avait été emportée, puis elle est revenue.

— Vraiment ?

— En fait, j'en ai connu deux. La première n'est pas revenue. Et la seconde... Ses proches l'ont ramenée à l'aide d'une pince rougie au feu. Plaquée sur son visage. La fée est partie, et la femme est revenue.

Nóra écarquilla les yeux.

— Le feu l'a fait revenir ?

— Oui. Cette femme était ma tante, précisa Nance. C'est comme ça que je connais toute l'histoire. J'ai vu sa cicatrice de mes propres yeux. Une marque au fer rouge sur sa joue.

— Et ça l'a fait revenir ? insista la veuve.

Nance se frotta les yeux, en se balançant doucement sur le tronc d'arbre.

— Pour sûr, ça l'a ramenée.

Nóra se redressa.

— Alors, nous devons essayer, nous aussi.

— Non, répliqua fermement l'herboriste. Nous n'en ferons rien.

— Vous venez de me dire que le feu a fait revenir votre tante !

— C'est vrai, mais ma tante refusait de faire subir ce traitement à d'autres. « Jamais de ma vie » – voilà ce qu'elle m'a dit, et je tiens à respecter cette promesse, moi aussi.

Nóra pinça les lèvres.

— Nous n'irions pas jusqu'à brûler le fé ou le marquer au fer rouge... Il suffirait de le menacer, vous ne croyez pas ? De lui faire suffisamment peur pour qu'il retourne auprès des siens. Nous pourrions l'asseoir sur votre pelle, suggéra-t-elle en désignant l'outil posé contre le mur de la chaumine, près du tas de fumier. Et nous ferions mine de le jeter dans le feu.

L'herboriste secoua la tête.

— Les menaces n'y suffiraient pas.

— Il faudrait le brûler, alors. Rien qu'une petite brûlure... Sur la joue.

Nance la dévisagea d'un air dur.

— Nous n'en ferons rien, je vous dis.

— Je veux qu'il s'en aille.

L'herboriste laissa passer un court silence, avant de reprendre :

— Pensez à cette pauvre Áine. Avez-vous entendu ses cris ? Le feu a pris dans ses jupes et lui a brûlé les jambes. Jusqu'à l'os. La peau à vif et couverte de cloques. Non, vraiment... Pas par le feu, je vous dis. Je sais que vous tenez à vous débarrasser de la créature, mais nous ne la brûlerons pas pour la faire partir. C'est hors de question.

— Áine n'est pas une fée.

— Je ne trahirai pas la parole donnée à ma tante.

— Vous dites qu'on ne peut pas le brûler au fer rouge, mais dites-moi ce que nous allons faire, alors ! C'est vous qui avez le don, après tout !

Nance se raidit, puis s'immobilisa. Elle ferma de nouveau les yeux. En l'observant à la dérobée, Nóra vit ses cils pâles et clairsemés frôler sa peau ridée. Elle est vieille, songea-t-elle soudain. Vieille et fatiguée. Vulnérable, aussi. Sa poitrine se soulevait et s'abaissait lentement au rythme de sa respiration, faisant trembler ses frêles épaules. Nance portait toujours tant de vêtements les uns sur les autres que Nóra n'avait jamais remarqué à quel point elle était maigre. Elle le voyait bien, à présent. Assise près d'elle en plein jour, elle ne pouvait s'y tromper. La *bean feasa* était chétive. Et faible.

Nance ouvrit les yeux et posa sur elle son regard voilé par les années.

— Il existe un autre remède. Nous pouvons emmener le changelin dans un lieu qu'affectionnent les Fairies. Ainsi, quand nous le chasserons, Ils viendront aussitôt le chercher.

— Vous parlez de Piper's Grave ?

La vieille femme secoua la tête.

— Non. Je pense à l'endroit où les eaux se rencontrent. Où les forces se mêlent. Où les cours d'eau délimitent les fermes de la vallée.

— Ah. Je sais de quel endroit vous parlez.

— Vous, moi et votre servante. Trois femmes à l'endroit où trois cours d'eau se rencontrent, trois matins de suite. Nous jeûnerons toutes les trois. Nous emmènerons le fé au bord de la Flesk avant le lever du soleil. Par trois fois avant le lever du soleil, nous le plongerons dans l'eau, et, quand vous rentrerez chez vous le troisième jour, le changelin aura disparu. Et Micheál vous sera peut-être rendu. Oui, il se peut que les Bonnes Gens vous le ramènent. Et le fé sera parti, pour sûr.

— Nous le mènerons à la rivière ?

— Oui, là où la Flesk se mêle à deux autres ruisseaux. Nous plongerons le fé dans ce tourbillon de forces vives. Des forces puissantes et redoutables.

Nóra écarquilla les yeux, troublée. Elle réfléchit un instant puis, sa décision prise, elle pressa ses lèvres l'une contre l'autre et hocha vigoureusement la tête.

— Entendu. Quand commencerons-nous ?

Nance hésita.

— Nous ne sommes que début mars. La rivière sera glacée, murmura-t-elle comme pour elle-même. L'eau sera froide et le courant sera fort.

Elle tourna vers Nóra un regard indéchiffrable.

— Il vaudrait mieux que nous attendions le premier mai, assura-t-elle. La veille, la nuit de Walpurgis, les Bonnes Gens changent de résidence. Ils iront d'un endroit à l'autre, ne tiendront pas en place. Alors Ils poseront les yeux sur nous, c'est certain.

— Le premier mai ? Nous en sommes encore loin !

— Je sais. C'est que l'eau est très froide en ce moment.

— Pas tant que ça. Il fait bien meilleur ces jours-ci, vous n'avez pas remarqué ? Il paraît que nous aurons un beau mois de mars. Et puis, Nance, je ne peux plus attendre. Pas jusqu'au premier mai.

L'herboriste hésita un instant, puis céda.

— Demain matin, alors. Avant le lever du soleil, le ventre vide. Cessez de manger ce soir, au coucher du soleil. Mary aussi. Et le changelin. Aucun de vous trois ne doit approcher la moindre miette de sa bouche, c'est entendu ? Je jeûnerai, moi aussi.

Elle baissa les yeux vers le bas de la colline, où serpentait le lit de la rivière.

— Rejoignez-moi ici. Je vous attendrai.

Il avait plu durant la nuit. Souple et clémente, la terre s'enfonçait mollement sous les pieds nus de Mary. Il faisait encore sombre, et elle avançait d'un pas maladroit sur le sentier envahi par la végétation : les bras noués autour de l'enfant calé sur sa hanche, elle ne pouvait repousser les fougères et les branches basses qui se dressaient sur son passage. Les yeux fixés sur la silhouette sombre de Nóra qui la précédait, cheminant à courte distance, elle sentait à chaque instant les jambes inertes de Micheál balayer ses cuisses. Elles descendaient à la rivière, en file indienne derrière Nance, dont les cheveux blancs surgissaient par moments de l'obscurité comme une apparition.

Le ventre creusé par la faim, Mary fut saisie d'un léger vertige. Elle avait mal aux bras.

— C'est encore loin ? chuchota-t-elle.

Aucune des femmes ne répondit. Le ventre de la jeune fille se noua d'appréhension.

Nóra s'était rendue la veille chez l'herboriste. Elle était rentrée en fin d'après-midi, frémissante d'excitation. Ouvrant la porte de la chaumière à la volée, elle s'était aussitôt débarrassée de Micheál, le jetant presque sur les genoux de Mary avant de se redresser, le souffle court, une lueur étrange au fond des yeux.

« Demain ! s'était-elle écriée. Nous l'emmènerons demain. À la rivière. Là où les cours d'eau se rencontrent. Nance dit que c'est un endroit puissant. Plus redoutable que les plantes. Et très fréquenté par les Bonnes Gens. Sauf qu'Ils ne peuvent pas passer d'une rive à l'autre : il y a trop de courant. Ils se rassemblent sur la berge, mais Ils ne peuvent pas traverser. »

Micheál s'était mis à pleurer. Mary avait doucement posé la main sur ses cheveux soyeux et niché sa tête au creux de son épaule. Son souffle et ses larmes tièdes s'étaient écrasés contre sa nuque.

Très agitée, Nóra avait arpenté la pièce de long en large.

« Toi, tu ne mangeras rien à partir de ce soir, avait-elle déclaré en tendant le doigt vers Mary. Lui non plus. Je t'interdis de le nourrir, tu m'entends ? Jeûner. Nous devons jeûner, c'est Nance qui l'a dit.

— Et que ferons-nous en arrivant à la rivière ? »

La veuve s'était assise près de l'âtre, mais un instant seulement : bondissant de nouveau sur ses pieds, elle avait traversé la pièce et observé la vallée par la demi-porte ouverte.

« Nous le plongerons dans l'eau. À l'endroit où la Flesk rencontre les deux ruisseaux.

— Ce sera glacé ! » avait protesté Mary en caressant les cheveux de l'enfant.

Nóra avait fait mine de ne pas entendre. Elle avait inspiré l'air du soir à pleins poumons, puis elle avait refermé la porte et poussé le loquet.

« Trois matins. Trois femmes. Trois rivières, avait-elle énoncé.

— Nous devrons jeûner pendant trois jours ?

— Parfaitement. Tu ne dois rien avaler, c'est entendu ? Pas une miette.

— Nous serons affamées !

— Peu importe. Le fils de ma fille me sera bientôt rendu, c'est tout ce qui compte. Et *toi*, avait-elle ajouté en tendant l'index vers l'enfant blotti dans les bras de la servante, tu auras disparu. »

Il n'y avait pas un souffle de vent. Les arbres se dressaient, immobiles, dans la pénombre qui précède l'aurore ; la forêt tout entière semblait retenir son souffle avant le lever du jour ; le silence des oiseaux, que l'attente rendait muets, était assourdissant. Mary sentit l'air se rafraîchir aux abords de la rivière, où de grands ormes obscurcissaient les ténèbres. Quelques mètres plus loin, elle entendit l'eau ruisseler en contrebas ; au-dessus d'elle, la cime des arbres s'écarta, révélant le ciel pâle, où brillaient encore un croissant de lune et quelques étoiles.

— Par ici, dit Nance.

Elle jeta un regard par-dessus son épaule pour s'assurer que Nóra et Mary la suivaient, puis se remit en route. Elles se frayèrent un passage parmi les herbes hautes, tandis que le bruit de l'eau se faisait plus dense et régulier. C'est là, comprit Mary. Là où l'eau est la plus profonde. À la jointure de trois propriétés, toutes délimitées par le lit d'une rivière. D'après Nance, la Flesk rencontrait là deux petits cours d'eau, et leurs flots se mêlaient en une triade puissante, animée de forces obscures. La jeune fille s'arrêta pour observer la rivière, dont le lit se devinait à travers les fougères, moins denses que dans la forêt. Le ciel de l'aube se reflétait dans le miroir tremblant de ses eaux.

— Nous y sommes, murmura Nance.

Elle se tourna vers Mary et tendit les bras vers le petit garçon.

— Donne-le-moi un instant. C'est toi qui vas commencer. Tu dois le plonger dans l'eau de la rivière.

Mary sentit son cœur s'accélérer. Elle leva les yeux vers Nóra. Visage fermé, traits tirés, la veuve observait la rivière en silence.

Nance fit un geste de la main.

— Dépêche-toi, ma fille. Le soleil va bientôt se lever. Ensuite, il sera trop tard.

— Vous êtes sûre ? L'eau ne sera pas trop froide pour lui ?

— Ce ne sera pas long. Tu pourras l'envelopper dans ton châle aussitôt après.

Mary tendit l'enfant à Nance. Il gémissait, l'air mécontent.

— C'est bien. Tu es une brave fille.

— Sont-Ils là ? chuchota Nóra.

Le cou arqué comme un cheval indompté, elle observait la rivière et ses moindres remous avec fascination.

Nance secoua la tête.

— Quand les Bonnes Gens arriveront, vous le saurez. Et quand Ils viendront récupérer le changelin, vous le verrez à cette fleur-ci, affirma-t-elle en lui montrant l'iris, encore fermé, qui poussait sur la berge opposée. Quand on proscrit un changelin dans une rivière, il se change en iris jaune. Vous verrez. Le fé qui a pris la place de votre Micheál fera fleurir cet iris le troisième matin, quand il rejoindra les siens.

Elle se tourna vers Mary.

— Allons, ma fille. Quitte ton châle, à présent.

Endoloris par le poids de l'enfant qu'elle avait porté pendant tout le trajet, les bras de Mary furent agités de tremblements quand elle défit le châle enroulé sur ses épaules. Elle songea brièvement à ses parents, à ce qu'ils diraient s'ils la voyaient en cet instant, quittant ses lainages pour baigner un enfant malade dans une rivière glacée un petit matin de mars. *Piseógs !* diraient-ils. Mary plia son châle et le posa sur une pierre couverte de mousse. Elle tremblait.

— Pourquoi faut-il que ce soit moi ?

— Nous irons chacune à notre tour, répondit Nance avec fermeté. Ce matin, c'est toi.

— N'est-ce pas mauvais pour lui ?

— C'est un fé, répliqua Nora d'un ton sec. Allons, Mary, descends dans l'eau. Fais vite, avant que le soleil se lève.

La servante s'agrippa à une branche basse pour ne pas glisser et s'approcha prudemment du bord.

— Attends, dit Nance. Reviens, ma fille. Tu dois d'abord te dévêtir.

Mary se figea, les doigts crispés sur la branche que verdissait une fine couche de mousse. Elle claquait des dents de manière irrépressible.

— Je ne peux pas y aller avec mes vêtements ?

L'herboriste secoua la tête.

— Il faut que tu sois nue.

La jeune fille sentit les larmes affluer à ses paupières.

— Je ne veux pas ! chuchota-t-elle.

Elle remonta pourtant sur la berge, où elle ôta sa jupe et sa blouse en frissonnant, les épaules courbées pour dissimuler sa poitrine aux regards des deux femmes.

Que faisait-elle là, dévêtue sous la courte lumière du petit jour ? Elle n'avait qu'une envie : rentrer à Annamore. Le souvenir des filles qu'elle avait vues ramper, nues, sous un buisson de ronces lui revint en mémoire.

Pardonnez-moi, Seigneur ! songea-t-elle en retenant un sanglot.

La rivière était glacée, noire de tannins. En entrant dans l'eau, Mary ne put retenir un cri. Elle leva les yeux. Penchées vers elle, les deux femmes épiaient ses mouvements d'un regard acéré.

— Ce ne sera pas long, souffla Nóra comme pour elle-même, les doigts noués sur son tablier. Ce ne sera pas long.

Mary fit quelques pas, s'enfonçant jusqu'à mi-cuisse dans les eaux tourbillonnantes. Elle tenait l'enfant à bout de bras, les jambes ballantes.

— Que dois-je faire ?

Le courant était si puissant, si bruyant, qu'elle dut élever la voix et répéter sa question pour être entendue de ses compagnes. Les flots glacés venaient frapper ses hanches, et elle dut enfoncer ses orteils dans la glaise pour ne pas chanceler.

— Plonge-le trois fois de suite ! cria Nance. De la tête aux pieds, tu entends ?

Mary regarda l'enfant. Il louchait en battant l'air de son poing fermé. Les Fairies l'ont pris, pensa-t-elle. Et elle le plongea résolument dans la rivière.

16

Iris jaune

Le jour se levait quand Nóra et Mary revinrent de la rivière et s'engagèrent sur le sentier qui montait à la ferme. La jeune fille avait la peau glacée sous ses vêtements mouillés. Elle craignait qu'il n'en soit de même pour Micheál. Le visage enfoui au creux de son cou, l'enfant ne remuait quasiment pas, et sa respiration s'était ralentie.

— Il est gourd à faire peur, murmura-t-elle.

Nóra, qui gravissait la colline à grandes enjambées, lui jeta un regard agacé par-dessus son épaule.

— Hâte-toi donc. Je ne veux pas qu'on nous voie dehors à une heure pareille. Ça ferait jaser.

— Il ne bouge plus du tout. Il a attrapé froid, pour sûr.

— Nous serons bientôt rentrées. Allons ! Plus vite, ma fille !

Sitôt arrivée, Nóra partit traire la vache, laissant Mary ranimer le feu dans l'âtre. La jeune fille entendit son estomac gronder tandis qu'elle jetait du petit-bois dans les flammes. Trois jours de jeûne, songea-t-elle. Elle était déjà prise de vertiges. Qu'en serait-il dans trois jours ?

Couché sur la banquette, Micheál peinait à garder les yeux ouverts. Lorsque le feu fut assez vif, Mary reprit le châle qu'elle avait drapé sur ses membres glacés et le tint un moment devant les flammes, avant d'emmitoufler de nouveau l'enfant. Ce faisant, elle jeta un œil à sa peau nue : elle était encore bleue de froid. Sans réfléchir, elle prit une de ses mains et la mit dans sa bouche pour la réchauffer.

Ses doigts engourdis avaient le goût de la rivière.

Quand le lait fut tiré et le feu tisonné, Nóra proposa à Mary d'aller se recoucher pour dormir quelques heures. Affamée et épuisée par leur courte nuit, la jeune fille accepta bien volontiers. Elle se glissa sous la couverture près de Micheál, toujours enveloppé dans son châle. Enfin réchauffé, l'enfant s'endormit peu après. Tournée vers lui, elle l'observa avec attention, ce qu'elle avait rarement l'occasion de faire. Lorsqu'elle se couchait près de lui sur la banquette, la pièce était généralement plongée dans l'obscurité ; pendant la journée, lorsqu'il était réveillé, Mary était trop occupée à faire couler de l'eau fraîche entre ses lèvres, à le nourrir, à nettoyer les excréments collés à ses fesses décharnées ou à enduire ses rougeurs de suif pour apaiser ses démangeaisons : elle n'avait pas le temps de s'interrompre pour le regarder de près. Ce matin, c'était différent. Les premiers rayons de soleil se glissaient entre les fentes de la porte, éclairant son petit nez parsemé de taches de rousseur. Sa bouche s'était ouverte dans son sommeil, révélant ses dents. L'une de ses incisives, remarqua Mary, était inclinée d'étrange manière. Elle tendit la main vers sa gencive inférieure – très doucement, pour ne pas le réveiller – et posa son index sur le bord crénelé de l'incisive ; la dent vacilla. Quand Mary accrut la pression de son doigt, elle se détacha et tomba sur le matelas.

L'enfant remua, cilla des paupières, mais ne s'éveilla pas.

La jeune fille prit la dent et la tendit vers la lumière. On dirait une perle, songea-t-elle. Une ravissante petite perle. Elle fit courir son doigt sur l'émail, soudain étonnée de constater que les fés avaient des dents, eux aussi – et des dents ordinaires, tout à fait semblables à celles des humains.

Mary se leva. Elle s'approcha de la porte et poussa le battant supérieur. Puis, comme elle le faisait pour ses petits frères et sœurs, elle pivota sur ses talons et jeta la dent par-dessus son épaule droite. Celle-ci atterrit dans la poussière, au milieu de la cour.

— Que Dieu te protège ! murmura-t-elle afin de porter chance à Micheál.

Le rituel accompli, elle regagna la banquette et sombra dans un sommeil profond, dépourvu de rêves.

— Mary, réveille-toi. Réveille-toi maintenant.

Une main calleuse la secouait par l'épaule. Mary entrouvrit les yeux. Nóra, très pâle, l'air inquiet, était penchée au-dessus d'elle.

— Mary !

Alarmée, la jeune fille se redressa sur son séant et chercha l'enfant du regard. Il dormait près d'elle, ses bras levés au-dessus de sa tête. Elle poussa un soupir de soulagement.

— Quelle heure est-il ?

— Nous avons dormi toute la matinée, répondit Nóra. Il est midi passé.

Enveloppée dans le grand manteau de son mari, la veuve semblait plus petite, plus frêle qu'elle n'était en réalité. Échappés de son chignon, de fins cheveux gris encadraient son visage aux joues creuses.

— Écoute, Mary... Il est arrivé quelque chose de grave. On a trouvé un *piseóg*.

— Un sort ? répéta la jeune fille, interloquée.

— Je viens de sortir. J'ai vu arriver Peg sur le sentier. C'est elle qui me l'a dit. Elle est allée le raconter à tous ceux qui vivent de notre côté de la montagne. À ce qu'il paraît, il y a déjà foule là-bas. C'est un nid, ou quelque chose d'approchant. Un très mauvais signe, en tout cas.

Effrayée, Mary écarquilla les yeux.

— Un très mauvais signe ?

Nóra hocha la tête. Elle tira sur le châle qui couvrait Micheál et le lança à Mary.

— Lève-toi. Je veux que tu y ailles et que tu me racontes ce qui se passe.

La servante se frotta les yeux, puis enroula son châle sur sa tête.

— Qui l'a fabriqué ? demanda-t-elle.

— C'est la question que tout le monde se pose.

— Où l'a-t-on trouvé ?

— Chez les Lynch, murmura Nóra. Kate et Seán Lynch. Allons, ma fille. Cours-y et tâche d'en savoir plus.

Mary trouva sans peine le chemin qui menait à la ferme des Lynch : il lui suffit de suivre le groupe de curieux qui s'y rendaient en coupant à travers champs. Visages tendus, sourcils froncés, les paysans échangeaient avec excitation le peu d'informations dont ils disposaient.

— Seán l'a découvert en allant butter ses patates. Il paraît que ce n'est pas la première fois qu'il trouve ce genre de sort sur ses terres.

— Tout juste. Il en parlait chez le forgeron l'autre jour. Il se passe des choses étranges chez lui ces derniers temps.

— Pour sûr ! Des pierres retournées, des branches et des herbes nouées à ses clôtures...

— Ah, mais cette fois, c'est différent ! C'est un vrai *piseóg* qu'il a trouvé – une sorte de nid rempli de sang et de pourriture. Bien plus maléfique que les pierres et les branches accrochées à sa barrière. Ce n'était jamais arrivé, une chose pareille. Celui qui l'a fabriqué lui veut du mal, c'est certain. Et il veut que ça se sache.

— Seán pense que c'est l'œuvre de Nance Roche. Il est terriblement inquiet, paraît-il.

— Il a fait appeler le curé, c'est dire !

— Oh, je n'aime pas ça. Je n'aime pas ça du tout.

La petite foule, à laquelle Mary s'était mêlée, arriva devant la ferme des Lynch. La jeune fille joua des coudes pour s'approcher du nid, posé près d'un tas de fumier derrière la chaumière blanchie à la chaux. De taille modeste, tressé avec soin, il avait été fabriqué à la main : il ne ressemblait en rien à l'empilement de brindilles que les oiseaux façonnent pour leurs couvées. Il contenait un tas de matière sanglante en décomposition. L'odeur qui s'en échappait donna des haut-le-cœur à Mary.

Les curieux formaient un cercle autour de l'objet.

Blêmes d'effroi, ils se signaient et commentaient l'affaire à voix basse.

— C'est pas un accident, pour sûr.
— Oh non ! C'est pure malice, cette chose-là.
— Qu'y a-t-il là-dedans, d'après vous ? De la pourriture ?
— Moi, je dirais que c'est un morceau de viande – et vous ?

Une voix forte s'éleva au-dessus du brouhaha, couvrant les murmures des commères.

— Le prêtre est arrivé ! Laissez passer le père Healy !

Les badauds s'écartèrent. Le jeune prêtre s'avança au centre du cercle. Le bas de sa soutane et de ses pantalons était couvert de boue. Il est venu à la hâte, comprit Mary.

— Le voilà, père. Là, regardez !

Des mains osseuses désignaient le sort posé au sol. Le prêtre observa l'objet en se pinçant le nez.

— Qui a fait ça ?

Personne ne répondit.

— Lequel d'entre vous a perdu l'esprit au point de faire une chose pareille ? tonna le curé en promenant son regard bleu sur la rangée de visages fébriles et craintifs.

— Nous, on ne sait pas qui a fabriqué ça, mon père.
— On est seulement venus voir.
— Que voulez-vous en faire, mon père ?

La puanteur était telle que le prêtre en avait les larmes aux yeux.

— Apportez-moi une pelle, ordonna-t-il.

L'un des laboureurs envoya son fils en chercher une. En attendant, le curé sortit de sa poche un petit flacon rempli d'eau bénite. Il le déboucha avec précaution et versa d'un geste solennel un peu de son contenu sur le nid.

— Une goutte de plus – vous voulez bien, mon père ? lança une voix flûtée, provoquant les rires de l'assemblée.

Le père Healy serra les dents, mais obtempéra : inclinant la bouteille, il aspergea généreusement le nid et ses abords immédiats. Quand le jeune garçon revint avec la pelle, il la lui arracha des mains et la glissa sous l'objet maléfique, avant de la soulever d'un geste brusque. Apeurés, les badauds reculèrent de quelques pas, les yeux rivés sur le nid qui semblait prêt à basculer dans le vide.

— Où est votre fosse la plus proche ? demanda le curé.

Rouge d'indignation, Seán pointa le doigt vers un coin de son champ. Le père Healy se mit aussitôt en route, suivi par la foule. Mary leur emboîta le pas. Saisie de vertiges, elle sentait le sang marteler ses tempes.

Le fossé, très humide, était rempli d'orties. Le prêtre posa doucement le contenu de la pelle au fond de la rigole, puis il essuya l'outil dans l'herbe.

— Et maintenant, mon père ? lança une paysanne. Que faut-il faire ?

— Vous allez bénir la pelle, père Healy ?

— Vous auriez mieux fait de le jeter avec un bâton, vous ne croyez pas ? Le sort va peut-être maléficier le travail de la pelle ?

Le curé se frotta les yeux et ressortit son flacon. Il versa un peu d'eau bénite sur la pelle en récitant une prière à mi-voix.

— Faut le brûler, mon père.
— L'outil ? marmonna-t-il, perplexe.
— Non. Le sort. Vous ne voulez pas brûler le sort ? insista le fermier en lui tendant obligeamment sa pipe.

Comprenant enfin ce qu'il voulait dire, le père Healy secoua la tête.

— La terre est trop mouillée. Seán, pourriez-vous aller chercher du petit-bois ? Et des ajoncs. De quoi faire un grand feu.

Une vive agitation s'empara de l'assistance, chacun partant se servir dans la réserve de petit-bois, d'ajoncs et de foin des Lynch, qu'ils jetèrent ensuite dans le fossé. Frémissant de colère, Seán présida aux préparatifs sans rien dire. Mary veilla à ne pas s'approcher de lui. Seuls leurs yeux se croisèrent brièvement. Seán lui lança alors un regard si hostile, si dédaigneux, que la jeune fille se détourna aussitôt, la gorge nouée. Quant à Kate, elle se tenait à l'écart. Les cheveux et le front dissimulés sous son châle, un œil cerclé de noir, elle semblait hagarde. Elle tressaillit en apercevant Mary, puis recula prudemment de trois pas, cracha et se signa.

Ils brûlèrent le sort sous un amas de branchages, de tourbe, de paille et d'ajoncs séchés qui s'embrasa rapidement dans l'air bleuté du crépuscule. Les yeux rivés sur les flammes, Mary les vit se teinter de violet – signe que le maléfice était en train de se consumer ? Une étrange émotion la saisit à cette pensée, la retenant devant le brasier avec les habitants de la vallée, tandis que le prêtre remontait sur son âne pour rentrer au presbytère. Comme d'autres, Mary préféra s'assurer que le nid et son contenu brûlaient jusqu'à la dernière brindille. Des questions troublantes se pressaient à son esprit : qui avait tressé ce nid de paille ? Quelle sorte de diablerie était-il censé provoquer ?

L'odeur de pourriture la poursuivit longtemps après que le feu se fut éteint et que les fermiers s'en furent allés, transis de froid dans l'air du soir. Le prêtre avait beau avoir aspergé le nid d'eau bénite, la puanteur que dégageait son contenu demeura accrochée aux cheveux de Mary, même lorsqu'elle eut regagné la chaumière de Nóra.

Cette nuit-là, plusieurs hommes ivres, armés de bâtons en frêne, se massèrent devant la chaumine de Nance Roche.

Elle les entendit arriver. Ils martelaient le sentier d'un pas lourd, écartant rudement les broussailles et les fougères qui leur barraient la route. Elle s'approcha de la porte et colla son œil au battant d'osier, entre deux tiges mal assemblées qui permettaient de regarder au-dehors. Seán Lynch titubait en tête du petit groupe. Il s'arrêta, déboutonna son pantalon et pissa dans la cour, provoquant l'hilarité de ses compagnons. L'un d'eux lança une flasque de poitín contre le chêne, où elle s'écrasa avec fracas.

— Salaude ! cria Seán. Sorcière noire !

Il postillonnait, ivre de rage. Les hommes se turent, impressionnés par une telle virulence. Nance en compta cinq, dressés à quelques mètres de sa porte. Visages luisants de sueur et d'ébriété.

Seán fit un pas de côté, agitant maladroitement son bâton dans l'air nocturne.

— Sorcière noire ! répéta-t-il. Que le diable t'emporte, Nance Roche !

Un profond silence succéda à ces insultes. Nance retint son souffle. Son cœur tonnait dans sa poitrine comme celui d'un homme qu'on enterre vivant.

Les hommes demeurèrent un long moment dans la cour, les yeux fixés sur la chaumine. Il faisait trop sombre pour qu'ils puissent apercevoir la pupille de Nance, collée au panneau d'osier tressé. Malgré tout, elle ne put se défaire de l'impression que chacun d'eux la regardait droit dans les yeux. Cinq visages haineux. Cinq murs de colère.

Ils finirent par tourner les talons – après un siège qui lui parut interminable – et repartirent d'un pas chancelant, riant et s'invectivant sous le couvert des arbres.

Lorsque leurs silhouettes se furent évanouies dans les ténèbres, lorsque Nance ne perçut plus que le ruissellement de l'eau et le souffle du vent dans les branches, elle s'adossa contre le mur, le souffle court, le corps parcouru de tremblements irrépressibles.

Des hommes avaient fait irruption dans sa chaumière deux jours après la disparition de Maggie et de la femme qui portait le nom de Mary Roche. En rentrant, Nance avait trouvé la pièce en désordre, la vaisselle brisée, les cendres du feu piétinées comme pour s'assurer qu'elles ne dissimulaient pas quelque objet précieux.

Il faisait nuit quand les hommes étaient revenus, martelant la façade de leurs poings, et la porte de leurs bottes.

« Où est-elle ? »

Nance avait tenté d'ouvrir la porte de derrière pour s'enfuir. En vain : elle ne s'ouvrait plus. Les hommes l'avaient bloquée.

« Pas de ça, ma fille. Où est-elle ?

— Qui ?

— Cette folle. La femme qui lance des malédictions. »

L'un des hommes avait craché au sol en la dévisageant d'un air mauvais.

« Ouais. Maggie de Mangerton. Elle est où ?

— Elle ne s'occupe pas de malédictions, seulement des malades », avait répliqué Nance.

L'homme avait ricané.

« Elle ne s'en occupe pas, tu dis ? »

Nance avait songé à ce que Maggie lui avait enseigné au cours des jours précédents : comment attirer vers soi la bonne fortune qui allait échoir à d'autres ; comment frapper un homme de stérilité ; à quelles fins utiliser la main d'un cadavre, s'il fallait en venir à de telles extrémités.

« Elle n'est pas ici, avait-elle affirmé.

— Pas même dans le fossé là-haut ? Cachée sous les broussailles ? »

Nance avait secoué la tête.

« Elle est partie. »

Les larmes lui étaient montées aux yeux. Larmes de peur face à ces hommes venus la menacer dans la maison de son père récemment décédé ; larmes de chagrin face à la disparition de la seule personne qui lui restait au monde.

Avant de partir, les intrus l'avaient mise en garde :

« Si ta saleté de tante revient, dis-lui qu'elle aura ce qu'elle mérite. Je sais que c'est elle qui a jeté un sort à mon troupeau. Dis-lui que je lui trancherai la gorge comme j'ai dû trancher celle de mes vaches ! »

À présent, recroquevillée contre le mur de sa petite chaumine, Nance voyait ses mains trembler, exactement comme elles avaient tremblé cette nuit-là, après le départ des hommes qui avaient fait irruption chez elle.

— Sainte Marie, ayez pitié de moi ! pria-t-elle. Je suis comme le frêne sous l'orage : seule à courtiser la foudre !

Quand Nóra s'éveilla le lendemain matin, frémissante d'impatience, Mary était prête. La jeune fille l'attendait près du feu, le changelin dans les bras. Il haletait comme un chiot, la tête posée sur son épaule.

— Eh bien, te voilà déjà debout et habillée ! s'exclama Nóra. Tu aurais dû me réveiller. À l'heure qu'il est, nous aurions déjà parcouru la moitié du chemin.

Mary leva vers elle un regard implorant.

— Qu'y a-t-il ? reprit la veuve.

— Je ne veux pas y aller.

— Et pourquoi donc ? demanda-t-elle avec irritation.

Elle-même peinait à dissimuler son excitation. Elle brûlait de plonger à son tour le changelin dans l'eau glacée de la rivière. Pour sentir à quel point il refusait de partir.

— J'ai peur, répondit Mary.

— Peur de quoi ? Nous ne faisons que nous mettre à l'eau. Que veux-tu qu'il arrive ? Et puis, tu l'as fait hier. Aujourd'hui, tu n'auras qu'à nous regarder.

— C'est trop froid pour le petit. Vous l'avez bien vu hier – tout bleu et tremblotant ! J'ai peur pour lui. Et puis, ce matin, il criait après son lait, m'dame. Il a faim !

— Et alors ? Nous aussi.

— Comme il n'a rien dans le ventre, je crains qu'il n'ait pas la force de supporter l'eau glacée. Il en mourrait, m'dame.

— Mary, cette créature n'est pas un enfant. Et nous ne sauverons pas Micheál si nous ne suivons pas les recommandations de Nance. Il faut le plonger dans l'eau. Nous n'avons pas le choix.

La jeune fille semblait au bord des larmes.

— J'ai un mauvais pressentiment, marmonna-t-elle.

Nóra plongea la louche dans le seau d'eau pour en boire une gorgée, puis elle en versa au creux de sa main et s'aspergea le visage.

— Ça suffit, Mary.

— Je vous assure. J'ai un mauvais pressentiment, insista la fille de ferme. Et puis, je me demande ce que le curé dirait s'il l'apprenait.

— Le curé aurait pu m'aider. Il a refusé de le faire.

— Vous ne croyez pas que c'est péché, m'dame ? Je vous ai raconté ce que j'ai vu chez les Lynch hier. Le *piseóg*, les flammes violettes dans le brasier. J'ai l'impression que nous faisons un peu la même chose en nous levant au milieu de la nuit pour aller nous baigner nues dans la rivière... Moi, je ne veux pas pécher, m'dame. Et je ne veux pas faire de mal à l'enfant.

— Tu es toute retournée d'avoir vu ce sort hier après-midi. Voilà ce qui te fait peur !

— J'ai écouté ce que les gens disaient, m'dame. Ils sont beaucoup à penser que Nance a fabriqué le sort.

— Ils se trompent.

— Ils disaient qu'elle veut porter malchance à la vallée parce que le père Healy prêche contre elle à l'église.

— Ce ne sont que des rumeurs, ma fille. Comment peux-tu croire de telles sornettes ?

— Quand même... On ne devrait peut-être pas lui faire confiance. Elle a...

— Mary ! l'interrompit Nóra. Tu ne veux donc pas que mon petit-fils me soit rendu ?

La servante ne répondit pas. Elle resserra son étreinte autour de l'enfant, tandis que la veuve s'essuyait le visage dans son tablier, avant de le nouer autour de sa taille.

— Ce n'est pas péché, affirma-t-elle. Ce n'est pas péché de rendre aux Bonnes Gens ce qui leur appartient.

Tête baissée, Mary fixait la terre battue sous les pieds de Nóra.

— Est-ce que je peux emporter la couverture pour le réchauffer en remontant de la rivière ? murmura-t-elle.

— Si tu le fais, c'est à toi de la porter.

Elles se rendirent chez Nance sous un ciel d'encre que rosissaient, à l'est, les premières lueurs de l'aube. Nóra remarqua que Mary peinait à porter le changelin enveloppé dans la couverture : ses jambes vacillantes la soutenaient à peine. Elle doit avoir faim, pensa-t-elle. Pour sa part, loin de l'affaiblir, le jeûne de la veille l'avait plongée dans un état d'euphorie qui persistait au réveil. Elle avait le sentiment que ses sens étaient plus aiguisés que d'ordinaire. Elle humait l'air froid à pleins poumons, heureuse de se gorger de ses senteurs habituelles – terre, boue, fumée –, mais aussi de l'humidité propre à la rivière et aux sous-bois. Elle avait l'impression saisissante d'être plus vive et plus affûtée.

Elles trouvèrent Nance dans sa chaumine, assise près du feu. Nóra, qui se pensait attendue, fut déçue de la voir sursauter lorsqu'elles ouvrirent la porte. Cheveux dénoués – en lieu et place de son habituel chignon –, la vieille femme porta sur elles un regard lourd de fatigue.

— Nance ?

— C'est l'heure ? demanda-t-elle.

Comme les femmes ne répondaient pas, elle se redressa lentement sur ses jambes.

— Eh bien, allons-y.

Un calme oppressant les accueillit dans la forêt. Seul le bruissement des feuilles sous leurs pas et la respiration entrecoupée de Mary, dont les forces s'amenuisaient à vue d'œil, brisaient le silence. Les ombres qui s'allongeaient sous les arbres paraissaient terriblement immobiles.

Soudain, un cri aigu résonna à travers la vallée. Les trois femmes tressaillirent.

Un canard, jugea Nóra. Ce n'était qu'un canard, tombé entre les crocs d'un renard. Cette pensée la rassura, sans parvenir à chasser le frisson d'anxiété qui l'avait saisie.

— Vous savez ce qui s'est passé chez les Lynch, n'est-ce pas ? demanda-t-elle en s'efforçant de maîtriser le tremblement de sa voix. Cette horrible histoire de maléfice ?

Nance ne répondit pas.

— Un sort, répéta Nóra. On a fait venir le curé. Il l'a aspergé d'eau bénite, puis il l'a fait brûler. C'est Mary qui me l'a raconté.

La voix de la jeune fille s'éleva dans l'obscurité pour confirmer ses dires.

— C'était un nid rempli de sang.

— Et ça sentait affreusement mauvais, renchérit Nóra. C'est ainsi que Seán l'a découvert. À l'odeur.

— Attendons-nous au pire, murmura Nance.

Elle semblait préoccupée. Elle n'ouvrit plus la bouche avant d'avoir atteint l'endroit où elles étaient venues la veille.

— Nóra, c'est votre tour.

La veuve hocha la tête, frémissante d'excitation – ou d'angoisse ? Elle n'aurait su le dire. En elle, les deux émotions se mêlaient, ajoutant à son trouble.

— Que dois-je faire, Nance ?

— Procédez comme hier : le rituel est le même. Déshabillez-vous et emmenez le petit fé dans la rivière. Plongez-le entièrement dans l'eau à trois reprises, de la pointe des pieds à la pointe des cheveux. Il faut soumettre son corps tout entier aux forces des trois rivières qui s'unissent ici, vous comprenez ? Et veillez à ne pas glisser. J'ai l'impression qu'il y a beaucoup de courant ce matin.

Nóra acquiesça, la gorge sèche. Elle se dévêtit avec peine, les mains agitées de tremblements.

— Je devrais peut-être le faire à votre place ? suggéra Mary.

Elle s'était accroupie sous un arbre, l'enfant serré contre sa poitrine. Visiblement apeuré par le fracas des eaux, il gémissait et frappait sa tête contre l'épaule de la jeune fille.

— Allons, protesta Nóra en s'approchant, tu sais bien que c'est mon tour. Nous devons respecter le rituel. Donne-moi le changelin.

La servante hésita.

— Vous ferez bien attention ?

— Je n'ai pas l'intention de lui faire du mal, tu le sais bien. Nous voulons seulement le renvoyer auprès des siens.

— Il a eu si froid hier ! Lui qui est si petit, si maigre…

— Mary, donne-le à Nóra, ordonna Nance.

— Dépêche-toi !

Agacée, Nóra se pencha et prit l'enfant des bras de la jeune fille. Elle laissa tomber la couverture drapée sur ses frêles épaules et le posa au sol pour lui ôter sa tunique.

— Vous l'avez couché sur une ronce, protesta Mary.

La veuve fit mine de ne pas avoir entendu. Elle reprit l'enfant, qui se mit à hurler, battant l'air de ses poings fermés. Nóra sentit sa tête heurter l'os de sa clavicule.

— Allez-y maintenant, dit Nance. Très bien. Agrippez-vous à cette branche, comme Mary l'a fait hier. Faites attention à ne pas glisser.

La première fois que Nóra plongea le changelin dans l'eau, il ouvrit la bouche, saisi de stupeur. Mais ce ne fut guère plus long que pour un baptême – et Nóra se hâta de le ramener à la surface pour le replonger une deuxième fois.

— Au nom de Dieu, es-tu ou n'es-tu pas Micheál

Kelliher, fils de ma fille ? demanda-t-elle en l'immergeant dans le courant glacé.

La troisième fois, elle eut le sentiment que le changelin la regardait droit dans les yeux, tandis que l'eau recouvrait son visage. Échappées de sa bouche, une succession de petites bulles éclata à la surface. Nóra le souleva, dégoulinant d'eau, à l'instant où le soleil dardait son premier rayon sur la rivière. Elle cilla, étonnée. Elle n'avait pas remarqué que le jour avait succédé à la nuit. Elle tint le fé contre sa poitrine nue jusqu'à ce qu'il recrache une longue gorgée d'eau claire et que sa respiration devienne plus régulière. Tandis qu'elle frissonnait dans les remous tachetés de lumière, elle eut soudain la conviction que le rituel porterait ses fruits : le lendemain à la même heure, le fils de sa fille lui serait rendu, babillant et trottinant sur ses jambes. Oui, Micheál lui serait rendu. La force insistante du courant lui faisait cette promesse. Tout comme la nuée d'alouettes dont le vol vint soudain rendre gloire à la beauté du ciel.

Un groupe de femmes discutaient près du puits quand Mary vint chercher de l'eau plus tard dans la matinée. Emmitouflées dans leurs châles sombres malgré la douceur de l'air printanier, elles conversaient à voix basse avec des mines de conspiratrices.

Mary les observa à la dérobée lorsqu'elle se pencha sur la margelle pour descendre son seau dans le puits : plusieurs d'entre elles regardaient dans sa direction, certaines plus franchement que d'autres. Elles l'encerclèrent un instant plus tard, franchissant brusquement la distance qui les séparait. Mary se redressa d'un bond, malgré la faim qui la faisait chanceler.

— Eh bien, ma fille, lança Éilís O'Hare d'un ton accusateur, il paraît que tu es en bons termes avec Nance Roche ?

— Nous étions en train de nous demander qui pouvait bien avoir caché ce sort sur les terres de Seán.

Mary leva le menton.

— Si vous pensez que c'est moi, vous vous trompez.

Éilís laissa échapper un rire aigu.

— La voilà qui fait la fière, à présent ! Personne ne t'a accusée, pourtant. As-tu pissé sur des orties ce matin ?

La petite assemblée éclata de rire. Mary sentit son cœur s'accélérer.

— En tout cas, celui ou celle qui l'a caché s'est rendu chez les Lynch au milieu de la nuit, affirma une paysanne. Seán dit qu'il n'a même pas entendu aboyer son chien.

— Qu'est-ce qui vous fait croire que ça s'est passé récemment ? lança une autre. Le sort était peut-être encore frais quand il a été caché, puis il a pourri avec le temps.

— Kate est certaine d'avoir vu Nance rôder dans les champs avant l'aube, quand tout le monde dort encore.

— Mon homme, qui se lève toujours avec le soleil, est prêt à jurer sur la tombe de sa mère qu'il a vu une vieille femme en compagnie des Bonnes Gens longer le sentier qui mène à Piper's Grave. Et il a de bons yeux, croyez-moi !

— Assez bons pour apercevoir les Fairies dans l'obscurité ? railla une fermière.

— Pour vrai, certains hommes voient beaucoup de choses au fond d'une bouteille de poitín, renchérit une autre.

Des rires moqueurs fusèrent dans l'assistance, faisant rougir la paysanne qui venait de vanter la vue perçante de son mari.

— Il n'était pas saoul ! protesta-t-elle. Il n'a jamais bu une goutte d'alcool de sa vie.

— Alors votre mari pense vraiment que c'était Nance ? demanda une femme avec gravité.

— Et pourquoi pas ? intervint une autre. On raconte bien qu'elle est de mèche avec les Bonnes Gens, non ?

— C'est sûr, pardieu. Je dirais même qu'elle conspire avec Eux. C'est le Petit Peuple qui lui a appris à empêcher le lait de baratter et nos poules de pondre. Et d'après vous, qui lui a donné l'idée de brûler la femme du forgeron ?

— Oh, n'en parlez pas. Quelle horrible affaire !

— Moi, je me demande d'où venait le sang qui pourrissait dans le nid, déclara une femme en lançant un regard nerveux à Mary.

— Ce doit être le sang d'un animal, suggéra une jeune paysanne. Un lièvre, qu'on aura tué et étripé.

Mary baissa les yeux, prise de nausées.

— Si tu vois Nance, ma fille, reprit Éilís, dis-lui de se méfier. À force de jeter des sorts, c'est elle qui finira mal, pour sûr ! On ne la laissera pas continuer sans réagir. C'est intolérable, ces diableries. D'abord, le feu chez la pauvre Áine. Puis un sort plein de sang chez les Lynch.

— Dis-lui de ficher le camp !

— Elle a le don, répliqua faiblement Mary.

— Ah oui ? Eh bien, moi qui suis allée la voir dans le temps, elle a failli m'éborgner avec le bec d'un jars, assura Éilís. Vous vous rendez compte ? C'est une faible d'esprit !

— Et dans ton cas, Éilís ? Est-ce un esprit faible ou un cœur de pierre ?

Mary reconnut la vieille Hanna. Elle s'était approchée de leur petite assemblée et avait écouté le récit d'Éilís en fronçant les sourcils.

— Cesse donc de fabuler, insista-t-elle. Nous savons toutes que Nance t'a guérie du muguet, à l'époque.

Éilís haussa les épaules.

— Faudrait être idiot pour aller consulter cette vieille sorcière.

— Tu faisais donc partie des idiots, ma chère. J'imagine que l'esprit t'est venu avec le mariage ? Ton grand homme t'a ouvert les yeux, c'est ça ?

La femme de l'instituteur jeta un regard noir à la vieille Hanna, puis s'éloigna à grands pas. Mary laissa échapper un soupir de soulagement. Elle tremblait de tous ses membres.

Hanna lui tapota gentiment l'épaule.

— Ne l'écoute pas, ma fille. Ce ne sont que des commérages. Dis-moi, vous avez mené le petit-fils de Nóra chez Nance, n'est-ce pas ? Et vous avez commencé le traitement ?

La jeune fille acquiesça.

— Eh bien, tu diras à Nance que la vieille Hanna ne croit pas aux rumeurs. Moi, je sais qu'elle n'a pas fabriqué ce sort. Toutes les femmes de la vallée pourraient t'expliquer ce qu'il y avait dans ce nid, assura-t-elle en baissant la voix. Du sang comme ça, elles en voient une fois par mois. Mais Dieu sait que ces affaires-là ne sont plus de l'âge de Nance. Ni du mien, d'ailleurs. Alors crois-moi, celle qui a fabriqué ce sort-là est encore jeune. Et autrement plus proche de Seán Lynch que notre vieille herboriste !

Mary écarquilla les yeux, horrifiée.

— Eh oui, fit Hanna en désignant Kate d'un signe de tête. Il la bat comme plâtre depuis des années. Elle finira par le tuer, tu peux me croire. Si l'une d'entre nous a le cerveau ramolli, c'est elle. Les poings de son homme lui ont fait perdre l'esprit.

Nance fumait la pipe sur le seuil de sa chaumine en guettant l'arrivée des deux femmes et du changelin sur le sentier. Elle n'avait rien avalé depuis trois jours et s'en trouvait changée : elle avait l'esprit plus vif et les sens en alerte. Les feuilles de pas-d'âne qui se consumaient dans le fourneau de sa pipe lui semblaient plus rouges que d'ordinaire – d'un rouge presque douloureux, à vrai dire –, et le moindre bruissement dans les ténèbres la faisait tressaillir. L'estomac vide, la peau tendue sur les os, elle vibrait à chaque sensation comme la peau d'un tambour amplifie le moindre frôlement.

Soudain, un cri brisa le silence qui précédait l'aurore. Nance le reconnut sans peine : c'était le glapissement du changelin, pareil à celui d'un renard. Elle frissonna, puis aspira une longue bouffée de tabac. Plusieurs minutes s'écoulèrent avant que Nóra et Mary la rejoignent dans l'obscurité, guidées par le petit brasier rougeoyant de sa pipe. La veuve se déplaçait de manière étrange, les poings fermés, les jambes raides. Lorsqu'elle s'approcha, Nance remarqua qu'elle claquait des dents. Il n'y avait pourtant pas de givre au sol et l'air était doux, malgré l'heure matinale.

— Que Dieu vous bénisse, dit-elle.

— Il fait drôlement sombre ce matin, vous ne trouvez pas ? répliqua Nóra d'une voix aiguë, vibrante d'appréhension.

— C'est le dernier matin. Il fait toujours plus sombre ce jour-là, assura Nance.

— Sans ce croissant de lune, nous nous serions perdues en route.

— Vous m'avez trouvée, pourtant. Et toi, Mary, tu n'avais pas peur de te perdre ?

La jeune fille ne répondit pas. Seule la tache claire que formait son tablier dans l'obscurité trahissait sa présence. L'herboriste posa une main sur son épaule. La servante tressaillit à son contact.

— Allons, ma fille, dit Nance. Calme-toi. Tu n'as rien à craindre. Je suis là pour te protéger. Et il fera bientôt jour.

Mary renifla. Le changelin glapit de nouveau, les faisant sursauter.

Nance tendit les bras vers lui.

— Il sait que nous le renverrons bientôt d'où il vient. Donne-le-moi, Mary. Je vais le porter jusqu'à la rivière.

— Il est trop lourd.

— J'ai plus de force qu'il n'y paraît.

— Je préfère le porter. Laissez-le-moi.

Nóra la saisit rudement par l'épaule.

— Donne-lui le fé, ordonna-t-elle d'un ton sec, puis, se tournant vers l'herboriste : Vous feriez bien de lui parler. Elle ne fait que gémir et pleurnicher depuis tout à l'heure.

— Mary ? insista Nance. Donne-moi le fé.

— Il sait, chuchota la servante en lui tendant l'enfant à contrecœur.

— Et que sait-il donc ?

— Il sait où nous allons, gémit-elle. Il s'est mis à crier dès que nous avons pris le sentier qui mène chez vous.

— Il ne veut pas retourner sous la colline, pour sûr. Rends-toi compte, ma fille : tu veilles si gentiment sur lui ! Mais il doit rendre sa place au petit-fils de Nóra, c'est ainsi.

— Que va-t-il lui arriver ?

— Il va rejoindre les siens.

— Et ce retour ne lui fera pas mal ? Vous me promettez qu'il ne souffrira pas ?

Nance tressaillit. À cet instant, l'image du visage balafré de Maggie lui revint en mémoire. Elle se raidit. La longue cicatrice au fer rouge – Maggie avait souffert, à n'en pas douter.

Cette fois, le trajet jusqu'à la rivière lui parut interminable. Apeuré par le contact de ces mains peu familières, le changelin plaqué contre sa poitrine pleura sans discontinuer, le nez dans la peau ridée de son cou, tandis que les herbes mouillées de rosée s'accrochaient à ses jupes. À mi-parcours, elle sentit un filet d'urine imprégner les langes du petit et mouiller sa main.

Dès qu'elles s'engagèrent dans le sous-bois, la veuve se lança dans des confidences exaltées, chuchotées d'une voix entrecoupée :

— J'ai fait un rêve extraordinaire cette nuit, Nance. Vous souvenez-vous de ce que Peter O'Connor nous a raconté à la veillée funèbre de Martin ? Il a parlé des lumières qu'il avait vues scintiller sous l'aubépine du fort aux fées quand il l'a trouvé mort à la croisée des chemins. Eh bien, moi, j'ai rêvé que je marchais dans les champs à l'aube – une aube un peu bleutée comme ce matin – et que je voyais trois lumières briller sous l'aubépine. J'avais peur de les regarder, mais mes jambes refusaient de s'arrêter. En m'approchant, j'ai vu que le buisson était en fleur, ses pétales dansaient dans le vent, et dans tout ce tourbillon de pluie et de pétales, j'ai vu que les lumières n'étaient pas des lumières : c'étaient Johanna, Martin et Micheál, dit-elle d'une voix éraillée par l'émotion. Ils étaient là tous les trois, Nance ! Debout sous l'aubépine. Ils m'attendaient. Il y avait de la musique, aussi. Si belle ! Je n'en avais jamais entendu de semblable.

— La musique des Fairies ?

— On aurait dit une mélodie jouée par des anges. En m'approchant encore, j'ai entendu des chants et j'ai vu les Bonnes Gens danser derrière eux trois. C'était magnifique ! Eh bien, Nance, qu'en pensez-vous ? Un si beau rêve, c'est de bon augure, pour sûr. Vous ne croyez pas ?

— Nous le saurons bientôt, Nóra. Très bientôt.

La vallée surgissait lentement des ombres nocturnes, mais il faisait déjà assez clair pour que les femmes distinguent le lit de la Flesk à travers les branches nues des arbres : d'un brun sombre, ses berges bordées de fougères déployées, elle roulait sur les pierres avec violence. Encore essoufflée, Nance tendit Micheál à Mary et se dévêtit, ôtant une à une ses nombreuses couches de laine et de feutre, qu'elle empila sur le sol. Ses seins étaient d'une blancheur de lait dans la lumière matinale ; l'air froid tendait sa peau sur ses membres trop maigres.

— C'est la dernière fois, dit-elle.

Tournant les yeux, elle vit que Nóra se tenait très droite, les bras croisés sur sa poitrine, les yeux écarquillés. Elle tremblait de tout son corps.

— Mary, attends que je sois entrée dans l'eau. Ensuite, tu me donneras l'enfant.

La jeune fille blêmit et la fixa sans rien dire. Elle semblait au bord des larmes.

Nance descendit vers la berge. L'eau glacée lui coupa le souffle. Elle fit un pas, puis un autre, en respirant bruyamment, et faillit tomber quand la boue de la berge céda sous son poids. L'eau encercla rapidement la peau flasque de ses cuisses et de son ventre, lui arrachant un cri étouffé. Dieu tout-puissant, comme c'était froid ! Le courant était plus fort qu'elle ne l'avait imaginé : les flots se cognaient contre ses jambes, emportant sans bruit les petits cailloux que Nance venait de déloger sous ses pieds.

— Mary ? appela-t-elle en claquant des dents. Je suis prête. Tu peux me donner l'enfant maintenant.

Elle tendit les bras d'un geste mal assuré. Seigneur ! Qu'arriverait-il si elle basculait dans l'eau ? Elle se sentait vieille, tout à coup. Vieille et fragile.

Accroupie sur la berge, la jeune fille ne répondit pas, se contentant de resserrer son étreinte sur l'enfant niché contre sa poitrine.

Nóra fit un pas vers elle.

— Allons, Mary. Donne-le donc à Nance ! ordonna-t-elle.

La servante baissa les yeux vers Micheál, posant le front sur le haut de son crâne. Il poussa un grognement sourd.

— Donne-le-moi, insista Nance.

— C'est péché de le traiter de la sorte, murmura Mary.

Nóra tenta de lui prendre le petit, mais Mary le tenait fermement, les bras noués autour de son corps frêle. Elle se mit à pleurer. Furieuse, la veuve tira sur les doigts de sa servante pour tenter de les détacher de l'enfant, qui gémissait, saisi d'effroi.

— Tu es bien effrontée, ma fille. Honte à toi ! s'écria Nóra en levant la main sur elle.

La gifle claqua dans l'air matinal. Stupéfaite, endolorie, Mary lâcha l'enfant. Nóra le jeta brutalement sur son épaule, et entra dans l'eau tout habillée en plaquant une main sur la bouche du petit pour étouffer ses cris. Elle s'arc-bouta pour résister à la force du courant, puis s'avança résolument vers Nance et lui tendit l'enfant en pleurs.

— Non ! Je vous en supplie ! cria Mary depuis la berge. C'est péché ! C'est péché de le traiter de la sorte !

Secouée de tremblements, Nance prit le changelin et fit un signe de croix sur son torse décharné, puis elle quêta du regard l'assentiment de Nóra. Debout au milieu de la rivière, celle-ci tournait le dos à Mary. Elle hocha lentement la tête et Nance plongea l'enfant dans l'eau.

Mary laissa échapper un sanglot et s'affaissa sur la berge couverte de mousse.

— C'est trop froid pour lui ! s'écria-t-elle, enfonçant les doigts dans la terre humide. C'est péché !

— Tais-toi donc ! marmonna la veuve, les yeux rivés sur Nance, qui souleva vers le ciel l'enfant dégoulinant d'eau glacée.

Nóra hocha la tête pour la deuxième fois.

— Pardieu, lança l'herboriste d'une voix forte, si tu es un fé, hors d'ici !

— Arrêtez, je vous en supplie ! Ne lui faites pas ça !

Nance plongea de nouveau Micheál dans la rivière et le ressortit un instant plus tard, ses cheveux roux plaqués sur son front, un filet d'eau claire coulant de sa bouche ouverte. Puis, sans lui laisser le temps de reprendre son souffle, elle crispa les mains autour de sa cage thoracique et l'immergea pour la troisième fois dans les flots glacés. Elle jeta un coup d'œil à Nóra : la veuve voyait comme elle le corps pâle du changelin se démener sous la surface bouillonnante de la rivière, et ses cheveux cuivrés onduler comme de petits poissons. Croisant son regard, Nóra hocha la tête pour la dernière fois, puis elle posa ses mains sur le torse de Micheál. Sur la berge, Mary pleurait toujours. Nance banda les muscles de ses bras, puis reporta son attention sur le saule pleureur, aux doigts prolongés par une profusion de chatons, et sur les jeunes pousses de cresson qui se blottissaient sur la rive. Tandis que ses poignets bleuissaient de froid et que le petit garçon la griffait en tentant d'échapper à son emprise, elle contempla les iris prêts à éclore, leurs feuilles serrées sur les fleurs jaunes comme des mains jointes en prière ; elle sentit le vent s'engouffrer dans ses cheveux lorsqu'il enveloppa les arbres dans son étreinte, envoyant feuilles et pollen danser à la surface de l'eau – surface que brisa brusquement la main de l'enfant, poing tendu vers le ciel. Nance ferma les yeux. Elle sentit ses mouvements s'espacer à mesure qu'il cessait de lutter. Elle sut alors, sans même regarder ses membres inertes et ses yeux vitreux, que la rivière avait reconnu le fé comme un des siens, et réclamé son dû.

TROISIÈME PARTIE

Quand la sorcière est en danger,
il ne lui reste qu'à courir
*Annair is cruadh dón chailligh
caithfidh si rith*

—

1826

17

Roncier

Mary courut comme si le diable était à ses trousses, en faisant gicler l'eau des flaques qui luisaient dans les champs. Elle franchit le sentier et s'élança vers la colline. Des éclats de silex s'enfoncèrent dans ses pieds. La douleur se propagea dans ses talons, tandis que la lumière de l'aube inondait la vallée. Elle courut, les yeux brouillés de larmes, les poumons contractés et brûlants, les flancs déchirés par une crampe. Elle courut. Elle courut comme si la terreur la saignait à blanc.

Lorsqu'elle vit paraître la chaumière de Peg en haut de la colline, elle laissa ses jambes l'y conduire. Jusque-là, elle avait couru sans réfléchir, n'écoutant que son instinct – une voix qui lui ordonnait de partir. De s'éloigner de l'horreur de la rivière. De fuir le spectacle de la tête de Micheál basculant, sans vie, contre la peau nue et ridée de Nance.

Elles l'avaient tué.

Dieu du ciel. Elles l'avaient assassiné, et Mary en avait été témoin. Pire encore, elle les avait laissées faire.

Comment oublier ce qu'elle avait vu ? L'immobilité du petit corps quand elles l'avaient sorti de la Flesk, ses pieds ruisselant d'eau, ses côtes saillant sous la peau de son torse ; le cri triomphal de Nóra ; sa jupe qui avait bouffé autour d'elle, piégeant l'air sous le tissu, quand elle s'était retournée et avait pointé du doigt un iris en fleur – Nance ne leur avait-elle pas dit que les changelins s'y réfugiaient après avoir été proscrits ? La tête de la veuve penchée sur le côté, sa gorge exposée au ciel. Et les oiseaux – les arbres soudain couverts d'oiseaux, dont le chœur avait couvert les hurlements de Mary. Tous ces oiseaux qui saluaient la levée du jour.

Mary courut jusqu'à ce que, butant contre une pierre, elle tombe et s'égratigne les mains. Elle s'assit sur la terre veinée de silex et se mit à crier, grelottante et terrifiée.

Il fallut une heure à Peg O'Shea pour calmer Mary et comprendre ce qu'elle racontait.

Les cris perçants de la jeune fille avaient réveillé toute la maisonnée, et le gendre de Peg s'était précipité à l'extérieur pour voir de quoi il retournait. C'est lui qui était revenu portant Mary dans ses bras. Couverte de boue, le souffle rapide et court, elle était incapable de parler. Son corps était parcouru de tremblements si violents que Peg avait demandé à sa fille de l'emmitoufler dans une couverture et de la tenir fermement.

— Que s'est-il passé, Mary ? Dis-nous ce qui s'est passé.

La servante se mit à pleurer, la bouche grande ouverte.

— Allons, ma fille, tu n'as plus rien à craindre.

Nous sommes là, près de toi. Raconte-nous. Qu'est-il arrivé ?

— Je veux rentrer chez moi.

Elle hoquetait de peur.

— Je veux rentrer chez moi.

— Tu rentreras chez toi. Mais d'abord, raconte-nous, Mary. S'il te plaît. Nous n'aimons pas te voir dans cet état.

— Je vais être pendue.

Peg et ses proches échangèrent un regard alarmé.

— Pendue ? répéta Peg.

— Elle s'en est débarrassée, sanglota Mary. Il est mort.

— Qui ?

— Micheál !

— Calme-toi. Là… Parfait. Respire un bon coup et raconte-moi tout. Micheál est mort, c'est ça ?

La jeune fille se débattit pour sortir les bras de la couverture, agrippa ses cheveux et s'en couvrit le visage. Puis elle se balança d'avant en arrière, à même le sol de la chaumière.

— Maman, murmura-t-elle. Je veux ma maman.

— Qu'as-tu vu, Mary ? Que s'est-il passé ?

— Je veux rentrer chez moi, sanglota-t-elle. Je ne veux pas mourir. Ils me pendront. Ils me pendront !

— Cesse d'y penser. Chut. Dis-moi, Mary, qu'as-tu vu ? Que s'est-il passé ?

Frémissant de tous ses membres, la jeune fille inspira longuement.

— C'est Nance, balbutia-t-elle. Elle l'a noyé, et maintenant il est mort.

Peg trouva Nóra chez elle, assise devant l'âtre, les yeux fixés sur les cendres. Elle se tenait parfaitement immobile, enveloppée dans le manteau de Martin, et serrait dans ses mains une bouteille de poitín posée sur ses genoux.

— Nóra ? C'est moi, Peg.

La veuve se retourna, le visage dépourvu d'expression. Peg vit qu'elle avait pleuré : ses yeux étaient bordés de rouge et son nez humide.

— Lui, il n'est pas là…

Ce disant, elle fut parcourue d'un frisson, puis déboucha la bouteille d'un geste vif et avala une gorgée d'alcool.

— Nóra ! Pour l'amour de Dieu, que s'est-il passé ?

Nóra crachota et s'essuya la bouche.

— J'espérais que lui serait là, mais… Je suis rentrée sans attendre, tu peux me croire. J'ai couru jusqu'ici, Peg. J'ai couru. Je me suis dit qu'il aurait peur de se retrouver tout seul dans la maison.

— Tu parles de ton petit-fils ?

— Lui n'est pas là, reprit-elle d'une voix incrédule. Je suis revenue, parce que je pensais…

Peg s'assit sur un tabouret.

— Tu es trempée jusqu'aux os. Tes vêtements sont mouillés et crottés.

Nóra baissa les yeux d'un air surpris, comme si elle découvrait l'état de sa tenue : ses jupes humides, couvertes de terre et de feuilles mortes ; son tablier parsemé d'épines de ronces.

— J'étais à la rivière.

— Que faisais-tu là-bas ?

— Puis je suis revenue ici. Pour voir si le petit de Johanna…

— Nóra. Mary affirme que le changelin est mort. Elle est dans tous ses états. Elle raconte qu'on l'a noyé dans la rivière. Est-ce vrai ?

Le visage de Nóra s'assombrit.

— Tu l'as vue ?

Elle agrippa les épaules de Peg, approchant son visage du sien.

— Qu'a-t-elle dit, exactement ?

— Nóra, tu me fais peur.

L'haleine aigre de la veuve empestait l'alcool.

— Dis-moi ce qu'elle t'a raconté. Dis-moi ce qu'elle t'a raconté !

Peg la repoussa doucement.

— Mary m'a annoncé que Micheál était mort. Noyé dans la rivière.

Mâchoires serrées, Nóra garda le silence.

— Non, Peg, reprit-elle un instant plus tard. C'était pas Micheál.

— Ta servante dit qu'elle a vu Nance noyer le petit garçon. Nóra, est-ce vrai ? Nance a-t-elle noyé ce malheureux petit ?

— C'était un fé, répliqua Nóra d'une voix chevrotante.

— Nance a-t-elle noyé ce fé ?

— Mary s'est enfuie. On s'est retournées et on l'a vue partir en courant.

— *On ?* Nance et toi, tu veux dire ?

— Je croyais que Micheál serait ici, répéta Nóra. Je croyais qu'on me le rendrait.

Peg prit une longue inspiration.

— Nóra. Le petit est-il mort noyé ?

Un coup frappé au battant les fit sursauter. Le père Healy se tenait dans l'embrasure de la porte restée ouverte, le gendre de Peg sur ses talons. Le curé les dévisageait avec gravité, les traits plissés d'inquiétude.

— Veuve Leahy ! Qu'avez-vous fait ?

Nóra secoua la tête, incapable de parler.

— Votre jeune servante vient de m'annoncer qu'elle a assisté ce matin à la mort par noyade de votre petit-fils.

— Non.

— S'agit-il de l'enfant dont vous êtes venue me parler ? Le petit infirme ? L'avez-vous noyé dans la rivière ?

— C'était un fé.

Le curé se figea, comme frappé d'horreur.

— Que Dieu vous pardonne, murmura-t-il. Où est l'enfant ? Qu'avez-vous fait de lui ?

— Il n'est pas ici.

— Nóra, avez-vous tué cet enfant ? Dites-moi la vérité, sans quoi... Dieu vous punira pour ce que vous avez fait, croyez-moi.

Nóra pinça les lèvres et garda le silence.

Le curé était devenu livide.

— Grand Dieu ! A-t-elle perdu la tête ?

— Elle a subi un choc, marmonna Peg. Elle n'est plus tout à fait elle-même.

Le père Healy porta la main à sa bouche.

— Écoutez-moi bien, maintenant. J'ai envoyé un de mes paroissiens à la caserne. Il va revenir avec des policiers. Vous comprenez ce que je dis ? Des agents de police vont venir pour que vous leur racontiez ce qui s'est passé. Que vous leur racontiez sous serment. Vous m'entendez ? Veuve Leahy !

Ses yeux tombèrent sur le flacon de poitín calé sur ses genoux.

— Ne me dites pas qu'elle est ivre. À sa place, je n'en boirais plus une goutte !

Il fit un signe de tête à Peg, qui retira doucement la bouteille des mains de Nóra.

— Je...

Le curé se pencha vers la veuve.

— Quoi ? Que dites-vous ?

— Je... Je ne veux pas partir d'ici.

— Les policiers vont s'entretenir avec vous. Et il n'est pas impossible que vous deviez les accompagner.

— Je ne partirai pas. Je ne peux pas partir.

— Ce ne sera pas pour longtemps, assura Peg d'un ton rassurant. Je m'occuperai de ta vache. Et de tes poules.

Nóra secoua la tête.

— Non, je dois rester ici. Micheál pourrait rentrer. Il n'est pas revenu aujourd'hui, mais il reviendra peut-être demain. Il faut que je l'attende.

Exaspéré, le père Healy haussa la voix :

— Si votre servante dit qu'il est mort, il ne reviendra pas. Savez-vous où se trouve votre petit-fils ? Où est son corps ?

— Micheál est avec les Bonnes Gens, mais il ne tardera pas à revenir. On va me le rendre. C'est Nance qui l'a dit.

Le prêtre garda le silence. Il se dirigea vers la porte, s'immobilisa et lança un dernier regard à Nóra, dans lequel la pitié se mêlait au dégoût.

— Si j'étais vous, madame, je ferais mes prières.

Il fit un signe à Peg.

— Assurez-vous qu'elle ne sort pas d'ici avant l'arrivée de la police.

Quand Nance atteignit sa chaumine, elle frissonnait de manière irrépressible. L'eau de la rivière avait pénétré au plus profond d'elle-même, et ses os étaient perclus de douleur. La faim qui l'avait si âprement tenaillée les jours précédents s'était estompée, cédant place à la nausée. Maintenant que c'était fait, tout ce qu'elle voulait, c'était dormir. Se traînant jusqu'à son matelas de bruyère, Nance étendit sur elle sa couverture et ferma les yeux.

Sitôt endormie, elle rêva.

Elle rêva qu'elle était jeune et qu'elle descendait la grand-rue de Killarney. La chaleur d'un été précoce avait durci la boue de la chaussée.

Soudain, elle fut cernée par des jeunes femmes aux visages brunis par le travail au grand air. Elles portaient sur le dos des paniers remplis de poissons. Elles crièrent son nom, en ouvrant grand la bouche.

« Nance !

— Nance, arrête-toi ! On voudrait te parler. »

Elle se figea. Le sol était chaud sous ses pieds.

Les femmes se pressèrent autour d'elle.

« On t'a vue, la nuit du premier mai. Là-bas, dans les champs.

— Oui, tu y étais. La nuit de Walpurgis. À marcher toute seule, avec un déguisement.

— Je n'ai jamais fait une chose pareille.

— Pourtant on t'a vue, Nance Roche.

— C'est vrai.

— C'est vrai, on t'a vue pénétrer à tâtons dans un buisson de ronces.

— C'est faux.

— Et pourtant, on t'a vue le faire. Et celui qui t'a vue a juré sur Dieu que c'était vrai.

— Qui peut bien raconter ça ?

— Il a dit que tu t'es déshabillée et que tu as rampé sous le roncier. Et qu'après, il t'a entendue tenir des propos étranges.

— Qui raconte de tels mensonges ?

— Je crains de te le dire, Nance. Tu pourrais lui jeter un sort.

— Je n'ai jamais fait ça.

— C'est un péché terrible, pour sûr.

— Est-ce vrai que tu es partie avec les Bonnes Gens ?

— Non. Jamais de la vie.

— On sait tous que ta mère a été emportée.

— Oui, et que ta tante, Maggie la folle, est en bons termes avec Eux. Ils lui ont appris à jeter le mauvais œil.

— Ils sont tous fous dans la famille. Sa mère aussi. Ils ont la folie dans le sang.

— Pour sûr. C'est pour ça que ton père s'est noyé.

— C'était un accident.

— Tu mens, Nance. C'est la folie qui l'a poussé à l'eau.

— Ou les Fairies.

— Bientôt, tu seras jetée dehors. C'est ce qui arrive à ceux qui lancent des malédictions. À ceux qui trempent dans tout ça.

— Pour sûr, tu n'as plus de quoi vivre dans cette chaumière, maintenant que ton père n'est plus là. »

Une vague de colère monta en elle, si violente qu'elle eut l'impression de se consumer au milieu de la rue.

« C'est vraiment cruel de votre part », murmura-t-elle.

Quand les femmes éclatèrent de rire, Nance rêva qu'elle tendait le bras et posait son doigt brûlant sur le cœur de chacune d'entre elles.

« Je vous maudis ! lança-t-elle tandis qu'elles se mettaient à hurler. Puisse l'herbe envahir le seuil de vos maisons, puissiez-vous mourir sans curé dans une ville sans clergé, et puissent les corbeaux nettoyer vos cadavres ! *Imeacht gan teacht ort !* Puissiez-vous partir et ne jamais revenir ! »

Les femmes se remirent à hurler. Elles hurlèrent et hurlèrent encore, jusqu'à ce que leurs cris réveillent Nance et qu'elle se redresse sur son lit en haletant.

Dans la faible lumière de l'après-midi, sa chaumine était lugubre. Elle entendit des bruits de pas et des murmures à l'extérieur. Une odeur d'herbe foulée envahit l'air froid.

Les Bonnes Gens, pensa Nance. Ils viennent me chercher.

Elle resta un long moment les yeux rivés sur les tisons, les traînées de suie sur la chaux, les joncs séchés qui couvraient le sol.

C'est pour moi qu'Ils viennent, songea-t-elle. Comme Ils sont venus pour Maggie.

— Nance Roche. Ouvrez la porte.

— Êtes-vous un vivant ou un mort ?

— Ouvrez cette porte.

Elle n'avait plus le temps de se mettre à l'abri. Plus le temps de protéger sa vie et son âme avec des herbes ou des sortilèges. Ne restaient que les braises éteintes de son foyer.

Quand les policiers enfoncèrent à coups d'épaule la

porte en osier, ils découvrirent Nance à quatre pattes, en train de bourrer ses poches de charbon.

En voyant surgir deux policiers de la caserne de Killarney, la vallée se perdit en conjectures. Les paysans s'attroupèrent sur la route et suivirent des yeux les hommes à cheval qui gagnèrent la petite chapelle puis, accompagnés du prêtre, longèrent le versant de la colline, dépassant la demeure du forgeron, le puits et son petit groupe de femmes bouche bée, avant d'atteindre le pied de la montée vers les fermes Leahy et O'Shea. La foule, qui leur avait emboîté le pas, vit les policiers tendre leurs rênes au curé et partir à pied vers le col. Le premier entra dans la maison des O'Shea, le second dans celle de Nóra Leahy.

Quand ils réapparurent un moment plus tard, tenant entre eux la veuve à l'air désorienté et sa servante en larmes, un murmure d'excitation parcourut la petite foule. Les badauds virent les policiers amener les femmes jusqu'à la route, puis vers la chapelle, avant de se précipiter au sommet de la colline chez Peg O'Shea pour savoir ce qui s'était passé. Avait-on surpris la fille de ferme en train de chaparder ? La veuve avait-elle causé la mort de son mari ? Quand ils constatèrent que les policiers partaient chercher Nance, ils se demandèrent si toutes trois ne s'étaient pas entendues avec les Fairies pour jeter un sort sur la vallée, rendre le beurre moins gras dans les barattes, tuer des animaux par pure malice. Et fabriquer des *piseógs* pour nuire au curé.

Ce ne fut pas long. À la tombée du jour, la vallée était en effervescence. Une plainte avait été déposée contre Nóra Leahy, Mary Clifford et Nance Roche. Le changelin que Nóra cachait chez elle était mort noyé dans la rivière, et l'affaire était maintenant considérée comme un meurtre.

18

Aubépine

L'inspecteur de police transpirait à grosses gouttes. Son cou rubicond tranchait sur le vert foncé de son uniforme.

— Madame Leahy, vous devez me dire la vérité, maintenant. Avez-vous employé cette femme, la dénommée... (il jeta un coup d'œil sur une feuille devant lui)... « Anne Roche », pour tuer votre petit-fils ?

— Pas Anne : Nance, murmura Nóra.

Le policier vérifia son papier.

— Mon document indique « Anne ».

— Tout le monde l'appelle Nance. Nance Roche.

Il lui jeta un regard agacé sous ses sourcils broussailleux.

— C'est pourtant une question simple ! Avez-vous payé cette femme pour qu'elle tue votre petit-fils, Micheál Kelliher ?

Nóra fixait la pomme d'Adam de l'inspecteur, qui palpitait au-dessus de son col de chemise, fermé jusqu'au dernier bouton. Elle porta une main tremblante à sa propre gorge.

— Je ne lui ai pas donné un sou.

— Dans ce cas, c'était un service ? Lui avez-vous demandé de tuer Micheál ?

Nóra secoua la tête.

— Pas du tout. Rien de tout ça. Nance devait le soigner. Et chasser le fé.

L'agent haussa un sourcil.

— Le fé ?

Nóra promena un regard autour d'elle. Le baraquement de la police sentait la sueur, le cirage et le lard fumé. Son ventre gargouilla. On ne lui avait donné qu'un seul bol de gruau d'avoine par jour depuis qu'on l'avait amenée ici. Quatre nuits à la dure sur une paillasse humide, enfermée entre quatre murs de pierre. Quatre gamelles de gruau trop clair dispensées en silence. Aucun des hommes qui lui apportaient à manger n'avait daigné répondre à ses questions. Personne pour lui dire si on avait retrouvé un petit garçon dans la vallée. Pourtant, Micheál devait la chercher, avait-elle expliqué aux gardiens qui lui tendaient sa pitance. Il est roux. Il a quatre ans.

— J'ai besoin d'une réponse, madame Leahy. Vous avez bien dit... le fé ?

Nóra regarda une mouche déboucher du conduit de cheminée, voleter au-dessus de l'âtre vide, puis aller s'écraser contre la petite fenêtre sale.

— Madame Leahy ?

Nóra sursauta.

— Votre jeune servante, Mary Clifford, déclare que cette Anne Roche voulait plonger votre petit-fils dans la rivière, attendu que c'était un crétin. Ce n'est pas le terme qu'elle a employé, bien sûr. Elle a dit « simple d'esprit ».

Il se pencha vers elle.

— Pour sûr, pas facile d'avoir un gosse comme ça à la maison, ajouta-t-il en baissant la voix. Est-ce une sorte de délivrance que vous cherchiez, madame Leahy ?

Comme elle ne réagissait pas, il s'adossa à sa chaise et entreprit de rouler une cigarette, observant Nóra à la dérobée tandis qu'il léchait le papier.

— J'ai une chienne, vous savez, reprit-il. Elle a une portée chaque année. Huit chiots à chaque fois. Je vends ceux que je peux, mais parfois, dans le tas, il y a un avorton – vous comprenez ?

Il repoussa son siège, qui crissa sur le sol, et tira des allumettes de sa poche.

— Les avortons, personne n'en veut.

Nóra le regarda allumer sa cigarette, puis secouer l'allumette pour l'éteindre.

Il pointa la cigarette sur elle.

— Alors qu'est-ce que je fais, chaque année, avec les avortons invendables ? Vous le savez, madame Leahy ?

— Non.

Il aspira une bouffée et souffla la fumée vers le plafond sans quitter Nóra des yeux.

— Je les noie. Je descends à la rivière et je noie les petites bêtes avant qu'elles aient le temps de comprendre. Mais, madame Leahy...

Il marqua une pause pour inhaler une nouvelle bouffée, le papier sec s'accrochant à sa lèvre inférieure.

— Madame Leahy, un enfant n'est pas un chiot.

Il secoua la tête, les yeux toujours rivés aux siens.

— Alors je me fiche de savoir si, pour vous, ce petit garçon n'était qu'un avorton. Si vous l'avez volontairement noyé, vous serez pendue, un point c'est tout.

Nóra ferma les yeux et revit le frémissement du changelin sous la surface noire de l'eau. L'étendue mouchetée des premières lueurs du jour sur la berge. Les branches chargées d'oiseaux comme autant de témoins.

— C'était pas un enfant.

— Quel âge avait-il, madame Leahy ?

— Le fé... Il avait quatre ans.

— Le « fé », encore ?

Il inscrivit quelques mots sur sa feuille de papier.

— Et depuis combien de temps était-il à votre charge ?

— Depuis que ma fille nous a quittés – paix à son âme.

Nóra aurait bien voulu savoir ce qu'écrivait le policier. Comment une main aussi épaisse et calleuse pouvait-elle tracer des motifs aussi déliés ?

— Et à quand cela remonte-t-il, madame Leahy ? Nóra réfléchit, battant des paupières.

— À la dernière récolte. Août dernier.

— Pouvez-vous me décrire l'état de Micheál ?

— L'état ?

— Sa santé, madame Leahy.

— Puis-je avoir un peu d'eau, s'il vous plaît ?

— Répondez-moi.

— Le fé ne... Il ne savait pas marcher. Pas parler. Il était dérangé...

— Pardon ? Parlez plus fort.

— Dérangé dans sa tête.

Le policier lui décocha un regard dur, avant d'écraser lentement sa cigarette. Il saisit sa feuille de papier.

— Mary Clifford a fait une déposition sous serment. Elle...

— Où est Mary ? Et Nance, où est Nance ?

L'inspecteur se passa une main dans le cou et tira sur le col empesé de sa chemise.

— Pour le moment, vous êtes toutes les trois inculpées pour les mêmes faits, madame Leahy. Accusées d'homicide volontaire. Il a été établi que...

Il hésita, prit un autre document dont il parcourut des yeux le texte manuscrit.

— Vous avez été mises en cause dans le rapport du médecin légiste. « Il apparaît que le défunt, Micheál Kelliher, a trouvé la mort par noyade dans la Flesk, le lundi 6 mars 1826, des mains d'Anne Roche, avec la complicité d'Honora Leahy, grand-mère de l'enfant, et de Mary Clifford. »

Nóra se redressa sur sa chaise, troublée, le cœur soudain prêt à exploser.

— Micheál ? On l'a retrouvé ? Il est rentré à la maison ?

— Étant donné la gravité de ces accusations, madame Leahy, l'affaire va être déférée à la session estivale des assises de Tralee. Vous serez transférée à la prison de Ballymullen, puis jugée lors d'un procès en présence d'un jury populaire. À moins que les charges contre elles ne soient abandonnées, Mary et Anne seront également traduites en justice.

— Vous avez trouvé Micheál ?

— Vous comprenez, madame Leahy ?

— Vous avez retrouvé mon petit-fils ? Je vous demande...

— Le corps de votre petit-fils a été découvert en un lieu tout proche du domicile d'Anne Roche : sur le site de Piper's Grave, comme on l'appelle dans la région.

— Piper's Grave ?

Nóra vit le buisson d'aubépine dans le bleu profond du petit matin, la danse de la lumière à travers ses branches.

— Quand Anne Roche a été interrogée par la police, elle a conduit les agents à l'endroit où elle avait déposé le corps de Micheál.

— Micheál ? Je peux le voir ? Je vous en prie !

L'inspecteur la fixa avec insistance.

— Toutes les trois, vous avez noyé Micheál Kelliher, madame Leahy. Ensuite, Anne Roche a caché son corps.

Il consulta à nouveau ses documents.

— Elle n'a pas beaucoup creusé, en plus. Une bien piètre tombe, à vrai dire. À peine vingt-cinq centimètres de profondeur.

Nóra se mit à haleter, les doigts sur les tempes.

— Ce n'était pas Micheál.

— Votre petit-fils. Enterré comme un chien.

— Non. Ce n'était pas Micheál.

Elle fondit en larmes. Ses sanglots résonnèrent à travers la pièce.

— Madame Leahy ?

— Ce n'était pas Micheál !

— Calmez-vous.

— C'était un fé !

Nóra posa ses coudes sur la table et enfouit son visage entre ses mains pour dissimuler ses pleurs.

— Madame Leahy, il faut vous ressaisir et me raconter ce qui s'est passé. Anne Roche vous a-t-elle dit que votre petit-fils, Micheál Kelliher, était un fé ?

Nóra acquiesça, le visage toujours caché entre ses mains.

— À présent, le remords vous ronge, car vous comprenez que ce n'était pas le cas ?

Elle s'essuya le nez d'un revers de manche, puis contempla le filet de morve qui luisait sur le tissu.

— Ce n'est pas Micheál qu'ils ont retrouvé, murmura-t-elle. Cet enfant n'était pas mon petit-fils.

— Voyons, vous le reconnaîtriez, tout de même.

Elle secoua la tête.

— Non. On me l'a changé. Je l'ai vu, et quand on me l'a ramené, il était changé.

— Et cette Anne vous a affirmé que ce changement venait de ce qu'il avait été remplacé par un fé ?

— Elle m'a expliqué que Micheál avait été emporté par les Bonnes Gens. Que le petit infirme était un des leurs. Et elle m'a promis de faire revenir mon petit-fils.

L'inspecteur considéra Nóra avec attention. Roula une autre cigarette.

— Madame Leahy. Vous qui êtes une personne de bonne réputation, vous avez cru cette femme lorsqu'elle vous a raconté que votre petit-fils paralytique était une créature surnaturelle ?

— Paralytique ?

— Il n'avait pas l'usage de ses jambes.

Nóra essuya ses larmes dans un coin de son châle.

— Pardon ? Vous pouvez répéter ce mot ?

— Paralytique. C'est un terme médical employé pour décrire les enfants comme le vôtre, qui ne peuvent pas bouger les jambes, les bras, ou aucun de leurs membres. Il s'agit d'une affection connue, madame Leahy. Une maladie de l'immobilité. C'est ce dont souffrait Micheál, selon le médecin légiste et ses pairs.

— Non. Il ne souffrait de rien. Ce n'était pas lui, voilà tout.

— Si, madame Leahy, c'était bien lui.

Le policier se pencha vers elle.

— Toutes ces histoires de Fairies et de Peuple invisible... Pour sûr, certaines personnes préfèrent se raconter n'importe quoi plutôt que d'affronter la réalité en face.

— Il doit m'attendre, gémit Nóra en se remettant à pleurer. Il doit m'attendre à la maison, et il n'y a personne pour l'accueillir ! Oh, Dieu du ciel !

— Madame Leahy, vous êtes-vous persuadée de ce que vous aviez envie de croire ? Ou poursuiviez-vous un autre dessein ? Avez-vous pensé qu'il vous suffirait de donner une poule et un peu de tourbe à une pauvre vieille pour qu'en échange elle vous délivre d'un avorton, tout en vous abreuvant de sornettes sur les Bonnes Gens ?

— Vous vous trompez, répliqua Nóra en serrant les poings. Je sais que Micheál est revenu dans la vallée. Après tout ce que j'ai fait, tout le mal que je me suis donné pour qu'il revienne chez moi... Et vous me retenez ici ! Je ne voulais rien d'autre, vous comprenez ? Je voulais seulement l'avoir près de moi.

L'inspecteur plissa les yeux et aspira une longue bouffée de tabac, le regard fixé sur la vieille femme. La cigarette rougeoya entre ses lèvres.

— Bien sûr, madame Leahy. Bien sûr.

Assise dans la charrette qui cahotait à travers les rues de Killarney, Nance leva les yeux. Le moindre caillou, la moindre ornière lui secouait les os. Elle avait la sensation que ses dernières dents allaient tomber à force de trembler dans ses gencives. Elle n'avait pas l'habitude de voyager si rapidement. Pas l'habitude de la traction rapide du cheval, dont les oreilles se dressaient sous les exhortations de l'homme au manteau sombre juché à l'avant, son col sale remonté sur le nez.

Elle avait perdu la notion du temps.

Nóra se trouvait sur le banc d'en face, coincée entre l'angle du fourgon et l'épaule massive d'un policier. Nance n'aurait su dire si la veuve était éveillée ou non – son châle dissimulait en partie son visage, qu'elle penchait vers ses pieds. Quand on les avait sorties de la caserne pour les faire grimper à bord de la charrette, la veuve – pâle, visiblement affaiblie – s'était penchée vers Nance pour chuchoter quelques mots. « Ils ne veulent pas me croire », avait-elle soufflé. Depuis, plus rien.

Nance porta les yeux au-delà de la masse de l'agent assis à son côté pour contempler les rues de Killarney. Les auberges et les garnis, le ruban propret de la grand-rue ponctué de cours et de venelles crottées. Killarney, baignée de fumée sous le grand soleil, peuplée de gamins pouilleux crachant dans les ruelles, et d'hommes traînant leurs paniers chargés de mottes de terre et de tourbe. Après cinq nuits dans son étroite cellule, il y avait soudain trop de bruit, trop de visages crasseux aux regards inquisiteurs sous des sourcils froncés. Par deux fois, elle avait fui cette ville hostile. Maggie la folle, Nance la folle : une seule et même personne. Père emporté par les flots, mère emportée par les Fairies, impossible de savoir comment celle-ci va tourner, mais il est évident qu'elle est avec Eux.

Avec Eux qui hantent ce monde. Elle appartient aux Bonnes Gens.

Nance ferma les paupières et se raidit pour affronter les secousses de la chaussée. Lorsqu'elle les rouvrit, la boue de la ville s'était estompée, et ils roulaient sur la vieille voie de la malle-poste en direction de Tralee, entre les montagnes de roche et d'herbe, à une distance bienvenue des hautes futaies, des lacs et de l'essaim grouillant de Killarney. Dans les champs, des hommes plantaient des *red cups* tandis que d'autres plants de pommes de terre commençaient à surgir à l'air libre. Le monde avait refleuri. Fossés tapissés de violettes des bois et d'ajoncs, champs constellés de laiterons, pissenlits et cardamines des prés. Les arbres aux fées isolés, abandonnés à eux-mêmes au milieu des cultures, s'épanouissaient en belles boules blanches. Le cœur de Nance s'emplit de joie devant les arbustes couverts de pétales butinés par des myriades d'abeilles.

Ce sera bientôt la nuit de Walpurgis, songea Nance. Elle pensa aux habitants de la vallée, qui, d'ici peu, cueilleraient des brassées de fleurs jaunes, réputées pour les bienfaits qu'elles tiraient du soleil, arracheraient les primevères, les soucis d'eau et les boutons-d'or pour en frictionner le pis des vaches afin de bénir leur lait, pour les disposer sur les pas-de-porte et les perrons, ces lieux de passage où le monde invisible pouvait s'infiltrer dans le visible, des fleurs pour sceller les interstices par lesquels le mauvais œil pouvait s'immiscer en cette nuit du premier mai.

Trente kilomètres de Killarney à Tralee. Cinquante depuis la vallée. Même lorsqu'elle était plus jeune et habituée à de longues marches, pareille distance lui aurait pris la journée, de l'aube au crépuscule.

La lumière diminua. L'après-midi glissa dans le silence. Les grillons commencèrent à striduler sur le chant lointain d'un coucou accompagnant le coucher du soleil. En face d'elle, Nóra pleurait sans bruit. Les trépidations de la charrette faisaient cliqueter les fers à ses poignets.

Dieu est ici, songea Nance. Je le vois toujours.

Assise par terre dans le cachot exigu de Killarney, la tête appuyée dans l'angle de pierre, Mary se pinçait la chair du bras. Depuis que le policier était venu l'arrêter chez Peg O'Shea, ses mains s'étaient mises à trembler et elle avait pris l'habitude de se tordre la peau pour réprimer les spasmes.

Elle avait mal à la tête. Elle avait passé les deux premières nuits à pleurer, sanglotant dans ses mains encore grises de boue et de vase, jusqu'à s'étourdir d'épuisement. L'agent qui l'avait interrogée avait paru embarrassé par sa détresse. Il lui avait offert son mouchoir, et avait attendu patiemment qu'elle soit en mesure de répondre à ses questions.

À présent, Mary se sentait vide, toutes ses larmes taries. Elle baissa les yeux sur le carré de tissu chiffonné au creux de ses genoux et le porta à ses narines. Il sentait encore le savon à barbe et la fumée de tabac.

L'après-midi s'était assombri. Il y avait une lucarne en haut du mur, et, toute la journée, Mary s'était concentrée sur la lumière qui tombait contre la paroi d'en face, hypnotisée par sa lente évolution. Elle ferma les yeux. Des hommes bavardaient dans la cour de la caserne. Des bruits de pas résonnèrent dans le long couloir menant à sa cellule.

Un cliquetis de serrure se fit entendre, puis la porte s'ouvrit. Mary, s'attendant à voir un gardien, fut surprise de découvrir un visage familier.

— Bonjour, Mary Clifford.
— Père Healy !

Le prêtre chercha du regard un endroit où s'asseoir, puis, ne trouvant que le sol de pierre, vint s'accroupir devant Mary.

— C'est une bien triste affaire.
— Oui, mon père.

Il marqua un silence.

— On m'a dit que tu avais déposé sous serment.

Mary acquiesça, repliant les genoux contre sa poitrine. Elle avait conscience de la crasse sur ses joues, de la boue qui maculait le bas de ses jupes.

— J'ai de bonnes nouvelles pour toi. Les services du procureur de la Couronne voudraient que tu sois leur témoin principal.

Mary se sentit prise de panique, la gorge sèche.

— Leur témoin principal ?
— Tu comprends ce que cela signifie ?
— Non, mon père.
— Cela veut dire qu'ils sont prêts à abandonner les charges d'homicide volontaire contre toi si tu témoignes. Si tu racontes à la cour, au juge et aux jurés ce que tu as vu. Ce que tu as fait.
— Je ne voulais pas qu'il meure, mon père.

Elle jeta un coup d'œil sur le mouchoir dans ses mains, les minuscules lésions à l'intérieur de son poignet.

— Mary, regarde-moi.

Le père Healy avait l'air sombre.

— Ils vont te libérer. Tout ce que tu auras à faire, c'est prêter serment et répéter à la cour ce que tu as déclaré aux policiers. Ce que tu as expliqué dans ta déposition solennelle. Répondre à leurs questions du mieux que tu pourras.

Mary le regarda, égarée.

— Si tu témoignes, tu ne seras pas poursuivie. Tu comprends ? Tu pourras rentrer chez toi auprès de tes parents.

— Je ne serai pas pendue ?

— Tu ne seras pas pendue.

— Et Nóra ? Et Nance ? Elles seront pendues, elles ?

— Elles sont parties aujourd'hui pour Ballymullen.

Le père Healy changea de pied d'appui, tira sur le bas de son pantalon.

— Tu sais que Micheál Kelliher n'était pas un fé, n'est-ce pas, Mary ? C'était un petit garçon atteint de crétinisme. Ce ne sont pas les Fairies qui l'ont emporté, mais l'ignorance de sa grand-mère et d'une vieille sorcière. Il n'a pas été renvoyé auprès des siens. Il a été *assassiné*. Tu comprends tout cela, n'est-ce pas ?

Mary serra les dents pour réprimer les larmes qui menaçaient de la submerger. Elle hocha la tête.

Le père Healy poursuivit, la voix grave :

— Dieu t'a protégée, Mary. Cependant, tu dois tirer leçon de la chute de Nóra Leahy et Nance Roche. Prie pour leur âme, et pour l'âme de Micheál Kelliher.

— Je peux rentrer à Annamore ?

Le père Healy se redressa en grimaçant.

— C'est de là que tu viens ?

Il se frotta la jambe pour faire passer la crampe qui l'engourdissait.

— Pas avant la fin du procès. Tu vas m'accompagner à Tralee. Les procureurs de la Couronne, les avocats voudront te parler. As-tu un endroit où loger là-bas ? Des parents qui peuvent t'accueillir ?

Mary secoua la tête.

Le prêtre réfléchit.

— Je vais voir si je peux te trouver quelque chose. Une maison où tu pourrais travailler pour être hébergée pendant les mois à venir, jusqu'à ce que le procès soit terminé. Ensuite, tu seras livrée à toi-même. Tu comprends ?

— Merci, mon père.

Il pivota sur ses talons et frappa quelques coups secs à la porte. Des bruits de bottes se firent entendre. Pendant que la clé tournait dans la serrure, il eut un dernier regard vers elle.

— Remercie Dieu de Sa bonté, Mary. C'est par Sa seule miséricorde que te voilà sauvée. Je reviendrai demain.

Il sortit.

Mary contempla ses mains sales, le cœur battant. Je suis libre, songea-t-elle. Elle attendit que le soulagement déferle à travers tout son être. Il ne se passa rien. Elle resta là, à se pincer la peau de la paume.

Comme on entaille le pain en croix pour conjurer le diable, pensa-t-elle.

Elles arrivèrent à Tralee à la tombée du jour. Nance se recroquevilla à la vue de la ville et de ses rues

460

commerçantes, des belles demeures bordant le front de mer. Des diligences chargées de messieurs circulaient avec fracas au milieu des flots de domestiques, de négociants et d'inévitables traîne-misère. La veuve redressa brièvement la tête pour considérer la ville, jusqu'à ce qu'ils approchent des grilles de la prison de Ballymullen. Elle jeta alors à Nance un regard terrifié.

— Nous n'en sortirons jamais, murmura-t-elle, les yeux écarquillés.

— Silence ! ordonna l'un des policiers.

C'est à ce moment-là que Nance prit peur. Sitôt les grilles franchies, l'air se fit plus lourd, humide et froid. Sous le poids de l'ombre projetée par les hauts murs, son corps se mit à trembler.

Fenêtres grillagées, à bordure de pierre. La prison était si sombre que les agents qui les y menèrent se déplaçaient avec des lanternes. La gorge de Nance s'emplit de bile. Elle repensa à sa cabane et à Mora, qui devait sûrement l'attendre, les mamelles pleines de lait.

Les geôliers emmenèrent d'abord Nóra pour la peser, puis, après une brève discussion avec les policiers, ils l'entraînèrent dans un couloir obscur. Nóra tourna la tête par-dessus son épaule, ses lèvres s'ouvrant de terreur avant que le noir l'engloutisse. Nance sentit des mains l'attraper fermement par le bras et la conduire vers la balance.

— Anne Roche. Âge inconnu. Un mètre cinquante. Quarante-quatre kilos. Cheveux blancs. Yeux bleus. Signes distinctifs : strabisme, jointures des pouces hypertrophiées, dents de devant, cicatrice sur le front. Catholique. Indigente. Accusée d'homicide volontaire.

Les compagnes de cellule de Nance étaient sales et muettes. Étendues sur des tas de paille amoncelés à même le sol dallé, elles ouvraient de grands yeux dans le noir. L'une d'elles, la peau aussi grêlée que le sol des montagnes, marmonnait entre ses dents. De temps à autre, elle secouait la tête comme si elle n'arrivait pas à croire à son emprisonnement.

Cette nuit-là, Nance fut réveillée par des cris perçants. Quand le gardien vint voir de quoi il retournait, une lanterne à la main, elle découvrit que la marmonneuse s'était fracassé la tête en se jetant contre le mur. Le gardien l'emmena. Après leur départ, le cachot retombé dans le noir, une voix résonna dans l'angle de la pièce :

— Bien contente qu'elle soit partie, celle-là.

Un silence, puis une autre voix répondit :

— Elle a un grain.

— Ébouillantement délibéré, reprit la première. C'est pour ça qu'elle est là. Elle a essayé de faire cuire son gosse comme une patate.

— Toi, ils t'ont embarquée pour quoi ?

Nouveau silence.

— Mendicité. Et toi ?

— Chapardage de tourbe.

— Ivresse.

— Et toi, la vieille ? Troubles sur la voie publique, c'est ça ?

Ces propos suscitèrent quelques ricanements.

Nance resta bouche close, le cœur battant à se rompre. Elle se recroquevilla sur elle-même, paupières baissées dans l'obscurité, oreilles sourdes aux voix sans visage, et imagina la rivière. Le flot nourri de la rivière au plus fort de l'été. Elle se représenta l'éclat vert de la mousse, les ronces alourdies de baies gonflées de sucre, les œufs bien cachés craquelés par de petits coups de bec. Elle songea à la vie qui continuait à galoper à l'extérieur de la prison et, lorsqu'elle parvint à la voir, à voir le monde invincible, elle s'assoupit enfin.

Une lumière grise s'étalait sur le mur comme une salissure. Nóra n'avait pas pu trouver le sommeil dans l'espace restreint de la cellule, entourée par d'autres corps dont elle percevait la toux et les gémissements, terrifiée par d'autres bruits fugaces qu'elle ne parvenait pas à identifier. C'était un soulagement que de sortir des ténèbres absolues dans lesquelles elle avait pleuré toute la nuit. En se frottant les yeux, elle constata que sept autres femmes partageaient sa geôle exiguë, presque toutes endormies. Nance ne se trouvait pas parmi elles.

Une jeune femme, dont la chevelure brune se marbrait de quelques cheveux blancs, dormait à côté de Nóra, la tête contre le mur. Une autre, vautrée à ses pieds, ronflait. Toutes deux étaient menues, les pieds noirs de crasse.

Une seule de ses codétenues était réveillée. Cheveux châtain terne, assise sur ses talons, elle étudiait Nóra avec attention. Lorsque leurs regards se croisèrent, elle s'approcha, rampant à quatre pattes vers elle. Nóra se redressa précipitamment.

— Mary Foley, annonça la femme. Bien dormi ?

Nóra serra contre elle la robe de toile qu'on lui avait donnée. Le tissu était trempé.

— Je sais pourquoi t'es là. T'as tué un petiot.

Nóra sentit l'odeur forte de son haleine.

— Tu devrais réclamer un prêtre. Ils pendent les tueuses, en ce moment.

Mary Foley pencha la tête, examinant froidement Nóra.

— Johanna Lovett. Ils lui ont mis la corde au cou juste devant la prison y a pas un mois pour le meurtre de son mari.

Elle lui adressa un clin d'œil.

— Comme un poisson au bout de sa ligne, qu'elle était. Ouais, elle se balançait comme un putain de poisson.

Nóra la dévisagea.

— J'entre et je ressors d'ici plus souvent qu'un marin dans une putain, ajouta l'autre. Je sais tout ce qui se passe.

— Je ne l'ai pas tué.

Mary sourit.

— Et moi, je bois pas. Mais le diable, il arrive quand même à me faire passer la gnôle dans le gosier.

Elle s'assit sur ses talons.

— T'es une faiseuse d'anges, c'est ça ?

Nóra secoua la tête.

— Alors comment qu'il est mort ?

— C'était pas un enfant, en vérité.

Mary Foley arqua les sourcils.

— C'était un changelin.

Mary sourit de toutes ses dents.

— Toi, t'es fêlée. Enfin, vaut mieux être fêlée que mauvaise. Tu vois celle-là, qui fait tellement de boucan ?

Elle désignait la ronfleuse.

— Mary Walsh. Elle a tenté de cacher la naissance

de son bébé. Elle va bien prendre trois mois, à moins qu'ils décident de la poursuivre pour abandon d'enfant. Dans ce cas-là, elle aura plus. À cause de sa mauvaiseté.

Nóra fixa la jeune femme et pensa à Brigid Lynch, les jambes ruisselantes de sang. L'enfant tant attendu inhumé dans le *cillín*.

Le changelin enterré à Piper's Grave. Son petit corps sous vingt-cinq centimètres de terre.

— Et elle, avec sa figure toute brûlée ? Moynihan. Tentative de meurtre sur elle-même.

Mary renifla, s'essuya le nez du dos de la main.

— Elle a voulu se noyer. Sauf qu'elle n'arrêtait pas de remonter à la surface comme un bouchon de liège, alors on l'a repêchée.

Nóra regarda la jeune femme lovée dans le coin, les mains glissées sous sa tête.

— C'est pas croyable, le nombre de femmes qui se laissent avoir de cette façon-là. C'est des pierres qu'il faut, quand on cherche à se noyer ! Je ne voudrais pas partir comme ça, moi. Sauf à me noyer dans une bouteille – là d'accord. (Mary Foley approuva ses propos d'un signe de tête.) Pour sûr. Y a que ceux qui sont nés pour être pendus qui n'ont pas peur de l'eau.

19

Menthe

Trop étroit, le corsage de Mary lui entaillait les bras, et elle sentait la transpiration humecter son col. Le tribunal de Tralee était l'édifice le plus imposant et le plus élégant où elle ait jamais mis les pieds – mais il grouillait de monde, et elle crut s'évanouir sous l'effet de la touffeur et de la peur qu'avaient laissée là tous ceux qui s'étaient tenus à la barre, vociférant, criant leur innocence ou dénonçant la cruauté du monde.

La jeune fille promena un regard inquiet sur l'assistance. Où était le père Healy ? Il était venu la chercher au matin dans la famille de négociants à laquelle il l'avait confiée et qui l'avait accueillie ces trois derniers mois. Puis il l'avait conduite au tribunal, mais, dans la cohue, elle l'avait perdu de vue.

J'ai grandi, songea-t-elle en frôlant du doigt les coutures trop serrées de ses vêtements. Dès mon retour à la maison, je découds mes habits pour me donner de l'aisance.

Elle aurait voulu les brûler. Brûler la jupe, la combinaison, le châle et tout ce qu'elle avait rapporté de chez la veuve. Les jeter au feu, les réduire en cendres et ne plus se vêtir que de tissu neuf, jamais touché par Micheál. Elle avait eu beau laver et frotter ses vêtements en arrivant à Tralee, elle respirait encore les effluves de l'enfant sur elle. Son odeur âcre et poisseuse. Les nuits de veille, la bouche baveuse du petit garçon hurlant sur sa poitrine. Le savon de crin. La boue noire de la berge.

Mary observa les hommes qui avaient été assermentés comme jurés. Ils étaient plus de vingt. Un rang de beaux messieurs, costumes noirs et barbes impeccables, siégeant d'un air placide au milieu de la horde tumultueuse pressée de connaître les verdicts qui seraient prononcés contre les prisonniers conduits au banc des accusés. Mary et le père Healy avaient mis une éternité à traverser la mêlée. Les badauds s'attroupaient en masses denses autour des avocats, les tiraient par la manche, réclamaient justice. Près des jurés, les sténographes judiciaires scrutaient la salle ; certains humectaient leurs crayons. Mary prit une grande inspiration. Elle avait les mains moites de nervosité.

L'un des jurés croisa son regard et lui adressa un sourire bienveillant. Mary reporta son attention sur le fauteuil où trônait le juge. L'honorable baron Pennefather. Il paraissait fatigué.

Annamore se trouvait au bout de la corde tressée de mots. Voilà ce qu'elle devait garder en mémoire. Avant de pouvoir rentrer chez elle, il lui faudrait répondre aux questions, raconter sa peur et décrire les traitements étranges et cruels que Nance et Nóra avaient infligés au petit. Expliquer combien ces histoires de Fairies l'effrayaient, affirmer qu'elle n'avait jamais bien compris ce que manigançaient la veuve et l'herboriste. Répéter qu'elle craignait le Seigneur et priait pour qu'Il lui accorde Son pardon.

Oh oui, que Dieu lui pardonne ! De n'avoir rien dit, de n'avoir rien fait. De ne pas s'être jetée dans la rivière pour gifler la veuve, lui arracher l'enfant et l'amener à Annamore auprès de ses frères et sœurs. Tous en auraient fait leur petit chéri, elle n'en doutait pas. Ses cris affamés ne les auraient pas dérangés, puisqu'ils criaient famine, eux aussi. Dans une chaumine surpeuplée, une bouche de plus, ça n'aurait rien changé.

Mary tressaillit. Le silence s'était fait sur l'assemblée – un silence encore troublé par les murmures qu'échangeaient les curieux qui continuaient d'arriver. Puis certains tendirent le cou, et Mary vit qu'on amenait Nance et Nóra dans la salle, fers aux poignets.

Les deux femmes avaient changé, amaigries par les mois passés en prison. Nance avait l'air d'une vieillarde. Voûtée, vêtue de la tenue des prisonnières, elle semblait encore plus petite qu'auparavant. Ses cheveux blancs, d'aspect graisseux, semblaient teintés de reflets jaunes. De ses yeux aussi voilés qu'à l'ordinaire, Nance regardait autour d'elle d'un air confus et apeuré. La présence d'un public si nombreux semblait l'inquiéter.

Nóra pleurait derrière elle. Mary fut frappée de voir à quel point elle avait changé. C'en était fini de sa rectitude, de son menton têtu. Elle avait le teint cireux, les traits tirés, et semblait vieillie de plusieurs années. De profondes rides sillonnaient son front. Malgré la chaleur qui régnait dans la salle d'audience, elle frissonnait de manière irrépressible.

C'est ici qu'ils vont peut-être décider de les pendre, pensa la jeune fille, et la peur lui tordit le ventre. Ç'aurait pu être elle, sur le banc des accusés.

Elle avait envie de quitter la salle. Comment pourrait-elle parler devant tous ces gens ? Tous ces hommes dans leurs beaux habits, et le juge qui avait fait tout ce chemin depuis Dublin. Elle n'était qu'une fille de la campagne. Une fille des joncs et de la tourbe, du pays où le sol noir se fait vase, où les pieds foulent l'herbe, la poussière et la glaise – jamais les pavés de la ville, ni le bois laqué.

L'avocat de la Couronne la regarda attentivement, en lissant ses cheveux luisants de sueur pour dégager son front. Elle sentit ses jambes se dérober sous elle.

— Qu'il soit consigné au procès-verbal que dans l'affaire Honora Leahy et Anne Roche, accusées d'homicide volontaire, le premier témoin appelé à la barre est Mary Clifford d'Annamore.

Mary s'approcha de la barre. On lui donna la Bible, qu'elle embrassa, les doigts agrippés au cuir.

— Mary Clifford, pouvez-vous, je vous prie, nous donner l'identité des inculpées ?

Mary parcourut des yeux l'océan de visages curieux et finit par apercevoir le grand front du curé. Il soutint son regard et lui fit un petit signe de tête.

— C'est Nance Roche. Et Nóra Leahy, chez qui j'ai travaillé comme fille de ferme.

— Mary, avec vos propres mots, expliquez à la cour comment vous en êtes venue à travailler pour Mme Leahy.

— C'est Mme Leahy qui est venue m'embaucher quand j'étais à la louée de Killarney l'année dernière. Elle m'a proposé de travailler pour elle en me disant qu'elle avait un petit-fils, et elle m'a proposé de l'argent pour l'aider à s'occuper de lui, et aussi pour l'aider à la lessive, à la cuisine et à la traite. Alors je l'ai suivie.

— Vous a-t-elle indiqué d'une quelconque façon que l'enfant était infirme ?

Mary hésita.

— Vous voulez dire : est-ce qu'elle m'a dit qu'il était infirme ?

L'avocat lui sourit d'un air pincé.

— Oui. C'est bien là ma question.

Mary lança un coup d'œil à Nóra. Celle-ci la regardait fixement, la bouche entrouverte.

— Non, monsieur.

— Pouvez-vous, je vous prie, nous décrire l'état de Micheál Kelliher quand vous l'avez vu pour la première fois ?

— Il était dans la chaumière avec une voisine, et j'ai eu peur en le voyant. Je n'avais jamais vu un enfant pareil. « De quoi souffre-t-il ? » j'ai demandé, et Mme Leahy a répondu : « Il est fragile, c'est tout. »

— Pouvez-vous préciser ce qu'elle entendait par « fragile » ?

Mary prit une grande inspiration. Ses mains tremblaient.

— Il faisait des bruits étranges, et même s'il était assez grand pour parler, il était incapable de prononcer un mot. Mme Leahy m'a dit qu'il ne pouvait pas marcher non plus. J'ai demandé si ça s'attrapait, et elle m'a répondu : « Non, il est fragile, c'est tout. Ce n'est pas contagieux. »

— Mme Leahy a-t-elle jamais désigné l'enfant autrement que comme son petit-fils ?

Mary regarda à nouveau Nóra. Ses yeux étaient rougis.

— Elle m'a dit : « C'est le fils de ma fille. »

— Dans votre déposition sous serment, vous avez déclaré que, bien qu'elle vous ait présenté l'enfant comme son petit-fils, Honora Leahy a fini par croire que l'enfant n'était absolument pas son petit-fils, mais... (le procureur fit une pause et se tourna pour faire face aux jurés)... un *changelin*. Est-ce bien ça ?

— Oui. Elle croyait que c'était un changelin. D'autres aussi le croyaient.

— Pouvez-vous expliquer à la cour ce que vous entendez par « changelin » ?

Mary sentit les yeux des jurés posés sur elle. Elle chancela, soudain consciente que son cœur battait à se rompre.

— Je veux dire un fé.

Des rires s'élevèrent parmi la foule, et Mary fut submergée d'un sentiment de honte qui lui coupa le souffle. Elle sentit le rouge lui monter aux joues et la sueur lui picoter les aisselles. C'était donc ainsi qu'ils la voyaient : une jeune idiote qui s'effrayait d'un rien et que la peur avait rendue folle. Elle se souvenait de l'humiliation qu'elle avait ressentie quand l'agent de police lui avait demandé de signer la déclaration sous serment, et qu'elle avait griffonné une croix malhabile, en maniant gauchement la plume.

— À quel moment Mme Leahy a-t-elle commencé

à parler de Micheál Kelliher, son petit-fils, comme d'un *fé* ?

— Elle a cru que c'était un changelin quand Nance Roche a dit qu'il l'était.

— Et quand était-ce ?

— À la nouvelle année. Ou bien en décembre. Mais c'est à la nouvelle année qu'on a amené l'enfant chez Nance pour lui donner le premier remède.

Mary reconnut soudain plusieurs hommes de la vallée au milieu de la profusion de visages. Daniel et Seán Lynch se trouvaient parmi eux, et l'observaient d'un regard froid.

— Mary, pouvez-vous nous dire pourquoi vous vous êtes rendue chez Anne Roche ?

— C'est elle qui est venue nous voir.

Mary hésita.

— C'était avant Noël. J'étais sortie pour la traite et quand je suis revenue, j'ai vu Mme Leahy en train de gifler Micheál. « Le malin est en toi », elle criait. Elle le frappait.

Un murmure parcourut l'assistance.

— Elle le frappait ?

— Il avait agrippé ses cheveux et lui avait fait mal. « Ce n'est pas de sa faute », j'ai dit, et elle m'a répondu qu'elle allait demander au curé de venir le voir. Mais quand elle est revenue, c'était pas avec le curé, mais avec un tablier rempli d'orties. Ensuite, elle s'est mise à quatre pattes sur le sol au-dessus de l'enfant et elle l'a fouetté avec les orties. « Vous lui faites mal », j'ai dit, mais elle ne m'a pas écoutée. Alors, j'ai pris les orties et je les ai jetées au feu, et puis j'ai couru chez Peg O'Shea pour lui demander de l'aide.

— Honora Leahy vous a-t-elle jamais expliqué pourquoi elle fouettait Micheál Kelliher avec des orties ? Pensez-vous qu'elle voulait lui faire du mal ?

Mary hésita. Les rires s'étaient tus. Un silence tendu régnait désormais dans la salle.

— Je ne sais pas.

— Parlez plus fort, je vous prie.

— Je ne sais pas.

— Comment cet incident a-t-il conduit à l'intervention d'Anne Roche ?

Mary s'humecta les lèvres. Le père Healy ne l'avait pas quittée des yeux.

— Peg m'a demandé d'aller à la rivière et de chercher des feuilles de patience pour l'enfant. J'y suis allée, mais au retour je me suis fait mal à la cheville. Je ne pouvais plus marcher. Il y a une femme qui s'est approchée de moi – c'était Nance Roche. Elle m'a emmenée dans sa chaumine pour soigner ma cheville, et je lui ai raconté ce que Mme Leahy avait fait. Nance m'a dit de ne pas m'inquiéter, que tout irait bien, puis on est retournées ensemble à la chaumière et elle a vu Micheál.

— Qu'a dit Anne Roche à Honora Leahy quand elle a vu l'enfant ?

— Elle a dit : « Il se peut que cette créature soit le fils d'une fée. »

— Quelle fut la réaction de Mme Leahy quand Anne Roche a tenu ces propos ?

— J'ai pensé qu'elle était soulagée de l'apprendre, monsieur.

— Dites-nous, Mary, pourquoi, à votre avis, Honora Leahy, qui jouit d'une bonne réputation au sein de sa communauté, et dont feu le mari était tenu en haute estime, a-t-elle choisi d'écouter ce que lui racontait Anne Roche – une femme qui, comme la cour le découvrira, était indigente, non mariée, et, selon toutes les déclarations sous serment, vivait en marginale, une femme dont l'influence était faible, voire nulle, que ce soit sur le plan financier, commercial ou familial ?

Mary regarda l'avocat d'un air ébahi, sans comprendre. La sueur perlait sur sa lèvre supérieure.

L'avocat s'éclaircit la gorge.

— Mary, dites-nous je vous prie pourquoi, selon vous, Mme Leahy a écouté quelqu'un comme Anne Roche.

Mary jeta un coup d'œil à Nance. Assise sur le banc des accusés, elle s'appuyait contre le mur, le dos voûté, l'air renfrogné. En entendant son nom, cependant, elle se redressa et lança un regard suspicieux à Mary.

— Parce qu'elle Les connaît. Elle part avec Eux, répondit-elle.

— Eux ?

— Les Bonnes Gens. Le Petit Peuple.

Mary attendit que les rires reprennent, mais il n'y en eut aucun.

— Elle Les connaît et elle connaît leurs remèdes. Elle a dit à la veuve qu'elle pouvait chasser le fé.

Du coin de l'œil, Mary perçut un mouvement : l'un des greffiers griffonnait quelques mots sur sa feuille.

— Mary, si l'on considère maintenant ce que vous avez déclaré dans votre témoignage sous serment concernant le traitement infligé à Micheál, pouvez-vous, je vous prie, expliquer à la cour comment ces femmes ont tenté de « chasser le fé », et, le cas échéant, le rôle que vous avez joué dans cette entreprise ?

Mary devint blême.

— J'ai seulement fait ce qu'on m'a demandé. Je ne voulais pas perdre mes gages.

Le procureur sourit.

— Nous avons bien compris. Ce n'est pas vous qui êtes jugée ici.

— Elles... Nous avons d'abord essayé de chasser le fé avec des herbes. On lui a mis de la menthe dans les oreilles, et on lui a frotté les pieds avec une autre plante.

— Savez-vous de quelle plante il s'agissait ? Était-ce de la digitale pourpre ?

— Oui. C'était le deuxième remède. Quand la menthe n'a pas fait effet, Mme Leahy m'a demandé de retourner voir Nance. « L'enfant n'a pas changé », j'ai dit. Alors Nance nous a demandé de revenir la voir, et c'est là qu'elles... que nous avons donné de la digitale à Micheál.

— Quand était-ce ?

— En janvier, monsieur.

Le procureur se tourna vers le juge.

— Je souhaiterais rappeler à la cour que la digitale, *Digitalis purpurea*, est extrêmement toxique.

Il se tourna vers Mary.

— Pensez-vous que les inculpées savaient, en donnant de la digitale pourpre à Micheál Kelliher, qu'elles lui administraient une substance capable d'entraîner la mort ou la maladie ?

Un cri étouffé résonna dans la salle. Nóra s'était couvert le visage des mains.

— Je savais que c'était du poison et je l'ai dit.

Mais Nance a répondu : « C'est une plante puissante et redoutable », et puis, moi, je savais que la *lus mór* appartenait aux...

Mary s'interrompit quelques secondes.

— On dit que la *lus mór* appartient aux Fairies, alors j'ai pensé qu'il devait y avoir un remède à l'intérieur. Maintenant, je sais que ce n'est que de la superstition.

— Décrivez-nous, je vous prie, la façon dont la digitale a été administrée à Micheál Kelliher.

— On l'a plongé dans un bain de plantes. Et on a déposé la liqueur des feuilles sur sa langue. Et quand il s'est mis à trembler et à avoir de l'écume aux lèvres, Nance nous a dit de le poser sur une pelle et de faire comme si on le jetait dans la cour, en criant : « Si tu es un fé, hors d'ici ! »

Il y eut un nouveau frémissement parmi la foule. La plume du greffier courait fiévreusement sur le papier. Mary essuya sur sa jupe ses paumes trempées de sueur.

— Dans votre témoignage, Mary, vous avez déclaré que la digitale avait *effectivement* eu un effet néfaste sur l'enfant, dans les jours ayant suivi son administration. Vous avez dit que vous craigniez pour sa vie.

Elle revit l'enfant, dans la faible lueur émanant du feu mourant de la chaumine. Elle le vit, appuyé contre elle, parcouru de frissons, sa tête posée mollement sur le matelas. Elle se remémora la sensation de sa petite langue contre son doigt quand elle l'aidait à vomir et veillait à ce qu'il ne s'étouffe pas.

— Oui. Les jours suivants, je me suis fait beaucoup de souci pour lui. Il vomissait, il était pris de coliques, et il était incapable de garder ce que je lui donnais à manger.

Elle battit des cils pour chasser les larmes qui lui montaient aux yeux.

— Il tremblait tout le temps, monsieur. J'ai cru qu'il allait mourir.

— Il faisait certainement peine à voir. Mme Leahy était-elle aussi bouleversée que vous ?

Nóra pleurait sans cacher ses larmes.

Elle a peur, songea Mary.

— Mme Leahy était contente, monsieur. Elle pensait que son vrai petit-fils lui serait rendu. « Ce n'est pas péché si c'est un fé », elle disait. Mais quand il a survécu à tout ça, elle est allée elle-même chez Nance et elles ont décidé d'emmener Micheál à la rivière.

— Était-ce un autre « remède » ?

— Oui, monsieur. Je devais emmener le garçon le lendemain matin chez Nance, en compagnie de Mme Leahy, pour le plonger dans l'eau de la rivière, là où elle rejoint deux autres cours d'eau. Nance nous a dit que la force de l'eau à cet endroit nous aiderait à chasser le fé. « Ce sera glacé », j'ai dit, mais c'est ça qui avait été décidé, et même si j'avais peur, j'ai fait comme on m'a dit. Et j'espère que Dieu me le pardonnera.

— Que s'est-il passé ensuite ?

— On l'a plongé dans la rivière trois matins de suite.

Mary se tut quelques secondes. Elle sentait la sueur couler dans son dos.

— Mais... Le dernier matin, Nance et Mme Leahy l'ont laissé sous l'eau plus longtemps que les autres fois.

— C'est à ce moment-là que Micheál Kelliher est mort ?

— Oui, monsieur.

— Comment avez-vous réagi en voyant les inculpées noyer l'enfant ?

Sur le banc des accusés, Nance se pencha et remua les lèvres, marmonnant à voix basse.

— Je n'étais pas sûre à ce moment-là que l'enfant soit mort. Je me disais seulement que l'eau était glacée. Je ne voulais pas qu'il attrape froid. Et puis j'ai vu qu'il ne bougeait plus, et j'ai pensé : Elles l'ont tué, et c'est à ce moment-là que j'ai pris peur.

— Avez-vous dit quoi que ce soit aux inculpées quand vous avez compris qu'en fait, l'enfant était mort noyé ?

Mary garda le silence quelques secondes. Elle sentait son cœur palpiter dans sa gorge.

— Je crois, monsieur.

— Vous l'avez déclaré sous serment, cela figure dans votre témoignage.

L'enfant sorti des flots. L'eau qui ruisselait de son corps et perlait sur sa peau, les gouttes au bout de ses doigts, qui scintillaient dans la lumière.

— Que leur avez-vous dit, Mary ?

— Je leur ai dit : « Comment pouvez-vous espérer rejoindre Dieu après une chose pareille ? »

Un murmure s'éleva immédiatement de la foule.

— Les inculpées ont-elles répondu à votre question ?

Mary acquiesça.

— Nance a dit : « Ce n'est pas moi qui ai péché. »

— D'autres paroles ont-elles été échangées ?

— Je ne sais pas, monsieur.

— Vous ne savez pas ?

— C'est à ce moment-là que j'ai eu peur. Je leur ai tourné le dos et j'ai couru chez Peg O'Shea. En arrivant, je lui ai dit que l'enfant avait été tué. J'avais peur pour moi.

— Mary, avant que la défense ne vous interroge, pourriez-vous, je vous prie, m'expliquer en quoi consistait votre travail auprès de Micheál Kelliher ? Pensez-vous qu'il était un fardeau pour sa grand-mère ?

— Ce n'était pas de sa faute.

— J'entends bien, mais était-il un fardeau pour votre maîtresse ? Était-ce un enfant difficile, peu affectueux ?

Ses hurlements du matin au soir. Ses vagissements. Sa petite tête tapant contre la glaise, contre ses doigts, tandis qu'elle essayait de le calmer, de lui nettoyer le nez, de l'aider à respirer.

— Oui, murmura Mary. Oui, c'était un fardeau.

— Nóra Leahy souhaitait-elle en être débarrassée ?

— Elle voulait que le fé s'en aille. Elle voulait qu'on lui rende son petit-fils, monsieur. Un enfant qui ne hurlerait pas et ne lui causerait pas de souci.

À peine l'avocat avait-il regagné sa place que les badauds se mirent à discuter dans la salle d'audience. Mary, soulagée de ne plus avoir les regards de la foule braqués sur elle, essuya de sa manche son cou trempé de sueur. Elle lança un coup d'œil au père Healy, qui la rassura d'un petit hochement de tête.

Les bavardages suivirent leur cours pendant une minute, puis l'avocat de la défense se leva. Malgré le vacarme, il se présenta, précisant qu'il s'appelait M. Walshe, et attendit un long moment que les conversations s'éteignent.

Quand le silence régna enfin, l'avocat prit la parole. Sa voix sèche portait jusqu'au fond de la salle.

— Mary Clifford, pensez-vous qu'Honora Leahy et Anne Roche aient emmené Micheál à la Flesk parce qu'elles voulaient le noyer ?

Mary hésita.

— Est-ce que je savais qu'elles allaient le tuer ?

— Pensez-vous que les inculpées avaient l'intention de noyer l'enfant dès l'instant où elles ont décidé de le baigner dans la rivière ?

— Je ne comprends pas, monsieur.

M. Walshe lui jeta un regard froid.

— Pensez-vous que, depuis le début, elles songeaient à le tuer ?

Le cœur de Mary bondit dans sa poitrine.

— Je ne sais pas.

— Vous ne savez pas si Mme Leahy et Nance Roche avaient l'intention de tuer cet enfant ?

— Je crois qu'elles voulaient se débarrasser du changelin.

— Mary, pardonnez-moi d'insister, mais si elles voulaient se débarrasser du « changelin », comme vous dites, et si vous saviez que cela signifiait noyer l'enfant, pourquoi les avez-vous laissées le plonger dans l'eau ? Pourquoi n'avez-vous pas prévenu la voisine dont vous nous avez parlé, comme vous l'aviez déjà fait quand vous aviez vu Mme Leahy fouetter Micheál avec des orties ? Pourquoi ne pas avoir averti le curé ?

— Je ne pensais pas qu'elles voulaient tuer Micheál.

Mary perçut le doute dans sa propre voix. Ses mains s'étaient remises à trembler, et elle agrippa sa jupe.

— Pourquoi, dans ce cas, emmener un petit garçon sans défense à la rivière et le plonger dans l'eau ?

Mary jeta un coup d'œil au banc des accusés. Nance et Nóra avaient les yeux rivés sur elle. Nóra frissonnait, comme si elle avait la fièvre.

Mary inspira profondément. Le tissu de sa robe se plaqua sur ses côtes et son cœur battait trop vite.
— Elles ont fait ça pour le soigner, monsieur. Pour chasser le fé qui était en lui.

M. Walshe sourit.
— Je vous remercie, Mary.

20

Sureau

Nóra frissonnait sans discontinuer, comme si son corps ne savait plus comment se réchauffer – à croire qu'elle aurait froid jusqu'à la fin de son existence. Pourtant, malgré l'heure matinale, des perles de sueur brillaient au front des avocats et, dans l'immense foule qui s'agitait, la plupart des badauds s'éventaient le visage et s'épongeaient les tempes. Elle seule tremblait de froid, telle une paysanne dans un champ de neige balayé par de violentes bourrasques.

Elle se demanda une fois de plus si elle était en train de devenir folle. Le temps ne semblait plus progresser à pas comptés, mais osciller violemment d'avant en arrière. Le procès avait glissé sans heurt d'une journée d'assises à la suivante ; mais tandis que Nóra se tenait là, crispée par l'urgence d'une vessie pleine et douloureuse, elle ne parvenait plus à se souvenir des gens qui avaient parlé sous serment. Dès qu'un témoin s'avançait pour être interrogé, elle posait les yeux sur lui et en voyait un autre.

Seul le témoignage de Mary Clifford était resté gravé dans sa mémoire. Sans cesser de frissonner sur le banc des accusés, elle revit la jeune fille se balancer d'un pied sur l'autre sous le feu roulant des questions. Son regard, quand il avait croisé le sien, lui avait paru assuré. Pendant un bref instant, Nóra aurait juré voir sa propre fille aux cheveux roux embrasser le Livre saint, avant de prêter serment.

Qu'aurait dit Johanna, si elle s'était trouvée à la place de Mary aujourd'hui ?

C'est ma mère qui a tué mon fils.

Je vais être pendue, pensa soudain Nóra, et ses doigts agrippèrent les chaînes entourant ses poignets. Sous le roulement du discours de l'avocat de la Couronne, elle eut l'impression d'entendre ses propres dents qui s'entrechoquaient.

Nóra tenta de se concentrer sur le témoin qui faisait de grands gestes en direction de la cour. Elle le reconnut : c'était le policier qui l'avait arrêtée dans sa chaumine. Il s'était rasé pour le procès, remarqua-t-elle ; et elle l'imagina debout devant son petit miroir ce matin-là, cuir d'affûtage et rasoir à la main, tandis qu'elle-même gisait dans sa cellule, à s'arracher la peau des pieds. Nauséeuse. Malade de peur. Avait-il une épouse qui lui faisait bouillir de l'eau avant qu'il ne se rase ? Quelqu'un lui préparait-il son petit déjeuner ? Nóra se représenta le policier en train de passer soigneusement la lame le long de son cou – jusqu'à ce que sa propre gorge se serre et que, sentant l'écœurement l'envahir, elle baisse les yeux vers le sol.

— Expliquez-moi, disait l'avocat à l'agent de police, dans quel état se trouvait Anne Roche quand vous l'avez arrêtée ?

— En entrant dans la maison, j'ai vu l'inculpée à quatre pattes. Elle saisissait à pleines mains les cendres qui se trouvaient dans l'âtre. J'ai pensé qu'elle n'avait plus toute sa tête, et je lui ai dit : « Anne Roche, savez-vous pourquoi je suis ici ? », mais elle n'a pas répondu. Je lui ai expliqué que j'avais un mandat d'arrêt contre elle, et je lui ai demandé si elle savait où se trouvait le corps de Micheál Kelliher, parce qu'elle était accusée de l'avoir noyé le matin même. Elle m'a répondu : « Les Bonnes Gens ont pris Micheál et nous ont laissé un fé à la place », et c'est seulement quand je lui ai demandé où se trouvait le corps du *fé* qu'elle m'a conduit au défunt.

— Où se trouvait la tombe ?

— Dans un lieu à l'abandon connu dans la région sous le nom de Piper's Grave. Il n'avait pas été enterré très profond, monsieur. Le corps était en partie visible.

— L'inculpée semblait-elle bouleversée ?

L'agent de police s'éclaircit la gorge.

— Elle a paru surprise d'apprendre que Mme Leahy avait été arrêtée, elle aussi, et m'a demandé si elle était accompagnée d'un petit garçon. Quand je lui ai demandé de quel enfant elle parlait, Anne Roche m'a répondu : « Micheál Kelliher ».

— Ce sont ses propres mots ? Alors qu'elle venait de vous mener à la tombe du défunt ?

— Tout à fait, monsieur.

— Bien. À part ça, qu'avez-vous remarqué chez les inculpées, que ce soit dans leur apparence ou leur attitude, au moment de procéder à leur arrestation ?

— Les vêtements de Mme Leahy étaient mouillés. Complètement trempés. Nous avons supposé qu'elle s'était baignée à un moment ou un autre, au cours de la matinée. Elle dégageait une forte odeur de vase.

— Les vêtements d'Anne Roche étaient-ils mouillés, eux aussi ?

— Non, monsieur. Cela m'a semblé étrange, étant donné que Mary Clifford et Mme Leahy m'avaient toutes deux affirmé qu'Anne Roche aussi était entrée dans la rivière. Jusqu'à ce que l'inculpée nous explique qu'elle avait plongé l'enfant – le *changelin*, comme elle l'appelle – dans l'eau après avoir ôté ses vêtements.

Nóra avait mal partout. Elle se représentait chaque nuit sa chaumine vide au sommet de la colline ; couchée dans sa cellule, elle imaginait la porte qui grinçait et Micheál qui entrait dans la pièce, la cherchant des yeux. Comment serait-il vêtu ? Avec quoi les fées l'avaient-elles habillé ? Il serait peut-être nu, songeait-elle, avant d'imaginer son petit-fils se glissant sous le manteau de Martin, se recroquevillant sur le matelas de paille ou devant les cendres éteintes de son feu, en attendant qu'elle revienne. Elle imaginait son visage rond tourné vers la fenêtre, l'imaginait debout dans la cour, les cheveux ébouriffés par le vent, à parcourir des yeux les parois étroites de la vallée, dans l'espoir de voir sa grand-mère surgir sur le sentier.

Il aura peur, songea-t-elle. Si ça se trouve, il est déjà revenu et il a peur. Ce n'est qu'un petit garçon.

Qu'arriverait-il si elle était pendue ? Resterait-il dans sa chaumine jusqu'à ce que l'herbe soit haute devant la porte ? Irait-il errer çà et là, complètement perdu, jusqu'à devenir aussi maigre que celui qu'elles avaient mis dans l'eau ?

— Honora Leahy ?

Nóra sursauta et releva la tête, en se mordant le doigt jusqu'au sang. La salle d'audience avait les yeux rivés sur elle.

L'agent de police interrogé n'était plus là, remplacé par les avocats et le juge, qui la regardaient d'un air impatient.

— Honora Leahy ?

Elle tourna les yeux vers M. Walshe, qui lui signifiait d'un air insistant de rejoindre l'extrémité du banc des accusés.

— Oui ?

— Voulez-vous bien embrasser le Livre et prêter serment ?

Nóra fit ce qu'on lui demandait. Elle prit la Bible et la sentit peser lourdement entre ses mains tremblantes.

— Honora Leahy, pouvez-vous, je vous prie, nous dire dans quel état se trouvait Micheál Kelliher quand on vous l'a confié ?

Les yeux de Nóra parcoururent d'un air vague la salle d'audience, s'arrêtèrent sur les visages des jurés. Ils la regardaient avec intérêt, le visage doux, le front plissé.

— Madame Leahy, dois-je répéter ma question ? Dans quelles circonstances vous a-t-on confié la garde de Micheál ?

Nóra se tourna vers le procureur. Quelqu'un toussa dans la foule.

— On était deux à s'en occuper, moi et mon mari. Johanna, ma fille, était morte, et c'est son mari qui nous l'a amené. L'enfant n'avait que la peau sur les os, et on s'inquiétait pour lui. Il paraissait affamé. Il ne pouvait pas marcher, mais je me suis dit que ce n'était qu'une faiblesse passagère.

— Était-ce la première fois que vous voyiez votre petit-fils ?

— J'avais déjà vu Micheál une fois. Deux ans plus tôt. Mais c'était un beau petit garçon à ce moment-là. Il parlait, et il pouvait se servir de ses jambes. J'ai vu, j'ai vu de mes propres yeux, qu'il était bien portant.

— Madame Leahy, votre époux est mort peu de temps après l'arrivée de Micheál chez vous, c'est bien ça ?

— Il est mort en octobre.

— Ce fut certainement un grand malheur pour vous de vous retrouver veuve avec un petit infirme à charge ?

Martin, les paupières fermées, dissimulées par deux pennies, la soucoupe posée sur son ventre, remplie de feuilles de pas-d'âne, que des doigts saisissaient et fourraient dans des pipes en argile, les volutes de fumée autour de sa peau virant au gris. Martin, qui sentait le ciel et la vallée, s'effondrant sur le sol, la main sur la poitrine, tandis que d'étranges lumières scintillaient sous l'aubépine.

— Madame Leahy ?

C'était le juge qui avait parlé :

— Pouvez-vous, je vous prie, répondre aux questions qu'on vous pose ?

Le procureur fronça les sourcils.

— Diriez-vous qu'il était difficile d'être veuve et seule à devoir vous occuper d'un infirme ?

Nóra s'humecta les lèvres.

— J'en ai eu beaucoup de peine, pour sûr.

— Mary Clifford a déclaré que ce petit garçon était un fardeau pour vous. Est-ce vrai ?

— Oui, c'était un fardeau. C'est pour ça que j'ai embauché Mary. Pour avoir une paire de bras en plus.

— Madame Leahy, Mary Clifford a aussi déclaré que, lorsqu'elle était à votre service, vous avez cessé d'appeler votre petit-fils par son prénom, préférant le terme de « fé ». Elle a aussi précisé que vous parliez de lui en l'appelant « la créature ». Pouvez-vous, je vous prie, expliquer à la cour pourquoi vous avez cessé de désigner Micheál Kelliher comme votre petit-fils ?

Nóra hésita.

— J'avais déjà vu mon petit-fils. Il n'y avait rien de commun entre celui que j'avais vu et celui qu'on m'a amené. Au début, je croyais seulement qu'il était malade, et j'ai essayé de le soigner, mais les remèdes n'avaient aucun effet, parce que c'était un changelin.

— Selon vous, où se trouvait votre petit-fils, si ce n'est chez vous et sous votre protection ?

— Il avait été emporté dans le fort aux fées. Il vivait parmi les Bonnes Gens, au milieu de la musique, des danses et des lumières.

Une vague de réactions étouffées enfla dans la salle.

Nóra ferma les yeux et imagina Micheál. Sous la colline. Sous l'aubépine. Chevauchant une branche de sureau, porté par le vent féerique, vers les lieux frontaliers, les seuils entre ce monde-ci et l'autre. Emporté loin de toute colère, de toute souffrance. Pas assez bon pour le paradis, ni assez mauvais pour l'enfer. Partout. Dans l'air, le sol et l'eau.

— Madame Leahy ?

Nóra avait la tête qui tournait. Elle ouvrit les yeux et vit soudain son neveu, Daniel, immobile et pâle derrière un océan de visages. Elle le regarda fixement, le cœur transporté de joie, mais il baissa les yeux.

— Madame Leahy, avoir un infirme chez soi peut être ressenti comme une honte terrible. C'est un bien triste fardeau. Votre propre servante a déclaré que Micheál pleurait sans cesse, qu'il était incapable de manger seul ou de se laver, incapable de parler et – de fait – de manifester de l'amour. Il vous empêchait de dormir. Et vous, veuve depuis peu, et bien évidemment toujours accablée de douleur ! (Il y eut un changement de ton dans la voix du procureur :) Assurément, le crétinisme de Micheál vous contrariait, madame Leahy. Vous mettait en colère, peut-être. Tellement en colère que vous ne voyiez rien de mal à fouetter un enfant sans défense avec des orties que vous aviez *volontairement* et intentionnellement cueillies dans le but de les appliquer sur sa peau.

Nóra secoua la tête.

— C'était pour remettre du mouvement dans ses jambes.

— C'est vous qui le dites. Mais ça n'a servi à rien, madame Leahy. Et c'est pourquoi, ainsi que l'a expliqué Mary Clifford, vous avez fait appel aux services d'Anne Roche. L'aviez-vous déjà consultée auparavant ?

— Non, jamais.

— Et pourquoi donc ?

— Je n'avais aucune raison de le faire. Mon mari...

Elle se remémora le galet de charbon qu'elle avait trouvé dans le manteau de Martin. Un talisman qu'il portait sur lui pour se protéger. D'où venait-il ? De quel âtre, de quel feu ?

Cela portait chance de tourner trois fois d'est en ouest autour de sa maison avec un tison refroidi. De jeter une braise dans un champ de pommes de terre à la Saint-Jean. De recouvrir par trois fois d'un tison refroidi un nid contenant des oiseaux prêts à éclore. De placer un charbon ardent dans l'eau d'un seau avant de s'y laver les pieds, pour protéger l'homme qui est loin de chez lui. Et pour interdire l'accès de la maison aux esprits maléfiques, rien n'était plus efficace que les charbons ardents, là aussi.

— Pouvez-vous répéter, madame Leahy ? La cour ne comprend pas ce que vous dites.

— Mon mari est allé voir Nance. Une fois. Pour sa main.

— Sa main ?

— Elle était gelée, froide comme de la glace. Elle ne bougeait plus. Et Nance l'a guérie.

— Vous saviez donc qui elle était, et quelle place elle occupait au sein de la communauté – à savoir celle de guérisseuse ?

— Je savais qu'elle avait le don.

Nóra sentit que Nance la regardait. Et sous ce regard appuyé, soudain, elle se mit à douter.

— C'est elle qui a dit que c'était un fé, et c'est elle qui a proposé de le chasser !

Le procureur demeura songeur un petit moment.

— Cela a dû être un grand soulagement pour vous, madame Leahy. Un enfant sans défense, un véritable fardeau, qui n'était source pour vous que de honte, de chagrin et de soucis – et voilà tout à coup qu'une femme vous dit que ce n'est pas un enfant mais un fé ! Comme vous avez dû vous sentir soulagée de ne plus avoir d'obligations envers lui ! Comme cela a dû être agréable de voir votre propre dégoût, votre propre sentiment d'horreur autorisés par le fait que *ce n'était pas votre petit-fils* !

Nóra regarda l'avocat de la Couronne lever les mains et faire de grands gestes en direction des jurés. Ils avaient l'air embarrassé. Elle secoua la tête, incapable de répondre. Ils ne pouvaient pas comprendre. Ils n'avaient pas vu l'enfant changer du tout au tout. Il n'y avait rien d'humain dans le petit garçon, dans ces os regorgeant de sortilèges, sous cette peau aigre et couverte de rougeurs. Si seulement elle pouvait regagner sa chaumine et retrouver le fils de sa fille, leur montrer qu'on lui avait rendu l'enfant !

— Pouvez-vous préciser à la cour, madame Leahy, si vous avez ou non payé Anne Roche pour vous avoir grandement soulagée de votre culpabilité et de vos malheurs ?

— Elle ne prend pas d'argent.

— Parlez plus fort, je vous prie !

— Nance ne prend pas d'argent. Seulement des œufs, des poules...

— Elle se fait payer en nature, c'est bien ce que vous voulez dire, madame Leahy ? C'est ce dont vous étiez convenues ? Qu'elle déclarerait que votre petit-fils était un *fé*, puis s'efforcerait de *chasser le fé en lui* par le biais de remèdes de charlatan, de plantes toxiques, et pour finir en le noyant, à la suite de quoi vous lui procureriez la tourbe et la nourriture dont elle avait besoin pour survivre ?

— Je ne...

— Répondez par oui ou par non, madame Leahy.

— Je ne sais pas. Non.

Nóra ne pensait qu'à une chose, en entendant l'avocat répéter sa question, c'était que tout son corps l'abandonnait. Elle se mit à trembler de manière irrépressible, et ses pieds nus se crispèrent sur le sol tandis qu'elle tentait de suivre le rythme des questions. Avait-elle été contente de voir la digitale faire effet sur l'enfant ? Avait-elle été triste que le remède ne l'ait pas tué ? Était-elle entrée dans la rivière le matin de la mort de Micheál, et, si Nance était nue, pourquoi n'était-elle pas dévêtue, elle aussi ? Pourquoi s'obstinait-elle à parler de l'enfant comme d'un « fé », alors que, comme elle venait de l'entendre, le corps de Micheál avait été retrouvé ? Avait-elle pris la fuite, saisie de panique, quand elle avait compris qu'il était mort, ou souhaitait-elle le noyer depuis le premier des trois matins ?

Le procureur disait qu'elle l'avait tué. À cette pensée, horrifiée, elle sentit un filet d'urine couler le long de ses cuisses. Elle se couvrit le visage de ses mains et pleura de honte.

L'assistance retint son souffle. Quand Nóra ouvrit les yeux, elle vit M. Walshe se lever, l'air songeur et les lèvres pincées.

— Est-il vrai que vous souhaitiez tout le bien possible à l'enfant dont vous aviez la charge, madame Leahy ?

La langue de Nóra refusa de remuer dans sa bouche. Ses lèvres s'entrouvrirent, mais aucun son n'en sortit.

M. Walshe répéta sa question, comme s'il parlait à une imbécile.

— Madame Leahy, n'est-il pas vrai que vous vous êtes bien occupée de l'enfant quand on vous l'a confié ? Que vous avez quêté l'aide d'un médecin ?

Nóra acquiesça.

— Oui. En septembre.

— Et quel traitement le médecin a-t-il prescrit à votre petit-fils ?

— Aucun. Il a dit qu'il n'y avait rien à faire.
— Vous avez dû en être chagrinée, madame Leahy.
— Oui.
— Mary Clifford, le témoin de la Couronne, a déclaré que vous aviez également quêté l'aide de votre curé, le père Healy. Confirmez-vous ses dires ?
— Oui.
— Et quelle aide vous a-t-il procurée ?
— Aucune. Il m'a dit qu'il n'y avait rien à faire.
— Madame Leahy, ai-je alors raison d'affirmer que lorsque les soins les plus attentifs ont échoué à rendre au petit garçon sa santé et sa force, quand ni le médecin ni le curé n'ont été capables de vous aider ou de vous soutenir, vous vous êtes tournée, pour le soigner, vers les seuls autres moyens mis à votre disposition ? À savoir les remèdes de la guérisseuse de la vallée, Anne Roche ?
— Oui.
La voix de Nóra n'était plus qu'un murmure.
— Et lorsque Mlle Roche vous a dit qu'elle pensait être capable de vous rendre votre petit-fils en parfaite santé, aussi apte et mobile qu'il l'était quand vous l'aviez vu deux ans plus tôt chez votre fille, vous avez repris espoir ?
— Oui.
— Et qui pourrait vous en blâmer, madame Leahy ? Est-ce l'espoir qui vous a poussée à croire que le petit Micheál Kelliher, dont nous savons maintenant qu'il était paralytique, était un *fé* ? Est-ce l'espoir et le désir de préserver la vie de votre petit-fils qui vous ont poussée à aider Anne Roche dans l'administration de ses « remèdes » ?
— Je... Je ne comprends pas.

L'avocat hésita, s'épongea le front.

— Madame Leahy, espériez-vous préserver la vie de Micheál Kelliher ?

La tête lui tournait. Elle agrippa les fers enserrant ses poignets. Les fées n'aiment pas le fer, songea-t-elle. Ni feu, ni fer, ni sel. Tisons refroidis et pinces posées en croix sur le berceau des nouveau-nés. Lait d'une femme récemment accouchée versé sur la terre au mois de mai.

— Madame Leahy ?

Cette fois, c'était le juge qui parlait, penché vers elle. Ses yeux bleus étaient chassieux, sa voix grave et soucieuse.

— Madame Leahy, la cour vous demande si vous avez d'autres déclarations à nous faire.

Nóra porta une main tremblante à son visage. Le fer était froid contre ses joues enflammées.

— Non, monsieur. Rien d'autre, à part ceci : je désirais seulement avoir mon petit-fils près de moi. Rien d'autre que ça.

Nance écouta l'homme qu'on appelait le médecin légiste se présenter à la barre des témoins. Sous sa moustache rousse bien taillée, sa bouche proférait des mots qu'elle ne connaissait pas.

— Notre enquête nous a permis d'établir que Micheál Kelliher est mort d'asphyxie : l'inhalation de liquide et l'obstruction de ses voies respiratoires ont entraîné sa fin. Il présentait tous les signes d'une mort par noyade. Ses poumons étaient gorgés d'eau, et nous avons retrouvé des algues dans ses cheveux.

Il ne parla pas des iris jaunes sur la berge, du

déploiement de l'or contre le vert, ni de tout ce que suggérait leur éclosion. Personne ne mentionna les pouvoirs secrets et conjugués de l'eau, de la lumière et des rituels – puissance des trois cours d'eau réunis à cet endroit de la vallée, puissance de l'étrange lumière qui avait inondé la terre avant que le soleil se lève, puissance des rituels accomplis par leurs mains diligentes.

— En tant qu'expert, monsieur, demandait l'avocat de la Couronne, combien de temps pensez-vous qu'il a fallu maintenir le défunt sous l'eau pour provoquer sa mort par noyade ?

Le médecin légiste réfléchit.

— Du fait de la paralysie partielle ou totale du défunt, le décès a dû intervenir en moins de temps qu'on ne le juge habituellement nécessaire. J'estime ce temps à trois minutes environ.

— À savoir trois minutes de submersion continue ?

— Oui, monsieur.

— Avez-vous d'autres conclusions à nous soumettre ?

L'homme fit la moue, tortilla sa moustache.

— Nous avons trouvé sur le corps de l'enfant des marques indiquant qu'il se serait débattu avant de mourir.

— Par « marques », vous voulez dire des contusions ?

— Oui, monsieur. Sur le torse et le cou. Il n'est pas possible d'en tirer de conclusion définitive, mais nous pouvons malgré tout soupçonner que l'enfant a été maintenu sous l'eau par la force.

L'avocat joignit le bout de ses doigts et lança un regard furtif vers les jurés.

— Monsieur McGillycuddy, en tant qu'expert, pensez-vous que les découvertes effectuées lors de l'enquête judiciaire indiquent que le défunt a été tué de manière délibérée ? Que sa mort a été violente ?

L'homme regarda Nance, leva le menton, puis acquiesça brusquement.

— Oui, monsieur.

Nance était prête quand le juge lui demanda de se lever pour répondre aux questions. Elle avait hâte de raconter son histoire, de révéler à la cour et au public sa part de vérité, enchâssée dans la masse de récits, de déclarations sous serment et de contre-interrogatoires entendus depuis l'ouverture du procès. Elle se tint très droite, les yeux plissés, comme Maggie l'aurait fait, et, quand ils lui tendirent la sainte Bible, elle posa ses lèvres sur la couverture avec sincérité. Nul ne parviendrait à la prendre en défaut. Elle leur prouverait qu'elle avait le don et la connaissance des bons remèdes.

— Mademoiselle Roche, expliquez, je vous prie, à la cour de quelle manière vous gagnez votre vie.

— Je soigne les habitants de la vallée.

— Parlez plus fort, je vous prie. La cour ne vous entend pas.

Nance inspira profondément et tenta d'élever la voix. Mais il faisait très chaud et l'air semblait s'accrocher à ses poumons. Quand elle reprit la parole, le public fut parcouru de murmures désapprobateurs.

— Votre Honneur, autoriseriez-vous l'inculpée à venir faire sa déclaration à la barre, afin que tout le monde puisse l'entendre ?

— J'y consens.

Un auxiliaire de justice conduisit Nance vers la barre où elle avait vu nombre de gens déposer contre elle. Après avoir passé une journée et demie sur le banc des accusés, adossée au mur de la salle d'audience, elle trouva étrange de se tenir dans une autre partie de la salle, bien plus près des messieurs en costume sombre, dont les chaussures bien cirées reflétaient la lumière qui tombait des fenêtres. Jusqu'alors, Nance les avait observés de loin. Désormais, elle distinguait leurs traits – leurs lèvres sèches, leurs sourcils grisonnants, les rides qui s'étiraient autour de leurs yeux. Certains d'entre eux, songea-t-elle, avaient probablement son âge. Elle se demanda si elle ne les avait pas vus autrefois en compagnie de leurs nobles parents, en promenade à Mangerton et au Moll's Gap. N'avait-elle pas cueilli les fraises des bois que leurs mères avaient achetées et glissées entre leurs lèvres roses ?

— Anne Roche, je répète ma question : pouvez-vous, je vous prie, expliquer à la cour de quelle manière vous gagnez votre vie ?

— Je soigne les habitants de la vallée grâce au don qui m'a été transmis, et ils me donnent de petits cadeaux en échange.

L'avocat de la Couronne lança un coup d'œil aux jurés en ébauchant un sourire narquois.

— Pouvez-vous, je vous prie, nous dire en quoi consiste ce « don » ?

— Je sais soigner toutes sortes de maux et de maladies, qu'ils soient ordinaires ou provoqués par les Bonnes Gens.

— Pouvez-vous, je vous prie, nous expliquer la différence que vous établissez entre les deux ?

— Certains maux sont ordinaires, tandis que d'autres portent la marque des Bonnes Gens. Pour ceux-ci, il faut un autre traitement.

L'avocat la dévisagea un court instant.

— Mais quelle différence entre les deux, mademoiselle Roche ?

Perplexe, Nance, observa un silence. Ne venait-elle pas de lui expliquer qu'elle devinait la marque des Bonnes Gens chez les malades ? Et qu'elle soignait les contusions ordinaires comme les gonflements extraordinaires ?

— Il se peut qu'un homme soit malade parce qu'il a bâti sa chaumière sur le chemin des Fairies, ou bien que la cause de son mal soit tout autre.

— Vous êtes en train de nous dire que les gens viennent vous voir parce qu'ils sont malades, et que c'est seulement à ce moment-là que vous établissez l'origine de ce mal ?

— Effectivement.

— Comment savez-vous reconnaître un mal provoqué par les Bonnes Gens ?

— C'est ma tante elle-même qui me l'a appris quand j'étais encore toute gamine.

— Et votre tante, d'où tenait-elle son savoir ?

— Elle a tout appris quand elle est partie avec les Bonnes Gens.

L'avocat haussa les sourcils.

— Par « Bonnes Gens », vous voulez dire les Fairies ?

— Oui, les Bonnes Gens.

— Pardonnez mon *ignorance* (quelques rires s'élevèrent de la foule) mais pourquoi les appelez-vous ainsi ? À ce que j'ai compris, ce ne sont ni des « gens » à proprement parler, ni même de « bonnes » gens.

— C'est par respect que je les appelle les Bonnes Gens, parce qu'Ils n'aiment pas se voir comme des créatures malveillantes. Pour sûr, ils souhaitent aller au paradis tout comme vous, monsieur l'avocat.

— Mademoiselle Roche, je connais les légendes qu'on se raconte au coin du feu, mais je n'y crois pas une seconde, je dois l'avouer. Comment pouvez-vous être certaine que l'existence des Fairies n'est pas un mensonge ou un mythe ?

— Parce qu'Ils ont emporté ma mère et ma tante. Je sais que tout est vrai chez Eux – tout ce qu'on raconte et tout ce qu'on sait. Ne m'ont-Ils pas poussée à quitter Killarney quand j'étais seule et sans le sou ? Ne m'ont-Ils pas indiqué le chemin de la vallée où j'ai passé ces vingt dernières années ?

— Les avez-vous vus ? Comment vous ont-Ils « indiqué le chemin » ?

— Oh, je Les ai entendus parler ! Je Les ai vus, aussi, former des lumières pour me servir de guide. Et parfois je Les ai entendus danser ou se battre.

— Se battre ?

— Les Bonnes Gens aiment bien se battre, lancer des flèches, danser et chanter. Ils font parfois des sottises, pour sûr. C'est pour ça que les habitants de la vallée viennent me trouver : parce que je sais défaire le mal que font les Fairies. Je sais comment vous soigner si les Bonnes Gens vous ensorcellent, s'Ils volent le lait de vos vaches ou le fruit de votre récolte, ou s'Ils vous empêchent de vous servir de vos jambes.

Un murmure s'éleva de la foule, et Nance vit plusieurs personnes chuchoter des commentaires en cachant leur bouche de leur main. Tous l'écoutaient. Soulagée d'être enfin entendue, elle détailla les différents moyens dont disposait le Peuple invisible pour faire pression sur le monde visible. Elle parla du pouvoir de l'urine, du fumier, de l'eau tirée des puits sacrés, et de celui que recelaient les rebuts de fer, les pierres creuses ou trouées, la suie et le sel.

— Les Bonnes Gens ont grand-peur du feu et du fer. On peut donc les chasser en les menaçant avec des pinces rougies au feu. Ils s'attribuent les plantes et les arbres aux fées – l'aubépine, le sureau, la digitale – mais quand on parvient à s'approprier certaines de ces plantes sans qu'Ils s'en mêlent, on peut retourner leur pouvoir contre Eux. Le sureau, par exemple. Il est vrai qu'il renferme beaucoup de mauvaiseté et que les Bonnes Gens chevauchent ses branches pour se déplacer, mais je sais comment lui arracher son mauvais caractère. Je sais bien d'autres choses encore, et je connais bien d'autres remèdes que m'ont transmis les Bonnes Gens, mais je n'en parlerai pas ici. Quand un remède perd son secret, il perd aussi son pouvoir.

Nance avait terminé. Elle prit une grande inspiration et observa les jurés. Ces hommes la dévisageaient avec une expression qu'elle peina d'abord à déchiffrer. Aucun d'eux n'avait la moue acerbe de l'avocat, ni le regard mauvais ou méfiant auquel elle avait dû faire face jusqu'alors. Ni peur, ni colère. À force de les observer, elle comprit qu'ils la considéraient avec la même expression que les belles dames auxquelles elle demandait autrefois l'aumône : avec une pitié teintée de dédain. Son estomac se contracta.

L'avocat souriait par-devers lui.

— Mademoiselle Roche, acceptez-vous d'être payée pour vos... services ?

— Je ne prends pas d'argent, parce qu'à coup sûr je perdrais mon savoir et mon pouvoir de guérison.

— Mais est-il vrai que vous acceptez qu'on vous offre de quoi vous chauffer et vous nourrir ?

— Oui, c'est vrai.

— Avez-vous noyé Micheál Kelliher dans la Flesk le lundi 6 mars en échange de tourbe ou de nourriture ?

Nance se rembrunit :

— Je ne cherchais pas à noyer Micheál Kelliher.

— Mary Clifford et Mme Leahy ont toutes deux affirmé que vous leur avez donné l'ordre d'immerger Micheál Kelliher dans cet endroit précis de la Flesk, là où trois cours d'eau se rejoignent. Elles ont déclaré l'avoir plongé dans le courant trois matins de suite. Seulement le dernier matin, toujours d'après leurs dépositions, vous auriez maintenu l'enfant sous l'eau plus longtemps que d'ordinaire.

— C'était pour chasser la créature. Le fé.

— Pas *la créature*, mademoiselle Roche. L'enfant. Micheál Kelliher.

— Cet enfant était surnaturel.

— Il était paralysé, nous a-t-on dit. Il ne pouvait ni se tenir debout, ni marcher, ni parler.

— C'était le fé en lui qui le rendait malade.

— Cet enfant était votre patient ?

— Oui.

— Mais vous n'êtes pas médecin. Vous n'avez aucune connaissance médicale. Vous avez seulement appris quelques remèdes de bonne femme : deux ou trois onguents, des cataplasmes et des pommades aux plantes. Ai-je tort ?

Nance sentit son cœur bondir de colère dans sa poitrine. Ils ne cessaient de tourner en rond, avec leurs questions. N'avait-elle pas été assez claire ?

— J'ai le don. Je connais les charmes et les remèdes. Et les plantes, aussi.

— Selon la déclaration de Mme Leahy, vous l'avez poussée à croire que vous étiez en mesure de guérir ce petit garçon, mademoiselle Roche. Si vous avez *le don*, pourquoi Micheál Kelliher est-il mort ? Pourquoi n'avez-vous pas pu le guérir ?

Nance se souvint de Maggie, fumant devant l'âtre, tandis que les râles des genêts emplissaient l'air nocturne de leurs longs cris rauques.

« Il est très difficile d'effacer ce qui est inscrit dans nos os », lui avait-elle dit ce soir-là, en parlant de son don.

— Ce n'est pas Micheál Kelliher qui est mort dans la rivière, répondit-elle enfin.

— Est-ce vraiment ce que vous croyez, mademoiselle Roche ?

Nance planta ses yeux dans ceux de l'avocat.

— Cet enfant était mort depuis longtemps.

Des exclamations s'élevèrent parmi l'assistance. Nance remarqua que les jurés s'agitaient sur leurs chaises et échangeaient des regards entendus.

— Avez-vous d'autres déclarations à faire à la cour ?

Nance hésita.

— Je vous ai dit ma vérité.

— Dans ce cas, ce sera tout. Merci, mademoiselle Roche.

On fit descendre Nance de la barre des témoins et on la raccompagna à sa place sur le banc des accusés, à côté de Nóra. Tandis que l'avocat livrait ses observations finales, Nance frotta du bout des doigts ses pouces tordus et gonflés par la chaleur régnant dans la salle d'audience. La douleur la lançait. Elle les replia dans ses paumes et serra les poings.

Un gémissement s'éleva à côté d'elle : Nóra tremblait des pieds à la tête, les yeux rivés sur M. Walshe, qui levait la main dans l'espoir de calmer la foule. On sentait monter la fièvre et l'excitation d'un bout à l'autre de la salle. Nance entendit le juge exiger le silence d'une voix lasse, et vit l'un des jurés envoyer un huissier ouvrir la porte donnant sur l'extérieur. Un murmure de soulagement parcourut le public quand un souffle d'air frais pénétra dans la pièce.

Nance remarqua aussi que le visage faussement tranquille de M. Walshe, l'avocat de la défense, était luisant de sueur, et sa chemise trempée sous son costume. Il considéra les visages graves des jurés.

— Messieurs, bien que cette affaire soit inhabituelle et révoltante au dernier degré, il ne s'agit pas d'un cas d'homicide volontaire. Le principal témoin de la Couronne, Mary Clifford – qui était présente sur les lieux au moment des faits, qui est un témoin *direct* du traitement infligé à Micheál Kelliher, non seulement dans la Flesk le matin du lundi 6 mars, mais aussi au cours des mois ayant précédé sa mort – s'est tenue devant vous et, sous serment, a reconnu que, selon elle, les détenues n'avaient pas noyé l'enfant de manière délibérée. Au vu de ce témoignage, Anne Roche et Honora Leahy ne peuvent être légitimement reconnues coupables d'homicide volontaire. Messieurs, ce sont les superstitions qui ont tué Micheál Kelliher. Il est vrai que les circonstances entourant le traitement qu'il a subi entre les mains des accusées sont tout à fait inhabituelles. Il est vrai que la grossière illusion qui a guidé les actes de ces femmes est effrayante. Leur degré d'ignorance est épouvantable. Mais vous ne pouvez considérer cette ignorance comme accessoire. Les accusées ont agi en croyant que le défunt, Micheál Kelliher, était un fé. Un *changelin*, selon les termes du témoin de la Couronne. Anne Roche a choisi un endroit précis de la rivière Flesk, qu'elle pensait être un point d'eau habité par les Fairies, et l'a plongé dans les flots avec l'aide d'Honora Leahy, trois matins de suite, en affirmant que ce prétendu « changelin » regagnerait le monde invisible auquel il était censé appartenir.

Nance se souvint de la vivacité avec laquelle Nóra s'était hissée sur la berge quand elles avaient sorti de l'eau le changelin chassé de ce monde.

« Je vais voir s'il est revenu ! » Les cheveux gris de la veuve s'étaient dénoués sur ses épaules quand elle avait agrippé les racines et la mousse pour s'arracher à la force du courant. « Je vais voir s'il est là ! » Elle avait titubé au milieu des fougères, tandis que les branches bruissaient dans son dos.

Puis il avait fallu enterrer le changelin à Piper's Grave. Son corps était couvert de chair de poule.

— Ni l'une ni l'autre des accusées ne sait écrire, messieurs, poursuivit l'avocat de la défense. Anne Roche, en particulier, est illettrée et ne connaît rien du monde moderne ; et quand elle affirme que « l'enfant était mort depuis longtemps », elle expose une fois de plus sa croyance aveugle selon laquelle l'enfant qu'elle soignait était un *fé*. Je souhaiterais vous rappeler que même Mary Clifford, qui a été témoin de la scène, a déclaré sous serment que l'enfant n'avait pas été plongé dans l'eau avec l'intention de le tuer, mais pour *chasser le fé qui était en lui*. Au vu de ce témoignage, de la pitoyable ignorance intellectuelle et morale des accusées, ainsi que de leur âge avancé, je vous demande de les acquitter.

Nance regarda l'avocat regagner sa place, et la peur lui serra la gorge. « Ne faites pas de moi une ignorante ! aurait-elle voulu crier. Ne racontez pas à ceux qui veulent me voir pendue que je n'ai aucun don ! »

Le baron Pennefather s'éclaircit la voix. Il attendit que la salle soit plongée dans le plus grand silence, avant de se tourner vers les jurés.

— Messieurs, permettez-moi d'insister sur un point : si une accusation de meurtre peut être commuée en homicide involontaire quand on a ôté la vie sous l'influence d'une passion soudaine, ce raisonnement ne peut s'appliquer à la plaidoirie de la défense, selon laquelle la vie de Micheál Kelliher lui a été retirée suite à une croyance superstitieuse.

— Nous serons pendues, murmura Nóra. Ils ne nous croient pas. Pour eux, c'est rien que de la superstition !

Elle parlait d'une voix tremblante, et sa langue butait contre les mots. Nance, terrifiée, sentit son cœur s'accélérer.

Le juge prit le temps d'examiner les visages des personnes présentes dans la salle. Toutes étaient suspendues à ses lèvres.

— Il est évident que les actes pétris d'ignorance des inculpées prouvent leur appartenance à une classe marquée par une immoralité innée ou acquise. Cependant, ce qui ressort de cette affaire, n'est pas la cruauté, mais bien l'irrésistible impression et la probabilité écrasante d'un faible niveau intellectuel combiné à des passions extrêmement fortes, et à la nature la plus vile.

La respiration de Nance s'accéléra. Qu'est-ce qu'il raconte ? se demanda-t-elle. Qu'est-ce qu'il raconte sur moi ?

— Pour résumer, même s'il y a présomption de culpabilité, et que cette affaire exige un examen approfondi, je vous encourage à reconnaître, si dérangeant que ce puisse être, le caractère à l'évidence superstitieux de leur mobile. Enfin, je vous demande de réfléchir au problème que constitue l'emprisonnement de femmes d'un âge avancé, se déplaçant avec difficulté, et exigeant quantité de soins suite à leurs infirmités. Merci, messieurs.

Nance regarda les jurés se lever tous ensemble, telle une volée de corneilles mantelées, et quitter la salle pour délibérer. Un vacarme assourdissant envahit alors la salle d'audience.

Je ne comprends pas, songea Nance. Je ne comprends pas.

Baissant les yeux, elle s'aperçut qu'elle avait gardé les poings serrés.

Les jurés étaient partis depuis moins d'une demi-heure quand le greffier et l'auxiliaire de justice invitèrent la foule à faire silence. Nance sentit son ventre se nouer quand le juge Pennefather pénétra dans la salle et reprit sa posture habituelle sur son siège, pressant ses mains l'une contre l'autre, tandis que les retardataires se frayaient un chemin à l'intérieur, en jouant des coudes pour mieux voir les inculpées.

À côté d'elle, Nóra s'était adossée contre le mur, mais son corps s'affaissait lentement vers le sol. Nance l'attrapa par le bras.

— Ne me touchez pas, siffla-t-elle en ouvrant brusquement les yeux.

La peur crispa ses traits, et elle agrippa les mains de Nance, qui avait eu un mouvement de recul.

— Je ne veux pas mourir, murmura-t-elle.

Elle leva ses fers pour tenter de se signer.

— Je ne veux pas être pendue. Je ne veux pas être pendue !

Nance sentit que la veuve recommençait à trembler.

— Par le Christ en croix. Oh, par le Christ en croix, je ne veux pas être pendue. Je vous en prie, mon Dieu.

Saisie de panique, Nance commença à se balancer d'un pied sur l'autre. Elle se mordit la langue jusqu'à sentir le goût ferreux du sang.

— Par le Christ en croix, Martin ! Oh !

— Taisez-vous.

Un huissier poussa Nóra du coude. Elle tressaillit et s'agrippa au dossier du banc qui leur faisait face afin de ne pas tomber.

Il régnait dans le tribunal une atmosphère similaire à celle qui précède l'orage : un silence pesant, accompagné d'une tension croissante dans l'air, tandis que les jurés étaient admis à revenir dans la salle d'audience et, le visage grave, reprenaient place sur leurs sièges.

— Je ne veux pas être pendue, ne cessait de marmonner Nóra à côté de Nance. Je ne veux pas être pendue.

La voix du juge emplit la salle.

— Êtes-vous parvenus à un verdict ?

Un homme aux cheveux blancs se leva, en lissant soigneusement des mains son pantalon.

— Oui, Votre Honneur.

— Et quel est-il ?

Nance ferma les yeux. Se représenta la rivière, ses eaux libres et paisibles.

Nóra, à ses côtés, tremblait de tous ses membres.

— Nous sommes d'accord avec Votre Honneur sur l'existence d'une présomption de culpabilité. Cependant, concernant l'accusation d'homicide volontaire portée contre Anne Roche et Honora Leahy, nous estimons qu'il n'y a pas assez de preuves pour les condamner. Nous les déclarons non coupables.

Il y eut un silence, puis la salle d'audience s'emplit d'exclamations fiévreuses et furibondes.

Nance sentit ses jambes céder sous elle. Elle se laissa glisser jusqu'au sol et ferma les yeux. Les vociférations qui emplissaient l'air chaud s'estompèrent. Bientôt, elles ne firent guère plus de bruit qu'une pluie torrentielle et soudaine, une pluie d'été s'abattant sur les aiguilles de pin au fond des bois, sur les feuilles qui brunissaient aux branches du chêne et de l'aulne, un torrent bienfaisant issu des lourds nuages massés au-dessus de la forêt, et le doux murmure de l'eau rejoignant la rivière.

Nance n'ouvrit les yeux que lorsqu'on l'invita à se lever pour la libérer de ses chaînes. La lumière fit battre ses paupières ; elle s'aperçut confusément que Nóra hurlait de soulagement, et que, derrière elle, dans l'immense vague de la foule mouvante, Mary les regardait fixement, les joues pâles et sillonnées de larmes.

— Mary ! lança Nance d'une voix rauque.

Elle sentit une grande secousse, et les fers tombèrent de ses poignets. Soudain légère et libre, elle tendit les mains vers la jeune fille qui sanglotait.

— Mary !

L'intéressée cracha au sol.

— Je vous maudis ! articula-t-elle à mi-voix.

Puis elle fit volte-face et disparut dans la foule.

21

Bruyère

Campée dans l'une des rues principales de Tralee, fort encombrées en ce jour de marché, Mary promenait son regard vif sur le flot des chalands venus effectuer leurs emplettes. Il faisait chaud, et elle transpirait sous la blouse qu'elle s'était achetée avec ses gages. Elle avait formé un petit baluchon avec ses autres vêtements encore imprégnés de l'odeur de Micheál, et le tenait sous son bras. Le dos bien droit, le menton levé, elle affrontait crânement les regards indifférents ou curieux qui se posaient sur elle. Elle était venue louer ses services, et tenait à le faire savoir.

Des cochons étaient couchés en travers du passage ; enfermés dans des cages de fortune – quelques piquets et de la corde –, leurs petits poussaient des cris aigus. Un groupe de jeunes garçons accompagnés de leurs pères, coiffés de casquettes, fumaient tout en surveillant du coin de l'œil leurs moutons récemment tondus. Ils éclatèrent de rire en voyant les fermières courir après une poule qui venait de s'échapper d'un grand panier en paille.

Après le procès, Mary avait demandé au père Healy de lui indiquer la route d'Annamore. Elle avait entamé le trajet, transportée de joie, frémissante d'excitation. Elle croyait déjà entendre les cris de surprise qui salueraient son arrivée lorsqu'elle tournerait au coin du sentier, le martèlement des petits pieds dans la poussière de la cour tandis que ses frères et sœurs s'élanceraient vers elle ; elle sentait déjà leurs mains impatientes enlacer ses jambes et sa taille, puis l'entraîner vers la maison pour lui montrer les poussins jaunes et duveteux tout juste sortis de leurs coquilles. Sa mère sortirait sur le seuil, le visage sombre et cerné comme toujours, mais soulagée de la savoir de retour, et en bonne santé, prête à l'aider aux travaux de la ferme. Et Mary l'aiderait, pour sûr ! Elle bêcherait la terre du lopin pour que les tiges poussent vite et bien, puis elle la secouerait pour dégager les pommes de terre d'un jaune doré, et lorsqu'elle les rapporterait à la maison, personne n'aurait faim. Ils les feraient cuire brièvement, afin de les manger « avec l'os dedans », comme disait son père. Après le dîner, Mary prendrait les petits dans ses bras, ou les coucherait sur le ventre du cochon qui ronflerait dans un coin. Et tout irait bien.

Elle oublierait Micheál. Un jour viendrait où elle ne penserait plus au petit garçon étrange, qui bêlait de froid et se blottissait contre la peau tiède de sa nuque pour se réchauffer.

La jeune fille remuait ces pensées, ravie d'imaginer la vie qu'elle mènerait une fois de retour chez elle, quand elle avait aperçu un puits au bord de la route. Elle s'était approchée pour étancher sa soif. Une mendiante au visage grêlé dormait là, adossée contre la margelle. Mary avait d'abord cru que la femme était seule, mais, lorsqu'elle avait puisé de l'eau, la cape crasseuse de la mendiante s'était soulevée, livrant passage à un bambin – une fillette nue et sale, aux cheveux blonds gris de poussière – qui avait tendu la main vers Mary, les yeux brillants d'espérance. La jeune fille l'avait dévisagée longuement, sans prendre la peine d'essuyer l'eau qui coulait de son menton, puis elle avait déballé le casse-croûte que lui avait donné le prêtre en prévision de sa journée de voyage : un poisson séché et un quignon de pain rassis, mais beurré.

Elle avait tendu son déjeuner à la gamine, qui s'en était aussitôt emparé, avant de regagner sa place sous la cape de sa mère.

C'est à ce moment-là que Mary avait repris la route en sens inverse. Le trajet lui aurait sans doute paru plus long qu'à l'aller si elle n'avait pas eu la chance de grimper à bord d'une charrette conduite par un fermier et sa femme qui se rendaient au marché de Tralee. Ils s'étaient arrêtés à sa hauteur et lui avaient gentiment proposé de l'emmener. Elle avait accepté, posant ses pieds nus sur les rayons de la roue pour se hisser sur le plateau de la charrette. Une fois assise, elle avait gardé les yeux fixés sur l'horizon, tandis que, derrière elle, la distance qui la séparait d'Annamore s'accroissait à chaque pas de la mule.

Elle resterait dans cette rue de Tralee jusqu'au soir s'il le fallait. Elle se tiendrait là, son baluchon sous le bras, jusqu'à ce que quelqu'un s'approche et lui demande si elle souhaitait aller travailler dans une ferme pendant l'été, si elle savait baratter, manier le fléau et transporter de la tourbe, si elle était forte et vaillante.

J'accepterai la première place qu'on me proposera, se promit-elle. Cette fois, elle ne chercherait pas à lire les intentions ou le tempérament des paysans sur leur visage pour déterminer s'il s'agissait d'une bonne ou d'une mauvaise ferme. Qu'ils aient ou non le nez rougi par la boisson, ou des pattes-d'oie au coin des yeux, ne changerait rien à sa décision. Car, elle l'avait compris à présent : ce que nous renfermons dans notre cœur ne se lit pas sur notre visage.

Il faisait une chaleur de plomb. Elle avait soif. Portant le baluchon à son front pour se protéger de la lumière du soleil, elle sentit brusquement l'odeur du fé s'immiscer dans ses narines. Lait caillé et pommes de terre rassises. Feu de tourbe et nuits glacées. Et, avec l'odeur, lui revinrent en mémoire les heures passées à veiller sur lui, de jour comme de nuit, toutes les fois où il l'avait réveillée en sursaut à minuit, où elle avait tenté de l'envelopper dans la couverture alors qu'il frappait l'air de ses poings et de ses pieds, celles où elle avait délicatement coupé ses ongles d'un coup de dent pour éviter qu'il ne se griffe à force de se tortiller en tous sens – cette danse étrange qu'il menait en solitaire pour tenter d'attraper le monde autour de lui ; elle se souvint de la chaleur de sa langue contre ses doigts lorsqu'elle le nourrissait, de la manière dont son regard glissait sur le sien, de ses rires lorsqu'elle le chatouillait avec une plume, de ses hurlements lorsqu'il souffrait.

Elle en eut le souffle coupé.

Enfouissant son visage dans le baluchon de linge

sale, elle éclata en sanglots sans se soucier des regards des passants.

Après le procès, Nóra regagna la vallée en compagnie de Daniel. Son neveu l'avait attendue à la sortie du tribunal. Elle l'avait trouvé en grande conversation avec le père Healy, sa pipe à la bouche. Les deux hommes avaient levé les yeux vers elle en la voyant approcher, les yeux plissés pour se protéger du soleil.

« Eh bien, te voilà libre ! » avait murmuré Daniel en faisant passer sa pipe d'une main dans l'autre.

Le prêtre l'avait considérée avec une aversion mal dissimulée.

« J'espère que vous êtes reconnaissante à Dieu de tout ce qu'Il a fait pour vous ! avait-il lancé, les joues roses d'indignation. Je vous avais pourtant avertie, Nóra. Je vous avais bien dit que la superstition ne vous vaudrait rien de bon. Nance Roche a refusé de mettre un terme à ses pratiques païennes, à ses *piseógs*, à son charlatanisme, alors que l'Église s'y opposait. Et elle continuera de s'y opposer. Le verdict n'y changera rien, croyez-moi ! Je ne tolérerai plus que des croyances superstitieuses l'emportent sur la foi et l'amour que nous devons à Notre-Seigneur. Vous m'entendez, veuve Leahy ? Repentez-vous de vos péchés. Ouvrez les yeux et cessez de vous bercer d'illusions païennes ! »

Tétanisée, Nóra avait été incapable de répondre. Elle n'avait mesuré la portée de ces propos qu'un instant plus tard, quand Daniel avait pris congé du curé et lourdement posé une main sur son épaule à elle pour l'inviter à tourner les talons.

« Il va excommunier Nance », avait-elle murmuré.

Son neveu avait soupiré, et désigné la grand-rue d'un geste de la main.

« Rentrons à la maison. »

Ils s'étaient rendus à Killarney par la malle-poste, et n'avaient pas échangé un mot durant le trajet. Nóra s'était aperçue, aux regards intrigués des autres passagers, que ses vêtements, qui lui avaient été rendus à l'issue du procès, étaient encore couverts de vase. Gênée, elle s'était cachée sous son châle, drapé sur sa tête et ses épaules malgré la chaleur. Elle était soulagée que Daniel ne cherche pas à lui parler : elle avait l'impression d'avoir un poids dans la bouche, posé sur sa langue. Elle peinait à comprendre ce qui s'était passé. Elle ne pensait qu'à une chose : rentrer chez elle au plus vite pour voir si Micheál était revenu.

En arrivant à Killarney, ils avaient gagné les faubourgs à pied et s'étaient arrêtés devant l'une des premières chaumières qui se dressaient à la sortie de la ville, où ils avaient humblement demandé le gîte et le couvert. La maîtresse de maison leur avait répondu qu'ils avaient à peine de quoi se nourrir eux-mêmes. Le mois de juillet était sec et cruel, comme toujours. « Puisse le Seigneur nous offrir une belle récolte, sans quoi nous serons tous jetés sur les routes ! » avait-elle ajouté, avant de leur ouvrir sa porte, malgré tout – car ils étaient de bonnes gens. Elle leur avait donné à manger et les avait laissés dormir dans la paille, à l'abri du ciel nocturne et du regard de la lune. Nóra s'était endormie, les joues griffées par les tiges d'avoine, et s'était réveillée avant l'aube. Quelques gouttes de rosée lui avaient suffi pour se laver le visage. Quand Daniel s'était levé à son tour, ils s'étaient engagés sur le sentier faiblement éclairé par la lumière du petit jour. Les rouges-gorges fondaient sur les buissons ; les champs bruissaient de l'éveil des animaux. À mesure que la matinée s'écoulait, que le soleil réchauffait l'atmosphère et que la route s'emplissait de paysans vaquant à leurs occupations quotidiennes, chargés de bêches à tourbe ou de paniers à pêche, Nóra avait laissé ses pensées revenir vers le petit garçon qui l'attendait certainement chez elle ; elle avait imaginé la joie qu'elle aurait à lire sur son visage les traits de Johanna, puis elle avait revu sa fille lorsqu'elle était enfant, quand tout semblait encore clair et possible – et ses yeux s'étaient emplis de larmes, l'empêchant de voir la route.

Daniel ne lui adressa la parole que bien plus tard, lorsqu'ils atteignirent la vallée et son berceau de montagnes couvertes de bruyère qui s'empourpraient au crépuscule.

— Tu vas venir habiter chez nous, annonça-t-il.

Ils venaient d'arriver au sommet d'une colline. Nóra se figea, essoufflée.

— Je te remercie, dit-elle en le regardant, mais je préfère retourner chez moi.

— Le loyer n'a pas été payé en ton absence, répliqua-t-il.

Les yeux rivés sur la route, Daniel poursuivit son chemin sans ralentir la cadence de son pas.

— Et alors ? Ce n'est pas la première fois que j'ai un peu de retard et…

Elle s'interrompit, saisie de panique, et courut pour le rattraper.

— Ça arrive à tout le monde, n'est-ce pas ?

— Tu vas venir habiter avec nous, Nóra. C'est la seule solution.

— Et Micheál ? Il va m'attendre à la ferme, pour sûr !

Un silence malaisé accueillit sa réplique. Daniel alluma sa pipe et serra le tuyau entre ses dents.

— Et mes affaires ? protesta Nóra.

— Tu pourras aller les chercher, mais il faudra vendre le lit.

À ces mots, Nóra fondit en larmes, enfouissant son visage dans ses mains sales, puis elle se remit en marche. Ils aperçurent le jeune John O'Shea au détour du chemin, les joues déjà brunies par le soleil, la bouche ombrée d'un soupçon de moustache blonde. Il se dressait au milieu du sentier, les mains pleines de petits cailloux qu'il lançait sur un nid d'oiseau.

— Veuve Leahy ? s'exclama-t-il. Ils ne vous ont donc pas pendue ?

Daniel plissa les yeux, ébloui par la lumière du soleil couchant.

— Elle ne peut pas discuter avec toi maintenant, John. Laisse-la passer.

— Vous savez qu'il y a une comptine sur vous ?

Nora renifla.

— Une comptine ?

Le jeune garçon fourra ses mains dans ses poches et se mit à chanter :

Qu'as-tu donc fait, Nóra Leahy,
Du fils unique de ta fille ?

> *L'as-tu noyé ?*
> *Un p'tit gars qui ne savait,*
> *Ni trotter ni parler !*
> *Les fées l'auraient-elles emporté ?*
> *Ne l'as-tu pas plutôt noyé ?*
> *Qu'as-tu donc fait, Nóra Leahy ?*
> *Du fils unique de ta seule fille ?*

Saisie de nausées, la veuve le dévisagea avec horreur.

— Que Dieu te pardonne, murmura-t-elle.

Le sourire de John s'évanouit.

— Ce n'est qu'une comptine, intervint Daniel. On a entendu pire ! John, va dire à Peg que la veuve Leahy est de retour.

Le garçon hocha la tête et partit en courant. Daniel se tourna vers Nóra.

— Ne prête pas attention à ces bêtises, reprit-il. Rentre chez toi et commence à rassembler tes biens. Je vais avertir Brigid. Elle viendra t'aider. Ce soir, tu dormiras chez nous. Ma petite épouse veillera sur toi. Tu seras à ton aise, tu verras ! Ne m'attendez pas pour souper. J'ai des affaires à régler.

Il la salua d'un signe de tête et s'éloigna à grands pas, l'air sombre.

Quand il ne fut plus qu'un point dans le lointain, Nóra tomba à genoux dans la poussière du sentier. Les paroles de la comptine tournaient en boucle dans sa tête. Secouée de spasmes, elle vomit un filet de bile qui s'étira sous la brise.

La chaumière était envahie d'herbes hautes. Le souffle court, Nóra ouvrit la porte et se tint sur le seuil. La pièce sentait le renfermé. La paille qui obturait la fenêtre avait disparu et les meubles étaient couverts de poussière ; les joncs séchés, éparpillés par le vent, formaient des spirales sur le sol de terre battue.

— Que Dieu bénisse ce foyer ! lança Nóra d'une voix tremblante.

Elle balaya la pièce du regard, mais rien n'indiquait la présence du petit garçon – ni de personne d'autre, d'ailleurs. La maison était vide et silencieuse. Il n'y avait pas de feu dans l'âtre et la banquette était repliée, comme le jour de son arrestation.

La veuve franchit le seuil d'un pas hésitant.

— Micheál ?

Aucune réponse.

— Micheál ? Où es-tu, mon petit ?

Elle venait de fermer la porte derrière elle quand un bruissement la fit sursauter. Elle s'élança aussitôt vers la chambre, le cœur battant, saisie d'un espoir si vif que la tête lui tournait. Elle ne s'était pas trompée ! Micheál était là ! Sous le grand manteau de Martin. Il dormait, recroquevillé sous l'épais drap de laine.

Elle souleva le vêtement. Et ne trouva qu'une couverture roulée en boule. Il n'est pas là, comprit-elle le souffle court, les doigts crispés sur le manteau. À ses pieds, une poule gloussait tranquillement. Quand ses yeux se furent habitués à la pénombre, Nóra vit que le volatile était sur le point de pondre, installé sur un petit tas de joncs séchés et de paille tirée du matelas dont il avait fait son nid.

Saisie d'angoisse, Nóra se mit à prier :

— Je Vous en prie, Seigneur. Oh, je Vous en prie ! murmura-t-elle en tirant sur les draps et les couvertures d'un geste vif. Oh, Seigneur Jésus ! Oh, Martin ! Faites qu'il soit là, je vous en prie ! Micheál !

Personne ne répondit. Seuls les gloussements de la poule perturbée se firent entendre.

Que faire, à présent ? Nóra drapa machinalement le manteau de Martin sur ses épaules et tituba jusqu'à la pièce voisine, où elle se laissa tomber sur un tabouret. Le silence bourdonnait à ses oreilles.

Micheál n'était pas là. Il ne lui avait pas été rendu.

Elle était pourtant persuadée qu'il l'attendrait, assis près du feu, peut-être. Combien de fois avait-elle imaginé la scène ? Ses yeux levés vers elle quand elle pousserait la porte. Les traits de Martin, les cheveux de Johanna. Elle se frotta la joue avec un coin du manteau en ratine, humant l'odeur familière de son mari – ou ce qu'il en restait. Puis elle plongea la main dans la poche, sortit le galet de charbon et le fit tourner entre ses mains.

Il n'était pas là. Comment était-ce possible ? Elle y avait cru de toute son âme !

Dans la cour, les oiseaux commencèrent à saluer la lente descente du soleil vers l'horizon.

— Que Dieu et Marie soient avec toi.

Nóra se retourna, les yeux gonflés de larmes. Peg se tenait sur le seuil de la chaumière, appuyée sur sa canne en bois de prunellier.

— Il n'est pas là, marmonna la veuve.

Peg lui tendit la main.

— Tu es revenue, Dieu merci ! Seigneur… Que de soucis ! Que de chagrin ! Mais que fais-tu là, assise toute seule dans le noir ? Tu n'as même pas allumé le feu dans l'âtre. Eh bien, tant pis. L'heure est douce, pour vrai. Asseyons-nous un peu, tu veux bien ?

Elle s'installa près de Nóra, devant les cendres éteintes du foyer, dans le halo de lumière orangée que diffusait le soleil couchant.

— Regarde, dit-elle en désignant le pot de terre, fermé d'un linge propre, qu'elle avait posé sur la table. Je t'ai apporté de la crème. C'est ma belle-fille qui a trait Brownie. Elle ne supportait pas de l'entendre mugir. J'ai mis ton beurre de côté. Chez moi, bien à l'abri. Les vaches ont recommencé à donner du lait, vois-tu.

Nóra hocha la tête d'un air las.

— C'est une bonne nouvelle.

— Pour sûr. La vallée en a grand besoin !

Un chœur de grillons s'éleva dans l'air du soir. Les deux femmes l'écoutèrent un moment en silence.

— On l'a enterré dans le *cillín*, reprit Peg. Le père Healy nous a dit que c'était pour le mieux.

Nóra cilla, mais ne dit rien. Peg se pencha vers elle.

— Au nom du ciel, qu'est-il arrivé à cette pauvre créature ? Que s'est-il passé, Nóra ?

— Je voulais me débarrasser du fé, murmura la veuve. Rien de plus.

— Quand je t'ai vue ce matin-là, tu étais trempée jusqu'aux os. Alors, dis-moi... Est-ce toi qui l'as poussé dans l'eau ?

Nóra ne sut que répondre. Elle repoussa doucement la main que Peg venait de poser sur son genou, puis se leva et se pencha vers la niche creusée dans la paroi de la cheminée.

— Eh bien, où est-elle ? marmonna-t-elle, surprise de ne pas y trouver sa bouteille de *poitín*.

— Je ne t'accuse pas. C'est seulement que... Si tu l'as fait, ce serait...

— Où est-elle ? répéta Nóra.

Cette fois, Peg l'entendit. Elle fronça les sourcils, perplexe.

— De quoi parles-tu ?

— De ma bouteille. Celle que j'avais laissée là avant de partir.

Sa voisine soupira.

— Elle n'y est plus, Nóra. Quelqu'un est venu ici en ton absence et... J'ai envoyé mes garçons dès que j'ai compris ce qui se passait, tu peux me croire ! Mais ils sont arrivés trop tard. Le mal était fait.

— Qui est venu ? Seán Lynch ?

Peg secoua la tête.

— Non. C'est Kate. Toute la vallée a pris peur après l'histoire du *piseóg*, tu t'en souviens ? Certains disaient aussi que l'accident d'Áine était un signe. Alors dès que tu es partie, Kate est venue ici. Elle voulait voir ta baratte. Elle disait que Micheál avait jeté un sort au lait et fait mourir le bébé de Brigid. Elle a tout retourné, tout regardé. Elle cherchait des preuves. La malédiction, le mauvais œil, elle n'avait que ces mots-là à la bouche ! Quand je suis entrée, elle m'a dit qu'elle avait trouvé un silex près du bâton. Puis elle m'a annoncé que Seán avait revendiqué la possession de tes biens, parce que tu serais pendue, pour sûr, et qu'il l'avait chargée de tout emporter pendant qu'il se rendait à Tralee pour assister au procès.

— Qu'a-t-elle pris ?

— La bouteille de poitín. La pipe de Martin. Ta pièce de monnaie. Des vêtements. Le beurre et les provisions qui restaient. Le sel.

Levant les yeux, Nóra s'aperçut que la boîte à sel fixée au mur avait disparu.

— Je l'avais reçue en cadeau de mariage, dit-elle.
— Kate voulait emmener la vache, mais nous lui avons demandé d'attendre des nouvelles du verdict. Il fallait tout de même savoir si tu reviendrais ou non !
— J'aurais pu être pendue, Peg.
— Je sais.

Nóra porta vivement la main à sa gorge. Elle avait l'impression d'étouffer. Plaquant son poing sous son menton, elle éclata en sanglots. Peg se tourna vers elle, et Nóra lui prit la main avec le désespoir d'une femme qui se noie. Elle serra si fort ses doigts dans les siens que la vieille paysanne grimaça de douleur.

— Oh, Peg ! Il n'est pas là !
— Je sais, répéta-t-elle d'une voix douce. Je sais bien.

Assise près d'elle, Nóra laissa les larmes rouler sur son visage et dans son cou. Il s'écoula un long moment avant qu'elle puisse reprendre la parole. Peg ne la pressa pas. Elle détacha doucement ses doigts des siens, et se signa.

— Remercions le Seigneur qui t'a accordé la vie sauve dans Son infinie miséricorde, déclara-t-elle.

Nóra s'essuya les yeux.

— Sais-tu, Peg ? Ils nous ont pris pour des folles, là-bas. Ils n'ont rien voulu entendre quand je leur ai parlé des Bonnes Gens qui m'avaient enlevé mon petit Micheál. Heureusement, Mary leur a dit que nous ne l'avions pas plongé dans l'eau avec l'intention de le tuer. C'est pour ça qu'ils nous ont libérées. Parce que ce n'était pas un meurtre.

— Après ton arrestation, le père Healy nous a lu l'article qui avait paru dans le *Chute's Western Herald*. Il était écrit que tu es une honnête femme, Nóra. Et de bon tempérament. Personne ici ne dira le contraire.

— Sauf ceux qui chantent cette horrible comptine qu'on a composée à mon sujet.

— Peu importe. Tu es une honnête femme, pour sûr !

— Je voulais seulement me débarrasser du fé.

— Cette créature était un fardeau pour toi.

— Ce n'était pas le fils de Johanna. Mon sang ne coulait pas dans ses veines.

Peg chassa doucement une mèche de cheveux qui tombait dans les yeux de son amie.

— Comme c'est étrange ! murmura-t-elle. Beaucoup disent que la paix est revenue dans la vallée depuis que le changelin n'y est plus. On raconte que le petit avait assurément jeté le mauvais œil à nos poules et à nos vaches, puisqu'elles recommencent à donner des œufs, du lait et du beurre depuis son départ. Les femmes qui craignaient de ne pas pouvoir joindre les deux bouts de l'année ont recommencé à faire tinter des pièces dans leur tablier. Et ceux qui redoutaient l'expulsion ont pu payé leur fermage.

— Ah oui ? Daniel m'a dit que je ne pourrais plus vivre ici.

Peg fit claquer sa langue contre son palais.

— C'est bien dommage... mais tu aurais été malheureuse, toute seule ici, tu ne crois pas ?

— Et cet horrible *piseóg*... Sais-tu qui l'avait posé dans le champ des Lynch ?

— Tout le monde s'accordait à dire que c'était Nance. Et que c'était une bonne chose que Seán l'ait découvert si rapidement et fait venir le curé. Le sort n'a pas eu le temps de s'enfoncer dans le sol, tu comprends ? Kate fulminait, tu aurais dû voir ça ! À chaque fois que ma belle-fille allait au puits, elle l'entendait répéter que ce *piseóg* était l'œuvre de Nance et qu'il s'était retourné contre elle, que c'est ce qui arrive aux gens qui souhaitent du mal aux autres. « Leur mauvaiseté les rattrape, criait Kate, et ils se retrouvent à Tralee, la corde autour du cou ! »

— Ah, quelle vilaine femme ! s'emporta Nóra. Quand je pense qu'elle m'a dépouillé de mes biens... et sur ordre de son mari, en plus ! Mais j'irai récupérer ce qui m'appartient. Ma boîte à sel, tu te rends compte ?

— Nóra...

— De nous tous, c'est Kate qui croit le plus aux Fairies ! Oui, c'est elle. Comment ose-t-elle parler de mauvaiseté et de corde au cou ? Nous sommes parentes, tout de même !

Peg essuya gentiment les larmes qui sillonnaient le visage de sa voisine.

— Kate est partie, dit-elle.

— Pardon ?

— En rentrant de Tralee ce matin, Seán a trouvé la maison vide. Kate s'est enfuie. Elle a emporté ce qu'elle avait pris chez toi, plus l'argent du beurre et des œufs. D'après Seán, il y avait une petite fortune cachée sous leur lit. Elle est partie avec.

Nóra écarquilla les yeux, stupéfaite.

— Oh, Seán est dans tous ses états, crois-moi ! poursuivit Peg. Il la cherche partout. Il s'est persuadé qu'elle a été enlevée – il dit qu'il a vu passer des rétameurs sur la grand-route, et qu'il se pourrait bien que ces hommes-là aient enlevé sa femme. Au puits, on ne parle que de ça. Certaines fermières affirment que Kate a été emportée par les Bonnes Gens. « Va donc à Piper's Grave dimanche soir, ont-elles dit à Seán, et tu verras passer ta femme sur un cheval blanc ! »

— Kate est vraiment partie ? marmonna la veuve, incrédule.

— Eh oui. Depuis plusieurs jours, sans doute. Je te parie ma bonne jambe et ma mauvaise qu'elle ne reviendra pas de sitôt !

Nóra acquiesça pensivement, avant de s'enquérir :

— Et Áine ? Comment va-t-elle ?

— Elle est vivante. Il paraît que Brigid Lynch s'est beaucoup occupée d'elle.

— Quelle bonne nouvelle. Louée soit la Sainte Vierge !

Un bref silence s'instaura entre les deux femmes, puis la veuve reprit la parole d'un ton hésitant :

— Sais-tu, Peg, quand je suis entrée tout à l'heure, j'ai entendu du bruit dans la chambre. J'ai cru que c'était lui.

— Nóra...

— J'étais tellement sûre de le trouver ici en arrivant ! J'en avais tant rêvé. Toutes les nuits, à Tralee, je rêvais de mon retour. Je le voyais assis près du feu, attendant que j'ouvre la porte. Et je me disais qu'il n'avait peut-être pas eu le temps d'arriver jusqu'ici ce matin-là, quand je suis remontée de la rivière. Ces choses-là prennent un moment, pour sûr... Et moi, je... Oh, Peg ! J'avais tellement peur d'être pendue et de le laisser seul ici, à m'attendre !

— Oh, Nóra.

— Il m'aurait attendue longtemps, pauvre petit ! Te rends-tu compte ? Si on m'avait pendue et enterrée dans la cour de la prison de Ballymullen ?

— Calme-toi, je t'en prie. Tu ne seras pas pendue. Et tu es revenue parmi les tiens.

— Mais il n'est pas revenu, lui ! s'écria la veuve avec désespoir. Je ne peux pas rester dans la vallée. Je ne peux pas.

— Et où irais-tu ? Allons, tu es chez toi ici.

— Chez moi ? Regarde, protesta Nóra en balayant la pièce vide d'un geste du bras. Cette chaumière était mon seul foyer, et je n'ai plus rien. Je n'ai plus de toit, mon neveu me l'a dit. Et je suis seule. Toute seule, sans autre choix que d'aller vivre chez Daniel et Brigid, moi qui ai toujours tenu les rênes de ma maison. Martin est mort. Et Micheál... Micheál n'est pas là. Je ne sais pas... Je ne comprends pas ce qui s'est passé.

Peg prit sa main dans la sienne.

— Et moi, ne suis-je pas là pour toi ? Et tes neveux ? Quelle bénédiction que ces hommes-là, pour sûr ! Que Dieu les protège. Ils veilleront sur toi, tu le sais. Et la jeune Brigid te tiendra compagnie. Rien ne vaut une maison bien remplie, tu ne crois pas ?

— Je serai toujours seule, même dans une maison bien remplie, murmura Nóra.

— Allons, tout n'est pas aussi sombre que tu le dis. Tu n'es pas seule. Pour commencer, tu as beaucoup de proches ici, dans la vallée, avec qui parler et te réchauffer le soir au coin du feu. Dieu sait que le printemps a été terrible pour toi – toutes ces semaines passées en prison, à penser que tu étais perdue pour Dieu... Personne ne t'envierait un malheur pareil, pour sûr. Mais te voilà libre, et de retour chez nous. Et que trouves-tu en arrivant ? Des poules dans ton poulailler, un bon pot de crème, et ta chère vieille Peg ! N'est-ce pas une bénédiction ?

Nóra sourit et pressa la main de sa voisine dans la sienne.

— Dis-moi, penses-tu que... que Micheál me sera tout de même rendu, un jour prochain ?

Peg fit une moue, mais ne dit rien.

— Moi, je le crois, continua Nóra. Parce que l'autre n'était pas un petit garçon naturel. N'est-ce pas, Peg ?

— C'est vrai, admit sa compagne au bout d'un moment. Il n'était pas naturel, ce petit.

— Dans ce cas, le mien finira peut-être par revenir.

— Peut-être. Mais s'il se trouve que Micheál préfère rester sous la colline, à danser et chanter avec les Bonnes Gens... Eh bien, tu sauras qu'il n'est pas malheureux, au moins !

Un bruit de pas résonna dans la cour. Nóra se tourna et vit apparaître Brigid sur le seuil, un grand panier à la main.

— Que Dieu et Marie soient avec vous, Nóra, énonça-t-elle sans un sourire.

La jeune femme avait le teint pâle de celles qui sont restées longtemps alitées. Amaigrie, elle semblait frêle et peu solide sur ses jambes.

— Ah, Brigid ! Quelle joie de te revoir ! s'exclama Peg avec une gaieté un peu forcée. J'ai appris que tu étais retournée à la messe, mais nous ne nous sommes pas encore croisées, pour vrai.

— En effet. Il s'en est passé des choses depuis que nous nous sommes vues, renchérit la jeune femme.

Elle franchit le seuil et s'approcha de Nóra.

— Daniel m'a dit qu'ils ont failli vous pendre, dit-elle d'une voix dénuée d'émotion.

La veuve acquiesça, la gorge sèche. Les traits de la jeune femme se durcirent.

— Daniel pense que Nance aurait dû être pendue, reprit-elle. À cause de ce qu'elle a fait à Áine. À cause du *piseóg*. Et de la douce-amère.

Nóra l'observa sans rien dire. Elle n'avait plus la force de protester. Ce fut Peg qui répondit :

— Allons, ma fille, n'en parlons plus – tu veux bien ? Nance a toujours été une personne à part, solitaire et étrange, mais cette étrangeté ne suffit pas à faire d'elle une meurtrière, quoi qu'en dise le père Healy dans ses sermons ! Les jupes d'Áine ont pris feu, comme cela arrive à bien des femmes, et il n'y a aucune malice là-dedans, crois-moi. Et pour ce qui est de toi, Nance n'a-t-elle pas fait tout son possible pour t'aider quand tu en avais besoin ?

La jeune femme pâlit, mais fit mine de ne pas avoir entendu :

— Nance l'a fait, n'est-ce pas ? s'enquit-elle d'un ton sec, les yeux toujours baissés vers Nóra.

— Fait quoi ?

— Elle a noyé le petit.

Peg les observa tour à tour, les yeux brillants de curiosité.

— C'était un fé, répliqua Nóra d'une voix éraillée.

Brigid se mordit la lèvre.

— Vous l'avez vue après le procès ?

— Non. Je l'ai perdue dans la foule.

— Savez-vous si elle avait l'intention de revenir dans la vallée ?

— Elle habite ici. Elle voudra certainement retrouver sa chaumine. Et c'est bien normal ! Moi, je ne pensais à rien d'autre sur le chemin. Rentrer chez moi, c'est tout ce que je souhaitais.

— Elle n'a plus sa place ici, répliqua Brigid. Plus maintenant. Prenez vos affaires, Nóra. Il se fait tard. Je ne peux pas attendre toute la soirée. Il fera bientôt nuit.

Peg leva la main.

— Brigid ? Qu'as-tu dit à l'instant, ma fille ? Pourquoi Nance n'aurait-elle plus sa place parmi nous ?

— C'est de sa faute, après tout. Venez, Nóra. Vous ne pouvez pas rester ici.

— Brigid. Que se passe-t-il ?

— Daniel m'a fait promettre de ne rien dire. Je...

La jeune femme s'interrompit. Le souffle court, les doigts crispés sur l'anse de son panier, elle regarda Peg attraper sa canne et se redresser en grimaçant.

— Suis-moi, Nóra, ordonna la vieille paysanne en se dirigeant à petits pas vers la porte. Nous allons chez Nance.

La veuve se leva à son tour.

— C'est inutile ! explosa Brigid. Il n'y a plus rien à faire. La décision a été prise quand vous étiez à Tralee, Nóra. Et estimez-vous heureuse d'avoir été épargnée !

Nóra sentit son estomac se nouer de terreur. Elle accepta d'une main tremblante le panier que lui tendait Brigid et commença à rassembler ses affaires.

Nance se tenait à la lisière de la forêt, les yeux rivés sur l'endroit où sa chaumine aurait dû se dresser. Quatre jours de marche depuis Tralee sur des jambes qui la portaient à peine, les pieds rouges et endoloris, et à l'arrivée... Rien ! Sa maison avait disparu.

Ils l'avaient entièrement brûlée. Tout n'était plus que cendres.

Elle se laissa tomber dans les hautes herbes qui poussaient au bord de la clairière, assez loin du sentier pour ne pas être vue, et se roula sur le sol gorgé des parfums de l'été. Exténuée, elle sombra dans un profond sommeil. Quand elle se réveilla sous un ciel traversé de nuages rouges, le soir tombait.

Elle s'assit contre un arbre et observa le sol calciné de la cour. Ils avaient agi vite, mais avec un soin méticuleux, songea-t-elle. Avaient-ils recouvert le toit d'herbes séchées ? Puis jeté un flacon de poitín dans le brasier pour attiser l'incendie ? Les flammes étaient montées vers le ciel : les feuilles les plus hautes des arbres de la clairière étaient noires de suie, et le tronc du chêne était à moitié brûlé. Nance se leva et s'approcha de l'arbre. Elle fit prudemment courir ses mains sur l'écorce noircie, détachant des morceaux de charbon. Sans réfléchir, elle porta ses mains sales à son visage et le barbouilla de cendres.

Il ne restait rien. Elle enjamba les débris calcinés des poutres tombées au sol et fouilla les cendres à l'aide d'un bâton, dans l'espoir d'y trouver des objets épargnés par le feu. Elle aperçut un tas de laine sale et filandreuse, piteux souvenir d'une pelote soigneusement cardée et peignée. L'odeur de fumée la prenait à la gorge. Ses herbes, ses plantes, ses onguents avaient été réduits en cendres, de même que ses tabourets, sa tourbe, et même ses pots en terre cuite remplis de suif.

Le chagrin ne l'atteignit qu'un moment plus tard,

lorsqu'elle ramassa dans les décombres le petit crochet de métal qui lui servait à accrocher la chaîne au cou de sa chèvre. Elle se plia en deux, comme si elle venait de recevoir un coup de couteau. Fermant les yeux, elle crispa les doigts sur le petit morceau de métal, tandis que l'image de Mora, prise au piège dans la masure dévorée par les flammes, envahissait son esprit. Horrifiée, elle éclata en sanglots. Grattant la terre noircie, elle tenta de retrouver les os de sa fidèle petite chèvre, mais il faisait trop sombre, à présent. Elle ne distinguait plus rien.

Un croissant de lune finement ourlé se leva dans le ciel piqueté d'étoiles. Nance s'assit dans les ruines de sa maison et enfouit ses mains dans les décombres, tâtonnant pour trouver un coin encore tiède. Puis elle s'allongea et se couvrit de cendres.

Nance s'éveilla en sursaut quelques heures plus tard. Un bruit de pas résonnait sur le sentier. Elle s'arracha à son lit de suie et jeta un regard affolé autour d'elle. Le jour n'était pas encore levé, mais le ciel avait pâli, prenant la teinte bleutée d'un œuf de rouge-gorge.

— Nance ?

Elle se retourna. Un homme se tenait devant le tas de débris calcinés, les yeux rivés sur elle.

Peter O'Connor.

— Je croyais que vous étiez morte ! dit-il en portant la main à sa bouche.

Il franchit la distance qui les séparait et aida Nance à se relever. Elle s'aperçut qu'il tremblait.

— Bonjour, Peter. Que Dieu vous bénisse.

Il la dévisageait avec intensité, comme s'il ne parvenait pas à y croire.

— Ils vous ont libérée, Dieu merci !

Elle posa une main sur son bras, et il la saisit, visiblement terrassé par l'émotion.

— Je... J'ai cru que je vous avais perdue ! bredouilla-t-il. Ils disaient tous que vous seriez pendue ou emprisonnée loin d'ici. Alors que vous aviez seulement voulu vous rendre utile !

Il porta la main de Nance à son visage et appuya sa paume sur sa joue couverte de barbe.

— J'avais peur pour vous, avoua-t-il.

— Même s'ils l'avaient voulu, ils n'auraient pas réussi à m'atteindre.

— J'avais peur pour vous ! répéta-t-il.

Il se détourna pour s'essuyer les yeux d'un revers de main. Lorsqu'il lui fit de nouveau face, il semblait plus calme.

— Je n'ai plus rien, dit-elle. Ils ont tout brûlé.

— La décision a été prise après l'annonce du verdict.

— C'est Seán Lynch qui a pris cette décision, n'est-ce pas ?

— Quand il est revenu de Tralee, il a trouvé sa maison vide et sa femme partie avec toutes leurs économies. Il l'a cherchée toute la journée, puis, le soir venu, il s'en est pris à votre chaumine. Il suffoquait de colère.

— Kate Lynch s'en est allée ?

— Elle a disparu. Seán était fou de rage. Il était persuadé que vous étiez responsable de son départ. Je n'ai rien pu faire.

— Je m'en doute.

— J'ai essayé, pourtant ! Mais Seán n'était pas seul. Il avait plusieurs hommes avec lui. Robustes et furieux, eux aussi. Je suis navré, Nance.

— Ce n'est pas de votre faute.

Elle le prit par l'épaule, et il baissa la tête pour frôler ses doigts.

— Vous avez toujours été bonne avec moi. Avec nous tous.

Ils s'assirent tous deux sur le tas de cendres. Peu après, un nuage de pluie assombrit le sommet des montagnes, et le silence se peupla de mugissements : les bêtes s'éveillaient dans les champs.

— Vous ne pouvez pas rester ici, déclara Peter.

— Je sais.

— Venez avec moi.

Peter l'emmena chez lui. Tandis qu'il l'aidait à gravir le sentier escarpé qui menait à sa chaumière, blottie sur le versant le plus aride de la montagne, il lui expliqua ce qui s'était passé.

— Ils ont mis le feu chez vous il y a deux nuits de cela. Tous les hommes de la vallée, hormis John O'Donoghue et moi. John a refusé tout net de se joindre à eux.

— Et Daniel Lynch ?

Le laboureur fronça les sourcils.

— Tous, sauf John et moi. Mais quand je les ai vus descendre dans le creux du vallon à la tombée du jour, je les ai suivis.

Ils étaient arrivés devant sa modeste demeure. Peter invita Nance à entrer. Elle franchit le seuil et se tint un moment dans la pénombre, désorientée. Puis elle laissa échapper un cri de stupeur.

Sa chèvre se dressait dans un coin de la pièce, attachée à un vieux buffet. La fatigue et le soulagement que Nance avait étouffés depuis la proclamation du verdict s'abattirent brusquement sur elle, menaçant de la faire chanceler. Elle traversa la pièce en titubant, s'agenouilla sur le sol couvert de déjections, et jeta ses bras autour du cou de l'animal, enfouissant son visage dans sa tiédeur familière. Les yeux brillants de larmes, elle inspira son odeur de foin et de lait.

— Oh, ma petite chèvre. Ma chère petite chèvre !
— Ils voulaient lui couper la gorge.

Nance caressa son pelage emmêlé, tandis que Peter les observait en silence.

— J'ai cru qu'elle était morte, murmura-t-elle en s'essuyant les yeux. Vous l'avez sauvée !
— Je l'ai emmenée. Ils l'auraient tuée, je vous dis ! Maintenant, Nance, ne croyez-vous pas que vous devriez vous allonger et fermer les yeux un instant ? Vous êtes certainement épuisée. Vous avez beaucoup marché pour revenir ici.

Nance passa la journée à dormir. La chaumière de Peter était calme et fraîche, propice au repos. Chaque fois qu'elle entrouvrait les yeux, elle apercevait son hôte sur le seuil, le regard tourné vers la vallée noyée de pluie, ou assis près de l'âtre, affairé sans bruit à ses tâches domestiques. Il la réveilla au crépuscule, et lui tendit une tasse de lait de chèvre tiède et une pomme de terre froide. Elle mangea avec appétit sous son regard attentif.

— Vous avez beaucoup maigri.
— On ne festoyait pas souvent à Ballymullen ! répliqua-t-elle avec ironie.

— Je voulais vous dire... Vous êtes la bienvenue chez moi, Nance. Je sais bien que je n'ai pas grand-chose à offrir, mais... Je n'ai plus de proches parents dans la vallée et... Ce que j'essaie de vous dire, reprit-il en rougissant, c'est que je serais prêt à vous épouser. Pour vous protéger. Ils ne pourraient plus rien contre vous, après ça.

— Je suis une vieille femme, Peter.

— Vous avez toujours été bonne avec moi.

Elle sourit.

— Une vieille femme solitaire n'est guère plus qu'un fantôme : on ne la voit pas, et on en a peur.

— Voulez-vous bien y réfléchir ? Je suis un solide travailleur.

— Entendu, Peter. Je vous remercie. Je vais y réfléchir.

Ils ne parlèrent guère plus ce soir-là. Peter s'installa près du feu, tandis que Nance restait étendue sur le matelas de bruyère. Ils échangèrent quelques regards en souriant. Quand la nuit tomba sur la vallée, Peter récita le rosaire, puis ils se lavèrent les pieds et s'installèrent pour dormir, le visage baigné dans la douce chaleur du foyer.

Nance se leva avant l'aube. Peter ronflait doucement, étendu de tout son long sur le sol, les bras levés au-dessus de la tête. Il semblait plus âgé dans son sommeil, songea-t-elle en l'observant.

Elle s'approcha de la cheminée en veillant à ne pas le réveiller, remua doucement les braises et choisit un gros tison, qu'elle laissa refroidir tandis qu'elle trayait Mora. Ensuite, elle posa le seau de lait et le tison sur le buffet, et les bénit tous deux.

Puis elle détacha la chèvre et sortit de la maison de Peter.

Ses os la faisaient souffrir. Sa hanche, surtout, la lançait à chaque pas. Elle se dirigea en boitant vers le sentier, Mora à son côté.

Quand suis-je devenue si vieille ? se demanda-t-elle avec lassitude.

L'air était doux et humide. Une légère brume matinale descendait des montagnes, révélant peu à peu leur tunique de fleurs mauves. Quelques lièvres à queue blanche s'élancèrent parmi le trèfle et la bruyère ; un instant plus tard, Nance les vit se faufiler sous les branches sombres des ronciers, près des sorbiers couverts de fleurs immaculées. Devant elle, le sentier était désert, tout comme la vallée. Nul mouvement, pas un souffle de vent. La nature entière semblait figée dans l'attente. Seuls autres compagnons, les oiseaux bruissant au-dessus d'elle et, dans le lent dévoilement du jour, le ciel en divinité.

Note de l'auteur

Ce roman est une œuvre de fiction inspirée par des faits réels : en 1826, une « vieille femme d'un âge très avancé » connue sous le nom d'Anne (ou Nance) Roche fut inculpée du meurtre de Micheál Kelliher (ou Leahy, selon d'autres comptes rendus parus dans la presse de l'époque) et jugée pour homicide volontaire aux assises d'été de Tralee, dans le comté de Kerry. Micheál avait été noyé dans la Flesk le 12 juin 1826. Âgé de quelques années, il ne pouvait, d'après les témoins, ni se tenir debout, ni marcher, ni parler.

Lors du procès, Nance Roche se défendit en affirmant avoir voulu soigner l'enfant, non le tuer : elle l'avait plongé dans la rivière pour tenter de « chasser le fé » qui l'avait remplacé – et uniquement dans ce but. Elle fut acquittée sur la foi de ces arguments.

Micheál Kelliher est loin d'avoir été la seule victime de telles tentatives de désenvoûtement : bien d'autres personnes – jeunes ou moins jeunes – ont péri entre les mains de leurs proches soucieux de les faire revenir à eux-mêmes en chassant les changelins qui les avait prétendument remplacés. Demeuré célèbre, le cas de Bridget Cleary, une femme de vingt-cinq ans qui fut torturée, puis brûlée vive par son mari et les membres de sa famille dans le comté de Tipperary en 1895, a fait l'objet d'un ouvrage passionnant : écrit par Angela Bourke, une historienne irlandaise, *The Burning of Bridget Cleary*[1] a paru en 1999. Je recommande sa lecture à tous ceux qui souhaiteraient en savoir plus sur les causes et les circonstances de ces tragédies en Irlande et dans d'autres pays d'Europe du Nord. Les articles réunis en 1991, puis réédités en 1997, par l'ethnologue américain Peter Narváez sous le titre *The Good People : New Fairylore Essays* permettront également à toutes les personnes intéressées de comprendre de quelles pathologies souffraient exactement ceux que leurs contemporains qualifiaient de « changelins ».

Le folklore irlandais était (et demeure) un système de croyances populaires extrêmement complexe. D'une ambiguïté parfois terrifiante, celles-ci sont rarement mièvres, encore moins puériles. Comme l'écrit Angela Bourke dans la préface de son ouvrage, « une grande partie de ce livre s'attache à dépeindre le folklore lié aux Fairies comme le produit d'esprits rationnels, opérant dans des circonstances radicalement différentes de celles que connaissent la plupart des membres de nos sociétés modernes, éclairées et cultivées ». En écrivant ce roman, j'ai cherché, moi aussi, à montrer que les croyances populaires (et, parmi elles, la conviction que les Bonnes Gens existent), loin d'être de simples anomalies, sont intimement mêlées à la vie quotidienne des campagnes irlandaises du XIXe siècle.

---

1. Cet ouvrage et le suivant n'ont pas été traduit en français.

Remerciements

En rassemblant la documentation nécessaire à l'écriture de ce roman, j'ai eu la chance de rencontrer de nombreux historiens, chercheurs, conservateurs et professeurs d'université qui ont pris le temps de parler avec moi et de répondre à mes questions étranges (et souvent naïves) sur le folklore irlandais.

Je tiens à remercier ici la National Folklore Collection de l'University College de Dublin, une impressionnante bibliothèque d'ouvrages spécialisés sur l'ethnologie et le folklore irlandais, ainsi que Bairbre Ní Fhloinn, pour son aide, ses suggestions et sa disponibilité.

Merci à Clodagh Doyle, conservatrice du département consacré aux arts et traditions populaires au National Museum of Ireland, qui m'a fait visiter les lieux et m'a permis d'accéder à la bibliothèque de recherche de son département.

Je tiens également à témoigner mon immense gratitude envers Stiofán Ó Cadhla, membre du département d'ethnologie et de folklore de l'University College de Cork, pour ses réponses à mes courriers, ainsi que pour les documents inestimables qu'il a bien voulu me procurer.

Merci à Sarah O'Farrell et à Helen O'Carroll, du Kerry County Museum, à Tralee, pour leur aide et leur infinie gentillesse – elles m'ont autorisée à emprunter le trésor d'informations que constitue la Poor Enquiry, une vaste enquête sur les indigents menée en Irlande de 1833 à 1836.

Merci à Patricia O'Hare, qui m'a fait visiter le parc de la Muckross House Library et m'a permis d'accéder aux archives de cette bibliothèque.

Toute erreur ou toute incohérence susceptible d'émailler les descriptions que j'ai faites du folklore irlandais dans ce roman, comme des croyances et des coutumes liées au Petit Peuple des Fairies, sont de mon fait, et ne sauraient en aucun cas être imputées à ceux qui ont si généreusement accepté de me renseigner et de m'aider dans mes recherches.

Je souhaite également témoigner ma reconnaissance à Seán O'Donoghue, qui m'a montré les restes d'un ancien *cillín* établi sur sa propriété, la Salmon Leap Farm, dans le comté du Kerry (tout près du véritable « Piper's Grave »), et m'a autorisée à traverser le domaine pour descendre jusqu'aux berges de la Flesk. Un grand merci également à Micheál Leane, qui m'a emmenée en balade le long de la rivière et m'a beaucoup parlé de l'histoire locale. Merci à Chris et à James Keane, ainsi qu'à Mary, la mère de James, pour leur hospitalité et leur bienveillance – ils sont restés patients, même le soir où j'ai écrasé les pieds de tout le monde au *ceilidh* !

Merci à l'équipe de la Flinders University et à mes collègues de la revue *Kill Your Darlings* pour leur soutien inconditionnel. Merci à ceux de mes amis qui ont partagé avec moi leurs idées et leurs anecdotes. Ils trouveront sans doute dans ce roman l'écho de certaines de nos conversations.

Je suis infiniment reconnaissante à mes éditeurs et à mes premiers lecteurs pour leur soutien et leur enthousiasme : merci à Alex Craig, Judy Clain, Paul Baggaley, Sophie Jonathan, Mathilda Imlah, Gillian Fitzgerald-Kelly, Natalie McCourt, Cate Paterson, Geordie Williamson et Ali Lavau.

Merci à mes agents littéraires, tous formidables : Pippa Masson, chez Curtis Brown Australia ; Gordon Wise, Kate Cooper et toute l'équipe de Curtis Brown UK ; Dan Lazar, chez Writers House ; et Jerry Kalajian, chez Intellectual Property Group. C'est un honneur de travailler avec vous tous.

Enfin, j'adresse ici toute ma gratitude et mon affection à ma chère Heidi, à Pam, à Alan et à ma sœur Briony, à laquelle j'ai dédié ce roman.

Composition et mise en pages :
FACOMPO, Lisieux

Imprimé en France par CPI
en janvier 2020
N° d'impression : 2049129

Suite du premier tirage : janvier 2020
S29178/02